半殕島

PUÀNN-THE-TÓ

新十二生相傳奇

Ông-lô Bit-to
王羅蜜多 著

目錄

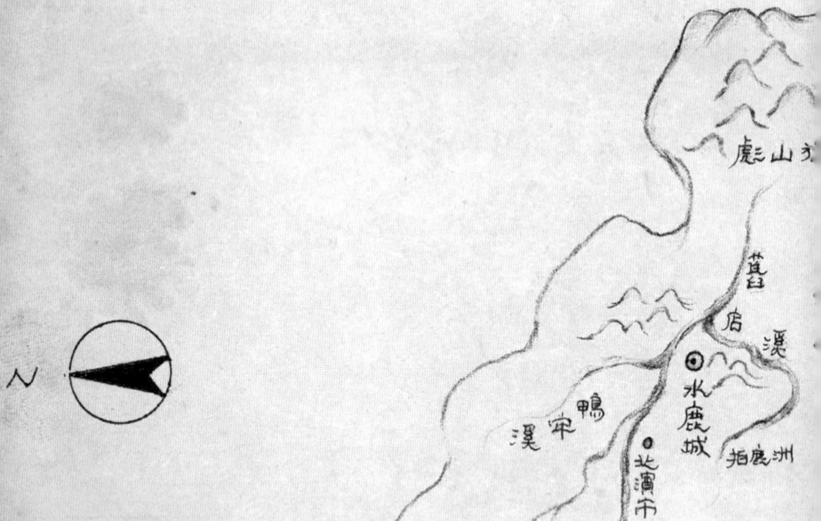

N
彪山
水鹿城
拍鹿洲
北濱市
仙角市
洪水河
大貂社
祇樹鄉
象家莊
揀

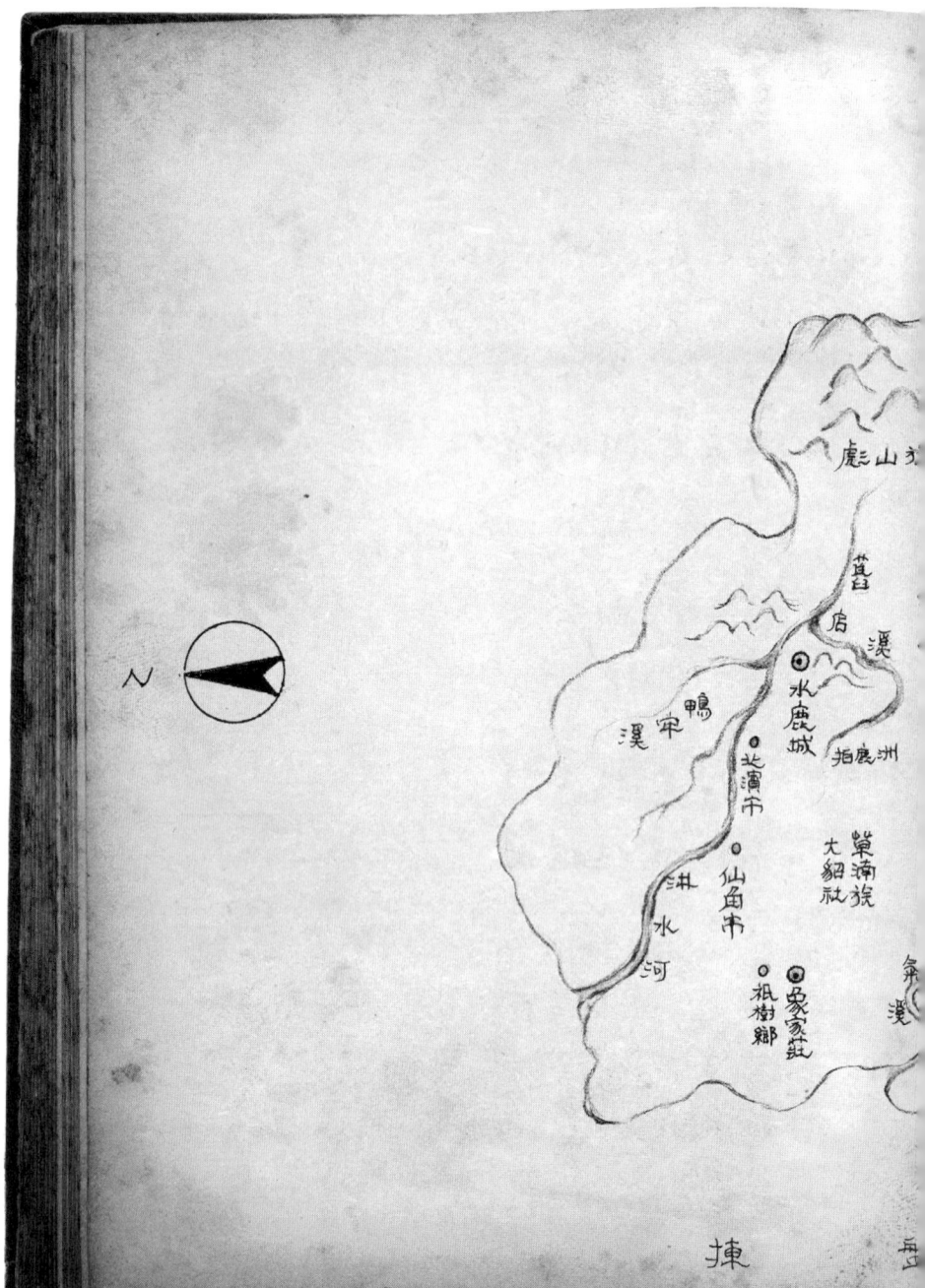

半鷺島地圖

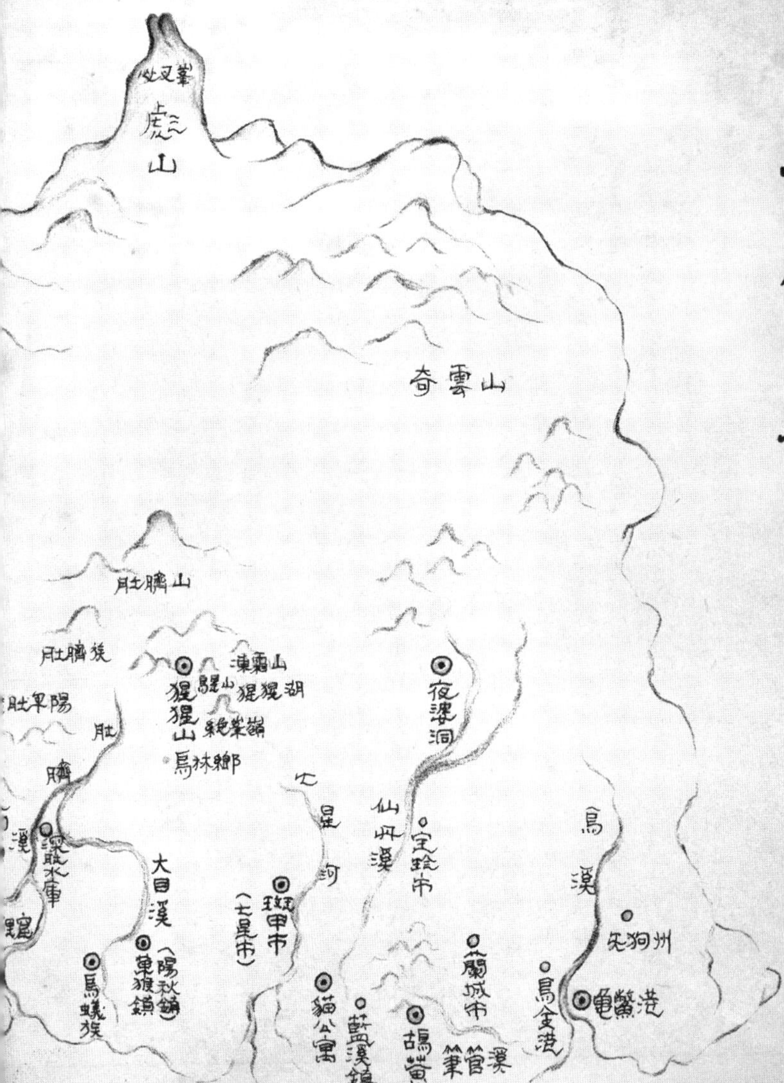

12 个生相・12 款讚聲

斑甲市

政治小說ê表現閣會當有啥物款ê新步數？〈斑甲市〉用石碑內面記載ê斑鴿神蹟，來開展一个奇幻ê故事，講一隻tuì三百冬前就hōo民間尊號做「斑甲公」閣kā服侍到現今ê神鳥，按怎去hōo一个失蹤tsiânn久ê人所利用，m̄-nā成做伊轉去故鄉轉食ê手段，閣hōo伊做kah變斑甲市ê市長。

小說用怪談ê手路kā規个過程kah伊害人無數ê真相表現kah鬥搭閣紲拍；空間ê書寫mā合和（ha̍p-hô）時間ê轉換，hōo人物tī真實kah幻影中間來回徙動kah真順流扭掠。〈斑甲市〉ê文字精練實腹，內容飽滇精采，現代感kah歷史感敆kah峇峇，結合古式ê神怪小說kah西式ê魔幻寫實ê技巧，來供體現當代猶有政治人物以怪力亂神ê漚步leh欺騙大眾，hōo咱tī奇異閣帶淡薄笑詼ê閱讀經歷中間，得著深層ê反省。

——呂美親（國立台灣師範大學台灣語文學系副教授）

草猴鎮

你ê魔幻我ê寫實——看王羅蜜多這篇〈草猴鎮〉，我腦海雄雄浮出宋澤萊kā我講過ê一句話：「講是魔幻寫實，個寫ê是魔幻，我寫ê是寫實。」確實，王羅蜜多寫ê這篇，有夠寫實。連彼个鎮都參我成長ê彼个鎮遐爾相siāng。有真濟宮廟，一間教堂，樹林、三條湧ê街路、一條溪流過、小食店……。我lóng隨浮出個ê地點kap形象。

王羅蜜多寫ê故事時空，無管叫做啥物島，幾个島，lóng是仝一个島ê平行時空。伊寫ê時間無管年koh叫做啥物，lóng是逐工tī電視當teh演出ê「木可」劇場。伊ê小說結束了後，電視頂會當看著續集。

無管是草猴、蟋蟀仔、羊仔lóng是你我真熟似ê人。

王羅蜜多ê小說用讀詩ê方法來讀，就足清楚！

——李勤岸（國立台灣師範大學台灣語文學系退休教授）

龜鼈港

台灣島嶼的身體感是什麼？又如何用此身體感去書寫一段暗喻自己身世的異境幻界故事？少女月曲與海跤仔Puropera，一個源自溪流，一個自海洋湧出，宿命的相遇與重逢，在遭難時，彼此靈魂一次又一次的交會，宛若輪迴般的不滅羈絆。龜鼈港所煉織的身體感，不只映照出永恆愛情的渴求，也折射出島嶼對自我意識的探索，看似是一段他者的愛情傳說，實是一場島嶼的現世與異境的身分巡禮。這裡追求的永恆並非是靜止的，而是在每一個生命週期的流轉中，在孤立與連結之間不斷地尋找回應與平衡。

這一篇讓我想起泉鏡花的《海神別莊》。

——角八惠（空間文化研究、劇場工作者、耳邊風工作室負責人）

水鹿城

怪人寫怪文，自底天公地道。
今，這个王羅創新十二生相，到底咧變啥物猴弄？
《半騰島》共讀落去，你就真知。
〈水鹿城〉，是內中一章。
頭尾萬五字，目無nih，一睏頭讀煞。
寫政治，寫爭戰，事實寫人性的罪惡佮貪念。
地理、歷史、神話、傳奇在人編。
我看，〈水鹿城〉有鹿無鹿不常在。
咱人存天良，靈魂才會安然自在。

——陳金順（多文類創作者）

鵃黃庄

拜訪鵃黃庄，一下入庄隨去予大聲公驚著。這个熟似（sik-sāi）甲有賭的生活場景，敢袂輸隔壁庄才拄咧喝，佇路口市仔頭前、佇村頭大廟埕斗。

踅過大陣村民，我隨就開始咧臆，鴟黃庄所在地——蘭城建城 400 年？遷葬改做「殯葬園區」？這毋就發生佇咱鄉里的某某所在。透過天雷加持的貓頭鳥視角，看破市內工商、政治人物的枵鬼面，做連結天地萬物、踏破生死界的公道中人。《鴟黃庄》對土地問題切入，進一步討論歷史文化、集體記憶、生態保護相互咧摸搦的關係。

王羅蜜多是《台文戰線》長期作者，所致我早就領教過伊對地景描寫的厲害，私心推薦庄內的生態片節，敏感的觀察眼光，感受著對草木性命的關心，讀起來是嶄然仔享受。〈鴟黃庄〉毋但是講土地發展的寓言小說，甚至是一个關乎未來的時代話題，就當咧發生佇你我大眾的身邊。行出庄，咱敢已經準備好勢？

——陳穖安（《台文戰線》主編）

象家莊

台文作家王羅蜜多兄閣有新作品欲出版矣，我受伊邀請代先讀著〈象家莊〉這篇作品，感覺誠榮光！

若小可仔有歲的台灣人讀著〈象家莊〉這篇作品，應該攏加減看會出內底的主角是用早前木柵動物園的動物明星——林旺做原型，描述原本蹛佇大樹國的象本來，因為戰爭的緣故，掠予日頭國徵召去運輸戰爭物資，日頭國戰敗了後，紲咧予海棠國接收，海棠國內戰了後閣送來半鼈島，命運的牽挽予象本來離鄉背井，無疑悟煞佇半鼈島成做動物園的明星。

雖然有具體的主角原型，毋過作者使用魔幻寫實的手路，共小說內底的角色描寫甲足趣味，就算是毋知影林旺的少年輩，嘛會當讀出這是一篇聯結動物明星思鄉的故事。離鄉幾若十年，就算已經生湠三代，猶原想欲落葉歸根的向望，暗喻存在佇台灣袂少外來族群的人，國族認同的故事，予讀者有閣較深的思考空間。

當然，王羅蜜多兄一向對選舉情節的描寫嘛有真出腳的手路，伊利用村長的選舉，表現出象家莊內底無仝款的角色，面對村長李紅仕來買票的態度，再一次共台灣人的各種樣相，剾洗甲真徹底，予人讀了想欲閣讀一擺，實在真紲拍閣心適！

——黃文俊（作家）

鯪鯉堀

我所認識的王羅蜜多從公職退休以後越寫越靈光，從台語詩寫到台語小說，作品以構想之「奇」與文字之「趣」，讓人難以忽視。一樣的事物與景致在他的筆下往往能呈現不一樣的感官經驗與細節描寫，見人所未見。這是一個文學創作者極為珍貴的才性。而這本台語小說中的〈鯪鯉堀〉也不例外，可以輕易看出其創作的特質。比如小說中的書寫對象「鯪鯉」本來是我們更常聽到的「穿山甲」，一種全身披覆著魚鱗角質甲片，穴居夜行，以白蟻或螞蟻為主食的動物。小說中刻意不用「穿山甲」，而用「鯪鯉」此一更具有古俗趣味的用詞，除了這個用詞本來就流通於台灣民間，更接地氣；全篇以這已成為台灣需要保護的稀有種動物「鯪鯉」去鋪陳一個與噍吧哖事件相關、帶有奇幻色彩的歷史故事，既隱喻台灣歷史的創傷、斷裂與再生的可能；全篇透過一位熱衷歷史調查的斌哥目睹的奇景，參入歷史的幽深玄祕，又象徵如果缺乏如斌哥這樣人物的歷史視角，「鯪鯉」具有的價值與意義將輕易被忽視。小說中「鯪鯉」所在的神祕山洞傳出的歌詩，也讓閱讀此作的讀者有如聆聽一位盲眼吟遊詩人娓娓吟唱台灣歷史創傷的傳奇、神祕，與其耐人尋味之處。

小說圍繞在「牛犅（gû-káng）嶺」這個虛構或象徵的地點展開故事，牛犅嶺兩支水牛角在紅霞滿天的時候經常相觸流血，帶著越來越濃的「臭臊味」，隨著時間，連山嶺滿滿的牽牛花也變成一碰觸就臭味沖天。但這臭臊味卻不是人人可以聞出，就像山洞看見數千隻的「鯪鯉」被活剝流血的恐怖景象，一瞬消失，成為一堆水鹿、山羌、野兔、九節貓在嘻哈戲水的歡樂景象。

在小說中「鯪鯉」既脆弱又強韌，牠們以具有可作食可入藥的各種功用被傷害、捕殺，卻能死而復生伴隨日治時期台灣義軍領袖「杜定」，展開底層百姓為生存與尊嚴的對抗。牠們出沒神祕，不可捉摸，就如文中所描述「死鯪鯉，活靈靈，軁過溪岸、鑽入山壁個個親像杜定遐爾仔猛」，小說中刻意透過斌哥風土走踏與歷史視角，將已經消失超過百年的台灣歷史，重新翻轉為未來的啟示，也提醒我們自我族群、歷史文化、生態環境的存續，正依賴我們是否能開啟一雙歷史的眼睛，是否有一種能經受歷史「臭臊味」的嗅覺？去穿透歡樂的表象，嗅聞出歷史幽深之處的玄機，看見其中的希望與危機。

——**廖淑芳**（國立成功大學台灣文學系副教授）

海翁嶼

王羅蜜多老師的最新小說力作《半魔島》，其中一篇〈海翁嶼〉，剪雲很榮幸，先睹為快。

這篇在奇幻與寫實之間遊走的類寓言小說，若套用好萊塢「爛番茄指數」為準則，新鮮程度超過百分之九十。光這座「海翁嶼」的形成因素和結構材質，那番奇思異想就令人耳目一新，而台語文的應用雅致靈活十分可觀。

小說中三位主角人物「白波蘭」、「翁雨帆」、「陳鬍牙」的名字，王羅蜜多老師也玩諧音梗呢！內容對於親情的矛盾弔詭、愛情的若即若離、人性的貪婪好鬥都有相當到位的描述，其中女主角「白波蘭」為何全心投入生態維護牽扯到小弟的失蹤，心理刻劃相當細膩。

而小說結尾關於海翁嶼的消失，有一段這樣的情節：「佇海翁嶼的四箍輾轉，有一千隻以上的棺柴頭，敢若古早攻城的摃門槌，仝時間，仝齊挵向海翁嶼，個攏聽著金尾溜三太子臨死的哀叫來的。」我突然想起《百年孤寂》中那道血從受害者床下流出住處流過街道流進母親房內的情節。王羅蜜多老師寫出了台語文小說的新高度。

——**林剪雲**（作家）

貓公寓

某天晚上，一隻黑貓來敲我的窗戶。

他說，他在找他失散的戀人，又說他要回到山洞陪穆罕默德冥想。他說，他在某幅畫裡是暹羅的皇后，又是被砲火燻黑的武士，他曾在路易十六的腦袋上打盹，睡在金幣和寶石堆成的貓窩裡。他說，他周遊列國，還是隻家貓，最喜歡蹲在家裡看書，看了上千萬字。

我問他叫什麼名字，他說自己名叫夏目，讓我喚他夏目先生。

我以為你是一隻貓。我說。

他點頭，說道：我是貓，貓是眾生，眾生皆是貓。

——**九方**（下輩子想當貓的作者祕書）

烏蟻族

因為職務的緣故，時常閱讀永成兄的文章，並有榮幸刊登伊著文學獎的各類作品。收著伊欲出版台語小說《半麗島》的消息，除了替伊歡喜以外，嘛樂於以這篇〈烏蟻族〉向讀者做一个簡單的紹介。

我一向認為文學藝術是作者的思想、才情、學識、生活經驗等等，戰力綜合性的呈現，欲寫需要觀前顧後精心布局的小說更是如此。這篇人佮蟻之間的故事〈烏蟻族〉毋但流露出作者遮个要素面面齊備，發揮自如，其中予我感覺不止仔趣味佮佩服的是伊的「想像力」，一份放佮收攏撙節甲真拄好的創意想像，營造出一場跨越物種的魔幻情境，嘛帶淡薄仔親像廟埕榕樹跤的老人咧講古的「心適氣」——佇活久世事看濟的通達當中，形成一款超脫世俗常情的制約，敘事虛虛實實無輕無重的氣口；而所創造的「蟻國」看似離奇，卻毋是憑空烏白編的，相信若有咧收看如「國家地理頻道」或者「動物星球」這類節目的讀者，就會當為伊認證矣！故事中所寫的無論蟻族的生態或者習性，攏是佇符合科學根據的前提之下的巧妙構思——相應的，對遮嘛會當感受著作者的用心佮幼路。

故事中濟濟精采趣味的情節，若欲鬮拆落恐驚會超過三萬字，所以就簡單提引到遮，留予讀者親身閱賞。

——陳建成（《台江台語文學》總編輯）

夜婆洞

人對生活不滿的時，有時會去想一寡譀古代。〈夜婆洞〉這个故事對四常的學校生活講起，共讀者悉去離奇的山空。西方的空想科學、奇幻小說，內底定定有個民間傳說的影。〈夜婆洞〉原仔是按呢，王羅蜜多老師共咱想像的源頭掠轉來台灣這片土地。

夜婆暗時加較活動、倒吊咧歇睏，佮人攏顛倒反。作者用這點來起造夜婆的世界，拍破世間的標準。這款設計，引人翻頭想咱慣勢的社會現象。評論者有的共小說比做鏡，講小說會當照出現實的原型。〈夜婆洞〉這面袂輪膨凹鏡，一寡走斜的所在，照起來加真歪膏揤斜。

這篇作品飛了誠遠，收煞了有較緊淡薄。用這種手路欲共現實顯明甲足詳細，確實有較困難。我想，凡勢這是長篇的一部份爾爾，後壁閣有真濟故事，就予咱鬥陣看落去。

——洪明道（作家）

猩猩山

小說〈猩猩山〉，描述比社會事件表面，閣較深沉的運作原型，一種牽涉烏金、地位佮權力的扭曲變質。工夫厲害，有笑詼，有鬧熱的離譜行為，有文字佮聲音的徙位，有人佮猩猩的對照，有政治佮宗教的有力批評，親像巴赫金（Mikhail Bakhtin，1895-1975）提出的「狂歡理論」（Carnivalesque）。作家透過蓋勢的想像，精準的透視，深刻的理解，想欲佇各種「變形」當中，剾洗所有的正統（包括文字、信仰、政治等），討論資本社會／晚期資本主義對地方運作的影響，甚至倒剾檢視，人佮猩猩／豬狗精牲的精差佮無精差。文明發展到今，猶原充滿暴力、迷信，以及對經濟發展的青盲追求，小說深淺討論，利用各種外在痟貪，寫出現代社會心驚膽嚇的悾顛內在景觀。

——連明偉（作家）

【話頭】

半驚半倒觀天下

——一座南方島嶼的傳奇

半驚島普略

半驚島，又名彪山島，閣有人叫伊濫肚島。是太平洋西北爿的島嶼，佇蓬萊島東爿 2,700 海浬，孤島釘根佇茫茫渺渺的海洋中央，是有淡薄仔神祕閣漸漸世界化的島嶼。面積大約 6,000 平方公里，其中八成是山地佮崙仔，平陽主要集中佇西部沿海，地形對東爿的懸山開始，中央雄雄落差誠大，一大群無蓋懸的山崙包圍大片的山坪，加上河川沖割出來的平陽離海面無蓋濟，所以規个島嶼對坦邊看起來，就親像是半驚倒的人抑是動物，所致號做半驚島。閣伊東爿的第一高峰遠遠看起來，親像虎佮獅混合，拄符合古早所講「彪」的形體，號做彪山，以伊做代表，島嶼就叫做彪山島。另外較趣味的名稱，是因為島嶼中央的大片山坪誠成濫濫的腹肚，中央閣塌一窟敢若肚臍，所以有人共供體做濫肚島。半驚島氣候佇熱帶佮亞熱帶之間，自然景觀佮生態相當豐富。人口五百外萬，超過七成集中佇西爿平陽。半魔島族群主要有平陽族、濫肚族佮半爿族。

半魔島誠捷落雨，大小溪河四界流，多數是對東向西，五條較長較大的主要河川，對東到西，有汫水河、肚臍溪、七星河、仙丹溪、烏溪。有的形成重要河口港，有的因為食水無夠深，另外造作海港。佇肚臍溪中央的深肚水庫，是發電佮用水的重要設施。

半魔島因為孤自釘根佇海洋中央，參蓬萊島上接近，捷捷交往，所以伊的行政區分、政治法律、宗教文化、經濟活動、文字語言，甚至思考方式攏參蓬萊島足接近，敢若是血脈相連的姊妹國。

毋過因為時代的演變，島上誠濟人開始思考建立文化的主體性，包括宗教、政治、文化藝術、民俗傳承種種，尤其是身為海洋國家的特色。所致，多年來所發生一寡怪孽的事件，窮實佇潮流的推揀中，並無啥物奇怪。

神話豐沛的島嶼

平平是太平洋的小島嶼，四面海洋的國家，可能往來的未開發島嶼不計其數，也可能島民的想像力較豐富，半魔島的神話比蓬萊島加倍濟，也加誠荒譀。比如講，個的百姓普遍相信島嶼的下面有一隻大海龜，一年四季轉踅無停，而且那踅那向蓬萊島前進。根據半官方的研究報告，這種移徙每年竟然有甲 1.12 公里，經過估計，較臨五千年就會徙去參蓬萊島的打狗港相接。島民多數反對去參人相接，變成別个國家的一部份，所以直直祈求海神下令，閣拜託龜神一年正轉嘛應該一年倒轉，島嶼較袂直直走徙位，卻是一直無應效。

對蓬萊島傳湠過來的，除了經常被檢討的政治、宗教、經濟問題，有一項深深影響著大眾生活的民俗文化，論生相、看命底、合八字、相生相剋種種，予個感覺誠困擾也無合理。對蓬萊島傳過來十二生相牽挽佇每一个人身上，一生無法度剝開。生相的來源雖罔有附幾落套說明，不而過每一套攏予個足無滿意，無法度接受。比如人人喊拍蓋討厭的動物，卻是排頭obscured，故事解釋講，水牛揹貓佮烏鼠泅過溪，無疑悟烏鼠共貓挕落水傱去報到，結果鼠頭一名，貓排無生相，致使貓代代攏欲揣烏鼠報仇。這款膧頷的情節，竟然講甲足滑溜。

另外，名聲是海洋國家，海底溪底的生物竟然無半隻入生相，有夠譀！有人講這是激青盲跟綴海棠國大陸文化的結果。窮實，半麗島本身毋但飛禽野獸的傳說足濟，連蟲豸的故事嘛滿滿是，囡仔也加減會曉講。

因為動物蟲豸的神話特殊豐沛，政治人物也誠容易利用個來帶動民心，爭取權力財富，甚至勢頭大甲影響全島全國。

創造神話佮生相革命

這个「半麗島」的故事對斑甲開始。樹林中的斑甲早就變成市內鳥矣，四常佇徛家的露台咕咕叫，也時常行佇大街小巷捅樹子。不過佇「斑甲市」的斑甲是動物，是人，也是神。

神創造人，人創造神話，神話活靈靈佇人的生活中現身，逐件攏真甲予人不得不相信。所致「半麗島」的故事就一件一件相紲發生，這本冊寫的是其中一小部份爾爾。不而過，毋管故事按怎發展，人物動物神明按怎變化，新的十二生相總算產生矣。

這馬「半鹽島」已經有新的十二生相矣！這十二生相包含天頂飛的、山頂走的、平地行的、水底泅的，有動物有蟲豸，有世界上大隻的佮非常細隻的。

而且個的生相重再認，八字自由算，漸漸脫離世間人自作孽產生的綑縛。這種生相的大革命，誠是拍破傳統，成做自然自在的世界。

佇「半鹽島」，欲鹽欲倒據在你，一本小說提佇手，欲讀欲翻抑是欲盹龜嘛據在你。

2023 年 12 月
佇府城北園街

第一章

【斑甲★市】

★ 斑甲：pan-kah，華語「斑鳩」。教育部台語辭典正字「斑鴿」，異用字「斑甲」。因為小說內容特殊考量，佇遮採用「斑甲」。

1

百花盛開的春天，斑甲公園的樹木花草發甲旺嗄嗄。天頂白色的雲尪，若人若動物，規群目睭褫金金，相向這个特殊的公園。

佇南方的這个美麗島，公園不止仔濟。早期，圓環公園通常踮中心點徛一身威風凜凜的政治強人銅像，基座面頂閣會刻民族救星、時代偉人，醒目的大字。

毋過這个公園中心徛的，是一身飄撇英威的斑甲，兩丈外懸，是有造色的銅像。斑甲的頷頸袚白色珠鍊，尾翼翹翹，烏白分明。基座面頂，「斑甲救世」鉎鉎角角，強勁有力的大字，予赤焱焱的日頭炤甲閃閃爍爍。

斑甲是一種普通的鳥仔爾爾，欲按怎救世？基座的後面有石碑記載斑甲的神蹟，對地方的護佑。有外地人經過，看甲頭敧敧，閣會神神聽著翼股phi-phiák叫，綴伊進入若夢若真的奇幻世界。

2

三百年前，遮的地號名七星堡，一个嶄然仔鬧熱的所在。七星河迵到海口，誠濟商船出出入入，形成繁華的港口城市。無疑悟雄雄發生怪病，誠濟百姓著災相穢（uè），逐家束手無策。有一工，七星河中央現出一粒人形大石頭，金光閃閃，有人看伊浮出神醫盧千歲的面腔。經過庄內的老大參詳，臨時起草寮服侍，災厄閣誠實沓沓仔化去。聽講彼時拄開始參拜，突然有一隻斑甲飛來歇佇石像肩胛，紲落軁入腹肚消失去。根據神蹟，居民就共號做斑甲千歲，抑是斑甲公。窮實盧千歲原是神醫扁鵲，為啥物變斑甲，並無人管遐濟。

就按呢閣來到近代，七星河塗沙積滓失去功能，七星堡已經改七星市矣！斑甲廟經過幾若擺改建，也請觀音、媽祖、地藏王、文昌君各種神佛入來相伨（thīn）。十外年前，斑甲公經過玉旨冊封斑甲帝君，斑甲廟變成帝君廟，毋過信徒原在慣勢講王公廟佮斑甲公。

王公廟屬七星市河南里，附近是農業區，人口無濟，多數是老人。少年的串攏過河北賺食（tsuán-tsia̍h），抑是規氣遠走高飛，去北部發展。

蹛佇廟的附近，有一个名做盧茂雄的少年家，生成瘦猴躼跤，初次看著，攏會對伊利劍劍的眼神，誠大khian的拳頭拇留落深刻的印象。伊從細漢就巧骨，毋過無興讀冊，不時佇溪邊掠魚耍水，兼參人冤家，閣一人拍幾若个，拍死毋願退。

二十外歲仔做郵差送批，看起來變成骨力正經。伊瘦卑巴大枝骨，騎佇草色oo-tóo-bái（オートバイ，機車）頂頭，大聲喝咻某某人掛號，抑是siú-siú叫擲批飛入埕斗，屈勢有夠成斑甲。無偌久，就有人咧講：斑甲閣提批來矣！

不而過，盧茂雄無偌久就沐（bak）著筊，足勢（gâu）撚骰仔跋十胡，閣會你兄我弟咻燒酒，郵差的薪水根本無夠開，做半年外就辭掉。伊失蹤誠久，風聲是去北部發展。

一个熱人的中晝，盧茂雄雄雄閣出現矣！

伊頭一件代誌，行入王公廟參拜斑甲公。

佇內底參人客泡茶的吳輝良影著，較緊走出來。

「來參拜斑甲公？誠好，伊是七星市上靈聖（lîng-siànn）的神明呢！來來，遮有高級的沉水香予你用。」皮膚烏趖趖的吳輝良，生做武腯喙哺檳榔，看著穿西裝掛金絲目鏡的盧茂雄，紅喙脣笑微微，目睭瞇一條線。

盧茂雄越頭看，共目鏡托一下，隨共吳輝良的手牽牢牢。

「Uah，烏龍！足久無看著矣！哪會佇遮顧廟？」

烏龍是烏皮膚的吳輝良的外號。伊目睭褫大蕊，掠盧茂雄金金相。

「哎唷！斑甲……茂雄仔，十外年無看著矣！這馬佇佗趁大錢？變較福相呢，閣雕遮爾婧的se-bí-looh（セビロ，西裝），真正猴穿衫……啊啊，歹勢歹勢，做囡仔朋友講話較靠俗……」

個兩个人蹛仝庄，自細漢佇溪邊掠魚搦鳥仔，屌水相噴，有時會相觸，毋過若參人冤家就會相共做伙。

「莫閣叫茂雄啦！已經改名矣！」盧茂雄對西裝提一个金爍爍的篋仔，抽出精美燙金的mè-sì（めいし，名片）。

盧有應/萬有環保公司董事長/萬全投資公司董事長/萬應慈善會會長

躼躼長的頭銜兼牽英語，烏龍看甲吐舌。

陪同上香拜拜，燒金完畢，就請盧董--ê入來辦公室坐。

內底有兩三个老歲仔泡茶開講，經過烏龍紹介，盧有應抶（tu）出七星--ê，閣提Dupont的lài-tah（ライター，打火機）一个一个點薰。

「講著十外冬來，佇北部拍拚……」欶一喙薰，煙歕對窗仔去，盧有應吐一口氣，「前幾冬帶衰運，做啥了啥，強欲做乞食矣！講起來神奇，有一暝竟然規天頂斑甲飅飅飛，閣連兩工有神祕的聲音，暝日參我講話。原來啊，是斑甲公現身托夢，指點明路。就按呢氣運完全改變，做啥趁啥，銀票抔（put）袂離！」

「所以，這擺轉來家鄉……上代先就是愛感謝斑甲公恩賜，我寄付三百萬。」盧有應講甲誠輕鬆，隨著開一張現時支票。

王公廟是三百年的老廟，較早神明靈聖，香火旺盛，天篷佮神明攏薰甲烏趖趖，連斑甲公也變做烏斑甲矣！不而過，七星河塗沙積滓，港口廢掉，王公廟也煞衰微落去。這陣廟壁落漆，廟頂的琉璃瓦破規排，順風耳千里眼面烏一爿，神仙故事雕塑齊退色，兩隻鳳落翼，兩尾龍也攏斷鬚矣！

廟宇冷清，信徒自然走跤。因為財務困難，雖然有管理委員會的組織，卻是無人欲扞頭。烏龍自細漢踮佇廟邊，人雞婆性閣有兄弟氣口，欲募淡薄仔錢抑是組宋江陣，加減有當呼（khoo）人，所以逐家就選伊做主任委員。

這間欲倒欲幌的老廟，足久無人寄付遮濟錢矣！在座的驚一趒齊徛起來，向盧有應行最敬禮。

「斑甲……毋是，茂雄……毋是，有應……毋是，盧董--ê……足感謝啦！」烏龍共好兄弟攬絚絚，強欲哭出來。

3

七星河失去經濟價值，河道自然放荒勼縮，而且河南河北的光景大不相同。

河南這爿有埔坪，規片的蓖麻發甲旺嗄嗄，象鼻草共鼻仔揬上天，閣有刺查某仔托白花佇風中跳舞。自然生態敢若誠好，毋過換另外一个角度來看，就是拋荒矣！

河北彼爿的溪岸駁坎一二十尺懸，排水空暝日水沖汪汪流。溪底有莎草破雨傘，岸壁發幾若欉血桐，葉仔誠大枚（mī），毋過花開一半就蔫去。

春長伯仔兩分地這氣播稻仔，半晡仔來巡田水，遇著種紅龍果的春雨叔仔就同齊跔落來食薰。

兩个人看向河北，彼是七星市的工業區，幾若十間工場也攏咧食薰，特大號的薰，吐出來的烏煙迵向天頂，參白雲絞滾做伙。

「唉！三十年來，兩爿愈差愈濟！」春長伯仔敕一喙薰歕出來，「毋知彼爿啥物都市計畫啦，農田一塊一塊變做建地。這陣啊，地價夭壽懸，聽講倚圓環邊的一坪兩百萬。想就厭氣！咱河南里猶閣攏是農田，做穡賺食三頓拄好爾爾，也莫怪一寡少年的攏走過去。」

「神明無保庇啦！」拄當選農會代表的春雨叔仔徛起來，共薰頭仔擲落塗，用跤挼一下，「斑甲公親像攏無佇廟裡，敢會去雲遊四海矣？求伊的代誌，十件九件無應效，一件有應的，是兼拜別跡神明的。」

「兼拜佗一跡神明？」春長伯仔頭攲攲（khi-khi），烏焦瘦的面模仔，浮出血筋。

春雨叔仔倒手挲bì-lù（ビール，啤酒）肚，正手挼圓圓的紅鼻頭，閣跔落來。

「河北市內的北極殿，個的上帝公真正興甲會食糕仔。聽講逐年還願謝神的，歌仔戲布袋戲搬袂離，寄付的人攏大出手，莫怪規間廟金顯顯，香客大樓起十外層！」

「誠是輸人忝忝！不而過聽講……」春長伯仔目睭雄雄發光，「較早做郵差彼个斑甲……這馬的盧董--ê啦，講佇北部的天良市趁著大錢，寄付咱的王公廟，一出手就三百萬呢！」

「風聲誠緊，這起事規庄頭拍算攏知矣！是啦，這个少年的誠可取，趁著錢會想欲轉來致蔭鄉里，出手閣誠大方。向望啊，會當帶動地方重再興旺起來！」

講著盧董--ê，春雨叔仔圓輾輾的燒酒面也煞有春風，沙微的眼神充滿希望。

4

七星市的人口逐年增加，這陣較臨十六萬。七星河的南爿誠稀微，人口才一萬外，其他的攏集中佇北爿。

河北上繁華的所在是北斗。伊以圓環做中心，分五條街道向四周圍放射，小巷道連來串去，親像蜘蛛網。

圓環內誠濟百年老樹，黃葛、榕仔、茄苳……，也有新種的雞卵花、阿勃勒。伊的中心有一个八尺懸的台座，屈佇面頂彼隻威風的銅獅，開喙齴牙，連下面彼副牲醴也雄介介。斟酌看下面的刻字：祥獅獻瑞，北斗極光。某某獅仔會寄付，會長盧火獅。

五條街道當中，上蓋顯目的是正經街，一條仿巴洛克式風格老街。兩爿老厝的秀面猶閣誠完整，頂頭的浮雕有牡丹芙蓉、平安如意、招財蟚蜍、吉祥麒麟、百果豐收等等，中央題刻商店字號。

盧有應榮歸故鄉了後，佇河南庄跤的田地起一間鑠奅婧氣的農舍，予兩个序大人養老。伊是獨生子，父母六十外歲已經頭毛喙鬚白，強欲蔫去矣！個慣勢蹛田庄，逐工鋤頭加減掘嘛較有議量。

不過伊家己選擇佇正經老街的尾溜，買一間五層樓仔，閣共秀面改做仿巴洛克式。伊頂頭雕刻簡單的花草，佇正中央徛一隻誠猛醒，兩翼擛懸懸，親像欲衝上天頂的斑甲。

這間厝，一樓是客廳兼萬應慈善會辦公室。二樓無隔間挑闃闊曠，三四樓空房間誠濟，蹛三个女祕書。盧有應猶未娶家後，孤一人徛踮五樓。伊佇樓梯口安鐵門，逐時鎖牢牢，規定任何人攏不准蹈起去。

禮拜日的透早，伊逐時誠早起床，徛佇五樓頂曠闊的露台，穿一軀（su）殕色、手䘼（tshiú-ńg）闊閬閬的外疊（guā-thȧh），頷頸掛一條白色珍珠袚鍊。伊欶一種特殊氣味的薰，欶甲四枋的下斗圓去，厚thu̍t-thu̍t的喙脣尖去，懸懸的鼻龍扁去。伊神神看向遠遠的圓環仔。

雄雄，伊的翼股擛起來，phi-phia̍k叫。盧有應變做斑甲飛起來矣！我是斑甲，是斑甲公的使者……伊喙踅踅唸，飛向北斗圓環……

「貓霧光漸漸散去，一片箍金巡的雲彩伴我咧飛，那飛那變換形體，有時龍，有時虎，有時閣親像太上李老君騎牛，直直共我揲手。

我佇圓環邊的五條街道頂頭衝懸落低，四界轉踅，早起運動的老歲仔有行有走，早頓店開門做生理，oo-tóo-bái吭吭叫，早班的公車也開出來矣！規个城市攏佇我的跤縫，佇我的翼股下，我帶神的使命來巡視！

飛一點外鐘，誠實有一點仔忝矣，我飛入來圓環內底，誠濟老樹共我拍招呼，啥物？招我去內底做岫，參粟鳥仔歇做伙？愛講滾笑！

我飛過公園所有的樹欉，向準準，佇石獅的頭殼頂歇落來。伊吼叫一聲，就軟落去兼搖尾。石獅，你是我的跤力，我的部下將……

天頂萬丈的金光射落來，我規頭規面規翼股攏金爍爍，安金身矣！」

5

「請人客小坐一下，我連鞭落去。」

欲晝仔十點外，客廳的對講機傳出盧有應低沉的聲音。

過二十捅分，盧有應穿白西裝，結殕色的ne-kut-tái（ネクタイ，領帶）對樓頂落來。

「盧董--ê ！」佇樓跤聽候的河北里長麵雞仔、市民代表白猴攏徛起來，共盧有應行禮，閣共手牽牢牢。

「盧董--ê是七星市的大貴人啦！十外年來，地方雖然發展足濟，毋過講著補助，有足濟參政府的規定相礙。這馬有盧董--ê大善人，一寡百姓的要求總算有法度處理囉！」麵雞仔挲手拊（tshiú-pôo），笑甲面圓圓，哺檳榔的紅喙齒煞略略仔會顯光。

「坐落來，坐落來……先啉茶。」盧有應好禮案內（àn-nāi）。

慈善會總幹事吳青芳坐佇邊仔扞茶瓶，手勢誠輕，講話寬寬仔足雅氣。伊是河南里農會代表春雨叔仔的查某囝，白肉底掛目鏡，拄大學畢業，算是家己的親情（tshin-tsiânn）。

盧有應所坐的金交椅誠奇巧，手扞（tshiú-huānn）向外攤開，敢若兩片翼股，後驚兩尾龍，中央有斑甲捅頭，松梧的芳味佮茶芳參濫做伙。

「這擺回鄉是帶使命的。地方事，我盧有應犁頭戴鼎絕對無推辭。若用錢會解決的，攏好講。」盧有應坐甲誠四正，目睭利劍劍，話語低沉明確，「我已經有計畫，七星市的大學、高中、國中小學生，凡是學期成績平均六十六分以上的，攏發獎學金。閣來，家戶月入平均無超過四萬的，攏發安家費。讀幼稚園、托兒所、安親班，囡仔請人顧的，按個月補助。遮的費用，攏由萬應慈善會支付。」

麵雞仔聽一下一喙茶險嗾著，白猴茶杯仔煞輾落去，茶水濺甲規塗跤。

按呢愛開偌濟？拍算較加一億？雖然七星市的各種選舉

愛開大錢，毋過無人有才調按呢開。幾若任的市長開支票，用各種名義政治買票，有的拍折，有的發袂出來，公所財政陷落負債累累。像盧有應按呢發錢，有啥人會堪得？敢會講予日頭曝，到時阿婆仔閬港？不而過，看伊寄付斑甲廟一斗就三百萬，應該毋是清彩講講的。

盧有應錢對佗位來？伊的萬有環保公司、萬全投資公司，聽講攏開佇外地，名片頂頭並無印住址電話。伊講遐有總經理發落，扗著仔去巡一下就好。伊親像非常無閒，逐工欲晝仔接待人客，欲暗仔就出去外地，半暝才轉來。伊真少佇七星市行踏，婚喪喜慶無咧參加，平常無參人盤撋。

「真正是大善人！」麵雞仔佮白猴愣（gāng）一下仔連鞭醒起來，兩手攏比大頭拇「讚讚讚！」到甲離開，大頭拇猶閣無放落來。

佃是上早得著消息的人，行出門就馬上四界宣佈，兼品補助是佃爭取的。

消息傳掖誠緊，無兩工，規个七星市攏喊起來。佇茶桌仔、店頭、巷仔內相扗，攏講七星市地理誠好，出現大善人矣！閣講這个盧董--ê是神仙下凡，鄉親的救星。

6

過三工的欲晝仔，王公廟的主委烏龍佮春雨叔仔做伙來矣。

「盧董--ê，」烏龍先行九十度禮，「今仔日先共你報告，王公廟的修復進度誠緊速，廟頂的妝娗剪黏儘量換新的，廟內的壁畫積極進行中，廟埕重再鞏，花草也種足濟。這攏愛感謝盧董--ê全力支持，王公廟才會當閣威嚴光顯起來。」

「斑甲帝君一定誠歡喜，發揮神威大保庇！」春雨叔仔也頕頭贊聲。個為著尊重盧董--ê，今仔日攏無哺檳榔。

烏龍咻一喙茶閣繼續講落去。

「盧董--ê，你應該嘛知影，河北里的上帝公廟這馬輝煌氣派，香客大樓十外層，參拜的信徒逐時窒窒湞。」

「聽講盧董--ê欲寄付規个七星市學生獎學金，閣欲發市民安家費，親像是神仙下凡來救世！」烏龍吞一喙瀾，「是毋是咱庄裡的王公廟，也應該考慮重建，起予比上帝公廟較氣派，按呢，定著香客沖沖滾啦！」

烏龍愈講愈興奮，烏趖趖的面腔煞會發光。

盧有應坐正正恬恬聽，伊的表情莊嚴冷靜，看袂出是同意抑反對。伊雙手交叉胸坎振動幾若下，親像鳥隻的翼股咧飛。

「斑甲公四常參我講話……」壁角薰香的味愈來愈重，盧有應目睭瞌落來。泡茶的吳青芳共阿爸躡（nih）一下，採落目鏡，也目睭瞌瞌神神恬恬。規場的氣氛玄奇，靈光有時顯有時暗，烏龍佮春雨叔仔敢若受著靈氣感染，也恬恬毋敢出聲，坐甲四正四正。

盧有應尻脊後的斑甲慢慢仔飛起來矣！翼股佇空中伸出十外尺，佇經聲中，摸出金爍爍的長衾，開天眼，定定浮佇半空中……時間空間攏凍結矣！

經過半炷香時間，盧有應的喙脣略略仔振動，像咧講話，毋過無聲音。

「Ooh-ooh ！」雄雄伊像欲吐，也像咧拍呃，連續十外聲目睭才褫開。

「拄才斑甲公來矣！」盧有應回復利劍劍的眼神，「對這件事伊有指示。重建的時日猶未到，王公廟暫時整修回復原狀。明年聖誕擴大慶祝，對廟埕順七星河邊辦三千桌。大戲十二棚，布袋戲三十六棚。」

斑甲公的生日，依據廟誌記載，是石像佇七星河浮現彼日，農曆三月初三。誠拄好，參玄天上帝生日仝一工。

7

早起，盧有應的身魂佇圓環的半空中踅十二輾，一群練功的人也神神坐足久無振動。趕早班的oo-tóo-bái吭吭叫，一台一台捒過去。

欲晝仔無人客，盧有應落來客廳，交代吳青芳一寡代誌。頭先辦理學生獎學金，大學五千，中學三千，小學一千，用萬應慈善會名義發公文，請各學校報名冊來請款。萬應慈善會非政府立案，成員干焦會長盧有應佮總幹事兩人爾爾，只有發款無募款。

交代了，伊徛起來照鏡，捋好中分剖爿的頭鬃，大伐行出去。

伊駛一台烏色Benz，順正經街踅過王椰路，向東駛上快速道路，khau對三十公里外的葡萄鎮去。葡萄鎮名聲種葡萄，其實是筊窟，尤其金沙村一帶。有的是民意代表鬥烏道整的場，抑是家己就是烏道--ê。上諏的是便衣警察坐門口，表面監視可疑人物，竊實是幫忙看風頭。

佇金沙村的東門陸橋跤，一堆轎仔咧抾客。個毋是計程車，而是負責接送人客去筊場。

盧有應共車停踮撴僻的所在，掩掩揜揜消失佇一个巷仔口。

8

六十六分就有獎學金！逐間學校的老師、學生、家長攏喊起來。家長會長要緊去拜託校長幫忙。其實除了明星學校，一般的中小學，欲提無六十六分嘛誠少數。

就按呢，七星市大部份的學生攏提著獎學金矣！根據估計，這斗開起來五千萬以上。

盧有應天文數字的支票，竟然誠實兌現。閣來有第二件、第三件……這對七星市來講，可比天頂跋落來的禮物。一寡政治人物猜測，伊可能佇天良市炒地皮趁大錢，抑是阿樂仔著足濟。不而過，有錢甘提出來分張鄉親，真正是大善人。這馬規个七星市的政治人物、地方有志，攏相爭欲來參伊交陪，尤其是現任的市長馮大海。

馮市長一年前拄當選連任。伊是全島佛具連鎖店的頭家仔囝，四十外歲爾爾，規身軀圓棍棍肉肉肉，禿頭大面，笑起來像無目睭。伊的公關誠好，各團體各廟寺活動攏行跤到。寄付添油香，紅白包逐項無落勾。伊逐工行程滿滿，二十四小時咧紡。毋過，伊也誠興啉燒酒，一觸久仔灌半打 bì-lù，凡在好勢好勢。

有一工，市長參代表主席王玄榕來拜訪盧有應。

「盧董 --ê 是逐家公認的地方大善人，可比天星下凡欲來造福咱七星市。」市長坐甲椅仔窒滇滇，踜一下身軀，「按呢啦，我直接講囉，今仔日來的目的，是欲聘請盧董 --ê 來擔當市府顧問……嗯，是首席顧問。」

代表主席托一下圓目鏡紲落講：「咱市長做代誌誠骨力，對百姓非常愛護，所致第二任無競選。不而過，七星市需要大建設，也需要社會福利，以盧董 --ê 的能力經驗，絕對會當佇各方面來指導市政。所以，拜託免客氣，莫推辭，接受這个職位。」代表主席的面形正三角，配彼支怪目鏡，看著詼諧閣兼礙虐（gāi-gio̍h）。

盧有應聽煞無隨應聲，顛倒目睭瞌落去，雙手拍叉展翼股的姿勢。吳青芳也跟綴伊的動作，一切暫停。市長佮主席毋捌遇著按呢，煞相向，毋知欲閣坐抑是離開。

這擺較緊退駕，盧有應一觸久仔就回魂來。

「神明。」伊坐甲四正四正，口氣嚴肅冷靜，「斑甲帝君的旨意，遮有的無的，啥物總裁、祕書長、首席顧問……一堆頭銜，攏是世俗人的悾歁戇痴所致。伊的旨意，認真服務百姓，莫接受無路用的職位。」

市長喙開開，bì-lù 肚鬉落來，主席的狗公腰戡（sìm）幾若下，同齊吐氣。

「唉！真可惜！」市長徛起來握手，皮笑肉無笑，「盧董 --ê，若按呢阮也袂當勉強。不過總是，市政的代誌也是會來請教你，拜託你多幫忙！」

主席開車載市長轉去市公所途中，兩个人談盧有應。

「這个人怪怪，有痟筋。」

「斑甲公降臨參伊講話，是真是假，無法度證明。」

「不過，我有一點仔感覺……敢若是食藥仔……」

「毋管如何，伊錢濟閣甘開，有一寡人崇拜閣共當做神看待，咱無存伊嘛袂使。」

主席是市長掠出來選的，掌握三分二的代表，是市長的護航部隊。伊早期捌開一間「蛇王農莊」，專做觀光客生理。這陣停止營業，參市長敆做伙，專門包工程，閣兼任上帝公廟主任委員。

盧有應回鄉到今，一直無欲參人盤撋，連市長也無咧信篤（sìn-táu）。除了佇厝接待人客，逐時走外縣市，行蹤予人捎無。伊三个女祕書不時半暝抑透早才轉來，也參伊仝款神祕。不而過，伊大幅掖錢無求回報，名聲誠緊就湠甲規个七星市。

「有應公，有求必應啦！」「伊出世就帶使命囉！」「敢會是斑甲公的囝？」街頭巷尾的風聲愈來愈玄奇，有人認定伊是活神明。

9

閣過半年，盧有應又再兌現另外一張支票：各家戶平均月入無過四萬的，攏發安家費。讀幼稚園、托兒所、安親班，囡仔請人顧的，按個月補助。按呢，攏總開欲兩億。這斗七星市齊滾起來矣！這是有史以來上轟動的代誌。

仝這个時陣，閣有一件轟動的代誌發生矣！佇一个半晡仔，春長伯仔去巡田，雄雄看著有人浮佇水面。這个人面向下，身軀膨獅獅，脹甲像大粒氣球。

七星分局偵察組，河南派出所的警察誠緊就拚來，紲落檢察官也來矣，這具水流屍竟然是市長馮大海！身軀猶閣層酒味。

驗無傷痕，閣規身軀酒味。伊的轎車停佇河北的岸邊，門開開。檢警推測是酒醉落水意外死亡。拍算是緊尿去河邊敨，茫茫顛落去。

市長補選，經過選委會籌備，預定佇四月中旬的禮拜六投票。彼日是農曆三月初四，拄好上帝公佮斑甲公生日的隔轉工。

根據分析，七星市的政治人物上有實力的是馮大海的換帖--ê，代表主席王玄榕。伊經營過蛇王農莊，三角面圓目鏡，外號飯匙銃。伊順馮大海的線脈去呼人，無偌久規个七星市的里長代表聯，後備、婦女、民防、義消、義警、水利、農會各系統，攏答應欲支持。

穩當選的啦！換帖兄弟的不幸煞變伊的幸運，王玄榕表面哀傷，內心誠爽。這斗應該是無對手無競選矣！伊予各系統的頭人淡薄仔經費，按算用來提高投票率。

無偌久，候選人領表登記開始。王玄榕選一个好日，一陣人扶扶插插去登記，閣做伙佇公所門口喝加油，逐个攏叫王市長矣！

想袂到登記的尾工，吳春雨佮伊查某囝突然出現佇登記處。無偌久，王公廟的主委烏龍佮信徒挨挨陣陣來矣。落尾，盧有應出現矣！伊穿白西裝，領帶繡一隻斑甲，邊仔綴三个氣質非凡的姑娘，打扮若仙姑模樣。

盧有應登記市長補選！王玄榕敢若予雷嘻著，愣去誠十分鐘才回魂。毋過，經過競選幹部討論，攏認為盧有應雖然開足濟獎學金、補助款，不過無參人咧盤撋，無幾个人參伊講過話。伊對地方事完全無了解，這款人欲按怎扞政？個的結論：盧有應參選，雷聲大雨滴小，毋免煩惱傷濟。

10

選舉日連鞭到矣！王玄榕踅街、按戶拜票、柱仔跤會議，舞甲虛累累。誠濟人共講免驚，在欉黃--ê啦！毋過，伊若想著盧有應親像斑甲公附身，彼種神的形影，心內就起畏寒。

「啥物斑甲公附身？假鬼假怪啦！若欲正經講，你外號飯匙銃，自做囡仔就拜上帝公做契爸，這馬閣做廟的主任委員，可能就是上帝公部下將的化身呢。」副主任委員許深淵越頭看上帝公跤下的龜蛇，講甲誠正經。

上帝公的蛇將軍，凡勢是啦！伊愈想愈有影。不過嘛是袂安心。就經過競選幹部討論，決定佇上帝公廟廟埕，請道士來作法收妖。伊講的妖怪，便是盧有應。

選舉前三工的欲暗仔，上帝公廟人聲喊喝，七星市法力上高強的師公裕仔佇遮設靈壇。上帝公廟踮佇食市的觀星路邊，閣離北斗圓環無偌遠，誠濟過路人走入來看鬧熱。

王玄榕首先進行講演，廟宇委員佮各角頭信徒代表排佇頭前。

「咱上帝公廟幾十年來香火旺盛，本地外地的信徒非常之濟。上帝公也真正有共咱保庇。逐家攏有看著，地方繁榮進步，工場愈來愈濟，土地起大價。毋過……」王玄榕閣牙槽的三角下斗頓一下，「河南的盧有應，失蹤十外年雄雄出現，提錢四界掖，閣藉斑甲公名義欲煽動咱，鄉親啊，伊的錢佗位來？斟酌看，伊敢是陰氣帶重？恐驚會共咱七星市帶來厄運呢，若無好好處理，會予害甲悽慘落魄啦！」

講煞，頭前排拍噗仔，其他民眾煞攏無出聲。扞máí-kù（マイク，麥克風）的副主委較緊大聲喝，著啦！閣共錄音的噗仔聲開予行。

師公裕仔作法開始矣！伊誦經，唸咒語，寫符紙，捏手訣，結手印，表情不止仔嚴肅注心。

紲落伊佇四箍輾轉下誠濟烏擲仔，細粒石頭，閣結煞，落神。佈這陣敢若天羅地網，予妖魔鬼怪插翼難飛。

作法的中間，香爐雄雄大著火，烏煙衝過廟頂。

「發爐矣！」群眾喝咻起來。

師公裕仔要緊捧起七星寶劍，步罡踏斗，全神戒備。

忽然間，一陣陰風凜凜，共符仔紙掃甲飀飀飛，有的飄入桌跤，有的飛對觀星路去。來矣！來矣！群眾中有人詬詬唸。

這時陣，八字輕的，有陰陽眼的，攏擔頭喙開開，看著一大箨斑甲，烏khàm-khàm，phiak-phiak叫，閣發出咕——咕咕，咕咕——咕，使人心驚膽嚇的聲音。一寡無看著無聽著的人也綴絞滾起來。

師公裕仔捧劍舞弄規身軀，道袍飛颺，劍光捽來捽去，空中的叫聲也愈來愈急切，愈慘慼恐怖……

等甲恬靜落來的時，塗跤竟然有一堆鳥仔毛。

11

廟埕煞戲了後，有人看著王玄榕佮師公裕仔透暝來圓環內底唸咒，一支七星劍，直直揬向正經街盧有應的徛家去。

透早，有一个蹛圓環邊，誠細粒子，外號囡仔仙的老歲仔，誠激動講起昨暝恐怖的代誌：

三更半暝，圓環附近雄雄起風矣！對正經街彼頭，有一團煙霧bū過來。月光星光連鞭光連鞭暗，看毋知是神明欲降駕，抑是鬼差咧出巡。

丑時三刻，四十尺懸的黃葛樹尾溜歇落一隻大斑甲，翼股展開幾若丈，浮離樹頂七尺，利劍劍的翼尾烏白分明，青冷閣光全（kng-tsn̂g）。

參斑甲對角展兇神的是一尾飯匙銃，身軀躼躼長，吐舌敢若雙叉刀，盤佇較臨四十尺的榕樹頂。

雙方攻擊的格勢排好，一場大戰開始矣！

代起先，斑甲翼股半浮親像直昇機，開喙咕咕叫，敢若咧唱聲（tshiàng-siann）。

飯匙銃目鏡掰去後擴，叫聲親像火車的蒸氣衝出來，tshì……一聲，摒對斑甲彼爿去。斑甲動作誠猛掠，隨著飛懸十尺，翼股phî-phia̍k叫。

想袂到，飯匙銃雄雄尾溜斜45度倒捽起去，斑甲驚一下，倒抛麒麟幾若輾。毋過佇撤退的瞬間，頷頸的珍珠袚鍊，突然化做數十粒鋼珠，彈向飯匙銃的頭殼、龍骨、腹肚……家己才閣頓落黃葛樹頂。

飯匙銃出尾捽無，煞顛倒予暗器彈著，身軀親像車輪紡幾若輪，規條蹽直直，袚踮榕樹頂，蕩蕩幌。

歇睏一觸外仔，飯匙銃改做以靜制動。

這回換斑甲先進攻，翼股擗V字形，跤爪變雙鉤，一目躡𨑨來到飯匙銃頭前。

飯匙銃看起來軟芍芍，窮實尾溜已經束佇大樹骨，頭殼擛懸摸向天頂，展車輪功硬紡，竟然變成絞螺仔風。

斑甲抽退袂離，咕吱一聲，瞬間予絞入去。飯匙銃就共車輪放慢，伸喙欲咬斑甲。

斑甲佇愣愣中間略略仔精神，展一飛沖天的工夫，衝上半空中，倒捧向抛幾若輾，捽落黃葛樹頂。翼股khuê-khuê垂垂，親像散功矣！

這陣，看起來勝敗已分，飯匙銃好禮仔吐舌，下斗伸向頭前tshì--tshì--兩聲，大喙開盡磅，抑過來欲共斑甲吞落腹內。

斑甲慘矣！慢且是，請看，伊身軀略略仔咧振動反身，一爿翼股小可擛一下，有一陣黃錦錦的沙粉飀出來。

飯匙銃拄好大喙開hānn-hānn，一聲就全部欶入去，閣兼嗾著。這是宇宙至毒，五毒化骨雷公散……

囡仔仙比手畫刀，喙角層層波。Uah！斑甲大戰飯匙銃，有人聽甲吣吣掣。

12

今仔日正是上帝公佮班甲公聖誕千秋，依慣例，上帝公廟佇廟埕開一百桌，兩棚大戲，三棚布袋戲互相拚場。斑甲公今年破全國紀錄，沿七星河南岸開三千桌，大戲十二棚，布袋戲三十六棚，這是奉斑甲公的指示。

欲暗仔五點外，河北市區的民眾大細漢挨挨陣陣，相爭通過七星橋。三千桌無夠坐，閣共延落去。

下暗上帝公廟誠bih-sih，一百桌坐無三分一，而且層層囥仔。主任委員王玄榕按桌拜託換票，兼暗暗仔吐氣。

七星河邊佮斑甲廟，卻是人聲喊喝沖沖滾。盧有應並無出面，毋過逐家攏咧會講，斑甲公顯聖，指派盧有應來照顧七星市。

若講著隔轉工的市長補選，就免閣臆矣！依照天意，盧有應得票十一萬外，占總票數九成。風聲拄確定當選的時陣，伊正經街的五層樓仔上空瑞氣千條，閣有幾若百隻斑甲飛來飛去。

開票的下晡，王公廟變做盧有應的臨時競選服務處。開票中間，童乩雄雄發起來，唸七句聯仔：「七彩雲光漸淡薄，溪流無港全砂石，斑甲化身父母官，展翼致蔭大疼惜。」

13

盧有應當選市長，並無瘋狂的慶祝場面，也無奢颺的謝票遊街。伊的當選，敢若是自然發生的代誌。

伊任派吳青芳做主任祕書。市政頭一層，用斑甲做市徽，員工制服印斑甲。閣來，共圓環公園中央彼隻火獅摃掉，換安飄撇威風的大斑甲，基座刻「斑甲救世」。對這陣開始，北斗公園改做斑甲公園矣！市民也開始叫市長斑甲將軍，愈來愈濟人相信伊是斑甲公指派的使者。

這就是開頭所講的，「斑甲救世」，怪孽傳奇故事的由來。這座斑甲銅像也佇遮蹛（tshāi）欲一年矣！這馬市公所宣佈一个閣較重大的施政計畫，就是共王公廟異地保存徙來圓環公園，加上佇圓環外圍起十二樓的香客中心。聽講這是斑甲公較早就有指示，這陣再次降旨講時機到矣！

王公廟欲徙去市中心圓環內底！規个七星市攏喊起來，風聲也迵去全島的各縣市。漸漸，有人共七星市叫做斑甲市。

七星市從盧有應回鄉到這陣，短短兩年外，會使講變換莫測風雲四起。誠濟代誌予人捎無貓仔毛，毋過若共歸做神明指示，就誠少人敢出聲反對。

講著風雲，佇年尾的這件大新聞誠是予人料袂到，正港的強度風颱！

【番薯藤日報島北新聞】北濱市有人釣魚，竟然釣著一具女屍，經過長期間調查，懷疑是一件兇殺案，目前已鎖定嫌疑對象。

這起事發生佇兩年前四月，北濱的汫水河，有一个釣客鉤著死者的衫褲，無意中予死者現出水面。因為揣無任何證件，比對失蹤人口也無結果，案情一時卡牢咧，就暫且按下。

今年初，一个長年蹛海外的林姓女子，轉來走揣兩年無聯絡的小妹，經過認屍，確定死者是 35 歲的林月金。

林月金父母早早過身，唯一的大姊嫁去國外。經過調查，伊本底佇酒店上班，辭掉一段時間了後，煞突然予一个九十幾歲半身不遂的老阿伯認做養女。這个老阿伯無結婚無親人，不動產十外億，閣無偌久就過身去，林月金繼承著不動產，誠緊就攏賣掉。

閣想袂到，經過三個月後，林月金失蹤矣！一直甲佇汫水河予人釣起來。

幾個月來，經過檢警多方查訪，案情出現轉機。原來林月金有一个同居的男朋友，外號阿雄，本名盧茂雄，改過兩擺名，現此時叫盧有應。

盧有應，正是這陣七星市的市長！

根據了解，盧有應並無到案說明。檢察官已經發出拘票。

報紙用上大圈（khian）的烏體字**「七星市長盧有應涉嫌命案」**，囥頭條新聞。電視新聞規工重複報導，規个七星市絞絞滾，攏咧討論這件事。

14

透早八點未到，正經街的市長公館已經被民眾團團包圍矣！

民眾包括市民、信徒，一寡將盧有應當做神明的人，規千人共本底就無蓋闊的老街，硤（kheh）甲密㴙㴙（bȧt-tsiuh-tsiuh）。佪包圍市長公館，是欲阻擋警察掠人。

市長是奉斑甲公旨意出來救世的，檢警無應該憑謠傳推測就烏白掠人。

百外个警察予擋佇外圍無法度入去。

主任祕書吳青芳佮三个女祕書出現佇五樓的露台，擛 mái-kù 演講。

「市長帶使命來解救咱七星市，欲予市政起飛，拚全國第一！」

「市長為市政犧牲，共全部家伙攏提出來奉獻老百姓，鄉親啊！這款的父母官欲佗揣？鄉親啊！有人無感激，閣用謀造計來陷害伊，這敢有天理？敢有天良？」

吳青芳瘦白掛目鏡，講話純純，配合三个穿白長袍女祕書，兼對厝內飄出來的煙霧，發散出一種講袂出來的迷惑。

街面的群眾愈聽愈激動，規个絞絞滾，有人講，的確是選輸的人造計來陷害，有人講是黨派的陰謀，閣有人講是魔鬼的詭計。

就按呢，百外个警察，閣來鎮暴部隊三百个，佇外箍 thuh 三點外鐘，毋知欲按怎。

欲晝仔，靠近市長公館的一間仿巴洛克老厝的露台，出現一个大約三十外歲頭毛被肩的女子，擇大聲公向下面的群眾講話。

女子的聲音激動，清脆尖利。

「各位鄉親！恁當做神明的盧有應，是啥物款人物？是諞仙仔啦！」

下面的群眾噓噓叫。

「我就是活證據，我欲來拆破伊的假面具！」

「我名做呂春梅，較早是伊的祕書，這馬無利用價值，共我踢走，閣叫人暗殺我，好佳哉命大予害無死。」

「恁敢知影，伊遮婧噹噹的祕書是咧做啥物代誌？」

「毋管號做祕書、仙姑，窮實攏是伊包飼的查某！個負責的工課，就是專門獻美人計，㖂好色的大頭家去啉酒跋筊。」

「筊場攏佇萄葡鎮金沙村，盧有應設局跋歹筊，誠濟大頭家一暝共公司工場輸掉！譬如桃源市的好開罐頭，花鹿鎮的堅強螺絲，三甲鄉的軟絲紡織……攏是死佇伊的手頭，有的頭家傱錢傱甲跳樓！」

呂春梅講甲有影有跡，有公司名字，本底kí-ká叫的民眾小可恬落來。

愈講愈激動，呂春梅繼續點破盧有應的惡行真相。伊講盧有應逐時食毒頭殼神神，講是神明附身，出門也四常紮銃。

佇呂春梅講話的中間，吳青芳佮三个祕書早就消失去。

呂春梅猶未講煞，雄雄……換盧有應出現佇五樓露台。

伊穿一軀殕色，手䘼闊閬閬的外疊，閣佇頷頸掛一條白色珍珠被鍊。

「侮辱神明，犯天條，五雷蓋頂啊！」

伊重複講這句話，翼股phi-phiák叫，愈行愈倚牆仔邊。

下面的警察趕緊準備氣墊，開始灌風，閣兼向頂面喝聲：「毋通啦！市長較冷靜咧，毋通跳啦！」

警察喝十外聲，氣墊的風灌猶未飽，盧有應已經展開雙翼飛出來矣，伊飛向斑甲公園，後面綴一陣煙霧……

第二章

【草猴鎮】

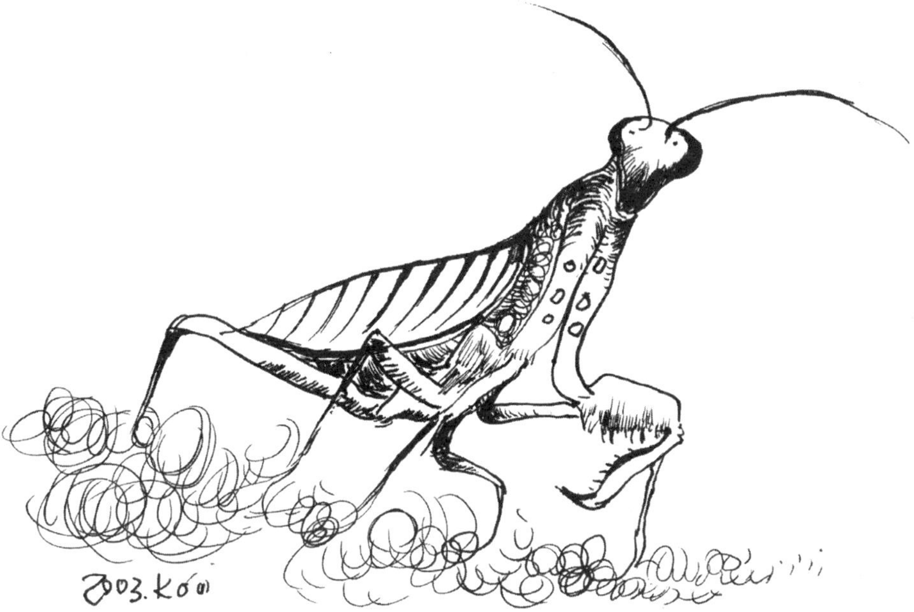

1

伊徛踮七星河佮肚臍溪之間，定準這是天地的中央，也是人的中心。

天頂雲尪暗漠漠（àm-bo̍k-bo̍k）烏趖趖，傱來傱去，親像虎豹獅象，敢若烏隻蟲豸，也彷彿看袂清楚的眾生相。

伊雙手攑懸，口中吐出經句密喌喌，聲音是暗器，規群飛向莽莽乾坤。

煞雄雄起雷公爍爁！天地齊振動，而且佇顯目的光焱內底，有草猴的形影出現，騰胸翹尾，雙爪相攲，親像祈禱的姿勢。

雷公連紲霆五聲，一粒長株圓（tn̂g-tu-înn）的玄珠浮出樹尾三尺，停定佇半空中。頂面有七彩的紋路，愈來愈大愈來愈倚近，突然間……有草猴的幼蟲軁出來，原來是卵鞘。

精神矣！伊頭毛澹漉漉，反三角形的額頭垂甲層水，身邊的落葉答答滴滴。

「你是草猴榮！」對記持深井傳出來的聲音，一句一句揤過濫肚的山壁，閣一聲一聲彈倒轉來。

陳崑榮佇肚臍溪附近的山洞修行已經三年矣，樹林中神樹奇木滿滿是，伊有時倒吊有時正soh，有時用閃電手撿（hop）蟲豸，拆食落腹。

雨愈來愈大，陳崑榮攏無tsùn-būn著，跤尾屈落去，開始拍七星草猴拳。

2

離濫肚山脈十外公里的這个小鎮，予一條大目溪圍半輾，早前名德洋鎮，這陣叫陽秋鎮。德洋彎話足成倒陽，鎮內的查埔查某攏有意見，落尾經過公民投票，九成同意改名。號做陽秋，是因為伊倚山彼爿有一片的崙仔，規千隻的山羊，烏甲會發光，咩咩叫，尤其羊母佇發情期，連續叫欲兩暝日。這是小鎮的特色，也是伊的重要財富，所以號做陽秋，普遍誠滿意。

陽秋鎮人口四萬外，女性占六成。目前的鎮長是五十外歲的葉天基，大目庄人，已經第二任。

這个熱翕翕的暑期，陽秋鎮佇禮拜日有一場盛大的活動，「半麗島蟋蟀仔擂台賽」。場地設佇陽秋國中的活動中心。對島嶼各地來的蟋蟀仔戰士的主人佮觀光客挨挨陣陣，也有對蓬萊島來的人客。

蟋蟀仔，是陽秋鎮佇山羊之外，聞名全島的特色。這一工入鎮的牌樓頂頭大大的紅底白字，頂聯「蟋蟀仔武林大摔拚」，右聯「蟋蟀山羊王梨正三寶」，左聯「陽秋鎮祝逐家大發財」。

佇半麗島各地有櫻花祭、烏魚祭、山豬祭、豐年祭種種，毋過蟋蟀仔拍擂台，算是特有的節目。窮實陽秋鎮自古以來就是蟋蟀仔滿四界，逐時若到起鵤（khí-tshio）期，蟋蟀仔郎君的翼股顫袂離，tsi-tsi叫。蟋蟀仔姑娘用跤曲聽著就起嬈硞硞從。聽講鎮內各種蟋蟀仔較臨十萬隻，叫暝叫日，叫甲查埔查某心𢯾𢯾（ngiau-ngiau），暗時毋睏四界賴賴趖。一年一度擂台賽也算是予蟋蟀仔佮鎮民消敨精力的好辦法。

佇外地來的，通常會先去離國中三百外公尺的蟋蟀仔中心參觀。

「來來，逐家行較倚來，聽小弟阿吉仔介紹……」佇中心內底有一个瘦抽的導覽員擛大聲公，帶領一群人說明玻璃櫥仔內底形形色色的蟋蟀仔。

「這隻烏趖趖的是烏龍。」阿吉仔順手掠一隻起來手捗頂，欲盤予一个幼秀的小姑娘耍看覓，想袂到伊煞驚甲吱吱叫。

「免驚啦！伊是牛牢內鬥牛母爾，袂咬你啦！」阿吉仔閣共放轉去，「烏龍有的足猛，直直向前衝，嘛有誠無膽，直直頓蹬踅圓箍仔的。咱俗語講烏龍踅桌，就是咧講這體的。」

「閣來，這種翼股紅huann紅huánn的叫赤羌仔。」阿吉仔用手掰家己的喙，「伊的牙槽足闊，見若咬著就毋放，伊比烏龍加誠歹，四常戰死毋退。」

「紲落這隻是牛屎蟋，佇牛屎內底挖出來的……莫掩喙，袂臭啦！閣這隻是蛇蟋，參蛇覕仝空，伊會跟綴蛇的性素，若參飯匙銃做伙的會足歹。」

「落尾這種較特殊，聽講是三百冬前，蓬萊島的草猴參咱半朧島的蛇蟋交合的神祕品種，叫做彪山蟋。伊有像鋼的喙剪，閣有利劍劍的跤爪，見若出場，別隻蟋蟀仔心驚膽嚇，準講赤羌仔嘛會烏龍踅桌！毋過伊是半朧島的國寶，列入保護，無簡單出場。」阿吉仔那講閣那躡目，激一个神祕的表情。

規群的觀光客，聽甲耳仔覆覆，有人吐舌，有人翕相兼做筆記。

佇上後面，有一个面腔足成草猴的，一直誠認真聽。伊敢若踏七星步，兩个手拶拎咧閣有相佮的款勢。伊對彼隻彪山蟋特別有興趣，逐家走了矣，閣用青錦錦的目神定踮頭殼心。本底行踏雄介介的彪山蟋，竟然予看甲頭殼頕落來，翼股也垂垂。

3

十一月底，陽秋鎮代表會的年度定期大會開始矣！除了後年度的總預算之外，也有誠濟重要議案。

這次蟋蟋仔擂台賽辦了誠成功，招來五十萬觀光客，規个陽秋鎮沖沖滾，旅館客滿，店家生理做袂離。鎮公所就順機會提出蟋蟀仔館擴大做蟋蟀仔觀光園區，占地三十公頃，內底有蟋蟀仔生態博物館、蟋蟀仔音樂廳、蟋蟀仔演藝廳、蟋蟀仔相關產品的經銷中心。土地由公家提供，硬軟體建設愛開兩億外，一成由鎮公所歲收支付，兩成爭取頂級補助，七成貸款。這種龐大閣無實際效益的建設，以前就有幾若件，已經變成蠓仔館抛荒足久矣，到今猶無法度處理，貸款三億外嘛還無三分一，閣舞落，敢是鎮公所愛予人拍賣？

會議中間，有三个代表堅持反對，三个表示贊成，兩个無意見，主席是屬鎮長派，看範勢隨著宣佈歇睏十分鐘。

「方代表、鄭代表啊，建設攏是為地方好啦！這个案參別件無仝款。」外號大肥滿仔的查某主席，一手幔一个代表，聲頭不止仔大。「恁看，這擺的活動真正是破紀錄，轟動全國，閣傳到外國攏知影，拍鐵愛趁燒啦！何況……」

「莫閣講啦！」鄭代表面腔無好，共大肥滿仔揀走，「一擺閣一擺，逐回攏按呢！」

「毋好衝動，我共你講。」大肥滿仔閣共兩人幔倚來，落低音細聲講，「這个工程做落去，逐个攏有大大的好處……詳細才閣來談……」

「用表決的啦！」方代表也大聲起來。

「咱陽秋鎮的所會一家，地方一片和諧，是其他鄉鎮呵咾有著的……」大肥滿仔講甲面紅絳絳，汗水湢湢津（tsháp-tsháp-tin）。

無偌久，鎮長葉天基也走倚來，伊四角面掛四角目鏡，用低沉的聲音，共兩个代表講一寡足誠懇的細聲話。

經過歇睏溝通，終其尾議案一个一个通過。

佇會後的會餐中間，葉鎮長佮主席做伙捀杯敬代表。

「咱陽秋鎮團結和諧，是全國的模範，逐家乾杯！」

4

拍鐵趁燒，蟋蟀仔觀光園區即時動用緊急預備金開始規畫，建築圖也開始畫矣！濫肚山西南爿倚大目溪的一片平陽是預定地，聽講有代表、生理人佮一寡鎮長的金主攏已經佇進前就用足俗的價數買去，甚至連溪埔邊國有財產局的租約地也買了了。無偌久，規个園區附近的土地起二十倍以上。

佇大目溪邊有一間起甲媠氣莊嚴，內外金光閃閃的通天寺，已經存在數十年，伊的土地多數是信徒寄付的，毋過嘛有部份占有公所地、河川地。主持悟雲法師有通天眼，會算過去閣知未來，誠濟政治人物參選進前會先來求見。聽講也捌有總統候選人來請示過。

因為名聲真透，鎮長葉天基也非常敬仰伊，大細項代誌愛來揣師父開示，每年請伊去公所頭前辦法會祈福三工。彼幾工鎮長會帶領祕書課長全員參加，對透早五點開始徛拜、跪拜、覆拜，拜甲下晡五點，拜甲跤頭趺遛皮。看著按呢，公所主辦人員一直毋敢去拆伊侵占公有地的建物。

觀光園區的規畫，葉天基早就共悟雲師父報告過，包括整個計畫，以及將來欲順紲幫通天寺開大通路予遊覽車會當駛到廟埕。閣有，欲共園區的水銀燈擴大裝設，箍滿通天寺四周圍，予伊規暝光顯顯。

佇觀光園區快速進行的仝時陣，可能無人注意著，伊東爿兩公里外的一片神祕樹林內，一座神祕的建築物已經恬恬起起來矣！

5

陽秋鎮的大街誠鬧熱，正中央古早叫做三條湧，是南北二路的販仔交易的所在。彼時陣，人佮牛車、人力車挨來揀去絞絞滾。這馬已經攏是樓仔厝，十字路口青、紅、黃三蕊目睭暝日眨眨躡，寶獅捷豹機器狼傱來傱去。

大街方圓數百公尺的一群水銀燈，欲暗仔六點準時開目。

本底是普通的水銀燈，這陣隨時代進步也攏換LED，省電兼加倍光。逐葩電火泡仔下面，攏有一隻鐵拍的蟋蟀仔，佇遐屈跤尾張身勢，聳鬚兼齴牙。毋過表面雄介介，卻是袂振袂動，據在一群臭蛾仔四箍輾轉飀飀飛，共恥笑共放屎。有時予水銀燈燙死，閣共伊的身軀當做墓仔埔，葬甲規頭規面規翼股。所致，逐隻蟋蟀仔面腔攏愈來愈齷齪，落漆落漆兼淡薄仔歪斜（uai-tshuȧh）。

佇大街西爿路尾有一間聖堂，光顯顯的十字架托上天頂，光芒熠出來，像一千支箭射向路燈頂的蟋蟀仔。

下暗有一場聖靈降臨的祈禱會。聖堂內面的信徒、信徒之友插插插，兩百外人搢（tsìnn）甲密喌喌，心狂火熱。

台上是一个外國來的女傳道士，誠躼跤，穿烏色套裝，烏皮膚閣淡薄仔白殕。

伊用誠清誠明誠神聖的聲音下指令，透過大音量的喇叭宣示：

「伊光顯顯行過來，軁入你的身軀。伊淋漓漓灌落來，洗淨你的心肝。伊攤開全世界，凡是你想欲愛的，攏予你！」

「愛情、財富、健康、事業……凡是你想欲愛的攏予你！攏予你！哈利路亞！」

「哈利路亞！」「哈利路亞！」「哈利路亞！」

傳教士的聲音愈來愈急，愈來愈響，信眾有的擛雙手綴伊喝哈利路亞，有的神神徛袂牢地，有的已經頓落塗跤坐。

「予你！予你！」傳教士用空手比手勢，一直扰（tìm）一直扰，扰向佗一个方向，就有一寡人坐落、跪落、倒落，有的拄好倒佇別人身軀頂，變成半癱倒，目屎涵涵津。

「哈利路亞！哈利路亞！」聖堂傳出來的聲音淤甲規街路，予逐支水銀燈sih-sih顫，產生的磁場拋過濫肚平陽，衝上彪山頂。

6

「末世胡言亂說，魔鬼的聲音，愛辨認清楚，愛用正法救世。」

佇神祕樹林內底有一種低沉神祕的聲音踅踅唸，像人，抑是像野獸，閣較親象蟲豸咧叫。

這个建築物外觀混沌無明，佮動物蟲豸的保護色行仝路。規个面壁攏深茶色，放眼看去，是一片樹頭樹椏相輾閣相交纏。厝頂的樹葉層層疊疊垂落來，敢若三个千年大樹公倚相倚，托三支超級大雨傘。更加玄奇的是，揣無入口。伊的入口需要唸過一段咒語才會現出來。一个樹空，入洞門的人愛犁頭半跔行，寬寬仔移徙。而且袂使出聲，聽講若出聲，樹空會突然消失，人就綴伊消失佇樹椏內底。

尾暗仔，有十外个查某人予一个仙姑引導，sih-sih顫，吣吣掣，軁入來這个神祕的聖殿。個必須要經過仙姑介紹、點化、傳授天尊的神祕語言，閣咒誓若洩露出去就五雷蓋頂，死無葬身之地，按呢才會當來加入。

引領的仙姑皮膚白蒼蒼，深綠色的衫褲披淺草色的風幔，翼股略略仔振動，親像隨時欲起飛，伊的頭毛編兩毬佇額頭。

「這是智慧的頭毛型，叫做光明岫。」洪仙姑閣再強調一擺，「咱人的記持佮思想會藏佇頭毛內底，所以編造兩个岫，予四常炤出智慧的光明，親像隨身紮兩葩光明燈。」

「頭毛有夠長的愛開始編光明岫，無夠長的繼續唸經藏好智慧，等待結成光明岫。千萬袂使去siat-tooh（セット，梳整髮型），違反天尊的教示，擾亂家己的心神。」

洪仙姑話語輕輕像古琴，聲聲灌入信眾的耳，閣鑽入心肝底。

紲落伊引逐家伐入聖殿。

聖殿懸度十外丈，非常挑俍，十外个人目睭隨予正中央的神像吸引去。七尺懸，銅製的雕像，像草猴的反三角面，頷頸閣敢若蟋蟀仔，身軀絞三輾足成蒜茸枝。伊兩蕊赤紅的大目睭威風凜凜，中央的烏點左右頂下掃來掃去，予人覕無路兼起畏寒。

「恁來矣！」像霆雷的聲音毋知對佗位來，逐家攏驚一趒。

「緊覆落！覆落！」洪仙姑大聲喝，閣徛正正合拳向仙尊敬禮，喙內哩哩硞硞五分鐘，毋知唸啥物。

「起來！起來！我替恁共天尊會失禮矣！」仙姑吐一口氣，「唉！袂使掠天尊直直相，會惹伊受氣。」

眾人沓沓仔蹈起來，雄雄一陣冷風掃過來，逐家又是sih-sih顫，吣吣掣。這馬攏頭殼犁犁，毋敢正面看天尊矣！

「來來，過來這爿，我來介紹十八金剛。」

佇聖殿左右各有九个七尺懸的徛像，個個草猴形體，攑刀攑斧攑劍攑花，姿勢佮武器攏無仝。

「名為金剛，窮實攏是女性。」

逐家聽一下喙開開。

「個有本土的，也有對世界各角落來的。就先對正爿來。」

仙姑每介紹一尊進前，攏會先合拳敬意。

正爿：「闊腹斧頭金剛」、「薄翅大刀金剛」、「雞胸絞刀金剛」……

倒爿：「馬來幼枝金剛」、「小提琴手金剛」、「百花魔法金剛」……

「天尊的代誌攏是派遮的金剛去處理。比如七星河邊彼个賴太太，腹肚生大粒瘤，就是派薄翅大刀金剛去共割掉的。平陽村彼个飼羊松仔神經失常，是由小提琴手金剛去處理。講著天尊，是無所住無所不住，來無形影去無蹤跡。座上的神像是予人參拜用的。」

「來，逐家跪落，手合拳敬禮，我來報天尊的來歷佮名號。」

佇跪規排的信眾頭前，洪仙姑目瞯瞌瞌。

「伊來自兩億年前……叫做侏羅劍龍天尊！」

「我來矣！」仙姑拄講煞，拄才彼陣霆雷的聲音閣出現矣！這回閣兼爍爁閃袂離，親像欲落大雨。

忽然間，對聖殿四箍圍的大小樹空sǹg-sǹg叫，siú-siú叫，數千隻的草猴飛出來，佇聖殿中央踅圓箍仔，拍翼股、齾牙、聳鬚。逐家驚甲面仔青恂恂，緊手掩頭面跔落來，連續十外分鐘才平靜。

「恁攏是天尊的選民，所以看會著異象。天尊會特別照顧恁。今仔日看著的攏袂使講出去。」

信眾攏離開矣，神祕樹林內，包含國內外各種品種的規萬隻草猴，分幾若區，有的當咧食暗頓，食蜘蛛、果子胡蠅、臭青龜仔；有的一面交合一面食對方，母的食公的；閣有的當咧生產中。這是一个生佮死，愛佮恨，神佮魔交纏的祕密世界。

這時陣，佇聖殿後爿有一間，愛經過幾若條祕密通道的套房。誠闊曠四序的房間，陳崑榮坐佇膨椅頂食薰，薰頭有抹一層特殊的白粉。

佇陽秋鎮，風聲講草猴榮仔死三年外矣！跋落肚臍溪抑是七星河？佇彪山頭墜崖摔死？毋管按怎，伊的阿爸去派出所報失蹤了後，就無插矣。

這个陳崑榮，自細漢生做倒反三角面，額頭誠懸，目睭大蕊兼噗噗，看起來誠是足成草猴。全庄的，甚至規鎮的人，攏按呢稱呼伊。陳崑榮足討厭這个外號，見若聽著就風火風著，捏拳頭拇欲揍（bok）人。伊自出社會做過店員、賣過車、摸過保險、飼過雞、排過夜市仔，佇筊場顧口，也捌加入詐騙集團做車手、假檢察官，毋過做無一項夠kuí，閣兼入內籬仔幾若年。所致予親情朋友看無現，兄弟姊妹也供體講看出出矣，袂有啥物出脫，老爸母見講著伊就幌頭吐大氣。

得天機矣！草猴榮這个外號窮實毋是袂堅疕的傷痕，世俗人的譬相正是上天的考驗！伊是帶使命下凡的。

「天機不可洩漏！」草猴榮擔頭向天篷講話，用命令的口氣。

突然有累累墜墜的草猴，佇天篷佇壁頂佇塗跤，頭身攏越過來，兩肢前跤攑做伙，親像遵命的姿勢。

「我已經是神矣！至高無上的神，無人比我較厲害。」

陳崑榮雄雄想著較早佇斑甲市，巷仔尾彼个機車明仔，彼个逐時踮厝門口參某冤家的明仔，也就是這陣通天寺的悟雲法師。伊連紲欶三喙，共薰擲落塗跤大力挼落去，姦（kàn）一聲，露出看無現的表情。

7

陽秋鎮三條湧南爿的水街，有一間添福餐廳，是里長盧添福開的。普通時仔稀微稀微，今年初開始誠ka-iảh，人客不時窒窒滇。因為四年一擺的地方選舉，年底欲閣投票矣！

鎮長葉天基明年初到任，蟋蟀仔文化園區已經進行初期整地，設計圖佮經費攏準備好，伊合意的包商也標著工程。為著工課佮暗中的約束順利進展，定著愛由心腹的人來接手。建設課的鄭課長，四十出頭，配合度懸口才相當，有伊後面打紮兼包商投資，欲當選應該無啥問題。

另外，大肥滿仔這回想欲轉換跑道選議員。伊參葉天基仝款屬山派，政治勢力較偏濫肚山這爿。

添福餐廳是政治人物上愛用來請柱仔跤食飯啉酒的所在。今仔日下晡六點外爾爾，就人聲喊喝，人客挨挨陣陣來矣！鎮長用補食春酒的名義，邀請里長、代表、課長、各角落的柱仔跤會餐，開十二桌，逐桌坐滿滿。鎮長坐頭排中央，先徛起來致詞。

「鄭課長是公所建設課資深課長，咱陽秋鎮大小建設會當順利進行，是因為鄭課長無暝無日用心規畫進行，才有遮爾仔好的成果，逐家拍噗仔鼓勵一下！」鎮長共四角目鏡剝起來，閣掛落。伊比手勢請課長徛起來，講話穩重定著，予人感覺足誠懇。

「咱這馬的蟋蟀仔文化園區，是全國第一，將來名聲毋但規个半䖙島，也定著會迵去蓬來島、珠球島、琉珊島，甚至全世界……想著這，咱更加愛予鄭課長接落扞鎮政，造福地方啦！逐家講好無？」

「好！好！誠好！」台仔跤誠濟人拍噗仔大聲喝。

紲落鎮長用仝款的理由，推介大肥滿仔選議員，又閣是一陣噗仔聲佮喝咻。

落尾，鎮長、課長、主席做伙捀酒，共逐家敬三杯。

這場酒攤咻三點外鐘，猶閣袂煞。規間餐廳咻酒喝拳、開講唱歌，嗷嗷叫，沖沖滾，厝蓋強欲夯（giâ）反過。

到甲十點外，才沓沓仔有人離席。這時陣，就有人招跤欲去紲局紲攤。紲局的去跋麻雀，紲攤的去食粉味。看起來，欲去食粉味的上濟，連查某代表、里長也有人欲綴去。講著粉味，當然是招去大肥滿仔開的小食部。

這間「七番 --ê」小食部，開佇公所迵往通天寺，較挹僻（iap-phiah）的所在。一大落崁鐵厝的違章建築，粉紅色走馬燈閃閃爍爍。大招牌頂頭有一个褪半身的姑娘半䖙倒，嬌滴滴閣使目箭。

小食部，除了櫃台佮廚房、便所、歇睏的所在，攏總設七間房。看起來規模嘛毋是足大，毋過陪酒小姐較臨五、六十名，那卡西也有兩台。不時規暝 ià-ià 捙，親像不夜城。警察巡邏車卻是會佇半晡仔無人客的時陣去踅一輾，簽巡邏箱。

大肥滿仔悉隊，鎮長、課長、里長、代表一行三十外名，無偌久就來到小食部，一開車門，粉味酒味就對大門溢出來。

「小姐攏出來迎接！」大肥滿仔目睭細蕊，聲頭足大。

一群芳貢貢，打扮甲嬌滴滴的小姐做一下溢出來，有的攬鎮長，有的幔代表，毋過上濟个去拑（khînn）大包商庫仔。參鎮長代表出來食粉味，攏伊負責納酒菜錢佮小姐的檯費。共拑予牢，聽伊的命令，參啥人乾杯、喝拳，抑是去共啥人司奶，攏有小費通提。

「金庫哥哥！」「酷哥哥！」「楊董 --ê」幾若个小姐共庫仔團團圍住，半攬半麗捒入去店內。本底較臨十一點才會鬧熱滾滾的七番小食部，這馬一下仔就客滿矣！

較引人注目的，佇三十幾个小姐中間，竟然有五、六个捋兩粒饅頭佇額頭兩爿，閣穿草綠色衫褲，打扮仙姑款式，大肥滿仔看著一直睨（gîn）。毋過，人客看著按呢，煞感覺鮮沢（tshinn-tshioh），相爭欲點個坐檯，誠是有病。

下暗，鎮長、課長、庫仔佮幾若个代表里長，做伙坐佇頭一番。半麗島特產的鑽石牌 bì-lù 排規桌頂，一个一罐莁頭前。

三个仙姑模樣的小姐插佇中央倒酒、敬酒。敬過三輾了後，就開始揣人客喝拳。

論喝拳，上簡單的是石頭絞刀剪，其他閣有彪山拳、東洋慢拳、運將拳、桌頂擛頭拳種種，一寡是大眾流傳，一寡是酒場小姐教出來的。毋過這馬有一个仙姑模樣的小姐講欲介紹一種新的拳法。

「一寡酒拳攏耍甲癉矣！來，逐家看我遮……」小萍擎手䘼，現出白雪雪的雙手，頂頭有刺北斗七星。

「這叫做七星草猴拳，以正手為主，倒手會使雄雄出拳。」

「大頭拇參食指相佮做二，加中指做三。出拳手曲莫伸直，用手腕壓落去！」

「四、五，照鏡掰一爿。單支，向前直直指，捏拳，大力揍（bok）出去！」

「這是一千冬前的神祕拳法，用來做酒拳，健身兼修行，敢毋是一舉三得？」

這種酒拳誠玄奇，也從來毋捌聽過。無偌久，逐家耍甲熱phut-phut，笑咍咍。紲落，三个仙姑娘攏徛起來，帶動逐家跳七星草猴舞。

這一暝，一番的人客攏用扛的轉去。過無偌久，七番--ê的仙姑娘小姐名聲迵京城。一寡查埔人若想著食粉味，就會互相講滾笑：你欲去仙姑娘廟呢？

閣過半冬，外地來的人客發現，陽秋鎮的婦女竟然足濟人打扮做仙姑娘模樣，額頭兩粒光明燈佇街路上炤來炤去。而且，個佇假日抑是暗時，會三、五个招做伙按戶揤電鈴分手冊宣傳，個解說兩億年前侏羅劍龍天尊創世紀的源由，草猴修道的玄法妙理，閣講足早進前世界是由草猴統治。佇手冊底的圖片，若草猴像蟋蟀仔，疊盤佮掌祈禱，誠威嚴神祕。這本冊，無作者無年閣無出版的單位，聽講是自創世紀留落來的天書。

8

這屆鎮長的候選人主要分兩黨，傳統的彪山黨，二十年前創立的海口黨，一般人講是山黨佮海黨。其他的小黨佮無黨，當選的機率無大，無人欲出來開戇錢。

葉天基佮課長鄭天良、主席戴珍滿攏屬彪山黨，也被黨部提名。海黨這爿，干焦徛七星河邊的貓面岩仔想欲選議員，鎮長無人出來。

選舉一倚近，海報、人像、布旗仔規街路，陽秋鎮每一支水銀燈攏是鄭課長佮大肥滿仔的布旗仔。頂頭的蟋蟀仔暝日顧牢牢，敢若咧顧選票無外流，閣予文化園區工程順利繼續進行。

這中間誠少人注意著，全國本底二十个政黨，最近閣加一个「草猴救世黨」，聽起來親像教派名稱，納入政黨怪味怪味。

佇陽秋鎮，草猴天尊，草猴的玄法妙理已經傳湠一段時間矣。有誠濟查某人大細項事會去聖殿祈禱，請求天尊降旨，仙姑開示，聽講誠靈聖，神像不時會伸手提牲禮去食。而且入教捋仙姑頭的婦女，攏得著仙尊暗傳心法，一下使目箭，就聽好鉤走查埔人的魂魄。規个陽秋鎮已經沓沓仔變成女人掌握的世界。

而且根據仙姑傳達的天尊說法開示，濫肚平陽上千隻的烏山羊，因為陽氣傷重，會妨害地方發展，閣影響身體健康，所致留少數湠種，其他攏愛閹割。陽秋農會表示反對，毋過農民猶是照天尊的開示去做。結果羊肉無羶，生理顛倒好，逐家閣愈聽仙姑的話。

候選人登記的頭一日早起九點，公所頭前一群里長、代表挨挨陣陣，攑旗仔閣捧相片，陪課長登記。

個拄登記好猶未離開，突然出現一群仙姑，綠色的草猴部隊，扶扶插插陪同一个瘦梭清秀的查某人來登記。

「鎮長候選人吳青芳」。吳青芳是啥？逐家越頭相看，問來問去，才知影伊是神祕聖殿內底的仙姑娘頭。

有較老練的記者調檔案出來看。「啊，敢會是進前斑甲市公所的主任祕書吳青芳？」

吳青芳登記了，並無開始拜訪選民，街面上無一面看板，無一支旗仔。變啥物魍？是咧登記爽的？包括鎮長派佮一寡地方政治人物開始起僥疑。

七、八月中間，神祕樹林大片的掌葉蘋婆（phîn-phông）生甲累累墜墜，這陣已經落塗跤，個個開喙像木魚。有一工半暝，對樹林傳出來摃木魚唸經的聲音，有時緊有時慢，有時尖利有時低沉，傳過大路，傳上天頂，降落每一戶徛家厝頂，咧睏的人毋是予拍精神就是做奇怪的夢。隔轉工，誠濟查某人佇菜市仔噹舞噹呲，昨暝天尊來矣！天尊託夢，末世到矣，陽秋鎮有危機，伊派仙姑娘吳青芳來解救咱！

閣較怪奇的，一暝中間，街面上水銀燈的蟋蟀仔落甲規塗跤，一半隻仔無落的，也賰一條線牽咧蕩蕩晃。

公所拄上班，添福餐廳的盧里長就焉一群里民來共鎮長通報。

「長--ê，」盧里長昨暝晏（uànn）睏，透早就予里民叫精神，藏涔面蠻蜍目閣兼怦怦喘，「我昨昏咻較濟，茫茫睏甲當落眠，口面噭噭叫、siú-siú叫，我本底想講是做夢，想袂到是真正的！」

葉天基聽一下面仔青恂恂，喙內踅踅唸，「邪教！邪教！」伊想著個某佮查某囝敢若也受影響，最近會講奇怪的玄理妙法。

「誠久矣，里內的查某人厝內工課毋做，囡仔也毋知通顧，相招去草猴林唸經學法術，查埔人也若食著符仔，變甲軟荍荍，逐項聽某咧指揮。長--ê按呢閣落去，害了了啦！毋但陽秋鎮變查某人的天下，天良課長也免想欲接你的位矣！」

葉天基面色本底反青爾爾，想著鎮長會予別人做去，大堆工事佮利頭恐驚有變化，面煞反烏，要緊叫祕書佮課長入來參詳。

「鎮長，」長面尖下頦的鄭天良聽了心內有數，「彼大片的烏樹林雖然是私人地，毋過內底袂使起厝，違反林地管理。飼一堆名貴的草猴做宗教的工具，違反保育法。半暝大聲唸經，是妨害公共安寧……若是路燈頂的蟋蟀仔落落來，這……這……」伊抓頭殼掌下頦才閣講落去。

「哎，反正就是嚴重違法啦！莫閣躊躇（tiû-tû），要緊拆除！」

一群人參詳了，就馬上通知拆除隊，三工後拆除。為著恐驚仙姑發動信眾阻擋，拆除時間排佇透早五點，而且通知警察局派保安隊來維持秩序。

9

這座神祕的烏樹林，本底就枝葉密浻浻烏khàm-khàm，閣經過刁故意營造種作，佇外面看過來誠是會予人產生敬畏抑是恐惶。

毋過內面閣內面的暗室卻是經常光焱焱，會使講是該光的所在暗眠摸，該暗的所在大放光明。草猴救世，敢講陰陽倒轉天地顛倒反就是伊的玄機妙理？

這時陣佇上內面迵後山祕密通道的一个誠四序的房間內底，只有草猴榮佮吳青芳兩个人。

陳崑榮疊盤佇一塊草綠色的蒲團，三角面激甲誠莊嚴，相疊的手捗心有一隻非洲來的刺花草猴，紫紅色的目睭佮額鬚，翼股佮跤爪，向四面八方伸勻，親像一蕊蓮花。伊喙內發出怪聲，若人若蟲豸。

順壁角排一大堆經冊。其中有基督教的聖經、伊斯蘭的古蘭經、佛教的金剛經、道教的道德真經、印度教的摩奴法典……應有盡有，毋過上濟的也是草猴救世的經典，規萬本疊甲變一塊超級大的眠床。這个所在，也親像一間神祕的地下出版社。

吳青芳對掩抱的小門閃入來，徛佇陳崑榮頭前。經過較臨五分鐘，草猴榮原在目睭瞌瞌無振動，喙內繼續唸經發出怪聲。吳青芳開始起痟，目鏡剝囥桌頂，兩丸仙姑頭敨開，像水沖瀉落來，柔軟的腰身踅一下，對草猴榮身軀躽落去。

「侏羅劍龍天尊在此，不得無禮！」陳崑榮大喝一聲，低沉莊嚴誠是神的氣口，吳青芳雄雄倒彈頓落塗跤。

「有緊要代誌稟報天尊！」吳青芳起身，換用正經嚴肅的態度行禮。

陳崑榮褫開目睭，誠細膩共刺花草猴囥入一个幼秀鑲璇石的玻璃篋仔。

吳青芳就將鎮公所佇三工後欲來拆除聖殿的代誌，頭直來尾直去詳細講一擺，閣敢若有派人去錄音過。

「叫三仙姑做伙來參詳。」陳崑榮表情平靜，親像早就心內有數。

「三仙姑這陣攏佇葡萄鎮，明仔早起才會轉來。」吳青芳提墊仔坐落來。

葡萄鎮是斑甲市附近有名的筊窟，三仙姑誠久進前就佇遐出入，招公司大頭家跋筊用計詐騙財產。這陣改頭換面，用草猴救世黨的面目繼續活動。斯當時陳崑榮佇遐顧場仔就參個誠熟悉。

「我開天眼觀看陽秋鎮，政治人物的舉止行動攏佇掌握中。」陳崑榮自信滿滿，「連絡個明仔載提早轉來商議，天尊自有妙法。」

講煞，陳崑榮目睭閣瞌落去，喙唸奇怪的經句，毋知佗一國佗一族的語言。唸一觸久仔，ȯk一聲目睭擘（peh）金，面腔變輕鬆，回復草猴榮仔輕浮的眼神。吳青芳也綴伊放冗，現出嬈花的表情。

兩个人倒落草猴救世經的眠床，吳青芳雙手雙跤對草猴榮的身軀束咧，開始大力哠，輕輕咬伊的頷頸。查某的敢若刺花草猴，查埔的親像闊肚草猴，草猴的世界，女尊男卑。

10

天拄拍殕仔光，陽秋鎮的拆除隊長帶領三个隊員、兩台六十外噸的大怪手，lóng-lóng叫來到草猴林頭前。三十外个警察也已經排雙排，全神戒備。

草猴林一片烏趖趖，透早的風淡薄仔陰冷，對濫肚山彼爿一陣雺霧飄過來，逐家攏起交懍恂（ka-lún-sún）。

雄雄內底傳出一陣怪奇的唸經聲，啥物語言無人聽有。無偌久，siú-siú叫，吱吱叫一陣魔音傳腦，一大群數千隻的草猴對樹林飛出來，五花十色無仝品種無仝形樣，佇空中飛懸飛底踅玲瑯。一寡警察攏共盾牌攑起來，拆除隊的人員也走去覕佇怪手後爿。

飛較臨十分鐘，規群草猴閣飛轉去樹林內，其中𤆬頭的草猴，竟然是草猴頭蟋蟀仔身軀，閣加誠大隻。

樹林的洞空無張無持恬恬仔拍開矣！三个仙姑軁出來。拆除隊的人員佮警察齊提高警戒，場面有淡薄仔緊張。

「天尊無所不在，無所不能。毋過伊誠慈悲，指示阮尊重世俗的律法。今仔日，無召喚任何信徒來聲援，顛倒派阮來案內。」

三个仙姑清秀美麗有靈氣，講話輕聲細說，草綠色的風幔，翼股佇透早的微風中飀起來，看起來身軀浮浮。個頭額頂彼兩葩光明燈，予日頭光略略仔焰著，閃閃爍爍，內底有一萬蕊的複眼八方巡視。

「來來，啉茶！」三个仙姑，一个倒茶兩个捀，一杯一杯好禮仔抶（tu）到逐家面頭前。

拆除隊趙隊長本底面腔雄介介，自信滿滿，這陣煞開始落軟，閣兼膽膽（tám-tám）驚驚。就吩咐怪手小等咧，予伊先入去溝通一下。

兩台怪手佇口面等欲半點鐘矣，猶無看著趙隊長出來，直直瞭（lió）手錶，想講等咧愛閣去文化園區整地，遮是欲遲延偌久。窮實拆除案，通常是牆面厝角揣幾个點敲予歹，賰的就予個家己去收煞。

怪手明仔等甲擋袂牢，閣窒一粒檳榔，呸一喙汁，就軁入去洞空探看覓。

伊看著趙隊長跪佇聖殿頭前直直拜，跪落覆落起來閣覆落，攏無感覺怪手明仔徛佇後面。

「弟子趙才朝，」伊閣跪落拜一下，「毋是刁工欲來拆你的聖殿，是奉鎮長命令不得已的，懇請天尊赦罪！赦罪！」

怪手明仔看甲花去，心頭也綴咧膽膽，要緊軁出來，共另外一个怪手財仔喝聲，「緊來走啦！隊長都驚甲欲死矣，咱哪敢拆落去？」

三个隊員走倚去擋，嘛敢若假無意爾爾，連鞭就退去邊仔，任怪手駛走。

一堆警察毋知啥物代誌發生，看講無欲拆矣，也宣佈解散。

趙隊長出來的時，已經走甲無半个，連三个隊員也離開矣，伊吐一口氣，家己一个沓沓仔行出草猴林。

隔無幾工有風聲出來，鎮長因為下令拆除草猴林，得罪天尊，連續發燒幾若工，這馬講話哩哩囉囉，逐家聽攏無。

11

課長鄭天良暝日走選舉，所費開足濟去矣，這馬閣提田園去貸款兩千萬，按算這擺非牢不可。看著範勢怪怪心頭起驚，一透早就招主席大肥滿仔、盧里長，走去通天寺揣悟雲法師。

「啊，邪魔附身啦！」悟雲法師名聲有通天眼，會算過去知未來。「烏樹林本底就誠陰暗，一寡惡鬼邪靈覕佇遐，這馬彼陣人藉草猴救世黨的名義佇遐靈修活動，表面合法，窮實是參妖魔鬼怪鬥空來控制陽秋鎮，終其尾是欲取得個所數想（siàu-siūnn）的重大利益。」

「按呢就害矣！」大肥滿仔趕欲出門，胭脂抹甲對喙頓去，閣用手掌一下煞規片親像歌戲班的小丑仔，「我感覺七番 --ê 遐小姐也誠濟怪怪，敢會去予吸收去矣？」

「誠有可能，鎮內一寡插政治的攏足愛食粉味，恐驚也會受影響，敢講個會有厲害的咒語符法？」盧里長面仔憂結結，愈想愈煩惱，這回鎮長選舉伊若鄭課長，已經開五十萬落去。

「阿彌陀佛！」悟雲法師目睭展大蕊兼轉（tńg）輪，「攏是一寡偽裝靈修的假仙姑，閣用蟲豸的名義招搖行騙，誠是罪孽深重！」

悟雲法師誠慎重交代，愛做驅魔祈福法會、淨心講座、佛像遊街等等，叫個要緊轉去參詳安排，這是陽秋鎮發展佮衰微的重要關頭。

三工後的禮拜日，通天寺的驅魔祈福法會佇鎮公所門口舉行，頭前佮附近的街道暫且封起來，圍一个區域佈置法壇，通天寺的和尚尼姑二十外名，連紲上經唸咒三工，鎮長帶領公所人員、代表、里長、選舉柱仔跤，對透早拜甲欲暗仔。規个陽秋鎮的街面佛音四界傳湠，一直迵去到神祕的草猴林。

紲落佇陽秋國中大禮堂舉辦弘法講座，敬請悟雲法師開示。參加的鎮民三千外个，規禮堂窒窒滇，一堆人輮佇走廊，閣湓對操場去。規學校四箍輾轉掛喇叭，聲音傳上天，傳去到草猴林的樹尾頂。

「邪魔分做兩種，心魔佮外魔。」悟雲法師慈眉善眼，聲音輕輕無緊無慢，「心魔是內底的五毒妄想以及各種煩惱所致，外魔是外面的邪魔靈體走來擾亂。這兩種相通，照佛陀的開示就是，相由心生。」

「六道眾生有天、人、阿修羅、地獄、餓鬼、畜生。」

「邪魔惡靈會奪人精氣，邪魔惡靈會奪人精氣！」法師講著遮，特別重複一擺，閣停落來對台下四周圍金金相，親像欲共暗藏佇群眾中的邪魔掠出來。

「比如講，草猴就屬畜生道，邪靈有可能附佇伊身上。」

法師直接指出草猴，台跤群眾開始攪吵不安。有的越頭相看，有的嗤舞嗤呲，規个禮堂絞絞滾。

「這陣就有邪魔藏佇群眾內底。」法師雄雄提高音調，目睭轉輪四界相，一道劍氣向台仔跤射落來，一寡咧嗤舞嗤呲的聲音隨恬去。

「驅魔避邪的經冊有《觀世音菩薩普門品》、《藥師琉璃光如來本願功德經》、《地藏菩薩本願經》、《普賢菩薩行願品》。」

「持誦六字大明咒有驅魔避邪的功能，這是觀世音菩薩的妙本心。」

「心經佮金剛經，能除一切苦真實不虛，自然邪魔外道不能害。」

兩點鐘足足的弘法講座，內底外口的群眾攏無走。結束的時，門口路邊有排大堆結緣經冊、六字大明咒平安符。有誠濟人寄付功德金、護持金。

佇佛教弘法的仝時，大街西爿的基督教聖堂也舉辦了聖靈祈禱會，為弟兄姊妹覆手祈禱，奉耶穌基督之名，命令魔鬼離開。大街東爿天主堂的神父也應住戶需要，去唸聖經、揮（hiù）聖水，潔淨房屋厝地。

幾工內，規个陽秋鎮洗淨驅邪沖沖滾。聽講蹛佇草猴林附近的住戶，看著幾若千隻無仝形狀的草猴竄出樹尾，佇半空中翼股吱吱叫踅玲瑯，可能受著街面上唸經影響聲音，煞變做直昇機的phu-lóo-phé-lá（プロペラ，螺旋槳），產生幾若千个絞螺仔旋（tsn̄g），有的落落去，有的親像佇雲霧中化無去。

鎮長葉天基回復正常矣，猶是行踏有風選舉虎的範頭，大肥滿仔、鄭課長精神飽滇，逐暝召集柱仔跤幹部開選舉會議。

「草猴救世黨火化去矣！」葉天基共目鏡拭予金閣掛起來，「逐家看清楚，這局咱是贏便的啦！包括鎮長佮議員。」

大肥滿仔笑甲喙裂獅獅，鄭課長直直頕頭，「嗯嗯，誠好誠好！」競選幹部逐家拍噗仔，敢若已經當選矣！

干焦盧里長面憂憂，一直想伊晳五十萬了後，閣加五十萬，若無贏，連餐廳薪水都發袂出來。

「我遐出入的人客五花十色，各路人馬攏有。照我的觀察……」盧里長挲一下禿頭頂的三支毛，「草猴林猶有誠濟信徒咧出入，尤其愛注意遐查某人，十喙九貓，嗤舞嗤呲垂歹話，批評鎮長譬相主席，閣講咱攏是仝kuah的，影響鎮民的心理足大……」

「唉！遮查某人……」葉天基目鏡閣剝落來拭，「阮某有時也會受影響，講遐有的無的，我對頭殼共皅（pa）落去才清醒起來。」

「無要緊！我閣有一个絕招。」葉天基目鏡閣掛起去，「崁跤彼个飼雞生仔已經應欲掛競選總部榮譽主任委員矣！」

「Uáh ！」逐家做伙喝一聲，喙開開，毋知這是佗一招。

葉天基兩手抐桌面徛起來，手捏拳頭拇，「飼雞大王戰草猴黨，穩捅的啦！百面贏的啦！」

逐个聽甲足歡喜，喝讚，拍噗仔，規厝間鬧熱滾滾。

散會了後，鎮長、課長、大肥滿仔、里長四个人閣留落來參詳，這擺選舉雖然勢面足好，嘛是愛加減開較允當。鎮長一票千五，議員一票五百，兩个候選人做伙處理，一票兩千。這陣已經是投票進前一禮拜。

12

「為著地方發展，為著陽秋鎮的繁榮進步，逐家攏愛出來投票，鎮長候選人一號鄭天良，議員候選人二號戴珍滿，做人誠懇做事認真……」離投票賰兩工矣，屬彪山黨的鄭課長佮大肥滿仔的宣傳車大街小巷，山仔跤溪邊四界踅。另外，海黨的貓面岩仔——議員候選人一號江海岩的宣傳車較細隻，放送頭也較細聲，也是大街小巷踅甲透。干焦鎮長候選人二號——草猴救世黨的吳青芳，無看著宣傳車，也無貼海報。予驅魔的法會拍敗矣？抑是轉入地下，暗暗仔動作？

佇投票日進前兩工的半暝，陽秋鎮家家戶戶攏發現一个離奇的代誌：有一隻純金的草猴走入來厝內。金草猴七錢重，身軀徛騰騰，頭前兩爪合做伙，親像祈禱的姿勢，三角頭頂面的目睭活靈靈，人若行到佗就看到佗。

「俺娘喂，草猴神誠是無所不在，隨時會出現佇身邊，袂使無相信！」逐家風聲來風聲去，有人講金草猴對窗仔縫楔（seh）入去，抑有人講是瓦縫鑁入去，閣有人講是開門直接飛入，甚至有人講是鑽過壁牆走入客廳，歇踮電視頂。陽秋鎮的查某人去菜市仔買菜，逐家講法無啥仝，不而過，攏講甲比手畫刀，閣兼會吐舌。佇大街小巷，菜市仔內底，有一寡梳兩粒包仔頭仙姑模樣的，個的光明燈親像四界巡視，規个陽秋鎮充滿一種神祕的氣氛。

另外，佇三條湧附近的大街路，壁邊、電火柱，一暝中間貼甲誠濟細細張五花十色的紙條仔，頂頭攏有印一句毛筆字。斟酌看分兩種：「草猴救世是天意」、「違反天意必有災厄」。

鄭課長佮大肥滿仔透世人插選舉毋捌看著這種情形，驚一趒要緊召集內部緊急會議，決定一个閣加五百，一擺做伙買兩票開三千。

投票前一工，規个陽秋鎮絞絞滾，七錢金草猴大戰三千箍，輸贏袂分明。毋過較恐怖的講法是，草猴天尊已經作法，派出幾若千隻的草猴前往投票所監票，可能歇佇天篷對準頓票處，可能直接就歇佇人的肩頭，投予幾號伊攏看現現。這種講法，一耳傳一耳，傳甲滿城風雨。

按呢到甲投票日，陽秋鎮的查某人大部份心意定著，查埔人有的綴牽手頓票，有的半信半疑躊躇不決。

陽秋鎮公民票較臨三萬，投票率八成外。投票結果，鎮長選舉，一號鄭天良七千外票，二號吳青芳一萬八千票。議員選舉，一號江海岩一萬四千外票，二號戴珍滿一萬一千票。鎮長派雙雙落選。

佇鄭天良佮戴珍滿的競選總部，本底已經辦三十六桌欲慰勞柱仔跤，慶祝當選，看著開票結果，逐家走了了。鄭天良預定的退休金開迵過，閣借貸負債累累，煞翁仔某攬咧哭。

13

吳青芳鎮長就任，隨就派洪仙姑擔任祕書。閣共鄭天良調去清潔隊收糞埽，意思欲逼伊辭職抑是調走。

紲落，主計、出納、總務攏調換心腹。規个鎮公所的員工人心惶惶，議論紛紛。

其中上重大的改變是，蟋蟀仔文化園區變更計畫，改做草猴文化宗教園區。經費追加一億五千萬，無夠的金額變賣鎮有土地處理。

閣來，大街路水銀燈下面的蟋蟀仔攏換做草猴，而且對兩百隻擴展到四百隻。遮的鐵草猴，聽講逐暝食電火泡仔邊飛來飛去的蛾仔（iàh-á），敢若愈來愈大隻。另外，一年一擺的「半籠島蟋蟀仔擂台賽」也改做「草猴文化節」。鎮公所對外宣稱，陽秋鎮鬥蟋蟀的傳統製造衝突，雄逼逼的氣場影響地方的和諧團結。草猴誠冷靜，外號祈禱蟲，會為陽秋鎮帶來平安祥和。

陽秋鎮大變革，無偌久風聲甲規个半籠島，外地人漸漸叫伊草猴鎮矣！

草猴鎮長吳青芳，早起準時八點佇公所處理公務，過晝仔就轉去草猴林，代誌攏交予洪祕書代理。窮實伊也只是一个代理人，傀儡仔。幕後的草猴天尊陳崑榮才是正港的主人。關於陽秋鎮的人事、建設、財政種種攏愛向陳崑榮報告，聽伊的指示。而且，有關的收入，包括薪水、寄付、回扣等等，攏愛上繳天尊，才閣由伊分配。

「陽秋鎮已經佇咱的掌握之中。」佇神祕的房間內底，侏羅劍龍天尊猶閣誠威嚴疊盤佇一塊草綠色的蒲團頂。伊的三角面捙（tiuh）一下，目睭原在瞌瞌。

「有聽著稟報，草猴鎮的施政部份無遵照我的旨令。」天尊的聲音沉沉冷冷。吳青芳目頭結結，心情也沉落來。

「報告天尊，鎮政大細項攏照旨令進行中。毋過⋯⋯」吳青芳小可頓一下，「政府的法令愈訂愈嚴格，閣逐時進行稽查，小部份無照天尊指示也是姑不二將⋯⋯」

「豈有此理！」天尊目睭雄雄展大蕊，「神話毋信欲聽人話，觸犯天條會遭受天火焚身的責罰！」

「毋過，法律縫若閃無過，恐驚會有禍端，比如……」吳青芳吐一口氣，「這擺選舉一戶一隻金草猴的代誌，有人去告賄選，法院已經起訴矣！」

「免煩惱！這件事天尊自然會施法化解，金草猴是家己飛入家戶，無人敢胡言亂說，烏白做證。顛倒是這件事，你愛即刻進行。」天尊聲音提懸。

「通天寺是咱上大的敵人，伊的存在，會影響草猴鎮的統治，愛想辦法去共拆除！」

「啥，拆通天寺？」吳青芳倒退兩步，「這會惹誠大的風波。伊是有部份侵占著鎮有地，毋過，彼愛經過法院判決才會當進行……」

「法院法院！猶閣是用世俗法欲來干涉神明的旨意！豈有此理！」天尊徛起來，「違反天條的，攏五雷蓋頂啦！」

自從吳青芳做鎮長了後，伊參天尊中間開始有爭議。佇聖殿的布簾後面發聲的時陣，陳崑榮是天尊，佇神祕房間靜坐，也是天尊。毋過，伊隨時會回復世俗人的思考，計較錢財佮權力，也會用肉身參伊佇一大堆草猴經典頂頭男歡女愛。講著情慾，三仙姑佮其他幾若个女信眾，攏是天尊的愛人，以世俗的講法，敢毋是三妻四妾？

農曆七月徛秋的透早，半爿島雄雄大地動，好佳哉七秒鐘爾爾。不而過陽秋鎮的闇羊驚甲咩咩叫碏碏從，誠濟水銀燈的鐵草猴幌一下扯（tshé）落來，陽秋鎮風風雨雨幾若工，有人講敢是欲變天矣？毋過若論地動，半爿島的人四常會提起龜神，島民自古相信島嶼的下面有一隻大龜扛牢咧，伊佇海底原地轉踅，一年徙動兩度。有時跤步踏無好勢，就會引起地動。

14

中秋節連續假日，逐家睏較晏。食早頓時陣，陽秋鎮足濟人去予《南方日報》的頭條新聞驚一越，碗箸放落喙開開。

「陽秋鎮公所爆發驚人弊案，鎮長吳青芳涉嫌盜取公款約兩億外箍，自三日前消失甲無影無跡，連伊手內任派的祕書、總務、會計、出納，攏做一下失蹤去。

根據調查，鎮長吳青芳就任才九個外月，伊任用誠濟草猴林的親信，互相串通偽造文件、做假數（siàu），短短幾個月內就盜領公款兩億外，犯罪的手法空前未有，令人驚奇。

目前縣政府已經急速指派專員代理鎮長，檢警單位已經組立專案小組調查中。經過本報記者了解，檢警搜查過草猴林，發現內面聖殿丈外懸銅製有相當重量的侏羅劍龍天尊，竟然莫名其妙離開寶座，不知去向。佇聖殿兩爿分幾若个草猴撫育生產區，各種來自全世界無仝品種的草猴萬外隻，有真正的蟲豸，也有莫名物件組合的假草猴。現場看著的，真草猴多數已經死亡，假草猴逐隻活靈靈吱吱叫，予搜查的人員看甲起雞母皮。

檢警閣深入內部搜查，發現內底有彷彿山洞的靈修室幾若間，有的囥滿經冊，有的园厚突突的金庫。逐个金庫門攏拍開，內底空空。

閣有一間，敢若控制中心，有誠濟操作器，做啥物路用無人看有。

佇上內底有一間設備豪華，迵草猴林外山產業道路的靈修室，佛像神像規壁櫥，也是無半个人影。較恐怖詭奇的是，竟然中央有大型快速鍋，地板鋪一條草綠色床巾，頂頭敢若有進食過的感覺，而且有人的血跡。檢警已經採樣轉去詳細化驗。

關於本案，內政部表示，盜取公款逃脫的惡質公務人員絕對依法嚴辦，至於草猴救世黨若有明確違反政黨法的行為，就會即時共撤銷登記。

又再根據了解，草猴救世黨有六、七个幹部出面開說明會，替政黨辯解，講這是政治創空，宗教迫害，話意小可影射陽秋鎮的鎮長派佮通天寺。

承辦本案的曹姓檢察官表示，當嚴明調查中，一定本著無枉無縱的原則，秉公處理。」

規个草猴鎮親像予雷唚著，鎮民的頭殼雄雄相拍電。一寡梳仙姑頭額角有兩粒光明燈的查某人，相看相樣共頭毛放落來，一時捋袂順親像痟雞婆，逐家相相煞感覺愛笑，敢若經過一場眠夢。

第三章

【龜鼈港】

1

七月熱翕翕，規條海山路攏遊客，紅花柳綠的涼傘托甲滿四界。

遮是半鱶島南方重要的出入港，商船沿碼頭排甲滇滇，也有一寡遊艇楔佇岸邊，閣較遠，有時也會有一半隻仔軍艦規身軀鉎鉎角角，誠有形威半鱶佇天邊。

不而過，來遮迌迌的人主要毋是欲看船看港。

個車停好勢，跤步一伐出來，跤停二十外秒猶毋敢放落來。

「媽咪，規塗跤攏『烏龜』啦！」一个對北部天良市來的查某囡仔，喝甲誠驚惶，頭吐出來閣勼倒入去，共媽媽攬牢牢。

「免驚，沓沓仔落去，莫共lȧp著就好。」少年爸爸戴一頂拍鳥帽仔，好禮仔開車門，跕跤躡步踅過來另外一爿，接囡仔佮太太落車。

這个龜鱉港，佇五十年前開始就滿四界龜龜鱉鱉矣！而且年年生湠速度驚人，這陣逐工有幾若千隻的龜鱉佇塗跤賴賴趖，行東西摠南北，對過路的皮鞋、機車動輪車，一點仔都無咧信篤（sìn-táu）。

遮的龜龜鱉鱉雖然逐隻烏khàm-khàm，窮實有幾若種無仝的色緻花草，而且個有全世界無地看的國寶，特有品種「如意龜」。伊是龜佮鱉交合產生的a-i-noo-khooh（あいのこ，混血兒），這種品種只有佇烏溪出海口，龜鱉港南爿的沙灘才會出世。伊必須愛天時地利人和，愛周圍的民眾攏虔心敬仰，愛佇有神蹟的地區，愛雷公霆三聲爍爁閃三个，才會出世這種稀世珍寶。所致，佇萬隻的龜鼊中間干焦會有一隻如意龜。

龜鼊港是半鼊島的行政特定區，行政地位參北爿的斑甲市平等，毋過區長是中央派任的。伊對龜鼊有嚴格的保護條例。

依據特定區地方自治法頒訂的「保護龜鼊特定條例」規定：凡是踏著龜鼊，處以罰款六千至一萬箍。假如致使龜鼊輕傷，處以六個月以下有期徒刑，得易科罰金。若是重傷抑是死亡，則處以七個月以上有期徒刑，不得易科罰金。若是刁故意者，加重其刑三分之一，刑期中不得假釋。閣有，若去傷著如意龜，加重三倍刑期，致死者一命還一命。

驚死人！遮爾仔嚴格鹹酷的法律，敢袂比印度保護牛較酷刑？

窮實龜鼊佇這地區的傳統觀念是嶄然仔神聖，個絕對袂使予聖龜聖鼊小可失覺察。龜鼊受傷害，毋但是法律處罰的問題，規个地區恐驚會被神降禍，家家戶戶受災殃。

偉大的龜神，佇半鼊島的古早卷內底有小可仔寫著，龜鼊港自治區的地方誌更加是詳細記載。伊佇開頭就聲明，這是千真萬確的代誌，非神話更加毋是冇古，世間人袂使有一點仔懷疑。

地方誌講，五百年前，佇島嶼的西爿閣西爿，迒過烏水溝通往一望無際的捙盤洋，有一个誠大的海棠王國。伊國家大勢頭大，隔壁的小國佮附近的島國攏愛去朝拜進貢，若無伊就出兵攻打。不而過，國家大頭人嘛濟，各地的城邦也各有兵眾勢力。有一年發生內戰，佘王爺聯合十外个邦主起來推翻在朝的居王介先。大戰三年九個月，居王先勝後敗，落尾帶領一萬兵眾一百隻船，經過摔盤洋，艛過烏水溝，順烏溪進入半朧島。

彼時居王的兵眾船隻兇狂逃走經過十外暝日，大風大湧的海洋竟然滿四界一點一點的烏影。遐烏影有的浮泅水面，有的tiàm落水底，閣有的吐頭向船喝咻。船頂的士兵倚船邊戒備，發現是上千上萬的龜龜鼈鼈。佪一直跟隨甲烏溪出海口，規群踮上溪南的沙埔，致使漁村的古早名叫龜鼈洞。由於規萬隻的龜鼈佇暗時大聲吼，海面就滾蛟龍，海水溢上沙埔，鹽水霧飛甲規个漁村，所以也有人講是龜吼村。

居王介先佇島嶼三年後，有一后二妃，分別來自平地、濫肚平陽、彪山三種族群，其中干焦冇浡族的蓮妃有大肚。居王的大願是戰倒轉去海棠國，收復江山，毋過干焦眠夢爾爾，逐擺醒來總是一片煙霧茫茫。

佇島內，伊率領部眾北征，卻是遇著彪山族猛勇的抵抗，無啥物進展。只好換撩過西爿，也是拍到七星河邊爾爾。堂堂一个海棠大王國，變成親像小小的番王，誠憹氣，煞逐工藉酒改愁。有一暝，龜鼈村猶閣吼聲震天地，綴北風傳入宮內，居王煞親像起痟，大叫大吼，雙手擛懸懸，頷頸擢長長，落尾共頭、手、跤攏勼入去龍袍內底，無閣伸出來，一時也無人敢倚去擢。就按呢七暝七日，猶無吐頭，三个后妃走倚去看覓，已經別世矣！伊的頭殼不止勼入去，而且已經勼入去胸坎內底，睏看著頭殼心。

王后王妃有情有義，做伙吊死佇伊身邊，三人四命。一萬兵四散去，有的濫入平陽族，有的上山頂，也有人越頭向海抛過烏水溝、揰盤洋，回轉去海棠國。

2

佇海山路的盡尾有一間龜鼊神宮，外觀素素卻是愈看愈怪奇。伊的尻脊骨牽一逝透心白的海波浪，倒揀正揀予你目睭仁掠袂定。兩爿的尾溜鎮守兩隻大海翁，喙開hānn-hānn吞吐海水，閣共水鬚濺落香客向天的額頭。有時陣，海翁會趖出四肢龜跤，兼佇潰水空吐出龜頭，玄妙的城市，神蹟的廟寺，五路人攏看甲會吐舌。

神宮內底服侍龜尊王佮鼊仙妃。龍眼目、粉紅面的龜尊王，曲一跤，另外一跤踏龜殼花。白雪雪文文仔笑鼊仙妃，坐佇蓮花座。這是半鯗島上靈聖的神明，主管婚姻愛情家庭，是幸福的象徵。伊的名聲傳滿規島嶼，透去蓬萊島，湠過海棠國，閣迵甲全世界。

除了主神，兩个偏爿閣有觀音媽佮如意太子。如意太子面模仔古錐各祕，跤踏海波輪，是尊王佮仙妃的第三囝。這个三太子聽講誠靈聖，凡是囡仔歹育飼袂讀冊、歹囝浪蕩，若來拜契一聲就OK。

這个中晝有一對天良國的情伴，專工來龜鼊神宮參拜。查埔郭延壽、查某陳眠眠，緣投書生佮淑女款的愛人仔，看起來誠四配。

兩人龍爿入虎爿出，個擇三枝清香敬拜，面頭前的龜尊王佮鼊仙妃感覺誠熟似，是底當時佇佗位看過？這毋是面腔抑姿態的關係，而是一寡破碎的記持漂浮佇空中，集倚一觸久仔，連鞭閣散去。閣親像心理學家榮格所講的，集體無意識的殘餘。

個也去偏爿拜觀音媽佮如意太子。陳眠眠頭攲攲掠各祕的三太子金金相，若是伊將來佮延壽結婚，生出來的囡仔敢會親像這款模樣？

神宮的後爿有上崎的石坎仔較臨一百層，兩面草埔仔全是蓬萊島的菊仔花，五花十色誠嬌頭。倚石坎仔的籬笆是密㴙㴙的旋花藤，卍字的白風吹親像法輪常轉，那轉那飛上天庭。

崎頂有一座涼亭，殕藍的厝蓋，紅記記的柱仔跤，石椅誠四序相連接，干焦留一个出入口。涼亭的倒爿有一欉三百年的金龜樹，毛跤軟絲，卻是規身軀大粒瘤，看起來糜糜卯卯，窮實是誠儼硬粗勇的老樹欉。

兩个人忝忝，坐落來涼亭的石椅靠柱跤，一人一爿半䆀倒tshiûnn涼風，戇神戇神看天。

白色的雲尪有時親像海湧，有時若像斑芝棉，一湧一湧一蕊一蕊集倚來，雄雄化做虎龍豹彪，一目矐猶閣變成龜鼈海翁鯊魚……。天頂是陰鴆的樹林，抑是險惡的深海？想足久無定論，想甲目睭沙微沙微，眠眠䆀佇延壽的胸坎，兩个人攏睏去。

3

烏溪的水對（uì）東片來，有時帶日有時攬雨有時颾風，嘻嘻嘩嘩從對海口來。相綴攏講欲揣烏水溝，烏溪聽甲起性就大聲吼，吼甲溪水佇海沙埔四淋垂，一百年、一千年，溪南溪北的新生地，發出一堆植物，馬鞍藤、海刀豆、海埔姜……逐个開無仝款的花蕊，逐工對海湧目睭眨眨躡。

南爿的新生地加誠大片，毋但沙埔植物，淡薄仔懸的小沙崙也有粿仔樹、海檨仔、流血桐、麻黃仔……形成樹林，各種鳥隻來歇岫，一堆暗蟬也逐工尾暗仔就吱吱叫，聽著袂噪人耳，煞會病相思。

今仔日中晝時仔，日頭赤焱焱，佇沙埔頂有一隻必成號的漁船，身軀曝甲燒燙燙，兩枝魚鉤、三枝魚叉金閃閃揬向頂頭，親像共日頭唱聲。船面干焦有兩跤魚箱仔，無看著半領魚網。

日頭跤另外一爿，有一个查某人當咧補破網，因為戴瓜笠崁面罩，看袂清楚老抑少年，毋過手上的梗仔佮小刀真猛掠。伊用刀仔擛（giah）開網仔目，閣穿竹梗仔牽線補破網。棉紗的網仔不止仔大領，日頭嶄然仔惡，伊卻是無遮無閘，佇破瓦厝的埕斗就屈咧補破網。毋但屈咧跔咧，也四常覆咧。覆咧應該誠艱苦做工課，毋過看起來好勢好勢，敢若誠順手。毋管按怎，佇日頭落山進前一定愛補好，因為阿爸下暗欲出海，家私頭仔佮電塗桶攏準備四序，干焦聽候這領網仔。

「月曲仔，欲好未？」半晡仔較軟日矣，阿母佇海邊行轉來。伊去海草礁抾珠螺兼採海菜，斗籠內較臨兩分滇，強欲坐底（tshē-té）。

「煞尾賰兩空爾爾，連鞭好矣！」月曲仔聲音輕輕清清，親像鉼仔。毋過目睭無看阿母，卻是看向遠遠沙崙樹林中的小路。

彼个予伊心肝噗噗惝的形影，為啥物這兩工無看著？

一個月來，彼个查埔人逐時佇尾暗來海邊，行過月曲身邊，越頭金金相無講半句話。伊兩蕊圓翱翱的目睭強強欲侵入來面罩內底，干焦相，攏無欲倚來的意思。伊的跤捗手捗長閣大，直直伐過海沙埔、軁過海波浪，行落海中央，就無閣跖起來。

不而過，閣過兩三工，伊就閣對粿仔樹中央軁出來。莫名其妙，卻是對月曲有誠大的吸引力。伊是藏水沬到甲半暝才閣泅上岸？若按呢就超過我百倍矣！雖罔我藏水沬一擺規點鐘無浮頭，名聲是規个半牓島奇女子，是魚蝦來出世，若遇著這个目睭圓翱翱的查埔人，就完全無比並矣！這是人猶是鬼？有時陣想對遐去，就家己敁頭殼。

月曲毋捌共阿爸阿母講過這起事，遮爾仔久，個也無發現這个查埔人，嘛是誠龜怪的代誌。

4

「北爿的烏金港人聲喊喝，沖沖滾矣！」有一工阿爸對市內轉來，咻甲半茫，一入門就大聲嚷，「咱這爿愈來愈凄微（tshi-bî）。」

伊坐落來噗一枝薰，共薰煙霧對大海彼面去。

阿爸的煩惱從前冬就開始矣，彼時天狗州換新州長，一个對外地空降，肩胛垂垂閣有串仔（tshn̍g-á）魚肚的中年人。天狗州是半牓島南方的大埠頭，也是重要的軍事基地，閣兼向外連絡的出入口。半麗島的「總頭」是半民選的，所講半民選就是表面民選，窮實干焦一个候選人，連選得連任。總頭是國家的領袖，下面設五个頭人，督導各縣市。天狗州的州長是總頭直接派的，勢頭自然誠大。

賈州長就任了後，頭一層就開始佇烏溪北爿開發新漁港，予較大隻的漁船拋碇停歇。因為關係迵京城，進行速度嶄然仔雄，一冬外就完成矣。港內的大漁船層是天狗州的生理人投資，倩的船長、船員串是來自外地，毋是彪山抑是濫肚平陽彼片的人。遮的外地人，五花十色，有烏有白有黃有紅，講話無仝音，拄來的時愛比手畫刀，無拄好就起衝突。聽講個足濟來自連珠洲、半爿島、冇涬國，攏是歹賺食的散鄉。

遮的船員，逐家叫海跤仔，個的跤骨看起來生銑（senn-sian）兼遛皮，一逝一逝全全是海湧礪過的傷痕。個無出海的時陣，蹛踮港邊一大落的海跤間仔，厝身用磚仔疊起來，紅毛塗清彩抹抹咧，內面非常翕熱。個大部份攏少年兼粗勇，歇睏時間四常守佇附近烏口庄的麵店仔、籤仔店，食物件啉酒做消遣。不而過，若領工錢時陣就無仝矣，個規群相招拚對市內去，遐有酒家、茶室、查某間，嶄然仔鬧熱。船長佮幹部通常去酒家，大堆海跤仔上興的是去查某間，一時仔輪幾若个，閣親像狗公咧淚種。

海跤仔內底有一个誠特殊的人。伊身軀結實，跤捗手捗長閣大，兩蕊目睭圓翱翱，逐家共叫Puropera。

Puropera是東瀛傳來的話語，個用來稱呼推捒船隻的機器。為啥物這个海跤仔會名叫Puropera ？聽講兩冬外前，有一擺強烈風颱，海面起絞螺仔旋，一隻漁船仔予挽上天頂，閣摔倒落來，煞碎骨分屍，船枋機件散掖掖規海面。這時陣，無張無持有一个puropera對海底絞倒出來，噴十外丈懸，全款摔落來。不而過，落佇水面了後，煞是向岸邊紡過去，直直衝上海沙埔。Puropera佇落來時陣，頂頭竟然有一个人，頭殼伸長長，跤手攤開絚tòng-tòng 軟佇頂頭。

Puropera是一个龜怪的人，若頂真講，應該毋是人。伊發音唔唔叫（onn-onn-kiò），袂曉講人話，行無三跤步就想欲覆落塗跤爬，無人知影伊對佗位來。這種人欲按怎生存落去？好佳哉有一个信上帝的船長誠有愛心，腹腸誠闊，伊共Puropera收留落來做海跤仔。毋過有條件，第一袂使不時佇塗跤爬，第二愛學人話，尤其是半膭島的語言。第三，欲去佗愛先報告，毋通烏白傱。

無偌久，船長發現伊有一个專長足好用。若是puropera去予網仔絞牢咧，伊聽好落水沓沓共敨開，毋管用偌久的時間，攏毋免半中扞浮出來喘氣。閣來，出外海，伊毋免掛sáng-sooh（さんそ，氧氣瓶），佇深海探查漁群規晡久，無看著吐頭出來喘氣。這聲，船長共當做寶，一寡海跤仔也對看伊無現，變做尊重，甚至淡薄仔欽佩起來。

5

佇烏溪南爿，淒微抛荒的漁港，月曲仔照常逐工踮厝頭前補破網，也逐時擛頭看彼个目睭圓翸翸的查埔人哪攏無閣出現？個阿母尾暗仔也照常揹斗籠仔行過去，毋過內底的珠螺佮海菜愈來愈少矣，甚至空空。講著阿爸，逐工醉茫茫，已經誠少出海。

莫閣假矣！經過幾若個月，三个人攏擋袂牢矣。窮實月曲仔補破網是假的，伊共網仔剪破閣補起來，逐工重複這个動作，為著欲等彼个查埔人出現。阿母逐工去挖珠螺採海菜，是對新港開發的行動抗議，窮實佇新港的擴大工程中間，一大片美麗的海草礁攏被挖去擲掉矣！

講著阿爸，伊毋甘願去溪北做工課，逐工鬱卒啉苦酒。伊知影，若去新港，免講做船長，連欲做海跤仔人都嫌傷老，凡勢干焦煮飯做雜差仔的份。伊愈想愈凝，毋過伊是一家之主，閣按呢落去，逐家攏愛枵腹肚。伊開始相對月曲仔遮來。

月曲仔，是伊唯一的查某囝，毋過個翁某隱藏一个大祕密十六年矣！

十六冬前一工尾暗仔，阿罔對海草礁回轉，雄雄影著遠遠有一跤竹籗仔（tik-khah-á）對烏溪的頂頭漂過來，閣那流那顫。這跤籗仔不止仔大，看起來是貯（té）鱉用的，籗仔喙袂小，閣有水草崁牢咧。

「哪有遮好的代誌！天公伯仔送的……」阿罔要緊共撈（hôo）起來。伊換手，倒爿揹斗籠仔，正爿攬竹籗仔，詬詬唸，歡頭喜面趕轉去厝。

想袂到，籗仔面的水草一掰開，內底竟然是一个囡仔嬰！

「阿海仔！海仔！」阿罔著生驚大聲喝咻。

「活欲愛睏死，莫吵啦！逐時害啊，害啊，是害啥物？嘛叫予清楚……」阿海這站仔海流的關係，攏暗時出海，早起趕去魚市場，規頭殼全塗魠、白鯧、花蟹仔、石斑、thakkhooh（たこ，章魚）……連眠夢也咧掠魚。伊逐工睏甲食暗頓才起床。翁某一个名做掠海，一个𨉟腰，無囡仔，逐工答喙鼓答甲慣勢。

「海仔，毋是啦……是掠海的，阿海仔……」阿𨉟講甲怦怦喘，雄雄大嚨喉空擢懸音，「天公伯仔送咱一个囡仔啦！」

阿海掣一趒（tshuah tsit tiô）睏神攏走去，對竹仔床翻身趯起來。

紲落翁某喙開開目睭展大蕊，仝齊掠囡仔嬰金金相。囥佇飯桌頂面的囡仔紅紅幼幼，跤捗手捗誠長，是查某的，跤踢手搤（iah）哭甲嚶嚶叫。

個翁某結婚二十外冬也生無，想甲厭氣（iàn-khì），人講海口人逐時食海產會較興彼味，也較勢生，無影無跡！個拜庄內的龍王爺、溪北的媽祖婆、市內的玄天上帝攏無效，上鬱卒的是附近幾十里內攏無註生娘娘。

「海龍王送咱的？毋是，溪神，溪王爺……敢是烏溪千歲？毋過，咱拜過的廟攏無這尊呢？」

囡仔愈哭愈大聲，阿𨉟捀泔糜仔來飼，連鞭吐出來，閣換米漿，也仝款。想無步的中間，囡仔煞家己爬去捎拄才籠仔口掰出來的海草，窒落喙空。翁某看一下喙閣開較大。

這一暝，阿海無出海，翁某全精神照顧這个查某囡仔。個共囥入大跤斗籠仔，用兩條麻索縛雙頭摸起來，當做搖笱。

「嬰仔嬰嬰睏，一暝大一寸。嬰仔嬰嬰惜，一暝大一尺。」阿𨉟雖然無育（io）過囡仔，搖囡仔歌唱甲滑溜閣好聽。伊準備足久的搖囝歌總算有機會唱出來矣！

不而過，翁某輪流晃搖笱，搖囝歌一擺閣一擺，葵扇揲甲手痠，舞甲半暝原在毋睏，而且愈哭愈大聲，翁某誠是想無步，毋知欲按怎。

這時陣，口面本底予烏雲罩牢的月娘雄雄探頭出來，月光炤對窗仔入來，對對照佇囡仔的身軀。伊煞對目屎四淋垂，轉做微微笑，沓沓仔睏去。

「有搖囝歌有月光，伊就足好睏，按呢就共號做月曲，應該會好育飼。」翁某參詳了，按算共抾起來飼，而且當做親生囝報戶口，也拜託親情朋友厝邊隔壁，袂使予月曲仔知影伊真正的身世。

6

佇這个溪南的漁村，討海人的紅瓦厝向對海面，雖罔規排掠甲彎彎曲曲，也袂感覺混亂。麻黃仔、粿仔樹親像路邊隨意徛，早暗擛手拍招呼。查埔人牽罟掠大海，查某人佮囡仔掠小海，漁船出近海抛網掠大魚，毋管透早暗攏是鬧熱滾滾，喝聲笑聲海湧聲摻濫做伙，一片和諧。真正是一个樸素知足的部落。

這馬隨時代改變，開始推動沿海建設，講是促進地方發展拚經濟，是政府德政，逐家愛感謝。毋過對溪南的漁民仔來講，是淒微的開始，個的小漁港開始抛荒，村民出外趁食，大部份去做工，落尾規氣搬去市內稅厝。所致，這馬日頭一落山，規庄頭一片冷清死靜。

阿海這戶拄排佇thōng頭前，是少數猶有咧徛的厝。佇烏暗的海邊煞變成光明的燈火，予經過的船隻佮海魚知影，這跡猶有人蹛。

下暗閣是光顯顯的月光暝，月曲仔照常開門行向海邊。伊共衫褲褪掉liú佇麻黃仔，直直泅向海中央去。伊學彼个足久無看著、目睭圓翱翱的查埔人，軁入海底，共大海做綿積被蓋身軀，聽湧花唱歌，閣予月光佇頂面挲來挲去。這是上好的寢室，聽好大睏三千年。彼个無緣的查埔人，予我一見鍾情矣，有時感覺前世人就熟似，有時閣茫茫渺渺，敢若有一寡記持佇水中直直散去，散去……

佇月曲個兜，客廳的電火猶光光。啉酒醉拄睏醒的阿爸lām一領外衫，無鈕鈕仔，喀喀嗽對房間出來，閣向窗外呸一喙黃濁濁的痰。伊軟荍荍頓落椅條，正跤想欲架上椅條頂，無力閣放落去。

阿母緊去斟（thîn）滾水來予啉，閣共捀尻脊。

「阿海仔，身體拍歹了了啦，莫閣啉矣！」罔腰仔額頂彼粒胡蠅痣閣徙來佇目眉中央，面愈來愈皺，五十外歲人閣像阿婆仔。

「已經接欑（tsih-tsàn）袂牢矣！」掠海點一枝薰，霧煙兼吐氣，「Aih，咱討海三十外年，無墳落海，煞行入絕峰嶺。」

「閣無想辦法，已經欲吊鼎矣！」伊親像兩个塌空的目睭愈來愈深，掠家後金金相。阿罔拍算知影翁婿欲講啥，頭殼犁落來，目頭結做伙，強欲共彼隻胡蠅挾死。

阿罔一直拖延無愛予月曲去溪北做工課，月曲仔自細漢個性倔強閣土直，袂曉彎彎曲曲，溪北遐一堆海跤仔，來自島外各地方，毋知熊抑虎，月曲仔，一个十六歲的查某囡仔，欲去遐掃地做雜差仔，雖罔工課誠單純，實在嶄然仔袂放心。

月曲仔佇海底睏一點鐘，翻開海湧浮出水面，伊行上海沙埔，月光照佇青春的肉體，烏甚甚（oo-sìm-sìm）的長頭毛被肩，金爍爍無重巡的目睭，誠像一个古早的女神。

伊知影阿爸阿母煩惱足久，也參詳足久矣。一踏入門，阿爸開喙一句話都未講煞，隨就答應。

7

溪北烏金港拄有一間船公司欲請管理佮清潔的工人。因為有近海、遠洋幾若隻船，海跤間仔起誠大落，彷彿是三合院的形體。佇遮已經有一个皮膚烏趖趖的oo-bá-sáng（おばさん，歐巴桑），月曲仔雖是少歲，因為頭殼精光跤手猛掠，誠緊就熟手。顛倒彼个oo-bá-sáng予人有跤手慢鈍的感覺。

碼頭的工事繼續咧進行中。無偌久閣挖兩條siàn-khiooh（せんきょ，船塢），主要欲運入對冇涬國來的木柴，siàn-khiooh邊也有搭幾若間製材所。這馬漁港逐工有漁船出入的聲，漁市場喝咻的聲，閣有撩柴的聲，逐時kí-ká叫，毋過官員攏講這是經濟發達的聲音，百姓愛歡喜拍噗仔才著。

離碼頭三公里外，這馬新開發幾若條路，上大條的是欲方便來漁港的漁販仔、載觀光客的車輛。而且佇內底相連的小巷有開一寡海產餐廳、特產店。新漁港的四箍輾轉一片繁華的氣氛。有部份溪南的漁民走來遮做雜差仔，洗碗、揀菜，人搬來遮稅厝徛，甚至賣掉舊厝來遮起新厝。烏金港原屬大龜庄，這片鬧熱起來的所在，逐家叫伊港仔市。

碼頭的海跤仔五花十色，漁船若回航逐家虛累累，佪無啥物娛樂，有是啉酒、拍牌、冤家量債、講查某空相閫洗爾爾。毋過，這馬雄雄發現有一个標致的小姑娘佇遮出入，逐家心頭齊蟯（ngiàuh）起來。其中有一个對冇浡國來的海跤仔，本名伻佷（Phenn-lāng），頭面生銑生銑，外號就叫歹銅。

歹銅見若看著月曲行過就金金相，看甲無矚目兼呼觱仔，月曲攏無插伊，連小可越頭都無。有一工歹銅hot甲擋袂牢，雄雄就伸手去共摸尻川顆。月曲仔反應誠緊，一翻身就掠著歹銅的手骨，開喙就咬落去。

「俺娘喂！」歹銅慘叫一聲，緊欲共手勼倒轉來，毋過月曲的喙咬牢牢毋放，任歹銅揍頭殼、摸頭鬃攏無效。

一堆海跤仔圍踮邊仔，有的攬胸有的插胳，逐家哈哈大笑。

「歹銅惹著刺查某啦！」歹銅疼甲規面蚼蚼拍結毬，煞無人去共解圍。

這時陣，兩个參歹銅仝鄉的海跤仔看袂落去，踏倚來一人一爿使雄力共月曲仔摸走，竟然一塊皮黏肉做一下掣起來。

「呸！痟豬哥！」月曲仔共這塊皮肉呸落塗，閣用跤挼一下行過去。

逐家看甲吐舌，夭壽咧，惹熊惹虎毋通惹著刺查某！

歹銅枵狗肖想豬肝骨，顛倒了一塊手肚肉，一時驚破膽，卻是愈想愈毋願。有一工，伊招兩个冇浡國仝鄉的，鬮佇溪北迒過溪南的單板橋頭，看著月曲仔揹加薦仔行過來，三个人做一下捯過去。月曲仔驚一趒起跤lōng，隨就跳落溪底，泅一下仔就沉落去，失去影跡。三个海跤仔落水揣一下仔，閣跕上岸守成點鐘，竟然無看月曲仔浮出水面。個用冇洿國的話語吱吱嘓嘓參詳一觸久仔，拍算認為溪底有祕密通道迵對別位去，抑是月曲仔已經予水駐（tū）死矣。

月曲仔慢點外鐘才轉去到厝，規身軀澹糊糊，伊驚阿爸阿母煩惱，解釋講是單板橋落雨過誠滑，伊無注意去予跙落去。

「後擺較細膩的，衫緊換起來。」阿母看著誠毋甘，要緊去提面布共查某囝拭頭毛。

阿爸坐佇椅條頂，尻脊彎彎靠佇壁邊。伊身體愈來愈穤矣，嗽甲誠嚴重，有時閣小可有血絲。阿母講伊是長期抛網仔著內傷，毋過一直食傷藥仔、運功散攏無應效，應該是愛去市內看醫生矣，毋過厝內無錢，目睭金金人傷重，毋知欲按怎。

月曲仔艱苦佇心內，伊無啥學歷，也無啥物技藝，干焦會當做一寡雜差仔，趁毋成錢，欲按怎幫阿爸治病呢。伊原在閣去烏金港上班。

想袂到這个有孝的查某囡仔，命運誠是無好。

三个生鉎面看伊閣出現，竟然猶無死心，這擺換鬧佇海沙埔粿仔樹林的路邊，聽候月曲仔下班轉來。

個一个掠一手，一个揔頭毛，共月曲仔拖入去樹林內。

「救人--ooh ！救人--ooh ！」月曲仔憤怒兼驚惶，咻甲足大聲。月娘對烏雲探頭出來看，毋知欲按怎。

三个歹人聯手共衫褲半裂（liah）半褪，光溜溜的月曲仔，目睭瞪大蕊、青睨睨（tshinn-gîn-gîn），親像憤怒的女神。

拍算是月娘喚人來解救，佇緊要的關頭，雄雄沙埔彼爿有一个人抨（phiann）過來。一个漢草誠好、目睭圓翸翸的查埔人。

伊一手摠一个，共兩个冇浡國的海跤仔揖出去，閣共歹銅揁昏去揹踮尻脊骿，走向大海。伊泅入海中就無閣起來。

月曲仔綴佇後面那走那想，這个查埔人，予我日思夜夢的查埔人，總算閣出現矣！毋過一觸久仔爾爾，原在失蹤佇海中央，成做神祕事件。月曲仔對頭到尾並無哭半聲，伊對歹銅個的惡質是憤怒勝過驚惶，若有機會，毋但咬一塊肉，應該共規肢手咬予斷才著。

伊這時陣，愣愣徛佇海邊想目睭圓翸翸的查埔人，毋捌講過話，足久才看著一擺。佇緊要關頭雄雄出現，敢講兩个人的命運原就是牽挽做伙的？想著遮，月曲的目屎滴落來，佇月光暝親像兩粒水晶，光顯顯。

8

歹銅已經葬身海底無閣出現矣！另外兩个人驚驚惶惶、龜龜揬揬回轉來碼頭。個認為這个雄雄出現的人敢若誠熟似面，若無看毋著，應該是Puropera。個一時驚人知，毋敢講出歹銅失蹤的原因，而且過無偌久，兩个人也做一下失蹤去，攏無機會通講出啥物。一寡海跤仔就供體講，這三个人見遇著婧姑娘就流豬哥瀾，拍算看著美人魚逐出去矣！

Puropera是遠洋漁船的船員，毋過伊無蹛踮頭家安搭的海跤間仔，而是ū佇一个迴海的磅空。這个所在，干焦船頭家佮船長知影。伊是一个獨來獨往的人，佇船頂也無啥講話，只是直直做工課。

月曲仔開始耳風著Puropera。這个目睭圓翱翱的查埔人，來無影去無蹤，逐擺出現攏無講半句話。這是啥物款的人？伊佇烏金港四箍輾轉趖來趖去，總是遇袂著。只是過一站仔，猶閣聽講Puropera出海去矣，這逝是去摔盤洋南方的花膈洲一帶，拍算愛三個月以上。

揣無Puropera，予人強姦勒色的情景四常浮上心頭。一个婧噹噹的小姑娘，佇一大陣海跤仔中間，敢若綿羊濫入狼群，雖然伊毋是綿羊，歹銅予咬掉一塊肉，逐家囥數想心內嘛驚驚。不而過，伊對遮的人已經忬神（gē-sîn）。無偌久，月曲仔離開碼頭海跤間仔，換去港仔市餐廳上班。因為有較遠，就佇遐稅厝徛。

港仔市的觀光客誠濟，尤其是假日，來買海產、食海產的，來看海抑是釣魚的，挨挨陣陣，一堆交通工具，幸福牌鐵馬，新三東oo-tóo-bái，閣有一半隻仔烏頭仔車。

月曲仔佇「溪海大食王」允著洗碗的工課。頭家看伊巧骨，跤手猛掠，誠緊就共換去揀菜，紲落閣去廚房鬥相共。伊感覺工課無複雜，內底一寡阿姨阿姊對伊誠好，閣會當學煮食的工夫，嘛算是好頭路。

上班無偌久，大龜庄每年一擺的紅跤筊比賽拄好開始。這个傳統的民俗比賽是半麗島政府鼓勵的文化活動，烏溪溪北的各部落已經流傳幾若百年矣！今年輪著龜北佮龜甲部落大摔拚。紅跤對這部落飛轉去彼部落，紅跤筊分足濟寸尺，愈揹愈重肩，落尾看啥人的紅跤飛較濟隻轉去分輸贏。比賽當中，若有紅跤半途停歇，觀眾會使倚去掠，交付紅跤的主人討賞金。

這一工月曲仔徛佇一間舊厝的牆仔跤，看紅跤揹笭兩隻兩隻飛出來，聲音嗡嗡叫。個有的誠順就飛過一大片的紅厝瓦，一半隻仔親像飛袂行，抑是毋願飛，就去歇佇厝頂。有人用竹篙去挓（thà），伊就閣飛去別的厝頂。

月曲仔攑頭金金看，看遐紅跤明明會當自由飛，為啥物翼尾共插遐爾大枝的紅跤笭？鳥仔飛甲怦怦喘，人看甲笑哈哈。比賽拚獎金，翕相刊報紙，講是珍貴的文化活動。拄有一隻紅跤飛落來歇佇牆仔頂，一个聽候誠久、瘦猴瘦猴的查埔人，隨從倚來用雙手欱（hap）落去。月曲仔隨抑倚去，用賞金的兩倍價，二十箍共買。伊共紅跤捧去樹林彼爿放予飛出去。鳥仔佇天頂飛三輪，敢若掠著方向，閣對龜北部落飛去，可能飛轉去蹛慣勢的粉鳥櫥仔。

月曲佇「溪海大食王」上班欲成個月，較慣勢矣。有一工頭家雄雄揹（mooh）一籠仔鱉轉來，逐隻佇籠仔底頷頸伸長長，嚶嚶叫。

「你敢捌刣過鱉，按呢……」總舖師無等應答，倒手提一枝柴箸，「來來，這枝伸予鱉咬，伊會咬死毋放，而且頷頸伸足長，用菜刀一聲就共剁予斷。」

總舖師閣提一塊碗來予伊承鱉血，隨就去無閒其他的工課。

月曲仔深深敕一口氣，目睭光顯顯像寶石掠遐鱉金金相，籠內的鱉也目睭光顯顯，愈叫愈大聲，親像見著親人。月曲的頷頸本底就比人較長，頭殼踮兩三下，趁總舖師無看著，共規籠鱉揹咧對後門旋出去，攏總共摒落溪溝放生。

港仔市屬大龜庄，龜龜鱉鱉無所不至，逐項都有人食。窮實，誠濟外地人來食海產，就指定欲食鱉肉燖補兼啉鱉血。連工錢也無領，月曲仔離開這个毋是伊應該來的所在。

9

月曲頕頭餒志轉來厝。阿母看伊轉來誠歡喜，毋過阿爸已經倒佇房間喘，無法度落床矣。伊跤手瘦甲像竹爿仔，嗽甲竹仔眠床直直顫。

月曲毋敢共阿毋講無頭路的代誌。伊心頭掠定，這擺出門就直透行對天狗州上鬧熱的市內去。閃閃爍爍繁華的街路，斡入烏貓街，規排攏酒家。時時春、日日紅、嬌滴滴、世界婧……逐間都人聲喊喝沖沖滾。月曲選上大間的「仙女下凡大酒家」。

頭家看著這个婧噹噹閣有特殊氣質的查某囡仔，隨叫伊隔轉工就來上班，而且提供伊蹛佮食。

佇「仙女下凡」上班，月曲品講賣面無賣身，而且啉酒隨意，無欲予人客灌甲醉。頭家知影酒家人客興這味，逐項攏答應伊。

月曲仔已經十八歲，親像一蕊花，經過梳妝打扮，幼秀的柳葉眉，金爍爍的杏仁目，像水沖的烏頭毛，尤其閣是在室女，誠是嗌甲逐家豬哥瀾涶涶津，挨挨陣陣走對這間來。

月曲仔花名「嫦娥」，強調賣面無賣身，一寡痟豬哥表面假紳士，暗中攏頓胸坎相拚，欲開足濟錢共包飼。

聽酒家的姊妹仔群講，包飼通常是一個月五千，行情足好的極加是八千，一萬就誠罕見矣。而且開錢的人會不時拑牢牢，予你足歹另外賺食。月曲仔算算咧，準講一個月一萬，嘛愛一冬後才有十二萬。月曲仔捌問過阿母，伊講市內的名醫開價二十萬欲共阿爸包醫甲好。欲按怎較好？來遮上班是為著阿爸的病，若拖甲人過身去，就無彩工犧牲青春落風塵矣！月曲仔逐暝想甲睏袂去，毋知欲按怎。

一个月光暝，月曲仔心情誠穲，又閣想著彼个目睭圓翱翱的查埔人，為啥物見擺做伊離開，毋參我講半句話，敢足無佮意我？愈想愈鬱卒，煞產生報復的心理。月曲仔雄雄決意，欲來進行一件予人想袂到的代誌。

無偌久，嫦娥放出風聲，想欲奪伊初夜的查埔人，愛開二十萬。這个數字聽好佇天狗州買一間樓仔厝。

一寡有錢的老頭家、少年阿舍煞相爭來允，變做激烈的競爭比價。過幾工就有一个人疊（thȧh）甲三十萬。逐家知影伊的身份地位了後，就齊退駕。伊是天狗州官派的州長賈大智。這个州長上顯目的所在是腹肚佮鼻頭，伊是總頭的親情，勢頭不止仔大，官員攏怕三分，百姓看著趕緊閃去邊仔，毋過私底下叫伊賈大豬。

賈大豬五十外歲，平時激甲正經兼威嚴，毋過內心鵤記記（tshio-kì-kì）。伊參總頭的親情關係，窮實是對個某遐牽來的，所致誠驚某。不而過這陣個某拄去米國揣讀大學的查某囝，拍算蹛三個月才轉來，是賈大豬消敨鬱積的好機會。毋過嫦娥知影是州長，心內起忭神。伊雖罔無啥讀冊，猶捌人間的倫理。有的人是戴帽仔穿衫的禽獸，賈大豬應該是食人食血的大官虎，比歹毒的禽獸較惡質。這陣為著阿爸的病體愛忍耐，毋過若是這个大豬欲奪伊的初夜，定著愛漲懸價，袂使隨答應伊。

下暗月娘猶是光顯顯，嫦娥心情較好，兼會唱歌予人客聽。到甲十二點過，酒客沓沓仔散去，賰兩三番猶閣有人坐。雄雄有一个高長大漢烏鉎烏鉎的查埔人行入來，穿插倯倯，無成會走這款所在的人。孤一人行酒家的本底就誠罕見，何況閣親像做工仔模樣，媽媽桑拍算無欲插伊，不而過，越頭煞影著伊頂身的橐袋仔膨獅獅，兼吐一只銀票出來，驚一趒，隨著案內伊入來。

伊指定欲紅牌的嫦娥坐台，孤一个叫一桶清酒，一杯一杯啉落喉，啉水仝款。嫦娥猶佇別番坐台，有啉淡薄仔酒，毋過無醉去。這个查埔人誠有耐心，佇房間等誠久。

「啊……」嫦娥開門入房間時陣，看著這个目睭圓翸翸的查埔人，驚一下倒退幾若步，騰佇壁堵喙開開。

「遮有二十萬，予你！」Puropera講話的聲音足厚、足濁、足短節，這是月曲仔頭一擺聽伊講話。

「我袂使接受你的錢。」嫦娥變回月曲仔，漸漸回魂，伊目箍紅紅，掠Puropera金金相。

Puropera雄雄共椅仔徙走，摸月曲仔落桌跤。兩个人覆塗跤恬恬相相，雖罔見面無幾擺，講無幾句話，感覺是百年前就熟似過。雄雄毋知對佗傳來bai-óo-lín（小提琴）的聲，一條溫柔迷人的月光曲流湠規个房間，一時桌跤變做舞池，兩人開始踅圓箍仔，有時攑跤有時挽手，有時搖尾溜，一輾閣一輾，到甲酒家關門猶毋知通煞。

遐錢是共船頭家借的，是賣身十年的工錢。月曲堅持毋收，家己的困難家己解決，伊的個性ȧt-sá-lih（あっさり，乾脆），絕對袂做龜龜鱉鱉的代誌。

Puropera誠失望離開的時，月娘足鬱卒軁入烏雲內底。

10

州長賈大豬逐擺若佇台頂致詞，攏激甲像人格者，講甲喙角層層波。伊規定公務人員袂使蹔酒家，閣批評遐佇烏貓街出入的查埔人，愛勤讀孔子公的冊，改變無正經的思想。部屬若私底下噏舞噏呲，就唸講：龜笑鱉無尾，鱉笑龜粗皮。

奪嫦娥的初夜，總算以三十六萬成交，而且先提前金二十萬。

閣佇一个月光暝，市長指示官邸的護衛隊，偷偷仔接嫦娥對後尾門入來。這个春宵誠是一刻值千金，伊鋪浪漫的粉紅床巾，閣兼囥一塊蒐集在室女開苞落紅的白手巾仔。

仙女下凡，嫦娥來矣！賈大豬已經先啉一矸虎鞭酒，心茫茫喙嘻嘻佇房間聽候。一觸久仔，兩个人的衫褲褪光光，倒佇眠床頂。月光炤入來，親像美麗的女神佮歹看相的豬公。

賈州長敢若發癀規身軀紅記記，閣兼kônn-kônn叫喘袂離。伊用豬公的姿勢對仙女欲落去。女神身軀倒直直無反應，拍算據在伊。

這時陣，天頂的月娘對窗仔門探入來，看甲誠緊張，親像一把火強欲燒著伊的月眉。

忽然間，外面起強烈的絞螺仔旋，天昏地暗飛砂走石，閣共州長官邸的厝蓋齊僥（hiau）起來。

紲落，毋知對佗飛來遐濟粉鳥，十隻，二十隻，一百隻，一千隻……咕咕叫phi-phiak叫，攏對房間溢入來。佇混亂中間，一个查埔人親像螺仔旋絞入來，閣敢若風葉仔紡出去。伊共嫦娥攬佇身軀掠走矣！千萬隻的粉鳥綴佇後面飛。

豬公州長驚甲吤吤掣愣愣閣神神，一回魂的時陣，馬上揤警鈴通知守衛隊。十外个守衛攑長銃要緊逐出去，兼對天頂開銃，毋過，塗跤毋知對佗位來，千隻萬隻的海龜，對官邸團團圍住，守衛隊彈出去的銃子親像遇著鐵枋彈倒轉來，煞傷著家己。而且一个一个予海龜拐倒，規陣守衛仔東倒西歪，哀哀呻。

閣來這个場面更加稀罕怪奇。千萬隻的粉鳥佇天頂飛，紅色的跤爪無收，放垂垂。萬千隻的海龜佇塗跤跑，用走標的姿勢。Puropera揹月曲仔走上頭前，二十外公里路，竟然十分鐘就去到海邊。

落尾，Puropera揹月曲仔行入海中央，月光炤甲光顯顯，看著的是一隻大海龜偝一隻鱉鱟落海底，千萬隻的海龜也攏綴入去。

11

郭延壽佮陳眠眠仝時間精神，兩人規身軀重汗，互相講出夢境，竟然完全仝款。只是眠眠的夢彩色，延壽的夢烏白的。

一大片烏白彩色雜濫、悲喜相透的雲彩對天邊漂來，軁過金龜樹，佇龜鱉神宮頂頭擋定，漸漸消散，閣像水沖流落山跤，經過烏溪，瀉入大海。

感覺誠龜怪，再次伐入龜鱉神宮內底。龜尊王佮鱉仙妃的目睫毛攏小可振動一下，用關愛的目神掠佃看。兩人閣攑香拜三擺了，越頭煞眼著一本龜鱉神宮的歷史紀事佮起造沿革，兩人晪做伙沓沓仔翻過去，冊聲親像海湧，說出一段古早的傳奇：

「對烏溪出海直直去，佇烏水溝幾若百公尺深的海底，有一片 600 平方公里的烏樹林。所講樹林，窮實是仝一欉海神草生湠幾若千年的結果。佇樹林內底有一座海龜神宮，海龜王統治的範圍涵蓋烏水溝連接捙盤洋一帶。因為神通廣大，連海龍王也愛敬伊三分。

百外冬前，名做風葉仔的龜太子私自離宮，佇人類的花花世界漂浪幾若年，落尾焉一个鱉姑娘轉來。海龜王非常受氣，共佃兩个關入水牢，好佳哉龜王后苦勸七暝七日，龜國王才回心轉意，答應釋放閣予佃結婚。

太子風葉仔佮太子妃月曲仔，無偌久就生一个古錐的查埔囡仔。可是誠歹育飼，到甲三歲猶袂泅水。水神講因為龜鱉聯婚，違反海洋的倫理，落尾去拜觀音媽做契母，才沓沓仔康健起來。

海口人被這對龜鱉的愛情感動，就起造龜鱉神宮。上代先是竹仔厝崁竿蓁，百外冬來，經過三擺改建，愈起愈華麗婧氣。神宮一代一代傳落來，變做戀愛中的青年男女必須參拜的所在，這个海港也因為這間廟號做龜鱉港。」

延壽佮眠眠總算了解龜鱉港佮龜尊王一家的故事，也開始深入思考個的前世今生。這毋是幻想毋是夢，是真實的代誌。

兩人落崎行出海山路，一群龜鱉對跤縫爬過，一个各秘的查埔囡仔，笑甲嘤嘤叫，伊的手機仔浮出一个神奇的烏納斯（Unus）。聽講烏納斯會當用靈感佮人類交流，而且時常共靈魂化做美麗的歌聲，跟綴湧花泅向茫茫渺渺的大海去。

第四章

【水鹿城】

1

「天公疼歹人！」

穆水賭坐佇仙角公園的鐵椅仔頂，目睭神神看蓮花池中央的彼粒水龜[1]，使規身軀力舞甲強欲歪腰，下性命絞水，全是為著保持水底空氣鮮沢。湧花白雪雪親像網紗，外面誠婧氣，內底凡勢家私害了了矣。伊閣換一枝薰，大力欶一喙，共薰煙霧向椅仔邊彼欉鐵刀樹，愈想愈鬱卒。伊的牙槽本底就比人較突出，歕薰的時陣閣較明顯。

這擺仙角市的議員選舉，四年前落選的阿兄退出，換伊上場。因為牙醫師的身份，閣是醫學碩士。論學識、形象、財力，攏比其他候選人好足濟，逐家講伊是大才小用，欲當選親像蠓仔入牛角，穩觸觸啦！

想袂到有人檢舉伊的碩士論文抄人的，連醫生資格可能也有問題，閣傳淡一堆醫療糾紛的假消息。有關單位開始進行調查，態度曖昧無欲講清楚，連平時參伊有交情的有關人員，也有意無意齊講幾句仔剾洗的話，拍算是予人買收去。就按呢，猶未投票就霧煞煞矣，連牙科診所也不得不暫停營業，落尾龍王公廟的主委山產雄仔順利當選連任。堂堂碩士牙醫予一个國校卒業、山產店廚子出身、無水準的人拋去，愈想愈厭氣！

四界外外踅足久矣，伊去曾經草猴飆飆飛的陽秋鎮，看蟋蟀仔比賽，勢相咬無稀罕，會曉烏龍踅桌才是真工夫，予

1　水龜：指「沉水泵浦」，用來抽水。

伊想著政治佬仔。閣去行踏龜鱉港，聽著豬哥州長的故事，更加感慨萬千，做官若有皇親國戚相佝，哪著會曉做代誌。紲落趕去斑甲市，彼身斑甲救國的銅像已經予人偃落來，破糊糊虛累累khó佇路邊，斑甲公也毋知走對佗位去。

有地理師斷定祖墓風水有問題，牽手也聽後頭講是需要抾骨，才會改運。穆水睛智識份子，無咧信這套，不而過，想來想去，伊確實足久無拜祖先矣。尤其改信耶穌了後，教會禁止擲香燒金，紲落連祖先也無拜矣。伊無認為參這有關係，毋過心情憂鬱無敨的當中，總是有淡薄仔僥疑。

穆家的祖厝佇泩水河佮舊店溪相佮的附近，較早叫水鹿庄，已經足久無人蹛矣，內底有歷代祖先牌位，逐冬過年會連絡親族仔來祭拜，穆水睛從細漢到今毋捌行跤到。

今仔日總算來矣。

「各位先祖長輩慈悲，穆水睛初次來拜拜，佇遮行禮會不是。」

伊雙手合十，彎九十度拜三擺，才開始巡看神明桌頂掠規排，一大堆的神主牌仔。

正中央是「追思穆氏歷代宗親家祖牌位」，年久月深，薰甲烏趖趖。邊仔有一寡無仝代的先人牌位，看會出奇數佮雙數分兩爿，愈邊仔愈新愈清氣。

穆水睛影著壁頂的相片，干焦幾幅仔翕相閣用水粉食色的，其他較臨十外幅攏是烏白畫像。伊目光捽著倒爿中央的時陣，雄雄有一个先祖的目睭金金直直相過來，無張無持閣矖一下。

斟酌看，「十七世顯祖穆天鹿」，身穿官服喙噗噗，前擴後擴像紙橐。毋過上怪奇的是頭殼頂突兩支角，軁出帽仔外。這是啥物款的祖先？不而過若無影按呢，拍算後代也毋敢烏白畫。

穆水賰直直僥疑起來，伊雖罔讀牙科，窮實對文史誠興趣，有人講伊應該讀歷史系才著，做牙醫純粹是為著趁錢。閣再講，伊四常發表疼惜大自然佮動物蟲豸的文章，這也參醫生的行業足無鬥搭。所致看著這幅畫像，隨就決意欲來調查先祖的歷史。

仙角市戶政機關有收藏足濟早期的戶口調查簿，小部份已經入電腦，大多數猶覕佇檔案室，愛一本一本翻，年久月深黃錦錦的簿冊，無細膩就碎去，加上辦事員驚人偷改資料，堅持毋予民眾家己查。走過四、五个事務所，誠無簡單共祖先系統表搝好勢，閣影印所有的資料。

根據資料顯示，內公穆鑫，內媽穆王里，阿祖穆滿，太公穆茶甌，太祖公穆天鹿……資料到遮斷節矣，不過看著穆天鹿名字，穆水賰略略仔激動起來。因為這个名字，毋但畫相發角，而且佇幾十冬來，定定聽阿爸提起。

「你愛知影，咱祖祖是做官的。彼時陣，伊騎白馬巡田園，騎三暝三日猶毋免踏著別人的地。」這起事，做透世人公務員袂升官的阿爸四常共人品，而且若囡仔貧惰讀冊的時陣，就閣提出來餾。

「祖祖名叫穆天鹿，伊的官服、帽仔、武器佮誠濟物件，較早攏囥佇天鹿庄的一間厝內底予人參觀，我做囡仔時陣逐時佇遐迌迌。」

阿爸過身前猶閣一直餾這件代誌，敢若囝孫若無人閣做官，死目𠾐毋願瞌。可惜伊佮兄哥金巡前後競選攏失敗，誠是無官命。就像古早人講的，好無過三代。

穆水賰想著仙角市十外冬前有編一本地方誌，是委託精光大學歷史系教授調查書寫的。伊要緊就走去市公所借冊，一翻開，果然有這起事，而且比伊聽過的加誠濟：

「舊店尾有三兄弟，分別是穆天鹿、穆水鹿、穆花鹿，個個武藝高強。攏佇海棠國考過武進士。個的田園無限濟，沿舊店溪去到汫水河，有規大片的土地。個四常騎馬巡田園，尤其大漢的穆天鹿武藝蓋高強，巡田園攏擇一枝三百斤重的石刀。」

「紅毛國攻入來的時陣，三兄弟組織義民軍抵抗，死傷誠濟，海棠國國王賜官位佮黃金萬兩嘉勉伊，不而過落尾予奸臣所害，逃去冇渟國鬱卒而亡。」

這款的記載，凡勢有人會懷疑真假，不過人名佮年代有戶籍資料對照，準確度應該誠懸。這時陣，穆水賰規頭殼攏是祖祖穆天鹿的形影矣，伊心目中的英雄，發角的祖祖，有武功兼有神通，伊日時想，暗時夢，用足濟時間佮精神欲去揣出較濟資料。

天鹿庄去幾若逝矣，不而過搜揣無彼間囥官服、帽仔、武器的舊厝，共地方的老歲仔探聽，大部份毋知影，干焦廟邊籤仔店彼个九十外歲的老阿伯，講伊做囡仔時陣知影有彼間厝，落尾都市計畫開路閣起一堆樓仔，已經拆甲無看著身屍矣！

2

半冬來，穆水睛跤步無停，逐工透早五點外就出門，密密行踏地方誌記載的，祖祖穆天鹿有可能躂過佮經常活動的跤跡。汫水河、舊店溪沿岸幾十年來改變快速，河川疏浚挖漉糊糜工程開誠濟錢，上代先是抾（khat）掉浮面的水薸、布袋蓮、漂流物，紲落溪埔的車輪草、刺查某、菅蓁、牛蓖麻、鹿仔樹、流血桐攏鉤掉。河川愈來愈清氣，也離大自然愈來愈遠矣。

最近，隨著經濟發展，住宅起甲窒窒滇，毋但工場排放，家庭廢水量也嶄然仔驚人，佪做一下瀉落溪裡，水愈來愈濁，愈來愈臭，尤其若足久無落雨，更加嚴重。住戶就開始咒讖，罵甲溪佮河齊流目屎兼吐大氣。污染是人造成，罵也是人咧罵，誠是無天理。

落尾河川管理單位，開大條錢做一擺處理。規氣用紅毛塗共溪道聳U字形，用八千磅的封予死，毋管偌韌命的野草攏袂閣復活起來。無偌久，果然夭壽清氣，規條溪無蝦也無魚，白翎鷥也毋知佗位去。

閣來兩條溪河的支流，小跤腿、幼手骨，也一肢一肢崁落點仔膠下面，齊用涵管代替血管，致使仙角市的青年男女散步溪邊時陣，無一屑仔會帶動愛情的好光景。只是商店、餐廳一間一間裝潢甲光顯顯金爍爍，暗頭仔遊客一陣一陣挨來挾去，買物件、看表演、划船、食冰淇淋，四箍輾轉鬧熱滾滾。聽講短短十年內，對河邊迵市區的房地產已經起一百倍。

祖祖的跤跡凡勢攏埋佇點仔膠下面，包佇涵管內底矣，欲去佗位揣？穆水賰愈想愈憂鬱，倚佇舊店溪邊的石欄杆食薰，一枝紲一枝。

「文明社會的哀悲！」

伊向天頂的月娘吐大氣，閣來想起一段失敗的婚姻。

純純參伊大學仝校，佪一个牙醫系，一个歷史系。自佇一擺的郊遊了後，就親像吸石黏牢牢，逐時牽出牽入，予其他同學欣羨甲欲死。純純畢業了先去天良市的初中教冊，過幾冬了後，水賰也佇九州街開診所。診所開幕一個月兩人就結婚，做伙蹛佇診所樓頂。

白白瘦瘦掛目鏡的純純，講話輕輕慢慢，足濟人認為人佮名誠符合。毋過足少人知影，伊受家庭傳統深深影響，足重拜拜。佪老爸是南部葡萄鎮一間濟公壇的壇主，這種家庭背景水賰一直到結婚前幾工才知。愛著較慘死，老爸的行業參查某囝的婚姻有啥關係，閣再講結婚了蹛天良市，一北一南應該是無礙。

結婚無偌久，純純就要求佇樓頂尾服侍濟公。伊講自出世拜甲大漢，濟公佛祖已經保庇二十外冬矣，袂使斷去。若無會予神明責罰，凡勢五雷蓋頂，死無葬身之地，因為伊從細漢就有按呢咒誓過。純純閣對皮包仔內提出一本「濟公活佛萬福真經」，叫水賰愛加減唸，有唸有保庇，無唸凡勢有代誌。

「阮阿爸是拜佛的。伊干焦初一十五食菜、唸經，平時定定讀佛冊，誠少走廟寺，也無咧參加法會。」水賰想講平平是攑香的信仰，應該是無差偌濟，溝通一下就會好勢。

「聽起來信仰無蓋深。」純純目鏡剝起來，目睭圓輾輾閣敢若會轉輪，「我是濟公佛祖的契查某囝，昨暝伊共我托夢，講我足久無共拜矣，是毋是袂記得契爸矣？」

純純表情正經肅穆，親像誠嚴重的款勢。水賰對這方面無特別的主張，就順牽手的意。隔一禮拜，濟公的分身就來坐佇樓頂尾矣，丈人爸閣親身綴來做法事，唸經咒結手印，踏七星步，也準講是補入厝。

「反正加一个神明來保庇，有好無穤。」水賰按呢想，心內較安心。

想袂到，這是拄才開始爾爾。

閣一禮拜，純純佇學校轉來，閣是目鏡剝起來，共水賰攬牢咧。

「あなた[2]，我已經辭頭路矣，按算專精神來服侍濟公阿爸。」

「啥？你講啥？」水賰驚一趒共純純揀開。本底細細蕊的目睭展甲誠大，兩條月娘眉也摸直直，兼結做伙。

「濟公阿爸昨暝閣再托夢。」純純聲音放甲足軟足柔足慢，閣親像神明降駕，借仙姑的身軀發話。「伊講我嫁著好翁，做醫生，會使毋免上班，規氣專心來服侍，伊對天良市這个所在有興趣，想欲四界行行咧，交陪各廟宇眾神佛。」

2　あなた：日語，「你」，通常用佇伴侶之間，這跡指「親愛的」。

水賭目睭反白睚（píng-pe̍h-kâinn）頓落膨椅，吐一个大氣，毋知欲按怎應伊。純純外表溫純，讀大學中間根本看袂出有仙姑模樣，想袂到結婚無半冬就現出原形，予伊想著白蛇傳的白素貞，彼是蛇精變身佮人中間的一段美麗愛情。我佮純純若互相意愛，哪著計較傷濟。

就按呢，這件也是順牽手的意思。

毋過純純辭頭路了後，並無佇診所鬥幫忙。當當水賭無閒共患者治療喙齒的時陣，逐時無佇厝。聽講伊毋但早暗佇厝內敬拜，閣愛四常綴濟公契爸仔去參訪天良市各廟寺，有時閣愛兼祕書、做紀錄。

按呢一工過一工，誠緊就一年矣，看起來無啥物各樣，窮實代誌愈來愈大條矣。

純純開始主張分床。伊講濟公契爸指示，對這陣開始愛淨身一冬，若無會有災禍降臨。

「啥？你講啥？我迸矣！」水賭這擺喝愈大聲，大大下頓落膨椅閣再彈倒起來。

閣紲落的日子，純純的舉止行動愈來愈怪奇，有時足暗才轉來，閣有時會蹛佇廟寺靜修一兩工。伊無意向生囝，開喙合喙全神仙佛祖，講話中間會無張無持入神，講是濟公降駕。翁某毋但暗時無睏做伙，日時也講無話，這種婚姻敢閣維持會落去？水賭已經擋袂牢，請徵信社調查，看個某到底是攏咧變啥魍。

結果查著純純佇外口有交著查埔人。了解起來，是羌黃大菜市的宇宙神宮的宮主兼童乩。講討契兄較歹聽，窮實也是濟公佛祖的契囝，也就是純純的阿兄。這陣一个是童乩，一个是仙姑，以個的道理，真、氣、神齊合一，是神界牽線的好姻緣。

「我迸矣！」水睶閣再一擺大驚奇，毋但佇膨椅彈兩下，閣兼跋落塗跤。

這場荒譀的婚姻煞尾由法院判決離婚確定，民事上純純愛賠二十萬。判決文頂頭按呢寫：

「經查告訴人穆水睶現業牙醫，具有地方名望，個某葉純純交著神壇童乩，發展不倫關係，毋但破壞婚姻互信，閣致使穆水睶佇親友間頭殼擔袂起來，精神非常痛苦。穆水睶訴請離婚，照准。要求葉純純精神補償一百萬部份，參酌告訴人遭受的精神打擊，被告的經濟狀況，判定葉純純應賠償穆水睶二十萬。」

離婚了後，穆水睶換轉去仙角市開診所，一切重再開始。伊去讀碩士，也專心看病趁錢，沓沓仔袂記得彼段傷心事。想袂到這次的選舉失敗，閣予伊陷入另外一場人生的洘流，性命的危機。

今暝頭殼內絞絞滾，足濟代誌翻來翻去，落尾啉半矸紅酒才落眠。無偌久，夢著一个發兩枝角的人。

伊突出官帽的短角金爍爍，官服頂頭繡兩隻水鹿，參彼工佇祖厝看著的祖祖穆天鹿一模一樣。

穆天鹿前擴後擴，目尾垂垂，目墘袋仔大甲親像另外有兩蕊目睭。

「要緊去水鹿城！」祖祖的聲音像損鐘，予伊兩粒耳仔攏擛起來。水睶的耳仔參祖祖仝款誠大，兼向向（hiànn-

hiànn）。

「水鹿城欲按怎去？」水睶頭敧敧仆佇祖祖的跤頭趺。祖祖用絨絨欠一指的手捗，挲捋伊的頭毛，共伊煩惱甲散掖掖的頭毛掰予順。

「手伸過來！」祖祖擛一枝毛筆佇水睶的手蹄仔心畫圖，正手畫無夠閣畫過倒手。筆毛誠幼，有鹿仔味，祖祖攏無搵墨汁，那畫那解釋，烏線相紲畫滿兩个手蹄。畫煞，頷頸伸長長，向天頂呼吼三擺，像損鐘的聲擢甲尖閣懸。

3

穆水睶半暝hiánn起來，目睭微微神神，看著家己的手蹄仔心有山有水，親像詳細的地圖，毋過若倚近欲看較詳細，就閣無去。伊要緊起來，共看著的攏畫踮紙頂，畫甲跤川顛浮浮，目睭起煙霧，耳空閣兼聽著水聲，畫了才閣睏去。

隔轉工起床，佇床頭櫃頂頭看著這張地圖，路草、轉頭斡角、溪流、橋樑、樹林……竟然遐爾仔詳細，穆水睶看甲喙開開愣愣神神，毋知真抑假。

出發矣！袂愛運動的穆水睶，讀冊中間干焦捌參同學蹈過天良市附近幾个仔小山崙，這陣全副武裝，揹包仔、雨衣、手囊、麻索、絨仔衫、焦糧、水壺、登山鞋、開山刀……加上一張祖祖的相片。攏款好勢，就欲來探查夢中看著、神祕的水鹿城矣。對汫水河南岸向東開車三點外鐘，順古早的花鹿庄、水鹿庄、天鹿庄，經過舊店溪口，愈倚近彪山島野草愈旺，崁滿溪面。到甲車無法度前進矣，只好共停踮路邊，行入草埔仔。

西爿焦涸涸的溪床誠濟石頭，猴甘蔗發甲丈人懸，吐出白雪雪的花芒，親像咧拍招呼，也敢若一直喝細膩、細膩。東爿有積水的所在，南風捒一大片的水蠟燭，直直綴頭前的紅跤稗仔拜拜。

這是地圖頂頭上山的起點，也是終點，因為完全無看著入口，根本無路通行。閣較困難的是，攏予密喌喌的刺竹仔林團團圍住矣。穆水賰褫開地圖，本底詳細的線路佇日頭光下面，煞變做一堆彎彎曲曲的水痕，干焦中央有一个烏色三角點。哪會按呢，伊頓落塗跤坐，啉一喙水，雄雄看著一隻赤尾青竹絲對刺竹林飛過。想無步，只好疊盤坐雙手合掌向祖祖祈禱，空中彷彿傳來唸經的聲音，由遠而近猶閣遠去，聽毋知內容。煞落一陣烏雲飄過來，閘住日頭，無偌久穆水賰規个人神去。

倚溪彼爿有一抱刺竹仔突然間尖叫一聲仆落去，後面現出一蕊烏墨墨的大目睭，頂頭發一排鐵線蕨。中央的目睭仁閃閃爍爍，一觸久仔煞現出一个洞空。內底傳出低沉的聲音：「入來！入來！」

入去！入去！穆水賰一步一步伐入去，彎彎斡斡，毋知東西南北。一絲光線熠入來的時，已經來到另外一个出口。想袂到一踏出去，頭前換做旺嗄嗄的流血桐，完全揣無空縫，這種所在，若鳥仔無張持傱入來，拍算免想欲飛出去。伊注神共看，樹枝樹葉頂頭有密喌喌的血蜞，一隻一隻蟯蟯旋，非常恐怖。

「祖祖！你佇佗位？」穆水睛雙手敨做喇叭大聲叫。

雄雄有一个樹椏括規群血蜞對面頭前戡（sìm）過來，伊驚一越攑開山刀就共剘落去。

彼椏流血桐予剘一下斷離離，一港血水對斷截的所在濆出來。紲落規百規千欉的流血桐攏吼起來，閣開始拗斷家己的跤手，拗甲規身軀流血流滴，一時規樹林血流成河。

「入來！入來！」這擺的聲音愈低愈沉，親像地獄傳來。

順出聲的所在，血水分做兩爿，顯出一條白閃閃的小路。穆水睛面仔青恂恂身軀吣吣掣，躡跤躡手行入血獅獅的路。那行血水那化無去，較臨一百公尺了後，踏著青翠翠的八字草，踏一下嘤一聲，閣敢若貓仔咧叫。

嘤聲恬靜落去的時陣，穆水睛看著一隻水鹿佇頭前行過去。兩公尺以上的大水鹿，兩叉鹿角敢若大樹椏，有發樹葉仔。身軀是紺色的！紺色，閣兼會顯螢光的水鹿，透世人毋捌看過。伊看甲轉輪，目睭煞也變做紺色的。

水鹿身軀攄過鹿仔樹，一欉、十欉、百欉、千欉……攄出月琴演奏曲，毋捌聽過的調，親像古早也足成現代的音樂。忽然間，伊陷入樹林中，也變成一欉鹿仔樹，紲落規群鹿仔樹開始躄跤蹄，移徙跤步，共穆水睛捒進前。

閣一觸久仔，面前出現一座若圓若無圓的古早城，城壁十外丈懸，看起來是幾十萬塊金滑的角質材料疊起來的。斟酌看，應該是鹿角基座的珍珠盤[3]一塊一塊連接起來，淺黃有

3 珍珠盤：指鹿公頭殼頂留落來的平台狀角盤。鹿仔換角抑是鏨角堅疕了後，角柄佮角盤分離斷裂，落落來的角叫做鹿角帽、鹿托、花盤、珍珠盤等。

淡薄仔蛀穿（tsiù-tshng）。這是全世界上稀罕的城堡，上懸的所在是七枝分七叉的超大型鹿角。規个城予黃藤絞甲密㴙㴙，黃綠色小花滿滿是，有一種講袂出來的怪味。這座城堡，予一條七尺闊的溪溝圍牢咧，四箍輾轉揣無出入口。

彼隻紺色的大水鹿閣出現矣，這回屈落來，予穆水睹坐踮身軀，共鹿角扞牢牢。大水鹿翻身向頂頭竄起去，降落城中央。嶄然仔曠闊閣清幽的所在，一間一間親像小宮殿的建築，壁牆原在是用珍珠盤疊成，厝頂齊是鹿角造形，塗跤攏是水鹿的圖案，閣寫一堆看無的文字。

穆水睹看著一个頭毛被肩白雪雪的老人面向壁疊盤坐。共叫無應，共拍肩也無越頭，閣像石頭像，拍算修行靜坐甲出神入化矣。

一刻左右，老人雄雄起身越頭。喙鬚也全款白雪雪，目睭圓滾滾，無成祖祖的模樣。

「鹿王公保佑，我等足久矣！來，這塊交予你。」老人對長袍手碗內底提出一塊手捗大的珍珠盤，頂頭刻「穆天鹿」三字。

老人話語慢慢毋過誠清楚，伊沓沓仔講出這个水鹿城的故事。

4

大貂社的公廨內底，頭目哄哩阿哥佮幾若个長老坐規排，對面是幾個月前駛帆船上岸的一群白毛仔。用竹仔、茅草、黃藤、菅蓁佮牛屎起的公廨，是個祭神、活動、訓練佮開會的所在。公廨的材料攏山林生活中現成的物仔，毋過起造甲鉎鉎角角，四序閣淡薄仔莊嚴。

五个白毛仔鼻龍直直啄啄，目睭像海水，講話時陣溢來溢去，大貂社的頭目佮長老看甲起僥疑，毋過遮的族人佇溪邊生活足久矣，天生豪氣無蓋計較，個四常划Báng-kah佇舊店溪、泔水河一帶佮海棠國、有滓國的人做生理。大貂社的草湳族經常是載番薯、芋仔、鹿皮、鹿肉去賣，換轉來鹽、布料、鐵拍的器具等等一寡日用品。

白毛仔的大隻帆船佇泔水河靠岸時，草湳族的武士做一下伏倚去，共十外个人押轉來。因為言語袂通只好用比的，個講是順風漂流來到這个島嶼，想欲小蹛一站仔。個的頭人獻出三領媠氣的毛毯，兩支金色的茶鈷，一捾光顯顯的袚鍊，表示善意。毋過，個隨人揹佇尻脊的，長長尖頭像鳥仔喙的鐵管，看毋知是啥物件，感覺毋是長刀也無成標槍。

遮的白毛仔佇溪邊露營，起先講蹛一禮拜，毋過直直延落去，煞落閣會拍獵。個用烏色的鐵管遠遠相準，迸一聲，一隻活跳跳的花鹿仔就倒落去。這是啥物款的魔法？大貂社的人開始煩惱起來。

今仔日的談判，五个白毛仔攏紮魔法鐵管來，炁頭的人已經小可會曉簡單的草湳族語言。

「這三捾珍珠袚鍊共恁換一塊仔土地。」頭人Jansen展開雙手，袚鍊白雪雪金爍爍，頭目哄哩阿哥佮眾長老目睭展大蕊，看甲無躡。

「偌大的土地？」哄哩阿哥坐騰騰，誠嚴肅發問。

「一領鹿仔皮托懸，佇日頭公下面的影跡遐爾大的土地。」Jansen徛起來比懸比低，伊表示欲愛一塊仔土地起厝，毋免逐時搭布蓬。

頭目參眾長老佇竹椅仔頂徙做伙參詳。

「一領鹿仔皮會當托偌懸？極加是竹篙懸，按呢日頭準講炤趨趨（tshu-tshu），嘛無這間公廨的大。」

逐家感覺白毛仔誠客氣，咱嘛愛好來好去，以禮相待。

「遮爾細塊，恁欲蹛傷暎（kheh）啦，會使予恁影跡的三倍。」哄哩阿哥代表眾長老答應。

按呢交易誠順序完成，不過Jansen表示愛有正式協議，所致雙方就佇公廨的神明頭前咒誓，若反僥就無好死。

三工後的過晝仔，日頭小可斜西，雙方照約束來佇舊店溪邊的一片平陽。

白毛仔紮來的是一領足大領的水鹿皮，並無扛竹篙。

一个頭毛散掖掖，額頭十外條皺紋的白毛仔伐出來，疊盤坐佇水鹿皮頭前，含一喙水霧向鹿皮，開始唸咒語。白毛國的咒，草湳族的人聽無半句。

一觸久仔，規領鹿皮飄上眾人頭殼頂十外尺的所在，日頭光的影跡蔭佇塗跤頂，一片烏趖趖，紲落沓沓仔湠開、湠開……竟然湠甲較臨十間公廨遐爾大。

頭目哄哩阿哥佮族人看甲吐舌，想袂到白毛仔的魔法遮爾仔厲害。

就按呢，白毛國的人順理成章來占有大貂社一大片的土地，起十外間厝。個用的建材是專工用船載來的，會當共石頭黏做壁堵的一種特殊塗。

草湳族已經佇遮度過足久的平靜日子矣。自三百冬前，舊店溪對彪山島流洩落來的水源嶄然仔豐沛，經過拍鹿洲仔，分出鴨稠溪，閣接去泔水河出海。從彼陣，彪山的高山族就蹛佇深山林內，平陽的草湳族順溪河徛水草蹛，主要靠掠魚、拍鹿、種小米、芋仔生活。對捙盤洋彼爿來的，多數是海棠國，其次是冇浡國的人。遮个人，天生比草湳族加成奸巧，個會用表面好看毋過無價值的器具來換山產，閣較過份就是利用草湳族的禁忌，偷偷共動物死體擲佇農地內底，引起驚惶來放棄。所致草湳族的人私底下會叫個「白浪」，意思是歹人。

天生溫和的草湳族，長年面對海棠國、冇浡國的欺壓，攏用吞忍的方式化解，表面知足常樂一片和氣，毋過內心鬱卒久年袂消退。這陣閣來這群白毛仔，毋但有魔法的鐵管，也有予鹿皮飛上天、烏影漩規坪的咒語，誠是害了了矣。頭目佮長老暝日參詳，原在想無啥物好辦法。窮實草湳族因為血統溫馴甲像鹿仔，逐家拍獵掠魚樂天知命，自祖先代代主張避免衝突毋好相戰，按呢嘛過了幾若百年無代誌。

5

這一工透早，佇泔水河口，雄雄出現二十外隻帆船，參一般的商船無仝，伊毋但較大隻，雙爿邊閣有安大砲，是武裝的戰船！

佇海邊掠魚的白浪看著要緊通報，毋過天生奸巧四界倚的士紳頭人，看範勢毋著內心開始拍算，若去表示歡迎兼共炁路，凡勢將來合作閣比這陣較有利頭。

不過佇海口做工課的幾个草湳族，馬上起跤lōng，有的划Báng-kah，有的順溪埔走標，走甲手環鉼鉼叫。

「害了，一大陣武裝的船隻上岸矣！」一个少年的目睭展大蕊，面仔青恂恂，講話怦怦喘。

拄佇公廨拜拜的頭目，一盤檳榔猶未疊好勢，驚一下摔倒輾甲規塗跤。

「通知戰士緊急集合！」草湳族足久無戰爭矣，個經常是參山豬、鹿仔相戰，無張無持發生的狀況，規陣人慌甲跤手險拍結。另一方面，頭目派人較緊上山通知猛勇的彪山族。

海邊遐戰船靠岸了後，並無隨往部落前進。個大隊人馬佇近海口的溪埔搭布蓬起火煮食，經過三工猶無動靜。

一个海棠國移民過來，名做穆福星的生理人，佇汫水河口附近開籤仔店，閣兼牽線予外面入來的生理人佮草湳族交易。

「歡迎！歡迎！」第四工穆福星透早天光無偌久就來到營地，頓頭向腰誠好禮。「遮山產予逐家加菜。」

船隊的頭人叫做扁錢爾，頭毛白甲光爍爍，邊仔徛的兩个兵，手攑鳥喙銃，目睭雄介介。伊聽無穆福星的話語，擛手叫人出來翻譯，這个人竟然是進前佇大貂社起厝的白毛仔其中一个，原來大隊人馬是個通知來的。

「我奉好鱗國的國王之命，來接管這个所在。」扁錢爾提出一張鹿皮，頂頭寫一堆字，像豆菜芽仔，參海棠國的豆腐字差誠濟。

「我命令你去通知溪岸兩爿，山跤山頂所有的人。」

扁錢爾話講煞，兩个兵銃摿懸同時射出銃子，分別射過穆福星的兩爿鬢邊。

「俺娘喂！」穆福星驚一下起跤lōng，要緊去傳話予庄內的人。

6

草湳族的人，幾百年來頭一擺決定欲相戰。面對外來的，講欲接管這片歷代生活幾若百年的土地的人，哪有可能放恬恬據在伊。個共勇壯的查埔人組織起來，分幾若隊，有的守佇溪埔邊，有的守佇部落的四箍輾轉。

閣過一禮拜，白毛仔的部隊順汫水河邊來矣，天未光雙方的戰士就佇舊店溪、鴨稠溪相接的所在遭遇。草湳族的人數武器佮佈陣白毛仔已經足清楚，因為抓耙仔穆福星早就通報矣。白毛仔遠遠就規百人掠排，倒手扞，正手入銃藥姿勢誠好笑，不而過，當當草湳族的戰士規群擛長刀、長銃衝過去的時，誠濟人予一百枝銃發射出來的銃子射著，哀聲不絕。頭一排射了，第二排銃子也入好，煞落第三排，大貂社的頭目哄哩阿哥佇第三輪陣亡，其他無死的要緊逃走。

規溪邊的菅蓁、臭青仔、鹿仔樹攏予銃聲、哀聲驚甲吣吣掣，一群芒噹丟仔啁啾叫，放捨個的鳥仔岫飛對溪河的彼爿去。這時陣，佇一大抱鹿仔樹內底有覕一个十五、六歲的查埔囡仔，伊名做穆添祿，是抓耙仔穆福星佮一个草湳族查某囡仔生的。伊用金錢物品共誘拐，並無娶入門，毋過看生查埔的，予伊食老爸的姓。穆添祿雖罔少歲，對老爸的行為已經會起僥疑，有足濟無認同的所在。

草湳族的傳統，少年家十五、六歲已經開始拍獵矣，先拍花鹿仔，紲落較大隻的水鹿，拍著三公尺的水鹿公，就成為戰士矣。穆添祿誠怪性，伊堅持毋拍鹿，愛欲拍山豬。山豬攏佇山頂的樹林內，遐是彪山族的所在。彪山族天生猛勇毋驚死，佪佇淺山的四周圍畫一條斬頭線，凡是踏過線的隨用毒箭射殺，紲落斬頭掛佇刺竹仔頂盪盪幌，足恐怖。所致草湳族拍的山豬攏是東爿倚肚臍山彼面的，毋敢進入彪山。干焦穆添祿敢入去，因為伊的老母是彪山族佮草湳族透濫的，聽講外媽是彪山族大頭目的小妹。

草湳族佇鴨稠溪北爿另外有烏蚓社，出火社，佪聽著這个消息竟然驚甲爍爍顫，毋敢出聲。溫馴、無膽的族人，雖罔有愛好和平的優點，毋過遇著外來侵入的惡霸，誠是日頭赤焱焱，隨人顧性命。

無偌久，白毛仔進前來的佮後來的敆做伙，佇汫水河佮舊店溪接界的一个小沙崙圍牆造城，頂頭插一枝有烏白花的國旗。好鱗國有烏色的花蕊？逐家誠好奇，不而過毋敢問。

總督頭扁錢爾連鞭就頒布命令：

1. 好鱗國占領彪山島西北爿的溪岸平原，起造好鱗城成為統治中心。將來會繼續向南向東征服全島。
2. 交易一律使用新發行的好鱗銅錢。
3. 百姓繼續拍獵、掠魚、種作維生。
4. 所有的鹿仔屬政府財產，只會使幫政府捕掠趁工錢。
5. 凡是違反命令，情節輕微者監禁，嚴重者馬上銃殺。

這是頭一擺頒布的命令，袂使私自掠鹿，聽起來非常酷刑，閣來毋知有啥物出頭。包括草湳族、冇涬國、海棠國的移民聽甲咬牙切齒，卻是毋敢傷出聲，佪恐驚有抓耙仔去拍報告。尤其是籤仔店彼个穆福星，雖罔表面好禮笑微微，卻是白毛仔飼的虎仔。

離半魙島幾若萬里遠，愛踅過捙盤洋往南，閣往掃帚星跋落彼爿去，好鱗國的帆船會當走遐遠，絕對有非常厲害的魔法，就親像佪的武器佇幾十尺遠迸一聲，這爿就倒規坪，誠是驚死人。

聽講好鱗國足興鹿皮，自從知影洴水河、舊店溪一帶鹿仔非常濟了後，國王就下令愛大量收集鹿皮，毋管十萬領、百萬領……愈濟愈好。

「哎呀！政府只是欲愛鹿皮爾爾，對咱的生活無啥影響。而且佪有誠媠的毯仔、銅的錫的種種生活器具……對咱有好無穤啦！」穆福星坐佇店頭曲跤，指頭仔直直撚喙脣頂彼尾蜈蚣，伊目瞷niáu起來，額頭有三條足深的水線，聽講這種人較奸巧。伊這陣足成總督頭派出來的宣導員。

「有耳風講，佇舊店溪佮洴水河相挾的所在，佪起一个專門刣鹿仔的所在，叫做裂（liah）皮場。」一个冇涬國的人拄對洴水河口轉來，身軀揹一袋番薯一袋芋仔。

「裂皮？裂樹仔皮定聽著，裂鹿仔皮就罕得。鹿皮應該是用剝的。」海棠國來的，賣鹿仔肉的新圓叔仔頭敧敧。

跕佇口面一个草湳仔聽著佪咧會的代誌，雄雄徛起來，足大聲講：

「嗙！恁攏毋知影偌夭壽！」

「佪講鹿仔皮欲婧愛活活裂落來。大貂社的工人聽鹿仔哀甲足凄慘，實在做袂落去，毋過遐監工的白毛仔歹衝衝，見若無爽銃就挆出來……」

「哎唷！」草湳仔講猶未煞，穆福星就踏過來斬話（tsánn-uē），「彼精牲生成欲予人刣的啦，活活裂皮上加是哀一下仔爾爾。講倒轉來……」

「佪主要欲愛鹿皮，鹿茸、鹿肉攏嘛分予恁！」穆福星擛薰管，欶一喙薰。

一堆人聽伊按呢講，煞相矖目，無閣出聲。毋過徛佇阿爸邊仔的穆添祿聽甲表情足複雜，兩个拳頭拇暗暗仔捏甲欲出汁。阿母逐時派伊來提日用品，伊實在足無愛，因為阿爸佮大姨的面腔攏無蓋好，而且足濟人看伊的眼神就親像咧講：雜種仔。

7

裂皮場的規模愈來愈大矣，總督頭命令草湳族全力掠鹿仔，佇洴水河佮舊店溪一帶較濟梅花鹿，東爿愈倚彪山水鹿仔愈濟。遮的水草青翠，溪水豐沛，鹿仔性命力旺盛，幾若百冬來大量生湠，予草湳族掠袂盡，是生活中重要的資源。這馬經過白毛仔大規模追捕，梅花鹿攏掠去裂皮場，部份水鹿仔竄上彪山頂，軁入烏樹林內底。而且，有一寡受壓迫擋袂牢的草湳仔也走去彪山族透濫做伙。這陣草湳族各社的頭目一个比一个較軟汫，攏主張屈服保性命。

「遐生番歹衝衝通人知影，若有外人踏上彪山的時陣……隨就咻咻毒箭射出來，閣共人頭提去祭祖靈。」穆福星佇督頭命令伊入山傳達命令時陣，講甲比手畫刀，閣緊張甲咬著舌。

「官府的命令你敢毋去辦？限你三工回報！」督頭兩爿邊的兵仔猶閣共鳥喙銃托起來向準穆福星。這个抓耙仔，平時白毛仔對伊足好禮，當做是被統治者的代表，毋過隨時會變面喝欲彈銃。

雙面刀鬼閣四常猴憑虎威，共庄內、部落的人食死死。穆福星歹事做濟嘛會食著羹，伊想甲無法度，只好轉派飼佇口面的搭頭哄哩蘭，也就是穆添祿的阿母去講，因為伊有彪山族的血統，窮實大頭目是伊的阿舅。不而過斯當時，伊的父母犯著部落的禁忌了後就失蹤去矣。

穆添祿的阿母想規暝毋知欲按怎，暗暗流目屎。

「阿母，我參你做伙入去。」穆添祿知影阿母的困境，同時已經有拍算，決心欲去做彪山族的戰士。

第三工的下晡，穆福星佮哄哩蘭佇時間內回報督頭。

「大頭目不准人佇彪山拍鹿仔。閣講，一隻鹿仔換一粒白毛仔人頭。」

「豈有此理，遮爾狡怪的生番！誠是毋知死活！」督頭鬚聳目降，共兩爿的兵士使一个眼神。Piàng-piàng兩聲，穆福星佮哄哩蘭同時中銃倒落去。

彪山族大頭目伊勇．諾幹，毋但禁止白毛仔入山，閣加強刺竹林的防衛。伊踮草崙加設兩个望寮，閣佇刺竹林後爿每一欉茄苳樹頂派兩个戰士，揹大把的毒箭，閣紮大番刀，凡是經過刣人線的殺無赦。

無偌久，一百个白毛兵來到彪山跤矣，是天頂烏陰、樹林罩霧的天氣。個叫十外个草濎仔先提開山刀去剉刺竹仔，連鞭就剉出兩个空縫，草濎仔想欲退出來，閣予白毛仔揀進前，一百个白毛兵做一下湓入去。

較臨是仝一時間，茄冬樹頂射出密冊冊的毒箭，親像落雨。白毛兵的鳥喙銃也馬上發射，毋過彈一粒出去，猶袂赴通閣入火藥就予毒箭射著矣。這一戰，彪山族重傷十外个，白毛兵死亡九十外人，敢若中著甕中掠鱉的計智。死亡的九十外个白毛兵齊剁頭，隊長佮擇旗軍仔的頭提去祭祖靈，其他的攏掛佇刺竹仔頂。無偌久，目睭攏予鵁鴞 (lāi-hio̍h) 啄去。

拄咧烘鹿肉的督頭聽著稟報，咬佇喙的肉煞落落塗跤，伸手直直挲頷頸。

好鱗國的白毛兵拍算予彪山族驚著，有足久的時間無閣講欲去彪山拍水鹿矣，裂皮場也恬靜落來，無閣透早透暗傳出慘叫的聲音。另外，本底佇四箍輾轉一堆若山，硬化無路用的鹿角，也清甲無半枝。

「歹人驚歹人！」溫馴的草濎仔總算會當喘一口氣，毋免逐時予白毛仔逼去拍鹿仔、裂鹿皮，而是回復刓Báng-kah佇汫水河賣番薯的單純日子。

這時陣，頭一批來到汫水河岸起厝的Jansen駛帆船離開矣，有十外个人跟綴伊去。聽講欲轉去好鱗國，有欲閣來無，無聽伊提起。起先做通譯兼抓耙仔的穆福星死去矣，生佇外口的穆添祿也毋捌閣出現。

泩水河、舊店溪、鴨稠溪的溪哥仔濟甲掠袂離，青草發甲旺旺旺，一大群鹿仔樹順溪岸走，熱人到矣，紅帕帕的果子發甲累累墜墜，草湳族的囡仔食甲喙脣紅絳絳。遮無鹿仔通拍矣，興鹿皮的白毛仔拍算會徙去別位，庄頭佮部落的人攏按呢議論紛紛。

8

春天來矣，無講無呾一堆流血桐順舊店溪邊，發對彪山跤去。

尾暗仔，五隻大帆船駛對泩水溪口來。有二十外个白毛仔兵揹銃佇沙埔迎接。原來舊年轉去的白毛仔，千里迢迢對好鱗國運來三座鬥鐵輪的山砲，閣加載百外个兵士來。

「這聲害矣！毋知是啥物款武器，看起來有嶄然仔厲害的魔法。」平靜無甲一年的庄社逐家議論紛紛，干焦一寡兼任翻譯的通事仔暗暗仔歡喜。個毋管是傳話、做雙面刀鬼抑是抓耙仔，攏有好空的。

這回，督頭無閣叫人上彪山溝通矣，伊直透命令百外个兵紮彼五座山砲往彪山去。另外，百外个草湳族的壯丁也配合個的行動，可能互相有談條件，欲做伙來消滅彪山族。窮實幾若百冬來，草湳族共彪山族看做是兇惡的斬頭族，是溪岸平埔生存走跳中間，暗藏佇山頂的敵人。

山砲烏銃烏銃鬥兩个大鐵輪，遠遠看起來閣像查埔人下面彼副牲醴，彪山族的勇士佇望寮遠遠看著緊轉去報告，大頭目佮一堆人攏毋知彼是啥貨，就要緊增加茄苳樹頂的埋伏，逐家共毒箭攢便，而且有一部份有紮烏喙銃，彼是舊年對攻山死亡的白毛仔接收來的。個無料著這擺草湳族會配合白毛仔欲來進攻山林，想欲占有彪山的山產，確實可惡。不而過一切準備四序，大頭目拍算這回愛予個全軍覆滅驚破膽，後擺就毋敢閣來。

想袂到大隊兵馬佮彼五付烏銃的大牲醴佇足遠的所在就擋恬矣。紲落五組人足無閒毋知咧變啥把戲。

「Pòng……」雄雄一聲親像霆雷公，規粒彪山攏振動搖幌。

紲落第二聲、第三聲……茄苳樹頂的戰士連連慘叫，一个一个輾落來。頭前大片的刺竹林火燒起來，東風吹過，湠對西爿的舊店溪去，一堆鹿仔樹、流血桐也燒甲吱吱叫。白毛仔紮銃、草湳仔帶長刀、標槍，隨後衝過刣人線。

彪山族的大頭目伊勇．諾幹帶領一寡無死的戰士拚對溪谷底去，溪谷會當順舊店溪的水頭趕過東海岸，避開山砲爆擊。佇遐也有誠濟祕密磅空，予老歲仔、查某人、囡仔齊覕入去。

彪山上懸的所在叫做必叉峰。風雲若來到遐隨就變色閣必做兩叉，一叉反烏，一叉落紅雨。這是彪山族祖靈居住所，是神祕的禁地。

佇白毛仔兵士追殺彪山族人中間，草湳仔另外有捕掠水鹿的任務。個用標槍射水鹿，閣先共揹落山。欲愛水鹿仔皮，是白毛仔攻山主要的目的。

山谷邊有一个磅空佇水沖後面，本底誠揜貼。毋過足歹運拄有兩个白毛仔來洗面啉水，看著水影內底彷彿有山洞，規陣兵士抑入去掠人。

紲落去，山洞變成一个悲慘的世界。個先向老人囡仔彈銃，青春少女婦人人，個個就地強姦，閣兼刣死。做過這種野獸的行為竟然逐家笑嘻嘻，感覺誠爽的款，個無將彪山族當做人，窮實個才是精牲。

做過精牲了後，規陣白毛兵士繼續去追殺逃對後山去的大頭目伊勇．諾幹。毋過踅過幾若个水沖、十外欉牛樟了後，路煞斷去。

「跖起去，反過山尾溜！」白毛仔隊長徛佇無路的斷崖邊看向頂頭，下命令。

「報告官長，遐是必叉峰，彪山族祖靈的聖地，莫起去較好……」一个跟綴來的草湳仔目頭憂結結。

「迷信！好鱗國的聖經攏無讀的款。啥物祖靈聖地，看會堪得我彈幾銃！」隊長銃擇起來向必叉峰彈去，迸一聲了後，規个山谷充滿怪奇的回音。

隊長入銃藥了後再次共銃擇起來，這時陣，突然一片紅雲對山的彼爿浮出來，金光閃閃熠著眾人的目睭。逐家愣愣恍恍看著必叉峰頂頭徛一个少年家，身穿彪山族紅烏相敨的麻布衫，頭殼頂有突出的物件，佇反光中間看袂出是兩隻角抑是樹椏。

「啊，穆添祿！」草湳仔認出來伊是失蹤足久的穆添祿。高山番、平埔仔、白浪混合的雜種仔。

隊長原在想欲彈銃，伊認為火炮的厲害必然會當破除任何迷亂的玄奇幻影，毋過手骨竟然直直顫直直顫……仝時，山頂的穆添祿身軀愈來愈大，變做像小山崙遐爾大的水鹿仔，伊的兩枝角也直直發，親像兩欉鹿角樹，頂頭有青翠的樹葉，閣開黃心的白花。

「彪山族的祖靈現身矣！」一个草湳仔驚甲頓落塗跤坐。

「山神受氣矣，彪山族的祖靈是山神！水鹿是山神的化身！」另外一个草湳仔喙內詬詬唸，身軀咇咇掣。

白毛仔隊長聽毋知個兩个咧講啥貨，攑手欲共擋的時，彼隻大水鹿，淺藍色閃閃爍爍的大水鹿，雄雄跤蹄躘三下從落來，共大葩的鹿角揬向眾人，兩三下手就共全部的人觸落斷崖底。

這一戰，誠是親像大頭目伊勇．諾幹所想的，白毛仔全軍覆滅。

9

好鱗國聽著督頭扁錢爾的報告，認定彪山頂有魔鬼霸守，暫時莫去犯伊較好。不而過個開始派傳道士過來，佇溪南、溪北、山跤起教堂，拍算來教化各族群的百姓。而且用個的豆菜芽仔音符記錄草湳仔、高山番的語言，教聖冊、公事傳達、拍契約攏誠方便。

閣一年後，扁錢爾派一隊兵士、一个傳道士進入彪山探查。

自前年的必叉峰戰事了後，多數的彪山族人已經綴大頭目伊勇．諾幹遷徙去東海岸矣。規座彪山樹林旺嗄嗄烏趖趖，野草兩人懸，野獸鳥隻虫豸滿滿是，也毋捌看著水鹿仔走出來溪邊食水。遠遠看去，茫煙散霧祕中祕。尤其是伊的絕嶺必叉峰佇尾暗仔的紅霞中間，虼的形影愈來愈明，也愈濟隻，閣兼會傱來傱去。庄內的人攏講彼个所在予山神落咒矣，莫入去較順。

探查隊原在依照命令入山。個的武器、糧草齊備，閣兼紮神的使者入去。

想袂到一禮拜後，干焦彼个用聖冊做武器的傳道士轉來爾。伊規身軀虛累累，共聖冊攬牢牢向督頭報告：

遐是一个暝日分袂清楚的神祕烏樹林，四面八方樹頂樹跤野草內外，攏有白色妖精跳來跳去，個的頭殼會三百六十度轉踅，目睭有時塌窟有時吐瘤，叫聲有時敢若青笛仔，有時親像僵屍。伊聖冊揤咧硬唸，兵士密密彈銃助膽，才沓沓仔行上半山。

攑頭斟酌看，佇刺竹林中間竟然出現一座城，正中央托一枝大鹿角。

「�一條路入去！」白毛仔隊長命令幾个草滴仔進前。

一隊人軁入刺竹林空縫時陣，規个樹林敢若恬落來矣。無半个虼山族射箭，毋免煩惱頭殼予斬去，個的草厝仔逐間敨一爿閣兼牽滿黃藤。

雄雄，頭前出現一大群鹿角樹。通常是出現佇平陽的鹿角樹，落甲規塗跤白色黃心的雞卵花，哪有可能走來佇山頂？當逐家心生僥疑的時陣，鹿角樹竟然開始徙振動，用包圍的趨勢向個行過來。

「俺娘喂！是啥物款的魔法？」幾个草滴仔驚甲大聲咻

起來。自從看過鹿皮飛起去頭殼頂，閣來看著烏喙銃、山砲，攏講是魔法。現此時這種閣較厲害幾若倍。

白毛仔兵士開始彈銃，毋過鹿角樹硬鐵鐵，竟然共銃子彈倒轉來，隊長的頭殼心中著一門，慘叫一聲倒落去。

鹿角部隊愈走愈緊，做一下揀過來，一隊人要緊越頭逃走，無疑悟後壁爿煞來一群鹿仔樹，逐欉有規百肢手，伸出來的手挱茸茸，摸頭毛纘（sǹg）頷頸，共全部的人攏擲落溪谷底。

干焦覕佇一大片狗尾草內底唸經咇咇掣的傳教士脫過災厄。

「哈利路亞，上帝有保庇！」當伊逃轉來共扁錢爾報告的時陣，猶閣面仔青恂恂，咬喙齒根，規身軀顫咧顫咧。

伊閣報告祈禱中上帝的指示：「彼毋是魔法，是山神顯靈保護伊的子民，山裡的動植物。伊講，好鱗國的白毛仔傷過貪心惡質，應該拍落地獄。這幾句話，愛分別用好鱗國、草滴族、彪山族的話記錄起來。」

督頭扁錢爾聽甲身軀蝹落椅仔頂，直直挲頷頸，親像予人剁頭去。

從此以後，一百年兩百年⋯⋯無人敢踏入彪山一跤步。山頂的樹林愈來愈烏，晚霞愈來愈紅，水鹿仔已經生湠幾千隻、幾萬隻，無人會知影。

10

穆水睶對神神中間清醒起來的時陣，原在佇舊店溪東岸野草旺嗄嗄的所在，一群無頭塗香毋知底時走來頭前。伊徛起來，跤手拌拌（puānn-puānn）咧，發現頷頸、衫褲誠濟血跡，一巡一巡一滴一滴規身軀，彼是經過血桐樹林所留落來的。伊拔出開山刀看覓，刀肉也有血跡，兼牢一屑仔血桐的皮幼仔。伊閣拍開揹包仔，提出彼塊珍珠盤，「穆天鹿」三字佇日頭光下面閃閃爍爍。

伊回轉來仙角市，共這个代誌講予人聽，無人欲相信。逐家攏講伊予魔神仔摸去矣，彼个烏暗暗的樹林是無主土地，風聲講便軁入去就無閣出來矣，毋管人佮動物攏仝款，所致規百年來，彪山族的原住民嘛毋敢入去，個講彼是一个予人落咒、非常歹空的所在。

穆水睶落尾用空拍機翕相。空拍機失落二十外台，總算有一台共內底的鹿仔城翕出來。伊共相片提供予仙角市政府，個就接接（tsih-tsiap）軍方派直昇機入去搜查。終於發現真正有一个失落幾若百年的古城，水鹿城。經過向內政部報告，列入一級國家古蹟，閣編一億箍修護。

穆水睶對選舉已經無一點仔興趣矣，這陣上重要的是，愛去跟綴監看修護的過程，兼共遮的歷史故事寫出來。閣有，穆添祿為啥物變做穆天鹿，仙角市、天鹿庄、水鹿庄、花鹿庄地號名的來源，海棠國、冇浡國、好鱗國、草湳族、彪山族中間的侵犯、殖民、經商、相戰、講和種種的過程佮恩怨……總是，一寡花彔彔的代誌攏需要搵予清楚。

第五章

鴞黃庄★

★ 鴞黃（koo-n̂g）：台語嘛叫暗光鳥、貓頭鳥等，鴞黃是南部地區的叫法。華語「貓頭鷹」。

1

早起日頭拄斜斜炤佇看東的門牌，有一陣人來矣。

二十外个，行進前的婦人人正正徛踮前清進士的門口，手攑大聲公，對其他的人講話。

「我是曾正鳳，這擺決心欲來競選蘭城市長。所以佇這个所在發佈消息……」伊正手掰一下烏酡酡的長頭鬃，用活靈靈的大目睭共四箍圍的大厝相一輾，繼續講，「這个所在，是四百年來蘭城南門外，咱歷代祖先往生遠離風塵的所在。個佇遮安居靜養對數十年至數百年，是蘭城歷史文化上深遠的所在。」

「蘭城佇島內，佇全阿洲、全世界以歷史文化古蹟聞名。」伊共大聲公徙正手，換用倒手指向規庄頭的大厝。遮大厝有圓有四角，各種年代的形式佮石碑無啥仝。石碑的文字普遍誠藝術，閣有刻年代、主人佮囝孫的名字。石碑，有人講是墓牌，窮實就是每一戶的門牌。

「這陣的市政府啊，按算欲共遮攏黜掉，就是欲滅庄啦！欲滅咱先祖安居靜養的所在啦！欲滅咱蘭城的歷史文化啦！」曾正鳳愈講愈懸音，雄雄捏白雪雪有漆紅指甲的拳頭拇，向天頂捶三下，大聲喝咻，「逐家講著無？」

伊面頭前銀合歡內底一隻青笛仔驚一下，啁一聲飛向筆管溪彼爿去。

這是建築師曾正鳳頭擺從政的起跑，雖罔有淡薄仔生疏，嘛也講演甲有聲有色。伊紲落講一大套公共建設的遠景，會予規个蘭城大起飛的規畫。逐个記者翕相的翕相，記錄的記錄，不過新聞的重點應該是，佇墓仔埔宣佈競選佮政見發表，而且，主張遮愛起做文化城。拍算這是罕見，甚至會驚死人的政治主張。

2

早起九點，鴟黃庄當是逐家睏入眠的時間，予吵一下齊精神起來。本底想欲開喙譼（tshoh），想袂到聽著的是反對市政府遷徙墓仔，全區保留的主張，煞攏恬靜落來斟酌聽，這關係著鴟黃庄的命運佮未來。

鴟黃庄已經存在成百冬矣。講著彼當時，拍算氣候佮溫度變化，蘭城一帶沓沓仔形成適合貓頭鳥生存的環境，佇捙盤洋四箍圍仔的海棠國、冇浡國、大小島嶼的貓頭鳥相爭移民，多數是跟綴生理人、部隊、海賊搭帆船過來。

佇蘭城南爿的郊外，鴟黃庄上起先號做鹿蹄陽，樹欉野草旺嗄嗄，中央一條筆管溪，是大堆梅花鹿、羌仔走跳的所在。也敢若奇蹟，規鹿蹄陽的鹿仔樹數量較臨全部樹林的一半，所致梅花鹿的糧草永遠袂欠乏。

無疑悟，大自然的發展擋袂牢人類的貪心。無偌久，好鱗國的船隻來矣，拍鹿仔的標槍換鳥喙銃，個對鹿皮的需求嶄然仔大。才一冬爾爾，筆管溪已經失去梅花鹿的影跡矣，跤蹄號也漸漸予咸豐草、滿天星、黍草仔崁平去。規个鹿蹄陽無鹿仔，變成烏鼠、杜定、大堆蟲豸的天下。同時，一寡百年老樹公，一點仔小雨就樹葉涵涵滴，一絲仔風就樹椏懼懼顫，親像參天公做伙哭哀悲，心情不止仔鬱卒，年久月深竟然逐欉的胸坎抑是腹肚塌出一空烏lang-lang。

樹林旺嗄嗄、大樹空、豐沛的鳥鼠、杜定、蟲豸，正是貓頭鳥生存上好的環境。代先兩隻飛來，蹛好鬥相報，相紲十隻二十隻、百隻……無甲一年，規个鹿蹄陽攏是貓頭鳥矣！

遮的貓頭鳥，足濟是半爿島的原生特有種：領角鴞，就是發角的貓頭鳥，伊的頭殼頂有兩撮毛，生做足成siat-tsuh（シャツ，襯衫）的頷領。因為遮的貓頭鳥長期大量生湠，逐暝「久！久！」的叫聲傳到城內。起先逐家怪奇哪有遐濟人咧呼噎仔（khoo-uh-á），落尾才知影是南門外大堆貓頭鳥咧喝咻，就順貓頭鳥的俗名，共號做鴟黃庄。

不而過，就像蓬萊島的人咧講的，無三日的好光景。貓頭鳥生湠足緊，遐鳥鼠蟲豸煞生袂赴通供應，漸漸就有一寡飛往城內，去蹛公園、學校，有大欉樹木、大樹空的所在。

窮實閣較嚴重的是另外一个問題。佇人的世界，活人愈生愈濟，死人嘛會愈來愈濟。蘭城東西南北，經過各時期的開發，愈來愈鬧熱。佇這个中間，凡是欲埋葬，攏相對南門城外來，個講這跡有筆管山、筆管溪，山靈人傑，而且上適合造墓做風水的所在，就是鴟黃庄。這聲害矣！墓仔一門比一門較大，一半个仔大官、大生理人，一个墓園強欲半分田。因為按呢，足濟百年大樹欉去予剉掉矣，遷走的貓頭鳥也挨挨陣陣。

不而過，這陣猶有三戶的貓頭鳥足堅定，分別蹛佇三欉無仝款的大樹空，過快樂自在的日子。個會當擋遮久，到底有啥物厲害的本事？

講著這三戶貓頭鳥，各有千秋。一戶蹛佇牛樟仔，兩个序大人加一个查埔囡仔，兩个查某囝；一戶蹛佇鹿仔樹，兩个序大人加一个查埔囡仔一个查某囝；閣一戶蹛踮火焰木，兩个序大人干焦一个查埔囡仔。一个鴟黃庄，雖罔猶號做庄，窮實只有三戶爾爾。

這十二个貓頭鳥，蘭城內蹛公園、學校、街路的市內鳥，攏供體個是雷公仔囝。佇十冬前風水墓地大規模侵入的時陣，風透水流的聲音愈來愈凄微，天公伯的面色也愈來愈憂鬱。有一工的過晝仔，規个鴟黃庄睏甲恬tshiùnn-tshiùnn，無分無會天邊飛來一大片紅雲，來到面頂隨散開重再組立，頭毛、翼股、身軀、尾溜齊分明，原來是天頂的鴟黃神。伊的喙管一展開，隨就起痟風閃爍爁，仝時間相紲霆雷三聲，正正損著牛樟、鹿仔樹、火焰木這幾欉貓頭鳥的厝，三欉樹仔竟然攏無火燒也無焦蔫，顛倒四箍圍仔發出一群雷公飯（密花白飯樹），每工透早就有白頭鵠來捅果子，唱安眠曲。

閣較龜怪的，這三欉樹頂的領角鴞煞沓沓仔會曉聽人話。個就親像雄雄有神奇的語言能力貫入頭殼內，毋但現代人的話語，連無仝時代、無仝所在的文音、白話音也聽甲一清二楚。三欉有七个樹空，其中四戶親情搬去做市內鳥，只賭這三戶猶閣固守鴟黃庄毋願離開，而且四常苦勸親情朋友愛回鄉拍拚，復原過去的繁華。

3

猶閣日落西山、炤落南山矣，規个鴟黃庄的住戶開始準備起床，有的窸窸窣窣，有的吱吱kuainn-kuainn，閣有的khėnnh-khėnnh叫。另外附帶翻棺柴蓋的聲，骨頭含梢的聲，艛過樹葉仔的聲。各種聲音配合蟲豸的歌聲，組合成做精彩的月光小夜曲。

洗過手面，前海棠國進士陳健腎總是頭一个拍開門牌，托枴仔行出來。

伊托向百年牛樟這爿來。貓頭鳥的阿爸牛皮爾、阿母牛卡登拄掠兩隻夜婆轉來飼兩个查某囝。查埔囡仔已經食過鳥鼠囝矣。牛皮爾的個性蔪然仔牛，堅持愛對頭殼食落去，毋過夜婆生做三彎六曲、猴頭鳥鼠面，實在揹無鉈角，所致舞弄足久猶無法度落喉。

「愚痴！」牛皮爾開喙就文言文。翁某是牛家第十七代的兄妹，序大人受市內流行的影響，號名也重品牌。佇貓頭鳥的風俗，兄妹會使結婚，不而過，自從受陳健腎感化了後，開始讀聖賢冊，捌五倫，就無允准後代按呢做。

「稍安勿躁！」牛卡登雖罔仝性素，不而過翁婿個性遐爾牛，伊隨著走倚來苦勸牛皮爾莫遐衝動，翁某攏跟綴陳進士講文言文，「之乎者也」不時黏佇喙舌。

佇鴟黃庄烋頭的領角鴞，一部份去過市內的看過袂飛的貓，也看著現代人漿甲挺挺的頷領，只是頷領硬頷頸無硬，誠濟是虛偽勢扶挺。尤其讀聖賢冊的牛家感受上深。個上代先認同家己是人類的一種，是人類中發翼的小品仔，不過目瞯比人加誠大誠金，頷頸會當轉 270 度攏是值得風神的所在。

「**讀聖賢冊，所學何事？**」陳進士那唸那幌頭來到牛樟跤。

這句是伊上興的一段，逐工愛唸幾若擺，尤其這馬閣兼三个小貓頭鳥的家庭教師，更加愛時時刻刻，「**念茲在茲，釋茲在茲**」，袂使失覺察，閣予個受西方思想的毒化。

陳進士徛佇七尺懸的樟樹空下面，雙手輪流捋白雪雪的喙鬚，向三个小貓頭鳥開破文天祥遺書的內容要義，命令愛一字一字死背，閣親像咧洗腦。

「**孔曰成仁，孟曰取義，惟其義盡，所以仁至。讀聖賢書，所學何事，而今而後，庶幾無愧！**」

「**然也！然也！**」三个貓頭鳥用文言文回答，頭殼也綴咧幌。喙扗窒兩隻夜婆的兩个查某囡仔，為著欲應聲，要緊用手爪共夜婆的翼股束規毬，做一下窒落去。

三个囡仔的名字是老師陳進士號的，分別叫做牛叔粲、牛萩穠、牛禾艷，唸起來攏誠雅氣閣會咬舌。

教過聖賢書了後，進士問牛皮爾先生：「**蘭城爾來安否？城太爺善治乎？有何鮮沢事？**」伊的頭殼習慣性，原在直直幌，不而過伊的古早語明顯受著現此時的俗語透濫著，家己嘛毋知影。

牛皮爾最近誠捷去市內，窮實毋是去踅街，而是去揣親情佮較早的厝邊。尤其是有一个蹛仝欉牛樟空的貓頭鳥，龍角叔仔。伊的頷角毛開幾若叉，鬢邊的羽毛閣垂足長，無像頷領，較成龍角。上重要的，伊蹛佇一个議員徛家廚房的排油煙管。伊孤一个，四界搬厝，毋知按怎搬甲對遮來，聽講是油煙管下面的水溝無崁蓋，鳥鼠誠濟。因為議員四常佇食飯間請人啉酒食飯講公事，其中有關係著鴟黃庄黜墓抾骨的代誌。

因為龍角叔仔知影的內情不止仔濟，有幾若種無仝的講法佮方向，也有贊成佮反對的團體的鬥法，這種劇情參讀聖賢書所想的，干焦淡薄仔符合，大部份相差非常濟，而且關係一寡現代化名詞，實在無法度用文言文描述，甚至有足濟三教九流的粗俗話。

「此為權宜之計，允宜暫忘聖賢之言也！」

4

洪議員下暗閣請人客矣，伊安排佇撨貼的灶跤邊，一塊四人桌，拍算是欲討論較機密的代誌。

桌頂有三杯雞、胡椒鹽蝦、芥藍牛肉……簡單的配酒菜，閣幾若手好鱗國生產的麥仔酒。

「來，做伙敬議員！乾杯！」外號雉雞的翁里長斟(thîn)一杯滇滇，招社區陳理事長，婦女會何理事長做伙敬酒。伊懸倒落低，做一喙啉落去。本底噗噗的喙脣用舌呐一下，看起來愈尖。

「我先乾為敬！」雉雞講話大聲閣興啼，不而過今仔日是講正經事。「我講議員啊，鴟黃庄雖然毋是你的選區，毋過你是民政小組的，對這起事會使大大關心。」

「議員，毋是我咧講爾爾……」禿頭的陳理事長啉半杯閣囥落，習慣性摸厚thủt-thủt的耳珠，所致正爿耳已經比倒爿較長。「鴟黃庄四箍輾轉的住戶攏反應，伊離徛家傷近矣，尾暗仔陰風慘慘，逐家下班對遐過心頭攏怭噗惝。」

「啥物鴟黃庄，墓仔埔啦！」無啉酒的婦女會理事長金鶯仔，捧一杯蘋果西打敬議員，金絲目鏡佮珍珠袚鍊配合紅記記的胭脂，偨閣有力。伊共目鏡托一下：「蘭城逐區攏咧都市計畫，老社區更新，厝價一日三市，這是大發展的好時機，這馬干焦這片遮爾仔四正，嶄然仔大片的土地，猶閣咧予死人蹛，毋但野草發甲旺嗄嗄，蟲豸烏白趖，兼予人偷倒糞埽。議員你看，合理是黃金地段的土地，哪會放咧予爛？」

金鶯仔愈講愈激動，尤其若想著計畫足久無法度進行的住宅建案，就心狂火熱，伊是寶珠建設公司的頭家娘兼副總--ê。

「唉，恁講的我攏知影。」四十外歲的洪議員，是公認的緣投仔桑，最近為著交一个酒店的姼仔，議員娘逐工吵甲欲反過，閣走轉去外家，伊逐時捋甲金爍爍的頭毛，這馬煞定定抓甲像鳥仔岫。

「古早的鹿蹄陽也好，這馬的鴟黃庄也好，咱的向望是跟綴都市計畫來開發，予蘭城的南區發展起來，毋過，恁嘛了解……」伊的大目睭矚幾若下，閣伸手抓頭殼，「這馬毋比較早，恁看，一堆人關心生態、樹木、動物，無所不至啦，有時干焦鋸一欉樹仔爾爾，就發動一堆人抗議，做代誌誠是無簡單呢。」

「誠是足亂、足吵、足歹處理，這部份我上知影。」經營殯葬業的烏面裕仔家己揞一矸bì-lù，已經啉焦矣，閣開一矸。

「最近我受市政府委託，凡是抗議團體講有重要性的墓仔，攏用白漆做記號。拄做無幾門，報紙就刊足大篇，講破壞文物啦，恁娘咧……」伊窒一粒檳榔入去喙空，「害我透中晝去洗，紲落，改用紙護貝共黏佇墓龍，駛個娘……閣刊一擺，講按呢破壞愈嚴重！落尾……」

「謼（hooh）！講就講莫遐粗魯，有貴婦在場呢！」雉雞里長越頭共睨一下。

「嗳嗳嗳，阮做工課人講話較清彩啦，失禮失禮！家己罰一杯！」烏面裕仔捀酒共金鶯仔敬，一矸酒閣啉焦矣。伊紲落講：「落尾一門一門用插牌仔的。」

「這攏小事啦。」洪議員表情正經，用讀冊人的面腔共逐家講，「徛在蘭城歷史的角度，遐文史單位講的也有伊的道理。咱若無足細膩共百姓開破，說明予好勢，恐驚代誌會遇著足大的阻礙，準講終其尾會當進行，嘛愛拖足久。」

在座的幾个人，里長是伊的大枝柱仔跤，愛對里民有交代，金鶯仔是伊的大金主，已經坉本規畫土地足久矣，若倒擔就害矣。另外，烏面裕仔雖罔粗魯人，建設案嘛加減有投資，而且伊對下跤層的選票有影響，所致，這起事若處理無好勢，年底欲閣選會遇著足大困難。

「我看按呢。」洪議員對公文袋仔提一疊資料出來，「這是這陣幾若个保護鴣黃庄个文史協會，個主張成立鴣黃博物館、蘭城文化園區等等各方面的論述資料，內底有文字也有相片，我有一个這陣咧讀蘭城大學歷史研究所的助理，伊會積極去研究，用學術的角度來反駁個的講法，另外……」伊越頭看金鶯仔。

「理事長，董娘，這是遐文史團體要角的名單，特別歹剃頭的有畫紅箍仔，麻煩你參里長想辦法溝通看覓，硬軟工夫恁攏足內行，毋過袂使違法，嘛毋通做甲反作用，予報紙刊甲袂聽得，規个代誌就破功矣！」

「若是議會同仁這部份我會來努力，逐家侜來侜去，應該無啥物問題。閣來，市政府方面，開發一个大型的火葬場、納骨塔、殯儀館，三合一的區域，本底就是市長的政見，我想若民間的阻力漸漸減少，計畫就會加速進行。」

「咱做伙加油！」議員講煞，逐家捀杯互敬，敢若充滿希望。

5

龍角叔仔之外，閣有蹛佇筆管活動中心邊仔的Phîn-phông舅仔。因為彼欉phîn-phông百外冬矣，原蹛佇鹿角樹空的阿舅，佇遮做市內鳥了後，逐時看人拍乒乓，本底袂轉輪的目睭竟然小可會振動，而且本底叫聲「久、久」，這馬煞會乒乒乓乓。足拄好，伊的徛家是蘋婆樹，參乒乓仝音，逐家就叫伊Phîn-phông。

根據Phîn-phông舅仔的講法，最近四常有鴟黃庄文化園區促進會的幹部佇遮開會，討論欲按怎阻擋墓地清理開發案。

江風明是鴟黃庄文化園區促進會的會長。伊對文史誠有興趣，做過出版社主編，自退休了後全力踏查蘭城的生態自然、市街古蹟，四常佇面冊、報紙呼籲市民做伙來關心。這馬伊全心注目鴇黃庄三合一殯葬園區的計畫，提出誠濟無仝的計畫佮建議，參市府佮相關人士捙拚中。

今仔日透早六點外，個一行十外名就去鴇黃庄踅一輾，兩點鐘後轉來活動中心開會討論。

「看起來個是硬欲進行，對咱的建議採取應付的方式。恁看，兩百外門有歷史價值的墓仔，經過委員會的評估，才認定二十外門。」江會長共碗公帽仔褪落來囥桌頂，正手捏拳頭搰捶桌頂，「個的規畫是全區開發，小部份的幾門墓仔小可整理一下，徛牌仔意思意思。」

「這參咱的目標天地之差。」副會長鄭小玲共目鏡剝落來拭汗，伊定定講家己是鄭精光的後代，「聽起來，民意代表、地方人士、周圍的百姓大部份傾向整理開發。」

「蘭城的歷史文化足重要啊，鴇黃庄是唯一猶無予都市開發草踏迫害的所在。若是顧袂牢，誠是對不起祖先，唉！」較臨八十歲國校退休的王老師，頭毛喙鬚白矣，伊對蘭城的歷史環境非常積極研究、關心，也出過兩本冊，閣四界講演呼籲。鴇黃庄的開發對伊打擊不止仔大，所致最近不時搖頭吐大氣。

「抗議啦，會長炁來市府抗議，參個好禮仔講無效啦！」興趣蹈山的大頭鐘仔徛起來大聲喝。

「著啦！著啦！政府驚硬無驚軟，用陳情的無路用啦！」有幾若个幹部拍噗仔呼應大頭鐘仔，閣綴伊喝咻起來。

「冷靜，冷靜，逐家愛冷靜……」江風明兩个手心向桌面振動，拜託逐家小恬靜一下，「歷史文化的保存對選舉加分誠少，政治人物袂愛佮這款代誌。何妨整理環境、維護住宅區品質的期待愈來愈懸，致使咱的工課困難重重，必須要想辦法突破。」

「乞食趕廟公！這个所在是先人的墓園先來的，落尾徛家厝直直起倚來，才來怪墓園影響個，豈有此理！」大頭鐘仔猶閣起性大細聲。

「話是按呢講無毋著，不而過……」會長面憂憂，「窮實這陣佮咱的議員三个爾爾，而且攏是海口彼爿的，遮的自然環境參個無底代，極加是口頭上喝幾聲仔爾爾。關心蘭城歷史的學者佮民間專家愛較捷寫、四常講演，期待會當帶動人心，尤其遐大學生，較袂受世俗人生活經濟優先的觀念影響，接受度會較懸，所以後個月開始，咱規畫連續辦十二場現場踏查說明會，希望逐家較向前咧，踴躍出來鬥毛隊，幫忙說明。」

「著啦，逐家較向前咧。」副會長鄭小玲講話軟勢，參官員佮政治人物若諍甲頷頸筋大條的時陣，就需要伊來緩和，「咱的主張是全區保留，建設做文化園區，三合一的殯葬園區並無迫切的需要，拄才會長講的，呼籲較濟大學生來參與，是咱目前即刻愛進行的，另外……」伊閣共目鏡剝落來，鳳眼向在場的人捽一輾。

「共各位報告一件玄奇的代誌。」伊頓一下，「昨暝先祖鄭精光來托夢，伊講，鵠黃庄毋但有早前海棠國、日頭國佮近代各時期的先人蹛佇塗跤底，而且有一群會講人話，認同人類的貓頭鳥，領角鴞。遮的暗光鳥誠有智慧，是雷公仔囝，除了現在猶居住的三戶，其他遷徙市內的，若環境友善，也會攏徙倒轉來。這款代誌……」鄭小玲目鏡閣掛起來，詳細看逐家喙仔開開、目睭圓滾滾的表情。「這款代誌我會共寫予清楚，發表佇報紙、面冊，通知各電視台放送出去，這个靈奇的文化古蹟保留區，絕對會轟動全世界！」

「讚讚！」本底無力無力蝹佇椅仔頂的人攏騰起來，目睭金爍爍。

「閣有……」鄭小玲落尾補充，「最近有一个市長候選人佇鴟黃庄的墓牌頭前宣佈競選，發表政見，其中有講著文化城佮墓頭的藝術性，這也值得咱參考。」

6

佇蘭城宗教處長辦公室窗仔口有一个闊曠的露台，展示一寡宗教相關的文物、雕塑，員工有時來遮食薰，接接公事的民眾足少會來行踏。處長室的膨椅靠近窗仔門，一个大醃缸（am-kng），面頂刻一隻發角的鳥仔，拍算是古早傳說中的神鳥。這个醃缸囥斜斜，口仔對向處長室。毋知佇當時，鴟黃庄火焰木鬍鬚伯仔一家伙三个搬徙來蹛踮遮，真正是揣著好空的。

今仔日中晝，處長、組長、兩个主辦人員坐佇膨椅兩爿食便當兼開會。

「Khėnnh-khėnnh……」處長拄哺完一塊排骨肉，khėnnh兩聲箸放落。

「呂組長，鴟黃庄三合一殯葬園區彼案，這馬進行甲按怎？」

「Ennh-ennh⋯⋯」掛烏框目鏡，四角面無啥下頦的組長一喙飯拄吞一半，隨共箸放落去。「報告處長⋯⋯」

「兩千三百二十五門墓仔攏清查過，無地連絡後代家屬的有八百十七門。其中，需要調查文資價值的有兩百三十四門，這馬攏共插牌仔貼公告。」

「做記號貼墓龍無較簡便？做代誌愛有效率！」

「報告處長，代誌毋是按呢⋯⋯無好處理啦。」組長的四枋面去遇著處長的長面大目掠伊金金相，煞淡薄仔大舌。「⋯⋯報告處長，遐抗議的組織，啥物文化保留促進會、歷史文明風華再現聯合踏查隊、先祖瑞氣萬條啟發學院⋯⋯一大堆人目睭貓貓相，講噴漆編號是破害文物啦，墓龍貼紙會留黏膠啦⋯⋯意見嶄然仔濟，亂甲無法度，只好要求包商隨个仔處理，匀匀仔共漆佮黏膠清洗掉，一位一位斟酌插公告牌仔。」

「溝通！溝通！」處長提高聲調，「愛積極溝通，若無夠力，揣議員、里長、街長、社區有志做伙幫忙解釋，個大部份贊成整理開發，其他的嘛無意見，若認真協調，應該無問題。」

「是！」組長換抓頭殼，「說明會也開幾若庭矣，主要的爭執是，咱拍算清查文資價值了後，保留少部份，其他的攏抾骨遷徙，建設三合一殯葬區佮公園。毋過遐抗議團體，主張全區保留。」

「誠是無理性！」處長聽甲心情無好，煞無愛食飯，共便當搦去邊仔，「溝通！溝通！繼續溝通！這件三年前就通過預算矣，一再辦理保留，會予人罵死啦！」

「報告處長……」約雇的oo-bá-sáng張姊雄雄發言。

「個講整理鴟黃庄會遮積極，是有人聯合起來，想欲炒地皮。」張姊愈講愈無聲尾，閣兼頭殼犁犁。

「胡言亂說，臭心想！早就宣佈全區做殯葬設施佮公園，予市民散步休閒，絕對無佇內底起厝，連這也會當烏白講，說明無夠清楚啦，愛繼續溝通！」處長對桌頂拍一下，不止仔受氣的款。

Oo-bá-sáng是足重拜拜的人，而且對墓仔埔誠禁忌，逐擺若去踏查就規身軀清汗。有一回褲頭兩爿楔榕仔葉，踏出墓園煞發現攏無去，驚一下面仔青恂恂，閣開一百箍去收驚。

「處長指示的誠正確，不而過，不而過……」伊驚驚膽膽，終其尾嘛是講出來，「個講誠濟人去買四箍圍仔的土地，遐的地攏起價矣！」

處長煞恬去一下仔，頭殼看窗仔邊，敢若相著彼岫貓頭鳥家庭，閣越倒轉來：「聯想力有夠強，攏是假消息啦，溝通！溝通！」

7

「子曰：『鳳鳥不至，河不出圖，吾已矣夫！』」陳進士聽過一堆有關的消息，捋喙鬚看天頂，長聲嘯叫。

「事急而不斷，禍至無日矣！如今之計，人界、鳥界、植物界，何不速速集結會商歟！」

「集結會商尚可，然群龍無首也！」

經過之、乎、者、也，比手畫刀一睏仔，總算撨摵出一个共識，就是先召集鴟黃庄各物種、族群開大會，予逐家知覺先人死無葬身之地的恐惶，現代的住戶四界流浪的悲哀，感受這起事的嚴重性。而且佇會中愛先選出庄長，從此以後負責集會、協調、研議、綜合意見、對外發言，爭取這个幾若百年的庄頭繼續存在千年萬年。

隔無幾工，熱天的日頭七點外拄落山，規个鴟黃庄的住民，包括鳥隻蟲豸、各墓龜下面的住戶、溪底的千年龜精、四箍圍仔的百年樹王公，挨挨陣陣攏來到筆管溪斡彎仔一片草埔仔開會。順溪邊一排無患子手骨弓絚絚（ân-ân），親像足有意見。無患子，俗名黃目子，果子會當做雪文，樹椏用來避邪。毋過這陣來的攏是歷代祖先，有海棠、紅毛、日頭國佮近代各時期的先人，講話口音無仝，但是攏毋是邪。閣包括尻脊發草的大龜精，伊是筆管溪遐龜龜鱉鱉幾若十代的祖祖祖呢。

會議一開始，動物植物、古早人近代人，海棠國、紅龜國……逐家話語佮腔口攏無仝，一時吱嗷叫，吵甲規个鴟黃庄樹欉搖幌，溪水滾絞，強欲反過。落尾，逐家發現干焦彼三戶貓頭鳥，遐雷公仔囝，會曉各種話語，準講遠甲海棠國西梁一帶的口音也普略仔聽有，真正是天公伯仔疼痛的雷公仔囝。

十喙九貓總是講無下落，經過撨摵推選牛皮爾主持會議。

牛皮爾坐佇大粒石頭頂，大目睭袂振動、無躡目，毋過頭殼對肩胛後沓沓仔踅向正爿，足足轉 270 度，共所有參加的庄民攏影過。開議的頭一層就是選鴟黃庄庄長，關係這起事，毋免傷討論，原在推選牛皮爾擔任，逐家無異議拍噗仔通過。

「孟子曰：人恆過，然後能改；困於心，衡於慮，而後作；征於色，發於聲，而後喻。入則無法家拂士，出則無敵國外患者，國恆亡。然後知生於憂患而死於安樂也。」

陳進士搶頭一个發言，用文言文閣兼古早腔，庄民聽無議論紛紛，台跤閣攪吵起來。牛皮爾兩爿翼股展開各兩尺外長，連紲擲十外下。

「肅靜！肅靜！按呢無法度開會。」牛皮爾大聲嚷，「伊講的話我翻譯予恁聽，簡單講，就是逐家積極鬥相共，對外來的侵犯愛細膩！」

講甲躼躼長，牛皮爾翻做三、四句，陳進士頭敧敧感覺僥疑，不而過憑交情，伊信任牛家的家長，相信袂烏白講。

「我報告重點。」牛皮爾用白話慢慢仔講，「蘭城市政府，也就是人類陽間的組織，以我的了解，有民選的市長佮議員，個這馬拍算欲佇咱鴟黃庄大片的土地做工程，講是為著市民的後事拍算，個計畫欲做三合一火葬場、納骨塔、殯儀館。因為這个規畫，咱遮的大厝宅、大樹欉、全部的古早草攏愛黜掉、滅掉……」

台跤的庄民聽一下起驚惶，uah-uah 叫大聲喝咻，兼議論紛紛。

「吾等在此安居樂業幾百年矣，竟然將毀於一旦，士大夫之無恥，謂之國恥耶！」來自海棠國的歐陽大夫用故鄉的腔口講甲欲吼欲吼。

「人類上夭壽！」千年龜精用尾溜共身軀撐起來，開喙大聲罵，雖罔有牙槽無喙齒，講話嘛足清楚無漏風。

百年樹王公烏戡戡的喙鬚噴起來，誠受氣：「我蹛佇遮百外年矣，搧過的風、沃過的雨、曝過的日、聽過的雷公聲已經不計其數，遮人類選的政府人員，個的民主做代誌攏無徵求咱同意，這是假民主啦！」

一个一句講袂煞，規个鴟黃庄，祖靈、先人、動物、鳥隻、蟲豸、魚蝦攏喊起來，順溪邊、路邊發規堆的粿仔樹、流血桐、冬青、臭青仔樹、苦苓仔、鹿仔樹攏搖起來，刺查某、滿天星、紫菜藤、菅蓁齊趒起來，激動的就拔離塗跤傱過來。

「豈有此理！全部炁來抗議，半暝十二點先踮市內遊街，看個會驚袂！」一家攏火狂仔性，蹛佇火焰木的貓頭鳥虎頭伯仔怫怫跳（phut-phut-thiàu），兩葩領角衝直直，顫咧顫咧。

「莫衝動！莫衝動！咱愛揣出好步數，有效較要緊。」牛皮爾好禮仔共伊的親情虎頭伯仔安搭。

會議亂操操中間，雄雄一粒流星捽對城內彼爿去，本底蓋烏被睏甲落眠的月娘煞也捅頭出來看，伊的目光滋微仔滋微，誠溫馴。規个會場小可仔冷靜落來。

蹛佇鹿仔樹空彼戶貓頭鳥，佇鴟黃庄的風評，是上溫馴無話無句的住戶。個彼欉鹿仔樹正正竚佇墓牌頭前，栽入拜拜的所在，所致規个墓仔必甲四分五裂，賰兩條墓龍親像手骨共樹仔攬牢咧。

遮爾雄的鹿仔樹，墓內的主人為啥物無意見？窮實住戶是一个美麗溫柔的日頭國姑娘咲良[1]小姐，伊毋但無起性地，而且逐工日頭落山就共鹿仔樹，共樹空的貓頭鳥一家伙仔問

1 咲良：日語，發音佮櫻花相仝，讀做「sakura」；日語「咲」是盛開的意思。

好：「こんばんは[2]」、「ご機嫌よう[3]」

鹿角樹空的貓頭鳥，老爸鹿茸茸，老母鹿婧婧，兩个囡仔叫白白佮黃黃。咲良小姐對兩个囡仔足好，逐時幫個插野花佇頭殼頂。

「皆さん[4]……」鹿茸茸講話輕聲細說，可能受咲良小姐影響，會摻一點仔日頭國的話。咲良小姐的阿爸是公學校校長，查某囝會葬佇遮予人想無。

「皆さん，我想咱愛先禮後兵，愛想辦法予城內外的人體會著鴟黃庄是一个有氣質有文化有歷史……閣有藝術的所在，保留落來會形成城市的特色，帶動觀光，甚至世界各國的人攏會來。」

伊講話誠軟勢，嘛嶄然仔藝術，那講頭那踅，270 度前前後後踅幾若回，攏有配合話句的節奏。這時陣，咲良小姐佇邊仔金金看，直直頓頭。

「誠好，誠好！咱鴟黃庄有誠濟讀冊人，本底就是足有氣質的所在。」主持的牛皮爾贊成鹿茸茸的意見，「毋知有較詳細的做法想法無？」

坐遠遠，彼个墓肩墓環有大大字「反攻復國」、「解救同胞」的老鄉，本底擇手幾若擺，敢若有激動的意見欲發表，聽著按呢，就恬恬無閣動作矣。

「聖誕節連鞭到矣，我建議彼暝辦一个鬧熱的舞會。」

2　こんばんは：日語，暗安。

3　ご機嫌よう：日語，拍招呼，屬較正式的問安。

4　皆さん：日語，各位、逐家。

牛皮爾閣看向咲良小姐，「有音樂，有跳舞，閣佇每一戶的門牌頭前囥藝術作品，彼一暝，咱鴟黃庄變成夜總會，若辦了成功，報紙媒體攏報出來，得著全國甚至全世界呵咾，就無人會講欲黜掉咱的家園做地方建設矣。」

「這起事，雅氣的咲良小姐，較早是日頭國國家藝術學院畢業，有名的藝術家，伊會使幫咱規畫。」

「Merry Christmas！聖誕快樂！」一个米國的飛行員仔蹛佇遮五十外冬，伊的生張佮墓牌墓形攏參人無仝，寂寞稀微足久矣，聽著聖誕舞會煞大聲呼嘘仔（khoo-si-á），目睭閣掠咲良小姐金金相，表情充滿向望。

8

聽著鴟黃庄欲辦聖誕舞會的耳風，市長候選人攏走來關心，頭一个就是佇遮宣佈競選的曾正鳳。經過四個外月密密參詳，舞會如期舉行，活動號做「聖誕蘭城夜總會」。

舞會邀請的貴賓包括選有牢、無牢的市長、議員，街長、巷長、主管官員、地方有志、藝文人士，不而過上蓋歡迎的是蘭城內內外外的青年男女、大學生。閣有，搬徙去蹛佇市內的各種鳥隻、領角鴞攏通知回鄉鬥鬧熱。

聖誕夜這一暝，規个鴟黃庄誠是點燈結彩，地面的、地下的人聲喊喝，動物蟲豸也攏加減會講人話。各種表演團體的樂奏歌聲涵蓋大自然各種生態，一對一對、一箍一箍的舞蹈佇溪邊、樹跤、草埔仔、墓埕，暢樂無所不至。

佇每一个住戶的埕斗頂攏麗一幅圖，囥三蕊野菊花。遮的圖，有城內城外景色、地上地下有志的畫像，上濟的是島內各種貓頭鳥，有十二種，逐个活靈靈金爍爍，看起來誠有智慧閣古錐。

這一暝，來參加的若毋是貓頭鳥，也攏齊掛貓頭鳥的面具，兼穿親像翼股的風幔，規个鴟黃庄敢若有天使的形影四界飀飀飛，也彷彿有天庭的仙女跟綴仙樂咧跳舞。

過十二點，蹛佇千歲府八角藻井，予信徒號做鴟黃公的仙角伯仔也轉來矣，逐家攏拍噗仔歡迎。不而過，上使人驚喜的是，兩个神祕嘉賓：耶穌佮釋迦牟尼，佪對雲頂落來，一時陣，滿天攏是星，閃閃爍爍閣兼配合樂奏飛來飛去，親像放煙火。

這誠是無分族群物種，無計較陰陽兩界、古早現代，一片和諧的鴟黃夜總會。

第六章

【象家莊】

1

象家莊佇洪水河南爿的祇樹鄉，是一个曠闊有美麗林木的莊園。內底的住民攏姓象，阿公象本來，已經九十歲，阿媽象招伴才五十捅，後生象淤根佮新婦象蘭花攏三十外歲，閣有十捅歲的象貓神。個毋但姓象，窮實就是一群象，而且攏有身份證，莊園的產權屬阿媽象招伴，嘛有政府發的所有權狀。

另外有一个寄居的外人，伊名做王國泰，外號泰國仔，逐家習慣叫阿泰仔。阿泰仔是象家的法定代理人。

象家莊的大門，有兩欉百年橡樹，二十外米懸，樹身予象本來鼻仔伸長長攬無一半。個硬插的枝骨性命力飽滇，旺嗄嗄青翠翠向四面八方披出去，日頭光迥過樹葉仔，流瀉佇水面，神祕閣迷人。橡樹也叫做櫟樹、柞樹，是一種聖樹，長壽、強壯、自信的象徵，也是森林之王。

「虎、豹、獅、象」自古早號做四祥獸，製作「糕仔」的模具，誠濟刻虎、豹、獅、象圖案，咱啖糝的喙食物仔講「四秀仔」，也有人講「四獸仔」。不而過若欲論猛獸，看起來虎較有力、豹較敏捷、獅較大聲，象煞無入選。誠龜怪，象比個攏較大隻嘛較有力草，哪會排無生相，窮實是較善良。這種比並是象本來四常咧怨嘆的，溫馴善良是阿泰仔的論斷。

所致佇象家莊，象家的成員佮阿泰仔攏有共識，愛合力拍拚參人比並，毋通予人認定古意軟弱，個的努力若會當予象大進化，就成做英雄之家矣！

閣來看莊內的樹木，弓蕉、甘蔗、樣仔、石榴（siàh-liû）……逐項攏是個佮意的水果，也是家己種的。象公的長牙聽好挖空，也會使刮（khe）樹皮。個的鼻仔比人的手骨較好用，嶄然仔有力，會當捲住大欉樹仔擛起來閣種落土，會使欶大量的窟仔水來沃樹仔，也聽好拈（ni）足細粒的水果來食，會使講比人的手較好用。若比照人咧講的，就是象鼻萬能。

莊內彼窟水較臨四十坪，是象本來佮象湠根用象牙挖出來的，si-á-geh（しあげ，修飾）的部份就由貓神來做，無象牙的象招伴佮象蘭花才負責整地坉塗。另外，參水池連做伙的一个花園，內底有種蓮花、萬壽菊、茉莉、玫瑰，閣有一堆清紅、金仔黃、柑仔各種色水的花蕊。遮个花蕊也是逐家合作種作的，毋但是家己欣賞爾爾，上重要是用來敬神明。

所講的神明就是印度象頭神Gaṇeśa，伊是印度教的智慧之神。這个象頭人身的神尊是阿泰仔佇泰庾國（Thài-lú-kok）請轉來的，象牙斷一爿，四肢手骨，身軀磚仔紅，疊盤坐騎鳥鼠仔。為著象頭神，個起一座小廟佇花園頭前，逐工敬花拜拜。而且佇廟邊的涼亭仔囥一桶一桶家己做的水果酒，逐時月光暝，象本來一家佮阿泰仔就佇遮啉酒開講，不時是阿公咧講過去，阿泰仔配合解釋，細漢的象貓神聽講古聽甲耳仔覆覆。佇邊仔的根仔佮阿蘭酒量較穤，逐時足早就醉甲倒佇塗跤睏。

2

「想著彼當時……」象本來閣共鼻仔囊入另外一个酒桶，

大力欶一下，閣捲來倒落喙空，酒睚半桶，面也沓沓仔紅起來。

「彼當時，我蹛佇天良市的大觀動物園，做六十六歲生日，也拄好是國家的生日。恁敢知影……」伊頭殼幌一下，兩爿耳仔做伙搖。「個準備一萬份的雞卵糕，我一份一份分予囡仔，家己食三十六枝甘蔗，兼一卡車的磅米芳。彼時陣，柵欄的四箍輾轉烏崁崁，生日快樂歌一擺閣一擺唱袂煞。」

「個相爭叫『爺爺、爺爺』！」伊沙微的目睭雄雄金起來，「是『爺爺』，毋是萬歲爺，不而過感覺嘛足好。」

「彼時陣……」一講過去就講袂煞，「規个動物園的人客攏溢來佇遮，逐个囡仔畫我的相，可能欲紮轉去服侍啦！我煞比偉大的領袖較奢颺，好佳哉無人去拍報告，若無凡勢掠去關矣！」

「掠去關？」貓神本底頭殼khiàn-khiàn，耳仔覆覆，聽著這句煞起僥疑，「聽講彼陣阿公佮阿媽是蹛佇動物園的熱帶區，四箍圍仔攏有柵欄佮水溝，參關起來嘛差無偌濟。」

象本來聽一下面煞愈紅，這个孫仔未免傷巧。

「Tshé ！ Tshé ！」阿泰仔越過來對貓神的頭殼輕輕皷一下，「囡仔人有耳無喙，莫烏白講。彼當時恁阿公誠是有夠奢颺呢，我為著欲叫人來共做生日，記者招待會辦幾若場，電視報紙攏報幾若工，恁阿公是國家英雄，受全民敬愛是該當然。而且，半朧島本底無象，逐家共伊當做寶貝。」

「若按呢，阮攏算是外來移民？」貓神誠頂真，逐項代誌愛問甲一枝柄，莫怪外號貓神。

「啊，柵欄……自由，外來移民……這這……」阿公煞雄雄頭殼犁犁，毋知咧想啥物。

「自由啦，族群啦。」無講無呾，低沉的聲音對象頭神遐傳過來，「這種問題傷深，是神界咧討論的，後擺才慢慢仔講。」

這尊象頭神本籍印度，是阿泰仔對泰庾國請轉來的，逐工象本來一家伙仔咧開講，伊逐句攏足注意聽，檢采阿泰仔有啥物聽無抑是彷彿去的所在，伊就做翻譯說明清楚。窮實阿泰仔自三十冬前做象本來佮象招伴的保育員，暝日相透濫，雖罔語言溝通無問題，毋過若遇著較深的人生道理，抑是牽涉象本來故鄉的特有代誌佮民俗地方話，阿泰仔就像入五里雲霧，聽甲花嗄嗄。

「閣有，若想著較早娶某的代誌……」象本來目睭閣金起來，「恁阿媽乎（--honnh），才十外歲仔爾爾就急欲嫁翁，拍算看我較緣投的款……」

「講啥貨！」本底咧盹龜（tuh-ku）的象招伴一枝鼻伸長長，無張持對個翁的尻脊骿捽落去。象本來雖罔皮足厚，規身軀掣一下，煞大叫一聲，目睭睨惡惡。

「莫按呢，本哥！莫啦，招姊仔。啉酒講酒話，莫頂真啦。」阿泰仔要緊倚去占。

3

雖罔暗時啉甲醉茫茫，天拍殕仔光，象家莊就開始一工無閒的工課矣。有的薅（khau）規坪的狼尾草集中做伙，有的採收各種果子，會當做酒的另外囥一堆。較無力的貓神就負責壅肥（ìng-puî），不而過象食濟放濟，壅肥之外，多數賣去予人做紙。「象牌」的紙，用來影印、筆記簿、祝賀卡、人造花攏是上等的。

象家莊的工作效率定著愛足好，因為個食規工閣愛啉酒，一喝做就跤尾屈落去直直做，袂使哀忝，象本來定嘛品講，這是象莊的精神。

欲倚晝仔，大門口有人撳電鈴。講電鈴窮實無鬥電，叫門的攏嘛用竹仔枝摃予khong-khong叫。毋過象的耳空雖然大敉卻是無啥聽著，個四常是蹔跤步傳信號，所以常在是阿泰仔應聲出來接人客。

「國泰兄你好！」前村長陳紅仕開一台發財仔小卡車，猴頭鳥鼠耳越來越去，誠細膩共阿泰仔招去倒爿的百年橡樹跤，手幔肩頭細聲講，「這擺選舉拜託拜託，你佮四隻象的票愛投予我。」

「啥物四隻？」阿泰仔目睭共睨手插胳，「個攏有身份證，是正港的國民。」

「失禮失禮，是四个較著……」陳紅仕頭毛挐鬖鬖（jû-tsháng-tsháng），閣伸手直直抓，「五票，拜託--ê啦，這五票予我，絕對袂失恁的禮。」

「阮無咧投票，自四年前來起造象家莊就品無插政治，無投票矣！」阿泰仔換雙手攬胸。

這時陣象招伴遠遠看著，工課放咧，行倚來想欲了解是啥物代誌，貓神--ê也跳咧跳咧綴阿媽走過來。

陳紅仕姑情（koo-tsiânn）甲欠一个跪，看個來隨就揲手，走去小卡車邊仔，sa-ȧh一聲共一領草綠色的布篷摸落來。

「Ânn-ȧh……」貓神上代先喝出聲。一卡車的蘋果，是日頭國進口大金剛，逐粒紅記記金爍爍，飽滇飽滇，足好食款。

貓神伸鼻對阿媽的鼻仔捲一下捆（huê）一下，直直司奶，誠想欲食蘋果。這是象家莊無種作的物件，阿泰仔出門採購也毋捌買，拍算伊知影本哥佮招姊仔無愛食這種物件。

阿媽足疼孫，陳紅仕目睭利，開始半漲懸計，伸手欲共布篷閣抔起來。貓神哀甲大細聲，直直用鼻仔揬阿媽。

根仔也走來矣，用鼻仔伸長對貓神尻川顊大力捽落去，Hngh ！ Hngh ！叫阿泰仔莫插伊。

不而過，象家莊的戶長是象招伴，窮實本哥是予招的，這家伙仔大小代誌是阿媽咧決定。阿泰仔參招姊仔參詳了，知影伊決定欲去投票，就順伊的意矣。

4

下暗歇睏啉酒的時陣，一卡車的蘋果就坉佇象頭神Gaṇeśa頭前。阿公講愛敬神了才會使食，貓神佇邊仔流喙瀾，想講平平號做神，哪差遐濟。

象本來雖罔行過的路足濟，也經歷大風大湧，猶原無法度理解，為啥物干焦去投五票就會當換一卡車日頭國貴參參的蘋果。

「根據我的了解……」阿泰仔閣用齒殼仔（khí-khok-á）對酒桶舀（iúnn）一杯酒。「咱象家莊屬山跤鄉的幌頭（hàinn-thâu）村，人口數才三百外仔爾爾，毋過黨派分足明，逐擺村長選舉拚生拚死，相差袂過三票。聽講有一擺干焦差一票，輸的人當場異議重再開，煞變平票，落尾抽籤竟然反盤，輸贏反倒過來。這件……」阿泰仔啉一大喙酒，「輸的人當然毋甘願，告去法院，繼續佇法院拚輸贏。」

「佇幌頭村啊，徛公仔票誠少，咱算上明顯無立場的徛公仔，所以選票的價數特別懸。」

象本來對徛公仔的意思無清楚，閣經過象神解釋才小可了解。不而過，伊原在較興趣講過去，就親像一寡退伍的老芋仔，逐時若三杯酒落喉就開始講早前抗戰的代誌。

「想著早當時……」象本來象鼻伸落去，閣欶半桶酒。「我佇大樹國，當少年有氣力，一群五十外个內底，我是上勇上飄撇的。平平是象，我一晡聽好捲兩百枝大杉上卡車。」

阿孫貓神猶是聽甲耳仔覆覆頭敧敧，毋過阿媽佇後面搖頭。這个老的足愛講過去，也愈來愈勢膨風。

「想袂到有一工日頭國的兵仔來矣，一大陣揹長銃紮長刀歹衝衝，有一寡象夫逃走，也一寡留落來。毋過阮做的工課無仝款，就是對捲杉仔變做載銃藥佮糧草，工作的所在對固定區域變成四界流動。」

「彼叫做運輸兵啦！」阿泰仔做補充，「本底是卡車愛載的物件換恁揹。因為佇大樹國的樹林內，有誠濟熱帶森林，溪溝湳塗滿四界，卡車足歹駛定定牢船袂振袂動，換用恁來載，軁樹林、伐湳塗、蹽過溪攏無問題。佇彼落所在，恁是世界上好用的運輸兵。」

「是啦是啦。」本哥聽一下象鼻閣翹起來，pa-on……pa-on……「森林之王啊，莫怪當初拄去大觀動物園時陣，佪共我號名林王。落尾有一寡記者偏偏仔寫做興旺，興旺興旺，世俗人攏足愛旺，我煞愛順佪的習慣改名。好佳哉這馬有身份證，象本來就較有水準矣。」

「我號的當然有水準。」阿泰仔做伙久也會參本哥學膨風。「想著彼當時……為著欲爭取你的權益，奮鬥蔪然仔久。你出生入死，功勞比一寡軍官大足濟，是按怎一直是二兵？這是上小的職位，用行棋來講就是烏卒仔紅兵仔啦。」

「我袂曉行棋。」本哥象鼻幌一下，「紅兵烏卒抑是俥傌炮參我無底代，退休金領較濟的較實在。」

「言者有理。」阿泰仔雄雄坐正正，嚴肅起來，「人退伍兵仔攏有榮民之家通蹛，聽講一工食四頓，閣有電視通好看。所致，我彼陣透過解釋憲法，為恁一家口仔爭取公民權是正確的。而且，軍方也重再追加你的退休俸，用少校的退休金計算。」

「少校，象本來少校。」本哥象鼻閣翹起來矣。「我本底做日頭國的兵，閣來幫海棠國相戰，閣想起較早出世佇大樹國，到底我是佗一國佗一族的，這馬攏想無矣。不而過，少校這个階級若像袂䆀，你以後規氣叫我少校，莫閣叫本哥啦！」

「痟 --ê ！」招姊仔閣佇後爿搖頭吐氣矣。

5

村長投票的日子誠緊就到矣！

投票所離象家莊較臨五百公尺，這間崁烏瓦疊磚仔壁二十外坪的平厝仔，平日是村民集會佮啉茶開講的場所，選舉當中就佈置做投開票所。因為幌頭村公民數誠少，工作人員、監票員、警察仔，攏總嘛才四个人。

陳紅仕的跤力透早八點未到，就佇象家莊門口催矣。象家莊今仔日全家出動，阿泰仔行頭前，象本來、象招伴、象湠根、象蘭花排規排相綴，象鼻攏捲投票通知佮身分證，無投票權的象貓神誠活骨，綴前綴後從來從去。

「投票啦！投票啦！」伊學阿泰仔的聲音，哩硞叫無人聽有，不而過心內歡喜。因為阿公有講，大金剛蘋果先拜象頭神，投票了後就會使食矣。

佇昨暝啉酒的時陣，阿泰仔醉茫茫共象本來坦白講：「你毋捌行棋過，敢知影，烏象佮紅仕是無仝國的，楚河漢界兩爿勢不兩立的啦，恁票投予伊嶄然仔奇怪。」

「毋過阮禮收了，也答應人矣，哪會使反僥？」

「哎喲，本哥你傷古板啦，祕密投票，投予siáng無人看著。」

「唬，哪會使，象是上守信用的，參人無仝款。」象本來目睭展大蕊，鼻仔佇塗跤捆來捆去，「人……象，是人也是象……」

照品照行，象本來的牽手、後生、新婦攏會記得個的象脾氣，只是阿泰仔透早酒氣過就袂記得了了矣。

佇投票所頭前已經有前村長陳紅仕佮現任村長李烏車（ki）的人馬圍雙爿，雖罔離投票所三十公尺，對來投票的人攏會比手畫刀驪目睭，暗示照品照行。兩篷人有時會相睨閣共大頭拇比倒反，精差無tshiâng起來爾。

一群大象欲來投票，誠是轟動規个庄頭，毋但一堆人綴來看鬧熱，而且記者也綴來矣。投票所的工作人員不止仔緊張，恐驚處理無好造成選舉糾紛，甚至投票所暴動。

佃遇著頭一个困難，投票所的門才三尺闊六尺懸，大象欲按怎入去投票？

主任管理員剃平頭，額頭的汗津落刀刀的鼻龍。伊是有決斷力的人，隨就共一个圈票處撨來倚門口。核對身份證的時陣，因為四隻象的面相足仝，分袂清楚大細公母，只好清彩對一下，紲落用象鼻頓手指模。

第二个困難，象欲按怎頓票？規悃有規定青盲人頓票，聽好運用點字器具，抑會使由家屬陪同，照伊的意思頓票。不而過，象無青盲。

經過拍電話請示頂司，閣考慮實際狀況，因為候選人才兩个爾爾，佇選票頂，二號陳紅仕佇倒爿，一號李烏車佇正爿，一清二楚。就按呢先經過協調，共票鋪予好勢，圈票管捲佇象鼻，伸入去圈票處頓票。

象本來一家伙仔佇阿泰仔的協同之下，老的少年的順序投票。阿泰仔一一挲象耳講象話，倒爿正爿抑是正爿倒爿，enn-enn-ònn-ònn無人聽有，誠濟人攏感覺會頓廢票較大面。

記者擲倚來的時陣，阿泰仔主張拒絕訪問，隨就規群𤆬走，象本來煞心肝頭ngiau-ngiau。想著較早佇大觀動物園，不時有國內外記者採訪，叫伊展姿勢、行台步，甚至捲鼻、食物件、楔(she)喙齒，漩尿沃草搖尻川花，逐項攏嘛入鏡頭。

我是有來歷、有本事的象，精彩的過去是我的本來。

轉來象家莊，象招伴一下仔就共象頭神面前的大金剛蘋果攏摔落來，綴佇尻川後的阿孫象貓神隨就提一粒窒落喙空，煞面仔憂憂。毋相信閣食一粒、兩粒，就規氣走去邊仔頭殼犁犁、兩耳揲風吐大氣矣。

阿爸象湠根感覺奇怪，鼻仔伸長長拈（ni）一粒來食看覓。

「俺娘喂，酸ngiú-ngiú ！」伊哀一聲，逐家煞攏來試食，包括阿泰仔。落尾發現原來名聲進口的大金剛蘋果，猶不如家己種的番麥、紅菜頭、狼尾草。

「選票去予騙去矣！」象本來誠懺氣，不過毋敢去罵當初答應的牽手招姊仔，驚某才是大象本色，拍某是狗仔囝。這時陣阿泰仔佇邊仔微微仔笑，攏無講啥貨。

終其尾一卡車的酸蘋果攏用來做酒，逐家啉甲醉茫茫，貓神囡仔人也參個做伙啉，規身軀粉紅仔粉紅，親像寵物豬。

回頭來看彼工暗頭仔開票。

尾聲開甲 156 比 156 票時陣，閣賰四張歹判斷的票特別處理。這四張，有一張頓倒爿，圓印仔拄拄頓佇格仔線的外面，若有若無黏著，只好叫人去提譀鏡來看，發現是黏著一眉眉仔，算是有效票。另外一張頓正爿頂頭的，離一屑屑仔，算無效票。閣一張印仔楔佇兩條線中間，經過譀鏡，小可仔偏正爿，算有效票。最後一張，印仔頓雙爿，一个霧霧，用譀鏡看甲明明，無效票。開票結果 157 比 157，無輸贏。

夭壽咧，二十冬來第三斗平票矣，

毋相信，雙方同意當場重再開一擺，煞變做陳紅仕贏一票，閣開第三擺，凡在是紅仕贏一票。李烏車氣怫怫，隔轉工隨就揣律師去法院告：頭一項開票認定有問題，閣一項大象頓票的方法有疑問。這場選舉官司，舞規半冬猶閣無法度定讞（tīng-giān）。

6

象本來照常講過去，反反覆覆來來回回，喙角層層波，逐家聽甲耳空結薦（kiat-lian）。下暗後生淚根想辦法轉換話題，就共講對邊仔去。伊開始參阿泰仔談論象神的代誌。

「象頭神照講是愛致蔭象，為按怎顛倒是人咧求保庇？」

「毋是啦，象頭神本底是印度主神濕婆的後生，參人的生張仝款，精差是鬥象的頭殼。伊所以鬥象頭，有幾若種無仝款的故事。」阿泰仔啉一喙酒，「上重要的是，伊會保庇財富、健康。」

「彼攏無重要，有通食有通啉有所在蹛就好矣。」象本來接落。

「話是按呢講，毋過世間啥人無想欲食好、穿好、駛大隻車？」

「彼是世俗人的想法。」象本來攑頭看象頭神。伊有四肢手，提卵糕的彼肢雄雄垂落來，彼是富裕的象徵。

象本來攑頭看天頂的月娘。「既然是神就有神通，我欲愛的參你講的攏無仝，不而過若誠心共求，伊應該會答應啦。」

「為啥物伊斷一支牙？」貓神雄雄提起這个問題，伊應該疑訝（gî-ngâi）足久矣。

阿泰仔摸下斗想一下仔：「智慧之神啊，伊拗斷象牙做筆寫字呢，若較勤仔拜拜，伊就保庇你勢讀冊啦。」

講著這項，象蘭花煞想起貓神已經十捅歲猶未讀國校，頂工國校的老師佮公所的人員捌來訪問過，佪是義務教育推動委員會的幹部。毋過一看發現原來是象，煞支支唔唔（ti-ti tū-tū），講無幾句就相辭。

「我欲讀冊，我欲來去讀冊⋯⋯」象貓神足久進前就要求欲入學，阿公阿爸攏非常反對。這陣揣著上好的理由，閣再直直跳欲去讀冊：「象神足愛我去讀冊，伊會保庇我勢讀冊。」

「哎喲哎喲，才予阿泰仔去參校長參詳啦。」疼孫的阿媽鼻仔伸長長，佇貓神的身軀抐幾若下，先安搭才拍算。

「逐家有無仝款的願望，象頭神的生日連鞭到矣，是毋是來擴大慶祝，款較腥臊--ê，順機會共下願，平平有象頭，應該會特別保庇。」

「媠啦媠啦，誠讚的想法。」嫁本哥三十外年矣，伊頭一擺感覺佪翁足精光。

象頭神看佪討論甲遐爾熱烈，煞攏無伊插入去翻譯的空縫，心內淡薄仔袂爽，毋過若想著講欲款腥臊共擴大慶祝生日，心內煞暗暗仔歡喜。

這陣電話雄雄鈃（giang）起來，阿泰仔走去接，原來是「富貴」觀光農場的池經理敲來的，猶是咧講加入觀光組合的代誌，聽無幾句就共掛掉矣。這起事一直猶未共佪講，這座象家莊是一家伙仔費盡千辛萬苦起造的，規模佮特色，毋管佇泆水河南、佇半爿島攏是上飄撇的，伊的特殊性，甚至會當參釋迦牟尼的祇樹給孤獨園比並呢。池經理就是相著這部份，直直鼓舞加入觀光聯盟，成立南部特色動物農莊。毋過象家已經奮鬥遮爾仔久，才親像人提著身份證公民權，哪有可能閣回頭變做予人參觀的大象。這種話若予象本來聽著，絕對風火風著跖起來跳。

7

象家莊的甜番麥開始咧吐穗，春天種落去的紅菜頭已經誠粗，第二輪的狼尾草也轉紅菜茄仔色矣，象本來共一欉狼尾草摸起來，佇空中幌兩下，抿掉塗沙，落跤指頭仔挽牢咧，閣用跤大力蹔一下，粗根斷離離，才好禮仔送入喙空哺，哺了配一條紅菜頭。按呢，伊確定今年的收成誠是好滋味，心內感覺歡喜。

早頓了後，昨暝的酒氣也較退去，伊行過來象頭神這爿，牽手佮後生新婦已經共拜拜的物件款好勢矣。

鮮牛奶二十罐、養樂多十二打，弓蕉十二枇（pî），甘蔗三十六支，樣仔五籠，石榴（sia̍h-liû）三籠。

蓮花、萬壽菊、茉莉、玫瑰，閣紅、黃、橙色的花，加做伙攏總三百六十束，圍佇象頭神四箍輾轉，中央蹛一支大蠟燭。

按呢禮數拍算真夠矣，象本來彷彿看著象頭神喙笑目笑，不止仔滿意。

八月二十九象頭神生日開始，十工內算是象神節，象家莊大慶祝，工課攏先囥一邊，水果酒一桶一桶開，按算啉予夠氣。象本來講過去也愈來愈有精神，愈大聲激動。

包括佇大樹國少年時代的飄撇風神，包括擔任日頭國的運輸兵，紲落予海棠國的部隊接收去的代誌。

「海棠國的部隊看著深水掣流，無法度搭便橋也毋敢划船（kò-tsûn），就叫阮一个接一个連做伙，用尻脊做橋予個運武器、糧草。阮本底是運輸兵，這陣閣兼工兵，精差是用家己的身軀做材料。大象萬能，比人比車攏較好用。」

「彼時，咧照顧阮的，講較好聽是象夫，窮實是象奴，個無階級無人的身份，比阮較不如，一寡兵仔猶會尊重阮的專業，閣兼看著阮古錐好耍的一面。所以也莫怪落尾阮會遷徙去動物園做紅牌動物，受歡迎的程度干焦國寶級的熊貓會比並得。」

象本來直直講過去，酒也啉比普通時仔較雄，看袂出是啉歡喜抑是鬱悶的。不而過，這陣是象神節，共象神講出家己的願望，是大拜拜主要的目的。

個對上幼齒的先來，隨个仔佇象神頭前拜拜行禮。

頭一个是貓神：

「我真想欲去讀冊，逐工穿足媠的風幔，去學校學人的語言，學會曉寫字，毋免逐時叫阿泰仔翻譯，也袂予人叫青盲象。」

第二个是象蘭花：

「我足希望有貂皮大衣，配珍珠袚鍊，閣兼有大副耳鉤，佇大觀動物園彼陣，我逐時掠一寡貴夫人的身穿金金相，遮爾久矣，㴙根猶毋知佪某的心事。」伊掠翁婿瞭（lió）一下，根仔當做無看著。

「我閣向望貓神勢大漢、勢讀冊、有智慧、莫閣遐爾仔貓佮厚筋。」

「猶有，想欲閣生一个查某囝……」

「好啦好啦！」招姊仔已經擋袂牢，「一个就講欲十外項，敢袂歹勢，象頭神都毋是干焦保庇你一个。」

第三个是象㴙根：

「向望象家莊的草木旺盛，果菜大豐收，毋但會當予一家伙仔食飽飽，閣有賰一寡會當提去市場賣。」

閣來是象招伴：

「愛平安啦，象家莊逐家攏健康平安上要緊，尤其本哥啦，身體若像有較差，酒量也愈來愈穤，而且……而且有一寡工課無照起工做……」招姊仔愈講愈細聲，本底象頭神目睭沙微沙微親像咧愛睏，雄雄耳空擛起來，想欲聽清楚。招姊仔煞顛倒面紅紅頭殼犁犁無閣講落去。

象本來敢若心事重重，一直暗暗仔吐氣。輪到伊的時陣，伊予阿泰仔先講。阿泰仔閣舀一齒觳仔酒啉落去，講話ngâi咧ngâi咧：

「我想欲娶某！大觀動物園的保育員雅雲仔猶無欲答應啦，伊講我蹛的所在傷庄跤，象……象王公……象神君啊，真正愛特別共我保庇一下啦，閣有……聽講，你會當予查埔人的彼號物件變甲象鼻遐爾長，敢有影……」阿泰仔徛袂啥在（tsāi），雖罔人講象話，逐家攏聽袂清楚。

上落尾總算換象本來講伊的願望矣。

「我食老矣，人生行過的代誌遐爾濟，雖罔這馬爭取著參人仝款的權利，也有遮爾曠闊婧氣的莊園，閣有後生孫仔美滿的家庭，毋過……毋過……」伊相紲喝幾若聲毋過，擽頭看天頂的月娘，煞大聲吼出來，「毋過我的大樹國，我的故鄉，我的祖先，我的親情朋友，我的樹林啊……我想欲倒轉去啊！」

本哥愈吼愈大聲，阿泰仔驚一下酒醒一半，伊敢若聽著較早佇海棠國過來半朧島，經過幾若十年猶無法度回鄉看家己的某囝，遐老兵的哭聲。

逐家攏毋知欲按怎安慰大家長象本來，九十歲矣，有心事無講出來，莫怪酒愈啉愈雄，應信順這个機會予伊吼予夠氣。

當當本哥情緒較穩定落來，逐家才倚來共挲肩胛安慰。

「王大哥！王大哥！」雄雄口面有一个人無經過揤電鈴家己行入來，生張像烏熊，只是揹一个大肚胿（tōo-kui）。

「你是啥物人？有啥物代誌？」阿泰仔伐出來，頭殼幌幌拍拍咧，共酒氣趕出去。

「王大哥，泰國兄，我是富貴觀光農場的池經理啦！」烏熊款的池經理講話的聲煞較成豬公，帶鼻音閣淡薄仔會kônn。伊提出名片，叫綴佇身邊剃光頭穿烏衫的少年仔隨个仔分，連貓神都有。

「共你講過，這件事無可能，免閣講啦！」阿泰仔目睭睨惡惡，誠無歡喜。

「嘿，嘿！」池經理笑面虎，焦笑幾若聲，「我恐驚你根本無共象先生講清楚，家己大主大意做決定。聽講象家莊的產業是象先生佪兜的，你只是代理人呢。你若講白賊，損害佪的權利，我聽好去法院告你。」

阿泰仔聽一下面色反青，愈受氣。

「來來來，按呢規氣講予清楚。」伊共池經理摸來象頭神頭前面的水池仔邊，幾若个空酒桶麗佇遐，象本來目睭猶澹澹，掠佪兩个金金看。

阿泰仔就共池經理招欲加入觀光組合的計畫，一條一條翻譯予本哥聽，池經理驚伊烏白翻，叫光頭少年仔用手機仔錄音兼錄影。

象本來愈聽愈毋著，本底放鬆的兩杙大耳開始翹起來，紲落咬喙齒，閣來象牙邊的喙顊沓沓仔膨起來。

池經理認為伊是聽甲有入耳，對伊的觀光組合有興趣的款，就笑微微誠歡喜伐倚來欲挲肩胛，參象鼻握手。

想袂到本哥無張無持共象鼻伸長托過來，一下手就共池經理捒落水池仔內。光頭少年仔抑倚來想欲解救，換招姊仔伸鼻頭遠遠共捲起來擲落水底。

池經理佮少年仔規身軀澹糊糊、面仔青恂恂爬起來，猶毋甘願放棄，想欲閣講啥物，本哥徛佇頭前，前跤小可擇懸閣放落去。

「緊走啦！恁若予躄一下，箅仔骨會斷甲無半枝！」

兩个人聽著阿泰仔的警告才知危險，隨就從出大門，走甲噴肩。

8

象神節過了後，象本來的心情煞愈加沉重。

伊不時哀哀叫，遮疼遐疼喝老矣，老矣。逐暝若看月娘就想著故鄉的代誌，有時神神像行入夢中。

故鄉佇大樹國的密枝林，彼時陣個仝庄的親族仔十三个，做伙去南卦附近做工課，經過幾若个頭家。換日頭國的人接管時，工課性質變化足大，而且不時有phòng-phòng叫的聲，予個雄雄掣一趒。紲落去換海棠國的兵仔變主人，猶閣愛重再適應。反正換來換去，一冬換足濟頭家，從來毋是家己會當做主。講著海棠國管理，是予個行上濟路操上忝的時陣。上起先參佇進前日頭國的工課差不多，攏是運輸兵，想袂到過無偌久就大遷徙矣，一大群象對大樹國的南卦、密枝林、過境道路、海棠國南爿，行一千外公里，行甲跤底膨疱、遛皮、流血，行甲四肢無力躡（tshê）咧躡咧，六个死佇半路，到位的時陣賰七个。這七个有四个送去北京城的動物園，留我佮阿桂、阿蓮欲抛過大海洋前往半朧島。想袂到，猶未上船，阿桂也曲去矣。就按呢，賰阮兩个上韌的死無去，總算登上半朧島南方的龜鰲港，無偌久，閣送去天良國的大觀動物園。

我佮阿蓮總算抾做堆矣，伊變做我的牽手，窮實來到這个完全生疏的所在，伊是正港對故鄉密枝林來的，我唯一的至親。閣想袂到噩運猶原未結束，無偌久阿蓮也破病過身矣，我變做舉目無親。

想起來我的運命一直操控佇人的手頭，身份佮名字直直變直直變，有時誠歹命，有時閣敢若真受尊重、呵咾，足出名，不而過逐工若日頭落山，月娘綴雲飄浮，鳥仔飛向遠方山林，蟲豸 tsī-tsī 叫，我心頭就一陣一陣哀悲佮空虛。

「我是象啦！」象本來擛頭伸鼻向天頂大叫一聲，雄雄蹈落去。伊的跤頭趺搐搐疼（tiuh-tiuh-thiànn），勉強蹌去水池內底浸水。

隔轉工，阿泰仔請醫生來看，斷定是疼風。

「燒酒啉傷濟啦，愛改酒。」醫生搖頭，這是伊頭一擺看著大象竟然會啉酒啉甲疼風，跤頭趺腫起來。

性命拍結毬，心病無藥醫。阿泰仔愈想愈煩惱，趕緊參招姊仔佮後生新婦參詳。伊知影象本來的心內事，也清楚招姊仔是本哥第四任的某，頭一任是佇故鄉密枝林指腹訂親的。

「伊思思念念是大樹國的密枝林。」阿泰仔輕輕吐一个氣。

「我五歲就對大樹國移民過來，對彼跡已經無印象。」招姊仔揲耳仔。

「我佮阿蘭佇大觀動物園出世，啥物是大樹國、密枝林，阮攏毋知影。」

「伊呀伊呀……」貓神毋知佪咧討論啥，踅水池、象頭神四箍圍仔傱來傱去。伊這陣干焦暢講後禮拜就會當去讀冊矣。

「我看予轉去密枝林養老較好，九十二矣，這是伊一世人的願望。」阿泰仔看招姊仔。招姊仔恬恬無應，目箍紅紅。

雖罔翁某年齡差足濟，不時會相觸，欲予離開身邊，猶是誠毋甘。

「講罔講，閣有一个問題⋯⋯」阿泰仔啉一喙酒，「我有去了解過，本哥欲轉去大樹國，干焦坐船的費用就愛開規百萬，何況閣有隨船照顧的人員佮醫生的費用，咱象家莊種作收入家己用，拄拄好爾爾，實在是無能為力啊。有人建議銀行貸款，毋過敢有法度還⋯⋯」

逐家聽甲面憂憂，毋知欲按怎，只好繼續啉酒。

9

經過兩工，大觀動物園的雅雲拍電話來予阿泰仔。伊較愛蹛市內，嫌象家莊傷庄跤，不而過同事十外冬，感情誠好，阿泰仔認為總有一工伊會改變心意，做伙來管顧象家莊，為著這伊也共象頭神祈求過。

佇電話中間，阿泰仔提起象本來想欲回鄉養老的代誌。兩个人攏誠同情本哥的處境。

「我看伊身體愈來愈虛弱矣，凡勢閣擋無偌久，急需要完成伊的願望，只是⋯⋯唉，愛開遐濟錢，仙想想無步。」

兩个人講足久，雅雲雄雄想著：

「著啦！咱會使將這起事po落面冊予逐家知影，凡勢足濟人會同情伊，才閣來募款看覓。」

「É⋯⋯這步好。」阿泰仔喝一聲兼拍桌仔，誠歡喜，閣啉一喙酒。

阿泰仔就將象家莊的相片囥上面冊，介紹象家族拍拚自立的故事，當然上重要的，描寫象本來經過戰亂，流轉離散的一生，上落尾說明伊想欲回鄉的願望。遮的報導引起足大的注意，佇面冊兩工就得著一萬个讚，關心的人非常濟，無偌久新聞記者挨挨陣陣來矣，報紙電台電視開始放送，變成國內大新聞。

募款專案成立才無一禮拜，就募幾若百萬，超過預定目標足濟。

佇九十二歲生日彼工，象本來總算會當坐上大船，經過闊莽莽的海峽佮深沉的烏水溝，行上回鄉的路矣。伊的頷頸袚一个大花環，行過象家莊兩欉百年橡樹，回頭閣回頭看象家莊的樹木花草，伊的後生新婦、孫仔，一時依依難捨，目箍直直澹起來。

村長陳紅仕佮一群幌頭村的村民來相送，摃鑼拼鼓，炮仔聲響起來，象本來煞掣一趒，敢若聽著大樹國南卦彼當時的砲聲。

兩台大卡車早就停佇莊園頭前的大路，阿泰安排招姊仔做伙去碼頭送本哥上船。頭前台的司機已經共閘板放落來矣，本哥正跤先迒起去，閣迒倒跤，紲落正跤跪咧控……雄雄，親像袂接力（tsih-la̍t），本哥規身軀覆落去，閣溜倒落來，倒佇塗跤。

一時鑼鼓聲攏恬去，送行的人齊喊起來。

「害啦，害啦，今害啦！」

無偌久，醫生來矣，規身軀摸摸看看聽聽咧，直直幌頭。交代先予回轉去象家莊內底歇睏，才安排大觀動物園的醫療團隊來處理。

經過檢查，是肝硬化演變的肝癌，已經尾期。醫生感覺奇怪，大象天生有特殊的基因，欲著癌非常困難，本哥會著肝癌應該是燒酒啉嶄然濟，加上心情憂鬱所致。

醫生共阿泰仔交代，象家莊一家伙仔攏愛改酒矣。

10

經過評估，象本來已經是風中殘燭，閣活袂過一個月矣。大觀動物園開會討論，成立處理小組。個拍算共本哥的遺體製作標本，開始翕逐个角度的相片，並且佮製作標本團隊討論，推演進行的步驟以及準備工具。製造過程大約是皮還皮、骨還骨，肉攏提掉。簡單講就是剝皮豉鹽（sīnn-iâm）、坉物件弓做標本，保持原來形樣，通予人參觀佮懷念。骨頭才閣一塊一塊鬥起來，聽好用來做大象的生物學教育。

另外，個閣按算成立「大象」教育中心，一方面共「少校」象本來一生的英勇事蹟，對國家的貢獻詳細記載，開討論會、印冊、寫做小說……，紲落進一步擴大教育逐家愛有保育觀念，愛做伙來保護大象。

「誠好，本哥是國家英雄，是全體人民的重要資產，會當按呢處理，真正值得安慰矣。」雅雲詳細說明這个計畫，阿泰仔感覺誠贊成。

伊講予招姊仔佮後生新婦知影，逐家攏無意見。毋過共象頭神報告了，神明煞攏無出聲，也無共託夢。這陣象家莊一家伙仔攏改酒矣，包括阿泰仔，敢會因為改酒，互相的靈通煞沓沓仔失落去？

本哥佇昏迷中有時目賙niáu一下，這種情狀規禮拜矣。伊倒踮水池仔邊，身軀烘烘，逐家輪流共淋水。大觀動物園逐時拍電話來關心，個準備佇本哥過身的時陣，工作人員馬上拚落來處理。

這個月的十五到矣，月娘光顯顯，照佇象本來的身軀佮象頭神的面。象家莊啉酒的歹習慣改掉矣，暗時仔攏早早就去睏。個製造的水果酒換送去市場賣，水池邊的涼亭仔囥無幾跤桶仔。

「轉去密枝林啦！」雄雄月娘對雲頂探頭落來，大喝一聲。

月娘發出來的人聲？包括阿泰仔佮眾象，一家伙仔齊精神起來。閣再聽清楚，是象頭神發出來的象聲，閣聽一擺，原來是本哥咧喝咻。

「我毋是少校，毋是英雄，我欲轉去故鄉！」

招姊仔目屎輾落來，逐家綴伊哭。

閣經過一禮拜，本哥過身矣，象鼻伸長長架（khuè）佇象頭智慧之神Gaṇeśa的跤頭趺。象頭神垂一肢手落來，輕輕仔挲本哥的鼻頭。經過家族的討論，個慎重考慮本哥在生的願望，就拒絕大觀動物園團隊的好意。個共本哥火化，骨頭烌裝甕送轉去故鄉密枝林。另外，募款依照多數捐款人的意見，成立象王基金會，照顧一寡對熱帶雨林遷徙過來，離鄉背林的大象。

一個月後，阿泰仔佮伊新婚的牽手，也就是象家莊的新成員雅雲仔，做伙搼著本哥的骨頭烌來到大樹國密枝林郊外，一座旺嗄嗄的熱帶雨林，銀合歡、班芝花、羊蹄甲、檨仔、波蘿蜜遍佈規个樹林。個停佇一欉兩百外年榕樹公的樹跤，共骨頭烌掖落去。囥一束萬壽菊、一束玫瑰花，敬拜了後回頭行出來。

個拄行出樹林，雄雄聽著一陣風掃過樹葉的聲，回頭一看，本哥佇一陣茫霧中行過大榕樹，軁過一大片竹林，直直深入神祕的所在。阿泰仔佮雅雲彷彿聽著風中有話語：毋是象本來，毋是興旺，是森林之王……

第七章

【鯪鯉堀】

1

牛犅（gû-káng）嶺兩支水牛角不時佇紅霞滿天的時陣，觸來觸去，閣親像用觸出來的傷痕做宣示，致使血跡流湠百外年矣，猶無法度堅疕。

風聲講遮的紅霞有臭臊味，有一寡好玄的青年學生，假日毋去景緻婧氣的所在約會，顛倒來這个蟲豸四界趖、野草蓬蓬生的山崙頂行踏，想欲搜揣出歷史的氣味佮玄機，個講這陣時行掘出島嶼深埋的歷史，勝過虛華的世界觀。

今仔日揹登山包的斌哥閣來矣，伊的面色白中帶紅，閣小可仔反咖啡色，顯示白肉底的讀冊人已經佇日頭光下面踏查足久矣。佇朋友的心目中，伊是文武雙全的人，所以攏叫伊斌哥。伊最近定共人講：「牛犅嶺的臭臊味愈來愈重矣！」可惜無人欲信，連女朋友阿蓮也講伊神經質，開始疏遠。不而過，長期關心自然生態，對動物、蟲豸、植物花草誠注心研究的斌哥，自信家己比虎鼻師較靈，對臭臊味絕對袂鼻重耽（tîng-tânn）去。

牽牛仔花，牽牛仔花，斌哥猶閣看著規山坪的牽牛仔花，日時肉吻笑（bah-bún-tshiò）黃昏蔫脯脯（lian-póo-póo），干焦半工性命的青春，佇牛犅嶺頂生生死死幾若百年，心事只有紅霞會知影。伊共挽落來挼看覓，一時臭臊味衝鼻空。

斌哥軁入去，蔫去的花蕊落甲規樹椏、葉仔心、肩胛頂，彷彿有微微仔哀呻的聲。聲音有時單音，有時規句，閣有時親像唸歌詩。

軁入去十外尺，開始有重重疊疊的串鼻龍[1]攔閘，伊的鼻空撓撓（ngiau-ngiau），挼挼咧，瞪力一重閣一重弓開，弓袂開的用開山刀，斬著的攏流血流滴，哀呻的聲音不止仔怪奇。無偌久，面頭前現出神祕的山洞，內底傳出歌詩：

赤焱焱的牛椆嶺，日頭歁一下
規山坪的牽牛仔，一个接一个
閣重再出世
身軀伸匀手捗展開
指向四面八方
大巴年、冠仙埔、凹堀仔、塔峇降……
規千蕊的目睭褫開，活靈靈
目箍的露水閃爍爍
每滴落塗，出現一隻鯪鯉[2]

依據歷史記載佮踏查，這个所在是百外冬前抵抗日頭國高壓統治的義軍，徛旗祭祖的所在，附近閣有刣牛湖的遺跡，所致斌哥本底想講歌詩上尾，應該是每滴落塗，出現一隻水牛，想袂到是鯪鯉。

鯪鯉是重要的保育類動物，伊受著滅絕的威脅，三十冬前就予國際瀕危野生動物公約列入禁掠。佇半鱺島，非法捕

1　串鼻龍：也叫做台灣鐵線蓮、台灣牡丹藤，濟年生藤本。早期農民四常用伊木質化的莖蔓，編做圓箍仔套佇牛鼻，所致號做串鼻龍。

2　鯪鯉：lâ-lí，華語「穿山甲」。

掠鯪鯉，會當判甲五年的有期徒刑，毋管是做食物、身穿、醫藥用。

斌哥拍開手電仔，炤出一逝光明，踮跤躡步行入山洞。洞空彎彎斡斡，懸懸低低，行愈深，臭臊味愈重。較臨一刻時間，面頭前出現一大片的凹堀仔，規四界臭臊味，斌歌擋袂牢提面布掩鼻空。

伊擛手電仔遠遠炤過去，俺娘喂，是一大堆死鯪鯉，拍算有幾若千隻。通常咱若講佯（tènn）死鯪鯉，就是共鱗褫開開，聽候狗蟻入來赴死，做伊的點心。毋過遮的鯪鯉是真正死殗殗（sí-giān-giān）矣，個的鱗攏予人剝甲清氣溜溜，有的連皮也褫去，規身軀流血流滴，誠夭壽！

鯪鯉，是無聲音的動物，不過這大群死鯪鯉竟然會發出低沉恐怖的哀呻。一向膽量誠在的斌哥，也非常恐惶，直直起交懍恂。

斌哥想欲回頭，感覺洞空的路無限遠，閣踏進前，煞看著一線天，有一道光線大力炤入來。伊傱出石壁的空縫，喘一口氣，閣回頭看向內底，幾若千隻的死鯪鯉做一下消失，而且臭臊味佮哀呻的聲音也無去。山洞內，這馬現出一大窟，湳湳的水牛池。面頂有一堆水鹿、山羌、野兔、九節貓[3]，啉水耍水，嘻嘻哈哈，和和氣氣誠歡喜。

蹁佇洞空的出口，斌哥雄雄愣去。研究自然生態遮爾久，毋捌看過這種神奇、宛如啟示的場面，一時煞袂記得翕相佮做筆記。

3　九節貓：麝香貓，尾溜有 8 至 9 節黑白相插的環帶。

2

半戇島濫肚平陽西爿的清氣溪上北較臨十二里，雄雄倒斡閣正斡，才瀉落海。幔過深肚水庫的肚臍溪顛倒反，流過平陽了後隨正斡，閣倒斡出海去。佇兩條溪中央的部落，有溪埔、平地、小沙崙。遮的小沙崙頂頭誠濟百年以上的古早樹，包括茄苳、牛樟、老榕、遛皮樹……種種，形成一撮一撮旺嗄嗄的烏樹林。樹林內野獸鳥隻蟲豸百百種，不過上濟的是白蟻。遮的白蟻屬濫肚山的特有種，歪膏白蟻。這種白蟻身軀歪歪斜斜，五六月仔天氣開始澹溼翕熱，也就是起鵤（khí-tshio）的時，個展翼股佇空中颺颺飛，艛過樹椏樹葉飛相逐，若揣著相好的就共翼放掉，落落樹跤相好拍種，放卵淚甲滿四界。過無偌久，白蟻大軍就踮甲規樹箍，相紲食無停，共老樹食共歪膏抐斜，身軀一个大洞空。

可憐的古早樹，逐欉虛累累毋知欲按怎。好佳哉，落尾來一群鯪鯉，白蟻的剋星。個的舌會當吐甲三尺外長，兩下手就共白蟻食共清氣溜溜，身屍無地看。樹空的白蟻食了，閣挖塗空，巡狗蟻岫。年久月深，規个山崙、樹林，四界凹堀仔，地名也紲號做鯪鯉堀。

百外年前，日頭國的大軍來到這个肚臍族居住的所在。無偌久就相準個種稻仔的田園，規定愛換種甘蔗，因為日頭國需要大量的糖。個成立會社，起造工場，媠閣甜的蔗糖一車一車，一船一船運轉去日頭國。肚臍族的人無粟仔通收成，閣兼愛抾稅，一隻牛剝兩領皮，無皮通剝煞連骨都齧落去。

日頭國的巡查個個紮刀紮銃，閣兼歹衝衝，肚臍族姦（kàn）佇心內毋敢反抗，私底下罵個四跤仔，精牲的意思。閣有族人去做巡查補，幫四跤仔欺負家己人的，就叫做三跤仔。

肚臍族的人本性骨力閣溫馴，親像水牛，所致別族的攏供體個是水牛族。佇濫肚平陽的南爿有一个小山崙就號做牛犅嶺，飼足濟水牛，邊仔有一窟刣牛的所在，叫做刣牛湖。毋過自從日頭國統治了後，個已經連水牛都毋是矣，逐家認為家己是死鯪鯉，兼是無狗蟻通食的死鯪鯉。

「干焦怨嘆啥路用？起義啦，起義才袂予人看衰潲！」肚臍族有一个生張粗勇講話粗魯的人已經擋袂牢矣，伊暗中去共彪山族買番刀毒箭，閣佇海棠國偷運長銃，而且四界串連族內較猛勇的查埔人，按算有一工揣著機會欲起義，趕走日頭國的惡霸。伊姓杜名定，拄好參四跤蛇仝名。族內的人風聲，杜定雖罔粗魯，窮實是有膽量毋驚死的人，會使講是肚臍族第一勇士。

一年後，杜定募集誠濟經費，暗中串連的兵馬千外个，私買的銃枝武器藏佇鯪鯉堀的一个山洞內底。

3

斌哥對出現過幾若千隻死鯪鯉的山洞出來，大大下敨一口氣。鯪鯉本底就有臭臊味，死去的鯪鯉會愈來愈臭臊。

心情總算較平靜定著矣，依踏查的習慣，伊提出翕相機，共四周圍的山勢、路草分別記錄，毋知名的樹木提轉來接續研究，尤其遮的冇骨消[4]滿滿是，佇翕熱的七八月仔，白色的花蕊一葩一葩，一大群的尾蝶仔iȧp-iȧp爍。閣等待徛秋果子紅甲像柑仔蜜，就有青笛仔來搶食，踮樹椏跳來跳去。

斌哥嶄然仔有研究精神，對動物、蟲豸、植物花草攏誠認真去揣資料、採樣、做紀錄、請教專家，長期來粒積誠濟智識，算是民間學者。

當當斌哥注心佇筆記時陣，無講無呾，頭前較臨百外公尺的草埔仔，絞螺仔旋帶動飛砂走石，目睭煞起煙暈（ian-n̄g）。

雄雄一陣風掃過來
掩崁點將台的塗沙蓬蓬坱
遠遠山跤，斑芝花一蕊一蕊落塗
咚咚叫，牛犅嶺的四箍輾轉
恍恍，戰鼓催心肝
跤蹄躄甲塗跤齊振動
起義，起義！
無田通犁、無草通食的日子
水牛逐隻串鼻，用利劍劍稅刀剝三領皮
紲落欲閣剝鯪鯉。刣牛湖的血水暗暗仔
滴……毋知發生啥物代誌

歌詩唱煞，煙霧飛砂沓沓仔散去。佇草埔仔中央現出

4 冇骨消：台灣蒴藋、蒴藋（名醫別錄）、七葉蓮、接骨草。全草會當消腫解毒、利尿、解熱鎮痛、活血散瘀。外用會使治跋倒拍傷、骨折。

一塊青色的四角石頭，邊仔驪一枝軍旗，頂頭寫「大明公義國」。

石座面頂有一个面模仔三角lo，漢草粗勇的查埔人，手提一張黃色的祭文直直唸。內容大約是：「我杜定佇遮點兵起義，徛旗祭祖，共列代先祖下願，為著起義成功，準講後生頭一个犧牲嘛甘願。」

杜定唸完祭文，點火燒化了後。想袂到彼枝令旗竟然寬寬仔徛起來，旗面佇風中展開phiàk-phiàk叫，仝時間，頭前的曠場出現規千个兵眾，看起來全是身穿破豢的作穡人。「起義！起義！」逐家開始蹔跤步，個喝甲頭殼頂發角，蹔甲跤捗化做牛蹄，舞甲規身軀披塗沙粉，變做一大群水牛。

十外分鐘後，天頂出現紅霞矣，牛犅嶺的兩枝水牛角煞家己相觸，觸甲流血流滴，四界臭臊味。閣一觸久仔，滿天串鼻龍抛落來，親像綑仙索共水牛攏縛對刣牛湖彼爿去矣。

濫肚平陽的清氣溪邊有一个慈悲庄。號做慈悲，卻是有一个足大場的牛墟，是買賣牛隻佮農具的所在。牛犅嶺規千隻的牛是對佗位來，予人想無。

斌哥看甲神去，這種場面佮伊理性的田野調查、生態紀錄差傷濟矣，一時頭殼轉袂過來。不而過也是按呢，予伊鼻著深沉的歷史氣味佮玄機。

等伊小可精神起來，一越頭，拄才佇山洞彼幾若千隻的死鯪鯉竟然閣活起來矣，個逐个活靈靈伸跤爪閣吐舌向曠場走來，「大明公義國」的軍旗頂頭繡黃錦錦的金鯪鯉。彼个鯪鯉穿龍袍，有帝王的尊貴。

這時陣，漢草粗勇的杜定閣徛上石座頂，跤尾躡三下，變做三丈外的四跤蛇，伊騰胸伸爪，大聲呼吼，規山坪的牽牛仔花佮冇骨消果子做一下落了了。

4

透早拍殕仔光，日頭國的國旗猶閣伏佇升旗台陷眠的時，牛犅嶺有千外義勇民兵掰過菜瓜寮，進入大巴年。另外，渡過肚臍溪，佇獅頭山聽候一暝的北路軍五、六百名也衝落來矣，個的跤步誠緊猛，艛過樹林踏過野草跳過石頭，佇山谷溪溝中間快速流湠。前鋒部隊，有規百枝鳥喙銃，後爿的就較濫雜，有的穿破衫，有的褪腹裼，有的攑大刀，有的攑宋江陣的戟仔，也有長長的竹擨。個進攻的目標是大巴年警察支廳。

較龜怪的，個的褲頭攏有一張黃色的符令。雖罔毋知是啥物神明的令符，拍算佇個的心中充滿信念，形成堅定的力量。

警察支廳緊急坌磚仔疊石頭做掩堡，安機關銃，全力顧守。另方面，損電話予總督府，要緊派步兵砲兵過來。

戰爭開始矣！數千名的民兵分批，一湧一湧溢過來，大巴年支廳的掩堡四箍輾轉圍牢咧，兩枝機關銃拚命掃射，兩百个警察攑步銃也下性命彈，紮符仔的民兵一排倒落去，後一排隨閣向前進攻，是毋驚死，抑是怨慼齗然仔深？

二十外分鐘了後，掩堡外的民兵死一堆，內底的警察也死規排。民兵暫且退離開，歇睏一時仔，重再組織，第二輪的進攻連鞭閣開始矣！就按呢，戰戰停停，對透早到下晡，支廳的警察死甲賰無三分一，銃子也賰無偌濟，看起來，閣再一輪的進攻就解決矣。

欲暗仔，賰落來的民兵成千个全部集合，按算做一擺攻入去，占領支廳。不而過佪毋知影，日頭國總督府的山砲部隊急行軍，已經來到一里外的所在。當當佪咻咻叫（hiu-hiu-kiò），閣摒上街面向前衝時陣，雄雄，pòng一聲，一粒山砲飛過來，正正落向衝鋒中的民兵。一時陣，十外个褪腹裼的民兵做伙慘叫，齊齊噴出去。頭殼、跤手、身軀、腸仔肚……像落雨閣落轉去塗跤。

山砲pòng一門，閣一門，連三門了後，民兵死傷不計其數，看毋是勢要緊退兵，規群回頭閣逃向肚臍溪，跖上獅頭山。一寡走較慢的，予隨後追來的巡查佮步兵現彈死佇溪床、山跤。

因為獅頭山頂樹濟草濟洞窟濟，軍警毋敢追入去。想袂到，佪一口氣袂透，紲牽拖對清氣溪邊的慈悲庄，誣賴庄民暗中支援民兵。佪攑銃紮武士刀衝入慈悲庄，毋管查埔查某、老人囡仔，看著人就逐，逐著就刣。庄民順清氣溪走，好運的傱入甘蔗園覕，歹運的齊死佇溪床。八月焦燥的溪床，一大片白茫茫的烏猴蔗（甜根仔草），予血水染甲紅絳絳，幾若隻揣無岫的夢噹丟仔也規身血，飛來飛去吼tshiùnn-tshiùnn。

支廳紲落閣共大巴年一寡有通匪嫌疑的人，攏集中去牛墟，叫佪家己挖空，閣跳入去，紲落用機關銃掃射。

這一戰輸甲忝忝矣！大明公義國的軍旗破甲碎糊糊，後生也佇猶未開戰進前就中銃死亡。佇牛犅嶺祭祖，軍旗按怎會徛起來？敢講山靈祖靈攏咧創治人。猛勇的杜定元帥帶領無死的百外个兵，盤過獅頭山，覕入鯪鯉堀的烏樹林內底。

5

半礮島的鯪鯉三十外冬前就禁掠矣，而且佇五年的有期徒刑的嚴令之下，應該無人敢犯。以動物復育生湠的生態發展，百外年矣，這陣牛犅嶺的鯪鯉應該規山坪矣，是講為啥物，神神恍恍中間，連紲兩擺看著幾若千隻的鯪鯉，而且頭一回佇山洞內死奄奄，第二回佇點將台的曠場煞攏活靈靈？這其中應該有啥物款的啟示。

日頭強欲落山矣，一群牛屎鳥仔（鶺鴒）飛過來，落對刣牛湖彼爿去，逐隻伐足大步，鳥尾頂下揲無停。紅霞佮臭臊味沓沓仔散去矣，牛角也失去形影。斌哥落山時陣，歌詩佇風中閣起唱矣：

日頭，閣勘一下
規山坪的牽牛仔，瞪力歕鼓吹
三千隻鯪鯉頭尾咬做伙，結規毬
做一下輾向菜瓜溪、仙埔溪、清氣溪
起義，起義，用血水普渡家己的七月時
死鯪鯉活靈靈，軁過溪岸、鑽入山壁
個個親像杜定遐爾仔猛

斌哥確定牛犅嶺的玄機來自鯪鯉，伊轉來厝，清彩洗手面食過泡麵，就開始翻冊、開電腦進一步研究矣。

半臘島佇幾若百冬前的古冊記載，有鯪鯉獨有種，「厚殼大鯪鯉」，逐隻五尺外長，是世界稀有。所致，有一寡外來的殖民統治者、生理人共大鯪鯉當做蒐集、交易的重要工課。

鯪鯉，屬飼奶類動物，懷胎五、六個月，一年一胎。食食誠簡單，主要狗蟻爾爾，毋過一擺聽好食三千至一萬隻。伊食狗蟻岫的狗蟻、老樹空的白蟻，有時閣共鱗褫開覆塗跤假死，等狗蟻入陷阱，才雄雄合起來。紲落走落水，開鱗予狗蟻浮面，用尺外長的舌做一下捽（sut）了了。

鯪鯉目睭花花看袂清楚，鼻空誠靈。伊上猛的是跤爪，利閣有力，會當挖空幾若公尺，所以也名做「穿山甲」。佇半臘島捌有兇犯被通緝幾若年掠袂著，聽講是因為對內山地形地物足清楚，軁山軁嶺行蹤祕中祕，新聞記者煞呵咾伊是穿山甲，足利害的歹人，視同英雄。

現實中的穿山甲，鯪鯉，窮實是足無膽的。伊用跤爪挖空，並袂用來相拍，唯一例外，是公的相爭母的，才會展英雄出爪大戰。日常生活中，遇著敵人，就身軀捲一毬，用跤爪對尾溜捯（tau）咧，仙剝剝袂開。這種束規毬的防衛法，遇著人就予規隻抱轉去，拄著野狗就共伊的尾溜咬咬斷，煞變殘障。

鯪鯉命運淒慘的上大原因並毋是頂面講的，而是身軀「貴重」。因為佇海棠國的傳統觀念，鯪鯉㴙勢挖壁鑽空，必然是活血、通經、催經的好藥，價數誠懸，所以雖罔會判重刑，猶是有人會偷掠偷賣。而且佇古早冊的記載當中，鯪鯉尾溜算起來第七个鱗，若結踮囡仔的帽仔頂會當避邪，致使佇早前一寡死亡的鯪鯉身上攏揣無彼个鱗。

民俗傳說中間，佇早前排灣族文化，聽講日時看著鯪鯉非常歹吉兆，若閣伸手去摸，就隨會曲（khiau）去，誠是恐怖。不而過，一直到最近猶然咧流傳兼用來辦活動的，就睹濫肚平原附近的庄頭矣。個佇每年五日節的中晝，愛「穿木屐蹔鯪鯉」。傳統的來源是幾若百年前，海棠國一大堆人移民來半鹽島西部平原時陣，發現這幾个庄頭的塗肉上鬆上好種作，根據地理仙考察，原來是塗底有一隻千年鯪鯉仙軁來軁去。所致，庄民為著欲閣較好種作，逐時佇塗跤頂摒鼎蓋、面桶、跤桶……毋予伊歇睏，實在嘛有夠夭壽。

斌哥讀過足濟資料，科學物理、自然生態、奇幻傳說種種，結論總是感覺幾若百年來特有的「厚殼大鯪鯉」定著猶閣存在，這是誠值得考察研究的代誌。伊閣巡過幾若个老圖書館調出古早冊，也透過網站搜揣早期白毛國、海棠國、居王統治時期的地方誌，總算揣著一个足久就消失去的地號名「鯪鯉堀」。這个地號名佇日頭國時陣改做日頭堀，八十冬前變做光復谷，十外冬前換做大地庄，若無沓沓仔共資料搯出來，誠是會捎無寮仔門。

6

總督府派出山砲部隊，共大巴年街面的「匪徒」民兵炸甲糜糜卵卵碎骨分屍，殘留的部眾攏走入去鯪鯉堀。

參杜定做伙起義的頭人，一个一个落湳，大明公義國的余王，猶未登基就予人押去蘭城市遊街示眾。伊佇狗欄仔內雙手雙跤穿鉛線，規个人瘦硞硞，喙鬚鬍嗄嗄，毋過目睭原在神采閃熾、意志堅定的款勢。

一寡自發參加的民兵，起義失敗了隨人揣所在覕，但是誠緊就予警方隨个仔捕掠歸案，因為毋但三跤仔，想欲扶日頭國統治者的抓耙仔不止仔濟，按怎覕嘛無法度閃過個的耳目。遮个人掠著，有的隨銃殺，有的用來證明統治者的法律公正，經過蘭城市的法院審理，宣判三年、五年不定的有期徒刑。有的人好運搶（tshiāng）著大赦關一半就放出來。

兩、三個月後，遮列案「匪徒」的親情五十、好友，心肝頭沓沓仔對被牽連的煩惱驚惶當中平靜落來，暗時總算睏會落眠。毋過個攏毋知，一群恐怖的烏雲已經恬恬炭過來矣！

個佇詳細的叛亂調查報告內底齊落名。較臨三個月中間，遮个人分批通知去社里服務挖水溝，挖了閣坉平，人煞失蹤去。

大巴年沓沓平靜落來矣，這年的七月普渡，家家戶戶足少看著查埔人，佇香煙中恍恍看著，來食腥臊的好兄弟靈魂猶閣誠鮮沢，而且淡薄仔面熟。

毋過，總督府猶是誠袂安心，遐逃入深山林內的匪徒，是毋是死蛇活尾溜，過一站仔閣出來作亂？個派三跤仔透過關係暗中查訪，內底的人攏搖頭，表示無看著影跡。是覕甲枵死矣？自殺矣？抑是無人欲講？日子一工一工過，調查的行動愈來愈消極，杜定的生死也變成一个謎。

窮實杜定佮百外个部下眾猶閣活甲好勢好勢。伊佮部下眾本是肚臍族的人，對鯪鯉堀的地形地勢，一空一隙（khiah）攏誠清楚，遮是鯪鯉堀上北爿的深山，有誠濟山洞佮溪谷，是伊的老巢窟，防守的天險，也是種作佮拍獵的所在，支廳的警察長期以來對較口面的淺山猶有清楚，對這个陰鴆（imthim）的所在一直摸無，毋敢輕舉妄動。

杜定的鬥陣--ê月橘，是慈悲庄的人，參杜定生兩个囝，攏佇大巴年戰死矣。新婦秋桂拄好順月，無偌久兩个孫生落來嘛嘛吼，拄好遇著三跤仔炁四跤仔來搜山，一時緊張用布窒喙，無疑悟煞攏無氣死去。加上聽著耳風，慈悲庄的阿爸阿母，兄弟姊妹攏予四跤仔刣死了了矣，哭甲死來昏去，命運誠是創治人。

杜定鬱卒規個月，話語愈來愈少，代誌攏交代矮頓武腯的張土龍處理。伊佇一个摒僻的石洞內底思考，讀一寡神祕的冊，遮冊是被處死的起義頭人之一盧俊交予伊的。伊敬拜肚臍族的祖先，面向彪山的方向祈禱，聽講彼个所在捌出現山神的化身，藍色的水鹿神，幫助彪山族拍敗殘酷的白毛仔部隊。

過了一年，七月半閣欲到矣，佇洞空內修行的杜定，毋知是祖靈的加持，抑是大巴年冤魂的助力，竟然有法度吸收日月精華，閣會念咒作法，參大自然的動植物溝通。

有一工杜定當咧靜坐，雄雄感覺規塗跤攏咧振動，無成地動，閣敢若有啥物佇塗底軁來軁去。是鯪鯉？毋過根據伊的了解，佇口面較淺山的所在，本底有規千隻的鯪鯉，經過這幾年來無站無節的捕掠，已經賭無偌濟。足濟鯪鯉空放空營，生湠的速度愈來愈慢。閣再講，一般的鯪鯉兩三尺大爾爾，無可能挖空挖甲塗跤直直顫。

杜定唸咒作法一觸久仔，神神愣愣像睏去。伊看著塗跤底四通八達的地下道，頂頭一群一群的鯪鯉佇遐軁來軁去。遮的鯪鯉竟然逐隻六尺外長，而且行路猛醒，個個親像穿鐵甲的戰士，鯪鯉龍，是鯪鯉龍！杜定大喝一聲，精神起來。

7

鯪鯉堀佇啥物所在？伊佮牛𤚩嶺有啥物關係？

一工透早貓霧光，斌哥騎伊的老川崎機車來到南寮，騎上烏猴山。上起先有打馬膠路（tiám-má-ka-lōo），閣來幼石仔級配，兩爿有龍眼、柑仔、檸檬、荔枝，上濟的是號做愛文的檨仔欉。逐粒愛文攏包報紙，頂頭的新聞攏過期足久，反正只是欲予野蜂鼻，報著報毋著攏無代誌。

經過彎彎斡斡的產業道路，愈來愈細條矣，只好共oo-tóo-bái khó踮路邊草仔頂，用步輦的。

跖起來到山尾溜，日頭已經捅頭浮上山，佇雲彩頂用拄睏醒的目神對伊直直矚。伊先對南爿鋼鐵山，閣沓沓仔踅一輾，牛𤚩嶺、刣牛湖、大細崙、冠仙埔，逐遮一大片青翠的草木，中央有溪水𩛩來𩛩去。除了凹窟溪、肚臍溪，窮實猶有一寡嶄然仔小，無人注目的小溪流，比如菜瓜溪就予岸壁pùn落來的塗沙積一半，紲落野草崁甲賰一眉仔。鯪鯉堀徛佗一位？

斌哥推測可能的位置是佇慈悲庄佮仙人埔中間的內山斗底，不而過，遐離牛𤚩嶺三十外里路遠，欲按怎牽著關係？伊想甲頭殼pì-piak叫，原在無下落。一隻烏猴悉三隻猴仔囝來欲討食，斌哥佇袋仔內擤一包乖乖予伊，就閣再迒上老川崎落山。

出產業道路，大斡彎閣過一片空地，徛山壁的所在有一間小廟仔，額頭一塊a-khu-li-lù（アクリル，壓克力）寫大紅字：「大聖神仙宮」。猴齊天七十二變，變甲來遮做仙，凡勢閣收一堆契囝。斌哥好奇，共oo-tóo-bái擋恬行入去。

大聖的猴面特別長，予香煙薰甲烏趖趖，連紅目睭都反烏，廟冏小，拍算信徒袂少。廟公是一个隱痀的阿婆，挾三支香予拜拜。雄雄想著，斌哥煞欲跋桮問神明，先抽一支籤囥桌頂。

「弟子蘇志斌，塔峇降人，因為追查一个叫做鯪鯉堀的所在，揣無方向，祈求大聖神仙指點明路。」斌哥拜三拜閣再拜，攏總拜九擺。

半路跋桮問神明，敢袂傷譀古？果然不出所料，伊一支換過一支，籤筒搖甲欲必去，跋甲過晝仔，舞甲規身軀汗，猶閣跋無。

「莫閣跋矣！」隱痀犁頭的廟公阿婆，忽然擔頭大喝一聲。伊的聲音梢梢，面模仔足成鯪鯉。

「這本予你！」阿婆對神明桌跤抽出一本，舊落漆兼予蛀龜仔（tsiù-ku-á）齧（khè）一角的古早冊。斌哥跤頭趺拌拌（puānn-puānn）咧，共冊收落揹包，袂顧得腰痠背疼，說謝了後就閣迒上老川崎。伊踏發動欲起行進前，閣越頭看一下，俺娘喂，規山壁忽然間茫煙散霧，「大聖神仙宮」竟然消失去。

8

斌哥轉來到厝，洗浴了睏一觸久仔隨閣蹺（ngiàuh）起來，要緊看彼本古早冊。

冊皮頂，烏墨汁寫的毛筆字已經退色霧霧，敢若大篆也成石鼓文，查過兩本書法字典斷定這五字是「鯪鯉堀傳奇」。

是佗一種無形--ê暗中咧指示？斌哥雖罔想甲略仔會掣，也是即時翻開，一頁一頁看落去：

【頭篇】

鯪鯉堀，清氣溪東爿，肚臍溪西爿，慈悲庄北爿，仙人埔南爿。分做內鯪鯉、外鯪鯉。外鯪鯉是大巴年後旦溪的上游，內鯪鯉中央有艛鑽溪，溪流若細若大若有若無、彎彎斡斡，這條是鯪鯉仙人的本命溪。

鯪鯉仙人俗名杜定，佇內鯪鯉吸收天地精華，仙機妙算，唸咒作法，召喚大自然精靈固守內鯪鯉神祕堀。

佇大龜年的七月，仙人閣率領三千鯪鯉龍大戰日頭國六百四跤狗，戰甲天昏地暗日月無光。鯪鯉龍戰術靈活，戰死無退，加上彼時鬼門溢出來，參四跤狗有怨的好兄弟相助，四跤狗死傷連連，賰三十外隻走轉去大巴年。

【次篇】

外鯪鯉的鯪鯉是在地原生種，較臨五百隻，日時歇睏暗時出來討食，天生無膽，干焦會曉吐舌食狗蟻，看著敵人吣吣掣，縮跤縮手假死無欲活。

內鯪鯉的鯪鯉是外來的變生種，一年中間對五千湠甲一萬隻。

變生的鯪鯉外號鯪鯉龍，本居地牛犅嶺，因為佇淺空的參水牛做伙被掠被刣，深空的，經過山神護送，對牛犅嶺地下鑽空，挖出大小崙、北庄、南寮、大巴年、獅頭山、金玉山、內鯪鯉……較臨三十里的磅空。遮的磅空是半麗島一千年來上偉大的地下工事。

鯪鯉龍佇地下，有滿滿是的千年老樹根佮數十億的白蟻做糧食，個經過快速演化，逐隻都六尺外。個的鱗甲滲鋼（gàn-kng），尾溜會發電，身軀捲規毬變做鐵球，佇山谷中快速移徙，彈起來親像砲彈。

【再篇】

鯪鯉堀的內鯪鯉是神祕的烏樹林，外人誤入揣無路徑，佇山林內茫茫渺渺，終至死亡。

杜定大戰勝利了後，修成正果化做神仙，參夫人月橘仙姑做伙失去影跡。伊的部下眾共個立石像敬拜，大群的鯪鯉龍不時佇石像四箍輾轉踅玲瑯，流目屎。

尾記有內鯪鯉佮外鯪鯉的地圖，包括內鯪鯉複雜神祕的地下道佮出入口。軁鑽溪移形幻影、神奇幻水流走法。

上尾頁是杜定仙人、月橘仙姑的畫像，畫像後面有一大群的鯪鯉龍。

9

山愈來愈崎，草木愈來愈旺。

肚臍溪、清氣溪、後旦溪……延伸鋼鐵山一帶，雲尪輪流來四界探，因為風聲遮有一股玄奇的靈氣。佪有時面反烏，落一屑仔雨，為著共樹林洗淨看清楚，毋過連鞭就轉紅牙，甚至出彩虹。

閣過一冬後，支廳的巡查漸漸放袂記得這个所在，大巴年戰爭也較少人提起。統治者開始訂一寡小可符合人性的法律來管理，閣宣稱德政，實際上是硬軟兼施。

到甲有一工，大巴年的巡查補得著通報，講有人佇菜瓜溪掠水雞時陣，有看著兩副足小的人骨頭，可能是紅嬰仔的。骨頭頂穿的麻衫有繡花草，看起來是肚臍族的。

這案予支廳閣想著杜定，開始起憢疑。就派幾若个巡查帶領巡查補佮附近路草較熟的住民，一陣人順水流搜查落去，竟然發現足濟予菅榛、鹿仔樹、牛蓖麻、破布子仔崁甲無地看的暗溪。遮的暗溪對一條分三線，每一線閣分三條……形成範圍嶄然仔大的水網。誠奇怪，遮的溪流閣敢若會皹壁，不斷分叉直直生湠。

支廳共新發現報告總督府，調動十外隊的人馬順溪流、山溝大搜查，三工後總算發現一个神祕暗趖趖的樹林。這个樹林外頭有刺giâ-giâ的竹林，閣有密喌喌無空縫的半臟島原生種黃藤。遮是連足濟本地人也毋捌行跤到的所在，位置佇鯪鯉堀北爿，是四跤仔一直毋知影的內鯪鯉。

10

日頭國的大隊人馬一開始順菜瓜溪搜查，杜定就得著消息矣！毋是佇望寮看著，也毋是有報馬仔通報，是塗跤底的鯪鯉龍已經感應著大陣人蹽水、講話的聲音。

杜定仙人要緊召集心腹開會參詳，研究作戰策略。佇伊修練的祕密洞穴內底，掛一張水鹿皮，頂頭畫內鯪鯉四箍輾轉的地理位置，包括山壁斷崖坑谷出入通道等等。

以內鯪鯉做中心，南爿順菜瓜溪主流會出大小崙，迵去到牛椆嶺。向西接過後旦溪，通清氣溪的慈悲庄。往東向仙人埔，聽好去到鋼鐵山。閣來有較複雜的險惡地形，是往諸羅大埔的路線。遐有一撮一撮，懸懸低低，草木密喌喌烏炭炭的半橛山，洞空四界髏的掣流壁。半中欄（nuâ）有一窟像跤桶的大盆地，頂頭向凹底大約趨四十五度，坡壁全是沙塗佮幼石。

在場月橘仙姑心思上幼，伊一條一條記佇一鉼（phiánn）薄石枋面頂。張土龍是土直的人，毋過誠勇敢，喝戰就戰拍死無退。閣有負責拍獵的神槍呂尾義，毋管長銃抑長槍攏非常準，平常協助土龍隊長操兵。另外處理種作佮糧草的鍾山瓜，愛參洞內的鯪鯉龍合作，鬆塗佮造地下工事。

「我估計，四跤仔的大隊人馬三工內就會攻入來。」杜定的喙鬚已經鬍甲垂落胸坎，伊倒手捋鬚正手擇仙拵仔指地圖，「擇長銃的巡查、巡查補會對菜瓜溪攻入來，愛先用開山刀斬開這片刺竹林佮黃藤。紲落，軍用狗會做進前，伊是鯪鯉的天敵。」

「毋過咱的鯪鯉龍毋是普通的鯪鯉。伊的鱗甲沴鋼，尾溜有毒刺，戰鬥力十足。」月橘仙姑擇頭發言，長頭毛半鬖（sàm），杏仁目誠堅定。

「無毋著。」杜定殕色的眼神淡薄仔憂鬱，「不過這戰非同小可，個的人佮武器誠濟，石砲的威力誠可怕，這佇大巴年戰爭就見識過。所致頭一場的遭遇戰，咱毋管贏抑輸，攏必須撤退。」

「仙人！」張土龍進前一跤步，「遭遇戰若是贏哪著退？應該要緊追啦，愛刣甲四跤仔死規坪，較會消咱滿腹怨恨！」

「土龍大的，你莫衝動好無？」鍾山瓜長期參鯪鯉龍做伙，舌竟然也變甲掠 (liàh) 外長，講話時陣踮喙邊抐咧抐咧，「咱的義勇兵才百外个，長槍只不過五十枝，銃子嘛無濟。鯪鯉龍有特殊的能力，愛好好仔運用，才有贏的機會。」

「咱定著愛用智慧來求勝利。目前有成萬隻的鯪鯉龍，已經攏加減會聽人話。我閣來唸咒作法，呼請山神相助，這一戰干焦會使贏袂使輸，若無咱肚臍族，甚至規个半臁島的人攏予人看衰稞。」

紲落杜定仙人就開始說明伊的戰術，逐家聽甲直直頕頭。會開煞，攏疊盤坐，朝向較早牛犅嶺徛旗祭祖的點將台祈禱。

11

農曆七月時仔，總督府佮支廳的聯軍五百外名，二十外隻軍用狗，一早起蹽水過菜瓜溪，那行那歇，規身軀澹漉漉親像破布浵塗糜，一寡夢噹丟仔共鳥岫放咧要緊飛走，嘓嘓叫的四跤仔驚甲恬tsí-tsí，連水蛇也旋入水草覕。

按呢較臨三點外鐘，各分隊相紲來到刺竹仔佮黃藤林頭前，開始集合進攻的陣勢。個知影這座樹林烏暗險惡，拍算倚中晝較透光，而且七月半月娘明顯顯，準講戰甲下暗嘛無問題。另外，佪佇菜寮庄有三門山砲相準內鯪鯉，射程十外里遠，拄好會當抛過外鯪鯉。

無偌久，日頭國的山鉈（おすすめ）[5]、半鵬島的倒彎柴刀，做一下剃上像城牆的刺竹佮黃藤，較臨半點鐘就清出大空縫的通道。紲落，軍用狗做前大聲吠，衝入去一大片老茄苳，捅出茄苳樹尾有一座空lo-lo的望寮，無看著人影，拍算攏走轉去通報矣。

閣經過一片鹿仔樹、流血桐、羊角藤、古早榕……現出十外粒小塗崙，頂頭赤查某發甲丈外懸，白色的花蕊目睭眨眨矚，頂頭的土蜂仔（東方蜜蜂）知影大難臨頭四散去，有一岫三節仔（黃腰虎頭蜂）吊佇血桐頂頭，大尉泉川太郎眼著，大聲喝講較閃--ê，莫共（kāng）伊。

較龜怪的，是佇小塗崙仔面頂有誠濟洞空，大細拄好一个人用跍的會當沓沓仔thuh入去。幾若隻軍用狗向空口吠甲大細聲，大尉命令先喚三隻入去探看覓。三隻入去這个空，攏對大聲吠變喈喈叫（kainn-kainn-kiò），閣來哀哀呻，落尾煞無聲。

「何事だ[6]（nani goto da）？」泉川太郎細細蕊的目睭展大煞吊吊，伊佮幾个分隊長參詳，鯪鯉極加三尺外，空無遮爾大，況且伊上驚狗仔，所以斷定內底應該是大蟒蛇。遮爾濟大蛇，應該號做蛇堀才著，不過佪對掠土匪無礙，就暫且莫插伊。

---

5 山鉈：日式柴刀，日本的傳統刀具，日本古早統治階級足驚百姓造反，所致日本柴刀攏造作平頭無尖尾，這種柴刀也叫做「角柴刀」。另外一種有刀尖的改良式柴刀「劍柴刀」（劍鉈），是一種多用途的獵刀。

6 何事だ：日語，發生什麼代誌？

就按呢繼續前進，落溪谷閣順石壁行過盡尾，雄雄斷崖頂有二十外个人彈銃，猶袂赴通揣掩避就予彈死四、五个。雙方經過交戰，日頭國的兵眾濟，同時開銃迸袂停，一觸久仔有七、八个人落落來，個個頭毛喙鬚長lòng-sòng，衫褲破鬖。其他的攏起跤lông，連鞭走甲無看影。

大隊閣進前百外公尺，斡過一个海豬仔趸，看著一排草厝仔，中央較大間，其他較臨三十外間，拍算是民兵的營房。厝頭前的空地有規十組用石頭起的灶，頂面有鼎鍋仔，火猶咧薰，敢若放空營的款勢。

「何だ、とんだ腰抜け野郎どもだな[7]（nanda tonda koshinuke yarou domo dana）！」泉川太郎手插胳，用藐視的口氣趸趸唸，「烏合之眾也想欲相戰，這馬看欲閣覕去佗？」

伊派一分隊入去搜查，其他的兵佇外面警戒。搜查了後確定無人，就捆焦草搵油放火燒厝。

軁過營房，行落一條石頭露水面的溪溝，水無濟，頂面誠濟烏猴蔗，雙爿邊仔滇滇的臭青仔，兼幾若欉冇骨消，一隻鵰鴞（lāi-hirh）展翼飛起去。

行到溪溝尾溜，空間雄雄曠闊起來，滿天光顯顯日頭赤焱焱。泉川太郎踏進前徛佇壩頂，用望眼鏡（召鏡）看一輾。這是一个蹔然仔大的跤桶地，桶身大概趨四十五度，下面一窟水，半中欄有小路會當通行，倒爿正爿相接較臨趸一輾，路面有零亂的草鞋印。閣較特殊的，佇小路頂頭有誠濟洞空，遮个空佮拄才看著退蛇空嶄然仔相仝，只是排了較整齊，攏

7　何だ、とんだ腰抜け野郎どもだな：日語，啥物？真正是一群無膽的跤數。

離小路一、二十尺，懸低差無偌濟。

佇泉川太郎專精神觀察地形地勢的時陣，雄雄聽著迸迸叫，一陣人佇對面的壙頂向伊開銃，也有人向這爿射箭。不而過，因為距離不止仔遠，根本彈袂著，射箭更加無可能。

「ばかやろう[8]（baka yarō）！」泉川火氣愈來愈大，隨著下令進攻，兵眾分兩爿行趨崎的小路，這回人做頭前，軍用狗綴後壁。

五百个兵佮二十隻狗半行走，經過七、八分鐘就攏完全佇趨崎的小路頂矣，個按算逐過跤桶地共匪徒做一下消滅，而且愛活掠賊頭杜定轉去治罪。

這个時陣，天頂雄雄霆雷公，一大片雲親像烏布崁落來，雲內閣有窸窸窣窣（si-si-sut-sut）的聲，逐家煞擔頭看甲愣愣。個猶未回魂來的時，突然間，頂面遐的洞空有物件從出來。是鯪鯉龍，逐隻七尺外長的鯪鯉龍，個身軀結規毬，用跤爪共尾溜挽牢牢。個佇空口大力彈一下，紲落相準四跤仔兵揲（kiat）落去，便予揲著的攏輾落水底。二十隻軍用狗衝過去咬鯪鯉龍，身軀咬袂落換咬尾溜，想袂到煞予毒刺鑿（tshak）一下順紲摔落去，有幾隻仔無落落的，鯪鯉龍竟然蹤起去束伊的頷頸，用跤爪挩（tau）尾溜，活活共縲（sng）死。

當當一堆四跤仔佇水底沐沐泅，杜定率領義勇兵出現佇壙頂矣，個開銃、射箭、射標槍逐項來。四跤兵有人跖上趨崎，有人回彈，毋過大部份攏死佇水底，水面反紅，天頂的雲也反紅。

8　ばかやろう：日語，戇大呆、毋成人。

本底押後的泉川知影中計矣，甕中掠鼈，窮實是鯪鯉掠四跤仔。伊勉強爬上壩頂，佇兩个兵掩護之下傱向溪溝，孤身人逃轉來到流血桐下面，用無線電連絡菜寮庄的砲兵。伊肩頭中一銃，尻川著一箭，血流落靴管，電話一放落就規身軀摒落流血桐，虪佇樹頭。流血桐雄雄顫一下，煞驚動著頂頭彼岫三節仔虎頭蜂，規群親像戰鬥機衝出來，泉川太郎去予叮甲昏昏死死去。

12

七月半的月娘猶袂赴捅頭，安佇菜瓜溪的三門山砲開始隆隆叫，pòng-pòng叫，幾若百門砲射向內鯪鯉。上盡磅拄射到內鯪鯉的跤桶地，有的炸著死無透的四跤兵，有的炸著走無離的義勇軍。

三工後，總督府閣派三百个兵支援，入來到內鯪鯉，發現除了一大坪屍體，已經無半个人影。調來的工兵挖空落去看，既無鯪鯉也無蛇。杜定仙人佮月橘仙姑完全無地揣，莫名其妙消失去。落尾風聲講烟逃向仙人埔，走入鋼鐵山矣，也有人講看著烟佇牛犅嶺的點將台，相牽騎鯪鯉跖對雲頂起去，下面一枝「大明公義國」的令旗猶閣徛騰騰飀飀飛。

13

日頭猶閣歁一下
歷史的雨水走相逐

烏、白、紅三種手箍
佇鯪鯉堀、大巴年、牛㯉嶺玲瑯趖

天公伯仔穿一領有臭臊味的彩虹
共衫仔裾（ki）角揬一下
恁看，這馬的厝宅、大路、車輛
敢毋是一工比一工較濟

若欲聽鯪鯉龍大戰四跤狗的故事
請你落車啉一杯獅頭山的青草茶

農曆八月十五，斌哥開車往大巴年，經過螻鑽溪橋，溪底全全碎石，一撮一撮的牛筋草佇焦燥空縫托出來，參溪岸的一大群流血桐講過去。獅頭山傳來吼叫的聲音，秋風共故事的臭臊味吹來吹去，斌哥的耳空煞聽著這首詩。

斌哥直透駛向竹頭崎，弓蕉葉、檨仔欉、刺竹林相交接，佇轉彎的所在，一欉相思仔予記持中的風雨掃一下斷無離，兩橛煞佇路邊用傷口嗅傷口，互相安慰。這是古早冊記載，內鯪鯉的所在，這馬無塗無洞空，攏是打馬膠佮電火柱。

閣再行落去，螻鑽溪旋對磅空邊去，溪床有兩枝大怪手挖塗的技藝，lóng-lóng叫天地齊震動，連日頭也驚甲趴落低，遠遠煞飛來一蕊紅霞。

螻鑽溪的半中欄已經造一个大水庫矣，供應南北二路的食水需要，是重要的公共建設。斌哥提出古早地圖對照，遮應該是鯪鯉龍大戰四跤狗的古早戰場，毋過攏淹佇水庫底矣。

歷史也綴水流進入市內鄉村，軁入這代人的腹肚內，閣回轉去溪溝。

佇壩頂的北爿有一个公園，種樟仔、榕仔、相思仔佮媠媠的玫瑰薔薇，樹佮樹中間的閬縫有誠大隻的十二輪戰車，閣有一隻戰鬥機。個拍算寂寞足久矣，看斌哥咧翕相，煞歡喜甲會比姿勢，毋過斌哥共戰鬥機仔看做鯪鯉龍。

一觸久仔爾爾，斌哥就回航矣。伊斡入大巴年的街路，展示誠濟資料兼有導覽的紀念館是歇假時間，街路上的檨仔冰無著時，不而過，市草原在袂穤，觀光客沖沖滾。

客運斜對面的警察分局，就是較早的支廳，早就徙走矣。頭前的小圓環中央竏一身早期政治強人的銅像。

「這毋著！」斌哥共翕起來，心內有一个拍算。

經過一年後，這个半鯪島的民間動物學者竟然寫出一本小說，冊名《鯪鯉堀》，雖罔屬於歷史想像佮奇幻，煞來得著市政府的重視佮回應。無偌久，大巴年客運頭前彼个政治強人銅像，總算拆除矣，這馬頂頭竏的是杜定的銅像，這座銅像，有鯪鯉的身軀佮杜定的面容。

第八章

【海翁嶼】

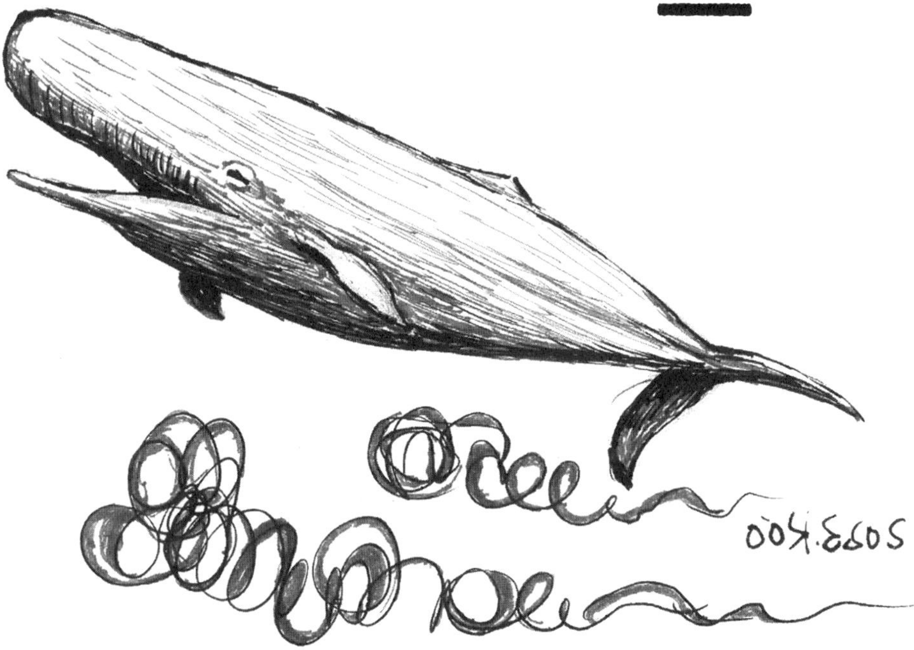

1

海王爺聖誕千秋的日子，廟邊的布袋戲攏總三十六棚，以驚人的聲勢搭滿王宮廟四箍輾轉。每棚演無仝的戲齣，毋過有可能是同一劇本的無仝段。

「半神半聖亦半仙，全儒全道是全賢。腦中真書藏萬卷，掌握文武半邊天。」廟西這棚金光沖沖滾，炮聲煙霧絞做伙，原來是大俠素還真出場。

「放捨著心愛的出外來他鄉，無疑會做著一个黑暗的英雄，我不應該墜落苦海，一失足來造成這悲哀……」廟東這棚唱一條歌了後，冷霜子現身唸口白：「飄泊江湖獨一身，烏白兩道認不清。自古英雄不流淚，冷冷霜霜大情人。」

「回憶迷茫殺戮多，往事情仇待如何，絹寫烏詩無限恨，夙興夜寐枉徒勞。」北爿棚的史艷文聲音文雅帶哀傷出現的時陣，南爿彼棚卻是拄咧唱「苦海女神龍」，兩个苦命的情人分開佇離遠遠的戲棚，形成強烈的對比。

其他戲棚出場的，閣有唸「山中有直樹，世上無直人。莫信直中直，須防邪裡邪」的秘雕，大聲喝「順我者生，逆我者亡」的藏鏡人。較特殊的是面色半烏半白的烏白郎君，伊頭殼幌一下：「別人的失敗，就是我的快樂啦！」講煞就哈哈哈！親像起痟笑袂停。

有人會感覺奇怪，布袋戲是演予神明欣賞，才兼分予民眾看，戲棚定著愛向廟門，哪會四箍輾轉外外排？

原來這間王宮廟是半朧島上特殊的廟宇，伊內底的主神是海翁神君，也名做海王爺。王爺有大海翁的身軀，人的面，伊的尾翼佮面嶄然仔大，閣兼四面攏有，算四面神。聽講四个面分工，保庇愛情、事業、健康、財運。所致王宮廟東西南北攏有廟門，聽好應付每一種人的需要，毋管人的祈求是窟仔水遐爾少，抑是大海遐爾濟，海王爺攏會滿足伊。

王宮廟也是重要的國家古蹟，閣列入世界遺產，因為伊規間攏是海翁骨頭起造的，準講毋是神明生鬧熱時，觀光客也是挨挨陣陣來咧參觀，看罕有的古蹟，求四面海翁神保庇，而且，嘛有比海洋世界閣較奇巧的表演。

這陣拄有一群對天良國來的觀光客，個坐一工的bá-suh（バス，巴士），佇龜鱉港踅一輾，買oo-mí-iá-geh（おみやげ，伴手禮）閣食海產了後，就直透駛過鯤鯓大橋，向海翁鄉的化石島嶼來。

「Óo⋯⋯óo⋯⋯」包括老歲仔、中年人、國中國校的囡仔吱嗷叫大細聲，親像透世人毋捌看過這種所在，這款的廟寺。

Bá-suh歇佇橋頭的停車場，個一落車，跤踏著的所在攏是海翁的化石。對一片尾椎骨行過來，閣看著一堆腰脊骨，紲來胸坎骨、肩胛骨⋯⋯俺娘喂，哪有遮濟海翁的骨頭化石？這个所在幾萬年前可能是海翁的大巢窟？毋過欲會當囥甲變成一个大島嶼，成做一个包含七个鯤鯓村的海翁鄉，拍算愛有幾十萬隻的海翁𪜶佇海砂底，經過千年萬年的石化過程才有可能。這真正是世界奇蹟，地球奇譚矣！

沿路有種誠濟紅柴（樹蘭），雨傘樹（大葉欖仁樹），八九月仔，果子生甲纍纍墜墜，細粒紅柴果已經紅記記，橄仔子普遍猶閣青青，一巡稜骨予日頭炤著，敢若利劍劍。佪攏是島嶼的原生種，早期佇遮予討海人歇涼，這馬變成觀光客的太陽傘。

行佇觀光客後面，有一个自助旅行的女子，伊對每一塊海翁的化石看兼摸兼翕，閣提出筆記薄頂真做紀錄。伊名做白波蘭，原是淡海大學文學系研究生，本底長期進行動物文學創作，這馬煞全心咧研究海翁，敢若換行變做海洋生物學家。兩年外來伊對北往南，行踏半虩島四周圍海面佮離島，觀察研究海翁的種類、形體、生活習慣、性素、聲音等等，其中以聲音上重點，因為海翁的視覺、鼻空攏無蓋好，伊上靈的是用聲音來溝通。海翁嶼，是白波蘭的重點所在，所致佇島嶼周圍海洋踅一輪了後，按算佇遮長期居住，專心研究。

海翁鄉對一鯤鯓到七鯤鯓，各部落的廟宇也不止仔濟，較大間的有雲尪逍遙宮、鎮海元帥府、日月迌迌（tshit-thô）仙翁廟等等，不而過，對全島各地，甚至國外來的，頭一个欲參拜的定著是這个規間用海翁骨頭造作的王宮廟。

規群人閣行過一堆海翁的胸坎骨、肩胛骨、下頦骨化石，來到王宮廟。

這間廟竆實無蓋大，無廟sit仔，主體是正中央七公尺懸的四面神君海王爺，干焦頭殼就占兩公尺外，是用大海翁的頭骨做的，有八肢手翼，尾溜的魚翼化石較臨一公尺。

擛頭看伊四枝粗勇的龍柱，是一塊一塊的尻脊骨鬥起來的，親像接榫（sún）遐爾仔搭峇（tah-bā），中間的接巡袂輸是海上的波浪。廟頂的瓦片，竆實是一重閣一重的海翁喙鬚枋，對中央排向兩爿邊，沓沓仔翹尾。規間廟的外觀受著日頭炤照，閃爍出無限的玄奇。聽講廟宇的人員逐工愛保養、拭油、推光，工事不止仔大，這款形體色水的廟宇生目睭毋捌看過，真正是世界唯一。白波蘭猶是分頭仔翕相，一項一項詳細註記。

四箍輾轉的布袋戲，雖罔有三十六棚夭壽鬧熱，並無引起觀光客的興趣，毋過白波蘭誠有感覺，因為伊的碩士論文研究的目標就是布袋戲的技藝佮劇本，其中上意愛的是有關史艷文、素還真的戲齣，也四常共其中的戲文內意講予研究所同窗翁羽帆聽。

2

一群人坐的坐，徛的徛，上精彩的表演是佇七鯤鯓。佇王宮廟的南門向三百外公尺的海面遠遠看過去，是一大片自然的海洋樂園，免設備免訓練，精彩度卻是勝過世界各地造作豪華訓練嚴格的海洋劇場。而且彼種酷刑的訓練佮表演，已經漸漸引起動物保護團體的抗議。

這是綿延成公里，相當趨崎的岩壁海岸。不而過伊的結構毋是火山岩，也無珊瑚石，而是大量的實體化石，中間穿插淡薄仔生物模型佮遺體化石。這片海岸線最近經過外國專家鑑定，證明遮的化石多數是抹香鯨（sperm whale）的骨頭，其中摻少數的座頭鯨（Megaptera novaeangliae）、藍鯨（Balaenoptera musculus），大約是一千萬年前的海翁。因為列入世界自然奇蹟，國科會、觀光部、文化部做一下摒倚來，保護抑是開發，中央、地方、古蹟維護、生態保育團體開始進行長期的鬥法。

現此時鄉公所拚頭一个，佇化石海岸設招待中心，本底欲擴大規模納入餐廳旅館，因為海翁文教基金會發動民眾抗議暫且按下。不而過觀鯨台、大型望眼鏡徛規排，請一堆導覽員擲máí-kù解說，印海翁手冊，閣開發誠濟文創產品、oo-mí-iá-geh，也有貴參參的海翁珠寶，生產的公司宣傳講，有特殊的海底石走入去海翁腹肚內，年久月深結規丸，產生的藍寶石比真珠較珍貴，個講原理佮棺柴頭[1]胃腸內會結「龍涎香」仝款，有人若毋相信，公司閣會央請專家博士出面作證。就按呢，規个庄頭生理沖沖滾，誠濟人講，海王爺真正有保庇，海翁嶼這聲大發矣！

三點一到，海湧閣親像鑼鼓開始tong-tong響，錚錚叫（tshānn-tshānn-kiò），敢講王爺有寄時鐘，時間若到海底的族群就會走出來表演？

徛佇海岸邊的攏喝咻起來矣，「緊看！緊看！」導覽員擲máí-kù的聲音壓過民眾，「有召鏡的焦點掠予準，無召鏡的目睭擘予金！」

遠遠的海面，大隻細隻，煙仔魚、吧咾魚、鰮仔魚、塗魠魚、鯊魚……一群一群招伴來矣，愈細隻愈大群，有時泅懸有時泅低，有的踅圓箍仔，閣來回衝湧，個是開舞的隊伍，千千萬萬無法度估算，逐家看甲目睭起煙暈（ian-n̄g）。

一觸久仔爾爾，攏四散去，海面相紲直直滾泱閣消失矣。

紲落，有一陣鴨母鯃[2]對西爿衝出來，數量較臨二十外，

1　棺柴頭：華文學名抹香鯨，頭殼非常大粒，占身長的三分一。是體型上大的齒鯨，也是藏水沫上深、時間上長的飼乳動物。

2　鴨母鯃：也叫做大白肚仔，Butter nose等，中文學名寬吻海豚，外號瓶鼻海豚，四常出現佇海洋育樂世界的表演中。

逐隻擴頭鴨形仔喙，尻脊骿揹一枝烏色的大草鍥仔，動作猛掠，速度嶄然仔緊，看起來誠野性誠勢耍，親像咧相拍閣像欲共觀眾戲弄，個有時啊啊叫，有時呼噓仔，吐氣，落尾直直ka-ka-ka，兩下手旋甲無半隻，親像咧講：阮才無猴癮表演予恁看咧！毋過觀眾照常拍噗仔兼喝讚！

閣來這群二三十隻，泅著慢慢仔，足謹慎的款勢。注意看，個規身軀若寫一堆字，一寡有咧簽阿樂仔逼明牌的人目睭攏大蕊起來。原來是和尚頭[3]，頭殼圓輪輪金爍爍，動作足斯文定著，應該是修行有夠。個恬恬仔泅一輾閣一輾，閣做伙躘出水面幾若回，就藏落水底泅走矣。「這是海豬仔內底的修道人！」逼明牌的筊徒看袂清楚個身軀的數字，要緊拜託有紮砲管（會當翕足遠的相機）的人加翕寡。

紲落上精彩的來矣，喙尖尖托出水面那表演那出場，是尖喙仔[4]，一群較臨三十隻。個一出場就造成大轟動，「緊看緊看，特技表演團啦，水上芭蕾舞啦，這看一擺一世人會記得。」導覽員閣大聲喝咻起來，逐家誠是目睭無矚矣，因為個規群做一下竄上水面，閣栽入水內，親像捙畚斗，紲落佇空中踅身軀比賽。你看，這隻三輾，彼隻四輾……輸人毋輸陣，東爿彼隻五輾矣，北爿彼隻六輾矣，七輾……敢毋是盡磅？雞母喂，南爿隻足足踅八輾，破紀錄矣！

尖喙仔誠勢舞，有一百空八招的工夫，窮實佇出場的前

3　和尚頭：也叫做和尚鰭，花頭等，中文學名花紋海豚。喙桮無明顯，額頭圓輾輾，色緻殕殕烏烏，規身軀攏刮（khe）過的痕跡，年齡愈大刮痕愈濟。

4　尖喙仔：也叫做白肚仔，中文學名長吻飛旋海豚，別名飛旋海豚、長吻海豚等。足勢跳，姿態嶄然仔濟。

三種，伊是上小香的體格，身長體重參咱人差不多爾爾。欲看大隻的佇後尾，「愈來愈大隻矣，逐家看⋯⋯」導覽員講甲怦怦惴，停落來吞一喙瀾，「這種叫做烏白郎君[5]，逐隻較臨十公尺長，重量九千公斤，毋是海豬仔，是海翁啦！」

四十外隻烏白郎君衝過來矣，逐隻活活跳跳躘出水面，坦敧身、死囡仔驚，擛尾溜拍水面，個的尻脊烏墨墨，腹肚白雪雪，目睭後爿親像白粉抹傷濟，個的喙形圓滑閣笑微微，所致有一寡禮品佮尪仔物，四常採用個的形體。足古錐呢，「你敢知影伊的喙齒利劍劍？敢知影伊是海上的霸王，大魚小魚攏無忌，海豬仔予逐甲走無路，外號也叫做『刣人鯨』，毋通看伊面腔形樣古錐，這是正港的笑面虎啦！」導覽員比手畫刀，愈講愈激動。

誠濟人想著布袋戲的烏白郎君，也想起手抱的尪仔物，浴池泅的海翁，攏是「刣人鯨」，煞毋知欲拍噗仔抑驚惶。免驚免驚，頭殼猶未想清楚的中間，這群烏白郎君，已經咻咻叫，親像流星捽走矣！

水上的舞台換幕毋免摸索仔切電火，日頭公目睭躡一下，精彩的閣來矣，這擺毋是大爾爾，而且是夭壽仔大隻。「楦柴頭！」導覽員開喙無好話，紲落解釋，「這个名無烏白講，是討海仔號的啦！」

確實足成楦柴頭，伊的頭殼夭壽大粒，正面無五官，鼻目喙攏生佇別位。嶄然仔龜怪的生張，個規身軀烏趖趖，三

5 烏白郎君：華文學名虎鯨，又稱殺手（人）鯨，逆戟鯨。規身軀烏白分明，背鰭懸大，動作猛掠快速。

隻棺柴頭佇海底浮頭出來，足成大型藏水艦。

「噴水矣，噴水矣！」群眾齊喝咻起來。一隻噴一港水，攏敧三十度，不止仔笑詼。

雄雄三隻夭壽大的海翁，做一下蹽離水面，大片的海水綴個滾蛟龍，煞落規身軀摔落海面，比痟狗湧較強的水花噴甲對岸壁起來，有人退幾若步。

「十六公尺長，四萬公斤。」導覽員目睭圓滾滾，喙嘻嘻閣吐舌，激一个足詼諧的面腔，逐家煞也綴伊吐舌。

「足大隻足有力，毋過看起來溫馴古意。」群眾中有一个瘦抽的oo-jí-sáng（おじさん，歐吉桑）按呢講，白波蘭越過來頕頭，看著伊的倒手腫uainn-uainn，比正手大足濟。

三隻棺柴頭蹽四五擺，摔四五下，就藏落水底伸尾溜大力拍一下，敢若Bye-Bye再見的意思。

「個佇海底講話像時鐘咧行，滴答滴答……」oo-jí-sáng喙詬詬唸。

「這種聲音佇水底，會當迵過幾若百公里參親情朋友講話。」白波蘭接落講。

大多數的觀光客攏是欲愛看奇巧，愛鬥鬧熱，上重要是翕相po上面冊，而且愛激一个姿勢共一大堆若捌若毋捌的面友報告：阮有來過遮呢！

秃頭的導遊已經梢聲矣，最後共逐家講：「有一種名做海崎[6]的大海翁，徛秋開始向南方遷徙，後個月較會來到遮。」講煞共大聲公剁落來提面布拭汗，對頭殼心拭到頷頸，閣共

6 海崎：座頭鯨，學名大翅鯨，也叫做巨臂鯨。大型鬚鯨，胸鰭占身軀的三分一。

澹澹的polo衫摸起來拭腹肚。

3

「蘭，我的碩士論文已經寫一半矣，半驚島的百年海洋文學，是最近誠熱門研究主題，指導教授對我的期待足大……」

透早六點外手機仔噹一聲，是雨篷傳話過來。

「拚暝車，猶未睏？」

「是啦，愈寫愈有趣味，按算後個月欲完成第五章。」

「加油！」

白波蘭愛睏神猶未過，簡單應幾句共手機仔囥眠床邊，眠眠目睭瞌落去，無疑悟過無一分鐘猶閣噹一聲。

「蘭，你共論文大綱囥咧，已經環島踏查半年較加矣，到底按算幾年才欲出業咧？」

「彼無重要啦！」

「唉，一个查某囡仔孤身人四界去足危險呢，敢會使等我明年提著碩士才陪你去行踏？」

「緊去睏啦，我嘛欲繼續睏……」

手機仔原在噹噹叫，白波蘭應信共關靜音，揀去較遠的床墘。

這張床不止仔闊曠，是總鋪式的枋仔床，頂頭舒（tshu）一領草蓆仔（tsháu-tshio̍h-á），天蓬看著竹管的楹仔（ênn-á），地面猶閣是光滑的冇塗。遮爾仔清彩的寮仔窮實誠無合蹄，不而過伊按算愛佇遮誠久的時間，厝租俗、離海邊近是上重要的考量。

白波蘭是汫水鎮的人，阿爸佇河邊開餐廳，阿母也佇店內鬥幫忙足無閒，所以從細漢三兄妹就交予中年就守寡的阿媽照顧，上下課相跟綴，抑是招隔壁的囡仔做伙行。那耍那讀那大漢，逐家攏預料讀無冊，初中出業就愛去餐廳鬥相共矣，想袂到歹竹出好筍，大兄白礁生外向愛迌迌（tshit-thô），下課走抛抛，習題無寫定予老師罵，毋過頭殼誠好，高三拚一年就考牢醫學院，這陣是天良醫學院牙科大六，明年就欲出業矣。講著白波蘭，性素變化較大，不過仝款是好筍，伊從國校就是資優生，尤其有外語天才，上課免聽干焦看電視就共英語學甲削削叫，智商懸甲百五，算是怪胎。不過世間事無十足，往往有福就有禍，小弟白金沙，外表看起來秀氣恬才的屘（ban）囝，相命仙講將來會做名醫，錢水像海埔的沙遐爾仔濟，所致號名金沙。無疑誤佇十歲彼年就失蹤去，二十年來行蹤不明，貼佇車頭「失蹤人口」的告示這陣已經無閣出現伊的形圖矣。

波蘭大學讀天良學院現代文學系，參翁羽帆仝班。大頭大面的青年，講話溫柔閣趣味，個性像帆船順風誠有人緣，外號掩雨篷。青春正當時，雨篷的心誠緊就予這个頭毛被肩、躼跤大目睭的女同學吸引去矣！

仝班的同學女性占七成，查埔的才十外个，算是一比三。不而過雨篷並無注心佇遐個性活潑、定定招欲去郊遊的女同學身上，顛倒逐時佇上課中間，越頭去看孤一人坐佇上後壁的白波蘭。波蘭……波瀾，雨篷對海洋非常興趣，干焦這个名字就予伊誠佮意。伊定定佇課椅頂想著波蘭的頭毛若流水，風吹過會起湧，目睭眨眨䁪，閣親像暗時海上的天星，想甲戇神戇神。

不而過白波蘭敢若無好扭搦，對誠有查某囡仔緣的雨篷一點仔興趣都無。毋管雨篷佇伊邊仔踅來踅去，假無意掰頭毛摸頷頸，伊攏無擇頭。雨篷共拍招呼，嘛是「嗯」一聲就閣做伊看冊。

雨篷想無步，一直到下學期的通識選修，這種無蓋重要閣袂使無的課程竟然共伊帶來好機緣。

佇下學期開學兩禮拜前，天良學院所有的學生必須上網選修通識課，白波蘭興趣彼門「生物多樣性」的課程，動作傷慢搶無著，紲落抽籤，也是抽無著，只好提去拜託老師加簽，無疑悟人數傷濟老師不准。想無步，只好去選伊上討厭的「海洋科學」。雨篷上興趣海洋，波蘭蓋排斥，會選仝門課，拍算是天意。

學期開始頭擺上課，波蘭早早就去坐佇上後壁內底角彼位，雨篷較慢入來看著，心肝頭嚓（tshiàk）一下，較緊拜託原底坐佇邊仔桌彼个女同學去坐別位。「白波蘭，咱選仝款的呢，好 ōo 誠好 ōo ！」毋過波蘭原在無擇頭看伊，干焦「嗯」一聲，閣犁頭看冊。

擔任這門課的是五十外歲頭毛誠短的女老師，個性ȧt-sá-lih，學期中欲分組，並無予學生家己佮篷，而是佇講台比手畫刀，「遮到遐，遐到遮，這箍圍仔第一組，彼箍圍仔第二組……」一分鐘內就分組完成，雨篷非常歡喜，誠是天賜良緣。

期尾報告題目：「對電影看海洋科學」，一組六个人。

下課了，分配任務，隨就有兩个引欲做整理、拍字、簡報設計，按呢另外四个，包括雨篷、波蘭就愛進行研究報告。

無課的時陣，四个人就招去咻咖啡討論。

「先決定佗一齣電影，愛參海洋有關係。」雨篷主動提頭發言。

「《鐵達尼號》。」

「《大白鯊》。」

「《小美人魚》。」

「《海底兩萬里》。」

「《深海奇獵》。」

逐家分別提出幾若片，並且小可介紹內容，多數是米國電影。波蘭對海洋無興趣，相對毋愛看這類的電影，伊一直恬恬無出聲。

「白波蘭，你有啥物看法？」雨篷掠波蘭金金相。

「這⋯⋯這⋯⋯」波蘭表情歹勢，一時講袂出來，其他三个人攏齊看伊。

「拄才上尾仔講著《深海獵奇》，用藏水艇深入烏暗的海底，佇彼種參世間隔離的所在，探查足古早性命的源頭，了解一寡罕見的生物，誠有意思。」波蘭聲音輕輕，講話條理分明。

「誠好，誠好，就選這齣來研究。」雨篷隨就決定討論這片電影，另外一男一女的同學並無異議，就按呢決定。

佇咻咖啡討論的中間，波蘭頭擺認真看雨篷。這个男同學，穿插擎欶（pih-tsah），頭毛烏金面模仔四枋，誠清氣的款勢。尤其伊講話的時目鏡剝落來，彼兩蕊有靈魂的目睭，隨就共波蘭的心吸倚去，閣敢若一見鍾情呢。

波蘭毋捌看過《深海獵奇》，拄予雨篷更加好的機會，想袂到這个選修課程的促成，兩个人煞變做悉出悉入的班對。

想著交往的緣份佮中間的變化，波蘭有時嘛會吐大氣。

對《深海獵奇》的興趣是因為內底有神祕的深海生物，基本上波蘭對海洋是發自內心的討厭，加上莫名的恐惶，這種排斥的心理漸漸造成伊佮雨篷中間的矛盾。佇大學時代，雨篷盡量遷就波蘭的興趣，走動物園、博物館，去野外觀察鳥隻蟲豸，參波蘭做伙翕相佮關心樹林的生態。

個做伙考牢天良學院的文學研究所，延續做伙出入校園的交往，毋過因為研究方向差足濟，矛盾開始擴大。

雨篷做海洋文學研究，波蘭行文學創作路線，有誠濟超現實、奇幻的詩佮小說捌發表佇報紙雜誌，嘛得過幾若个文學獎。毋過誠龜怪，伊就是對雲光水湧、黃昏波紋、白沙埔、防風林、大管仙（招潮蟹）、半驚島原生的暗蟬……種種攏無一點仔興趣。

對雨篷來講，題材五花十色的海洋文學，包括海洋生態、漁業捕掠、討海人生活描寫等等，閣最近流行的歷史小說，大航海時代的故事、殖民過程，加上反向思考：用小小的半驚島做大海洋的中心，遮攏加添研究的豐富佮趣味性。所致一入研究所，隨著掠定「半驚島海洋文學史」做研究方向，而且誠緊就提出研究題綱。

雨篷開始拍算沓沓仔培養波蘭親近海洋，解除伊的心結。有一工佇課後招另外一个男同學兩个女同學包括波蘭，欲做伙去汫水河口的萬里海岸行踏，波蘭可能驚伊無面子當場答應，事後閣反悔。這回雨篷心內誠袂爽，煞堅持欲去。

彼一工雨篷誠暗才轉來個稅厝的所在，隔轉工睏足晏，波蘭看手機仔閃一下，共看覓，是另外一个女同學傳話，講甲誠曖昧，這時陣雨篷抂好精神。

「你昨暝哪遐暗轉來？」波蘭目睭展大蕊質問。

「就去海邊啊，敢毋是講過矣。」雨篷聲音誠懶屍。

「去海邊做啥物代誌愛遐晏轉來？」

「就是遐踏查的代誌嘛，你敢毋是攏無興趣？」

「所以你就揣別的查某囡仔去？」

「譁（hooh）！誠是横横翱，無講理。」

一來一去，溫馴的波蘭煞聽甲起性地，共手機仔摔眠床頂，走出去。

4

波蘭內心足鬱卒，家己一个出去烏白踅，行對汫水鎮的科學博物館來。

入門就看著「奇幻國」，一个軁迵時空、融合古早佮科幻的「聲光之城」。展廳有一座中古世紀歐洲城堡的模型，是以聲音佮光影做主題的科學展覽。波蘭佇魔法聲林看一觸久仔，閣行過幻影村，對現實世界閃入來奇幻的所在，鬱卒的心情小可消敨。

紲落的「夢想號」，是用船隻為主的空間，悉領逐家航海去「雪地聖誕島」、「東方小島」佮「熱帶的島嶼」，體驗生活科學，基本上是兒童、少年咧耍的所在，不而過也予大人誠好的想像空間。

波蘭佇地下室的「化石館」停較久。猛獁象、劍齒象、古鹿、鱷魚、貝類種種海相、陸相的生物化石深深吸引著伊，遮古早的生物生張參這陣的差足濟，尤其佇深海的特殊生物散發神祕氣味。原始的海翁有四肢跤，是兩棲動物？仙想嘛想袂到。

伊倒趖正趖閣行過幾若个展示館，感覺無啥趣味想欲斡出去，無張持有一个關絚絚（kuainn-ân-ân）的門縫傳出一陣一陣奇怪兼神祕的聲音。是啥物款的展覽？好奇的波蘭揀開門行入去。

雄雄一个大湧tshiûnn過來，險予揀倒出來，拄徛定，換一个大湧像手捞硬共拖入去，閣托上天頂，煞落摔落地板中央，倒直直。

曠闊的地板已經有倒一堆人，目睭神神看向四面八方。

U……一陣長聲對北爿軁過來，後面連幾若个短聲嗯……嗯……嗯，四箍輾轉若一群牛嘛嘛吼，閣有狗吠的聲音。

忽然間一隻翼股足長的大海翁對頂頭沓沓仔飛過，毋是，應該是泅過。伊直直插落來，軁過波蘭的身軀，一觸久仔，佇深海底竄出來，躘出水面十外尺，瞬間翻身倒摔向（tò-siàng-hiànn）摒落來，迸一聲！規天地齊振動。伊按呢連續摔十外擺，才藏落水底，向西爿泅過，遐有千萬隻的小魚幼蝦耍甲誠歡喜，無疑悟大海翁大喙一開，全部攏綴海水欶入去。

波蘭看甲咇咇掣（phih-phih-tshuah）、懼懼顫（khū-khū-tsun），想袂到大海翁煞向波蘭遮衝過來，伊閣再開喙共海水吐出來，bȯk-bȯk叫，雄雄波蘭看著一个人影佇湧中閃出來，啊，阿沙，已經十外冬無見面的小弟。「阿沙……阿沙……」波蘭叫袂出聲，目睭金金閣看阿沙綴湧花消失去。

波蘭愣去一觸久仔，u……u……的聲音佇輕柔親像幽靈的歌樂中，沓沓遠去，紲落，佇數千公尺的深海中，敢若絞發條的聲音tȧk-tȧk叫，愈來愈大，大甲予人驚惶，是毋是炸彈欲爆炸？

小可清醒起來，竟然目睭前出現一具非常大的烏色棺柴，沓沓仔漂過來，煞變做泅，uȧh……猶是大海翁，伊鬢邊有細細蕊的目睭掠我金金相，一疕（phí）仔下頦兼做喙脣，開咧合咧毋知是欲共我講啥物？

波蘭這回煞陷入幻想的深海，伊飃佇海草邊仔唱囡仔歌，囡仔時陣一寡快樂佮恐惶的代誌，一幕一幕出現。

這是一个540度環場投影的數位科技展覽場，強調沉浸體驗，規工一場一場連紲演出，觀眾一批一批進出，波蘭踮遮倒足久足久，到甲博物館的工作人員共叫精神。

「這是一个啟示！」波蘭目睭金爍爍共彼个穿制服的oo-bá-sáng講，oo-bá-sáng那關門那搖頭吐氣，拍算認定這个查某囡仔頭殼有問題。

5

這个奇妙的遭遇佇波蘭的頭殼內雷光爍爁，炤出隱藏足久的記持。金沙無去矣，這起事對波蘭來講是永遠毋敢想也禁止去想，這道光予伊閃出一絲仔希望。

總是，這回環場投影的科技展覽，予波蘭堅決遠離海洋的心念動搖矣，伊積極想欲親近海翁，了解這種神祕的海底生物。

頭起先，伊對海翁的智識誠粗淺，干焦知影有海翁佮海豬的分別。國校時陣，捌參阿爸阿母去海洋生物館參觀，兩隻白海翁佇足大的玻璃櫥仔內底泅起泅落，誠歹轉身。白海翁規身軀圓圓huî-huî不止仔古錐，毋過大海洋的動物困佇遮爾小的監牢內，想起來嘛誠可憐。而且一年外來波蘭沓沓仔深入海翁的智識，初次了解這種白海翁的壽命，佇海洋會當活甲三十五歲，關佇海生館凡勢活無十歲，按呢敢袂傷殘忍？

從細漢阿爸阿母就無愛予囡仔學泅水，而且禁止個無大人陪伴，家己走去海邊溪邊耍水，毋過活骨的阿兄悉隊去，拍滂泅、死囡仔麗，無偌久逐家就攏足勢泅矣，干焦序大人毋知影。不而過自從小弟金沙失蹤去就閃離離，毋捌近水邊矣，這馬閣再來親近海洋，像是人生的海豬仔踅，誠大輾的轉彎。

佇這个海翁嶼，波蘭上要緊的是訓練落海藏水沬的工夫，而且愛熟似各種器具的使用，伊目標是欲佇海底親近海翁，尋揣開剖彼个啟示的門路。大海翁，尤其是抹香鯨，這種討海人叫做棺柴頭的大型海翁四常佇伊夢中出現，無面腔的正面泅過來的時，干焦聽著神祕的，親像挨發條的聲音，等甲伊的面像揀城槌從過來的時，規个世界齊四散去矣，包括伊分佈佇頭殼頂、鬢邊、下斗的鼻目喙也做一下噴甲規海面，參日頭光做伙閃閃爍爍，溶入雲中。敢是攏走去海神的宮殿？

彼是可能會當參小弟相逢的所在。

會記得佇彪山斷崖東南的海面，捌跟綴「賞鯨團」去看海翁。見擺出海，逐家穿救生衣充滿希望，毋過看會著袂愛憑運氣，為按呢，有人一工連坐幾若班。

佇賞鯨的船逝（tsûn-tsuā），波蘭捌看過和尚頭、烏白郎君、大白肚仔、尖喙仔、花鹿仔（熱帶斑海豬）。一段時間的感受，了解這个海翁海豬對人無警戒心，看著人袂著生驚，也袂有惡意。比如風聲會攻擊人的虎鯨，經過加油添醋，共號做「刣人鯨」，講這種會當大甲九公尺長、七噸重的海翁，是「地球頂上大隻的食人動物」。窮實伊雖罔是海上霸王，一擺聽好食十三隻海豬、十三隻海豹，毋過予咱想袂到，伊對人類卻是有親切的友誼，閣永遠笑微微，這誠是龜怪莫名的代誌。敢講這个烏白郎君也親像布袋戲內底，彼个個性狂傲豪氣萬千的郎君，惡鬥儒俠史豔文佮罪魁藏鏡人了後，煞分化做善惡兩體？

上趣味的是尖喙仔，一支喙尖buí-buí，非常活骨的特技演員，個規群做伙，見擺若感覺有人咧欣賞，就十八般武藝盡展，舞甲予船頂的觀鯨客目睭花瀌瀌，喙仔笑微微。

不而過佇這个區域，一直毋捌看著抹香鯨，佇夢中參伊講話的形影。依照海翁的智識紹介，抹香鯨佮座頭鯨熱天應該是佇北極的寒天雪地，年底才會來南方避寒。毋過根據新聞報導，大抹香鯨有幾若擺佇西海岸靠沙（khuà-sua）犁上海沙埔，有時春天，閣有時熱天，誠是無定著，敢講這嘛是人類科技開發極端發展，地球氣候變遷所致？

揣來到海翁嶼，總算是上蓋適合親近抹香鯨的所在矣！

「抹芳芳的海翁，規身軀攏是湧花沖袂去的水粉……」雨篷用充滿詩意的字句來描寫抹香鯨，佮討海人用頭殼形供體的「棺柴頭」形成強烈的對比。

今仔日波蘭睏甲欲晝仔，起床了後頭一起事就是款牲禮來拜四面神君海王爺。海王爺雖然無足明顯是屬佗一種海翁的化身，毋過佇海翁鄉，自古以來就共認定是抹香鯨，準講討海人共叫做棺柴頭，佇神廟的神蹟記事內底，也寫做是「升官發財的好彩頭」。也因為認定是抹香鯨，所以逐工廟公一開廟門，就愛共神明拭身軀挵芳水，處理甲規間廟芳貢貢。

另外，拜海王爺也毋是用三牲四果抑是鮮花，而是鰇魚佮墨賊仔。抹香鯨上愛深海中一隻幾若百公斤的大王墨賊、大王酸漿魷[7]，拜拜用細隻鰇魚佮墨賊仔也是誠大的敬意。不而過這種牲禮佇熱天無偌久就發散強烈的臭臊味，參規廟寺的芳水味參濫做伙。尤其是海王爺生日的時陣，牲禮非常濟，芳水煞用規桶的，用淋的，變做欲來遮閘臭臊味。

海王爺四个面分別保庇四項，毋過愛情、事業、健康、財運攏毋是波蘭目前想欲追求的，所致伊供奉牲禮、點香拜拜是向其中一个空縫。來海翁嶼進前，伊佇龜鱉港的一个中心參加短期的藏水沬訓練，彼个教練看伊是一个恬靜文氣閣瘦抽的查某囡仔，問伊為啥物欲學藏水沬？聽講是欲落海揣大海翁，哈哈大笑：「你需要去拜媽祖婆求保庇啦！」毋過這陣求的是海王爺，應該比媽祖較有效。拜拜了後，伊詳細

7　大王酸漿魷：屬十腕目酸漿魷科，體型非常大，身長十二至二十米，有足大的圓鰭佮目睭。

觀察海王爺的目睭，重巡一逝、兩逝、三逝⋯⋯竟然直直生漩，變甲規粒頭殼攏皺紋。波蘭煞感應家己是佇海底，一大片烏暗的茫霧，愈積愈重愈積愈重⋯⋯雄雄抹香鯨的目睭矚一下，規个海底百千粒星閃閃爍爍，這是海底天？波蘭深深敇一口氣，海王爺頭殼的皺紋隨就消失去，變甲金金滑滑。這時陣，一片白雲飄過去，波蘭擛頭看，天頂非常藍非常藍，藍共予人赤紅的心肝也反藍，藍甲會疼，予人強欲哭出聲。透世人毋捌遇過這款，這是啥物款的靈視呢？

「波蘭，你這陣咧做啥？」手機仔噹一聲，共波蘭叫精神，屏幕浮出來的是雨篷的頭像，「我拄才寫一首超現實的詩，想著海翁鄉的骨頭化石佇雺霧中沓沓仔生肉，活起來，一隻一隻跳落海中央。」

「你的文學幻想煞比夢境走較向前！我誠實愛加油矣！」當咧寫文學論文的雨篷無法度阻擋波蘭對海翁的沉迷，換做開始舞弄相關的文學創意。

「我有約好平底船，等咧欲出海，下暗才閣講。」

波蘭予講一下煞愈急欲落海去泅揣夢境，彼定著是一个大喜劇，會當翻捙一生的悲感，變做無限的暢樂。

6

下晡是這禮拜第三逝出海。十一月外矣，農民曆頂頭出現「立冬」的大紅字，海水淡薄仔生冷，若毋是氣候變遷，島上的欒樹應該是花蕊焦蔫等待欲落子，無可能像這陣猶閣黃錦錦（ n̂g-gìm-gìm）。

漁船已經共漁網漁具提走，這陣專門載學者、研究生、攝影家出海揣海豬海翁。波蘭誠四常摻佇四、五个人中間，這擺伊要求莫超過三人，欲加付船租，結果只有一个鯨豚研究中心的義工做伙出海。

「這站仔攏食潘（phun）的較濟。」海口腔足重，皮膚烏趖趖，規喙檳榔的船長發仔，講話豪爽直接，伊無咧插潲（tshap-siâu）啥物學名俗名，反正遮掠魚的、海跤仔逐家攏按呢叫。海豚、海豬，就是食潘的，座頭鯨就是海崎，抹香鯨，叫做棺柴頭，參雨篷充滿詩意的「抹芳芳」天地之差，㩳（sông）閣有力，毋過誠符合個的形體。

一觸久仔爾爾，船已經駛離海岸一浬外矣，遠遠海翁嶼親像一群海翁倚做伙，莫怪較早會對一鯤鯓號甲七鯤鯓，廟寺也有「雲尪逍遙宮」、「迌迌仙宮」等等。根據古早莊子《逍遙遊》記載：「北冥有魚，其名為鯤。鯤之大，不知其幾千里也。化而為鳥，其名為鵬。鵬之背，不知其幾千里也……」鯤是啥物款的魚？講法足濟種，不過波蘭較倚意的，鯤應該是長長翼股的座頭鯨，蔪然仔大隻，歌聲足迷人，是海中大型的飼奶動物，毋是魚。

彼个少年志工兄叫阿同，剃三分仔頭，兩爿耳仔擛擛足顯目，伊提起頂禮拜一隻抹香鯨犁上海沙埔的代誌。

「彼隻抹香鯨較臨五十噸十五公尺，起先犁佇七星河口的沙埔，研究中心發動研究員、義工團體五百外人，三隻拖船，舞弄一暝日才共揀轉去深海中。想袂到過兩工猶閣泅轉來犁上沙埔，親像堅心欲赴死。」伊講甲激動的時陣，連兩枚長耳也振動起來。

「伊誠是無偌久就死去矣，經過檢查，腹肚內有幾若綑魚網仔佮大堆塑膠袋仔，懷疑是破病死的。不而過，也有人講是回聲定位的導航系統受損，也就是被干擾所致。」伊習慣性雙手摸兩粒耳仔，身軀幌一下。

抹香鯨犁上海沙埔的故事，波蘭聽過幾若擺，有大隻有細隻，有的順利送回大海，毋過這擺較無仝。

「這隻十五公尺長的大海翁，起動大型平板卡車欲運去研究中心處理，想袂到佇經過蘭城鬧熱的市區時陣，雄雄發生大爆炸，皮肉、膩瓤（jī-nn̂g）、腸仔肚噴甲規條快車道，有的閣彈入去店頭，臭甲無人接載（tsih-tsài）會牢。」

志工阿同愈講愈激動，波蘭也聽甲誠感嘆：「這敢講是用倒彈的爆炸，對環境開發破壞大自然的副洗佮抗議？」

本底目睭直直看頭前的船長發仔，越頭影一下：「阮討海人毋捌遐複雜的，生態保護啦，氣候變遷啦，啥物碗糕道理，不而過海上遮的白肚仔、和尚頭、烏白郎君、棺柴頭……大大細細攏嘛是好友，除了……」伊閣呸一喙檳榔落海，「講著彼種規身軀烏趖趖的，烏鰆啦，姦伊娘咧，一擺食掉我漁線頂十外尾串仔！串仔，一尾兩三萬的串仔呢！」串仔就是鮪魚，烏鰆學名偽虎鯨，外觀參烏白郎君差足濟，按怎號做假虎鯨，波蘭誠懷疑。

佇開講中間，雄雄遠遠的海面絞大湧，一个四枋長株，親像大隻bá-suh的頭殼軀出海面，滾躘一下閣軀入去，隨後用大葩尾佇海面用力拍一下。

「棺柴頭啦！」船長發仔先喝咻起來，紲落少年同仔、波蘭一時激動也綴喝棺柴頭。

船隨就加速追向棺柴頭消失去的海面，毋過一片恬止止，干焦一群海燕仔飛過去，拄才的場面滾一个泱喥人爾爾，連鞭予逐家吣噗惝的心閣無力去。

「佇遐！佇遐！咧噴啦！噴啦……規群的……」阿同目睭金耳空靈，一哩外遠就看著，毋過無偌久，魚尾攏沉落去，規群海翁一下仔又閣失去形影。

棺柴頭愈泅愈遠，漁船愈逐愈倚深海，遮附近有一條三千公尺深的烏水溝。小漁船爾爾，船長發仔開始有淡薄仔煩惱佮躊躇，伊越頭看波蘭，毋過波蘭直直看頭前攏無矚目。

「閣噴水啦！」這回換波蘭吱甲足大聲，頭前出現的竟然是非常大隻，規身軀烏趖趖的抹香鯨。伊無走遠去，顛倒泅倚船邊。

船長發仔拍算頭一擺遇著，駛船的手煞會掣（tshuah），敢若毋知欲按怎。

這時陣，海翁目睭掠波蘭金金相，頭殼小可敧敧，一港水氣煞噴對波蘭的面，波蘭神神攏無走閃，閣敢若見著親人。

「我欲落來海底……」波蘭叫船長佮阿同小等一下，伊欲參大海翁落去海底踅一輾。個對波蘭的水性佮海洋經驗誠無信心，也是擋伊袂牢。

波蘭本底就穿防寒衣，伊閣揹sáng-sooh、掛藏水鏡、穿四跤仔鞋，一下倒摔向（tò-siàng-hiànn）就栽落海，泅去海翁身邊，紲落跟綴伊藏入水底，閣敢若本底就約好的。

大海翁插入海底的瞬間，尾溜翹起來大力拍一下。

「金色的！」船長發仔佮阿同仝時間大喝一聲，喙開足久猶無合起來。

7

直直藏，直直落，無偌久來到五百公尺深。陰陰暗暗淡薄仔光，頭前有一群抹香鯨，較臨十外隻，攏插直直浮佇深水中袂振袂動。

「睏甲當落眠。」有一種聲音無親像人的話語，而是佇頭殼的空縫發出來的，波蘭竟然會感應著，家己也莫名其妙。

波蘭恬恬仔沓沓仔進入大海翁的世界，金色的尾溜一直佇頭前炁路，愈插愈深愈插愈深……佇凄冷暗烏的所在，五百公尺、一千公尺、兩千公尺直直落去。這是水底的絕峰嶺，金色的尾溜是一葩顯目的明燈，予波蘭袂佇茫茫渺渺的世界迷失家己。伊是海神的化身，到底欲炁我對佗位去？

共sáng-sooh揤掉、水鏡剝掉、四跤鞋tu̍t掉，自由矣，一大群細隻魚泅過伊身軀邊，五彩的、長株的、四枋的、圓的……四面八方540度的環場投影佇這个所在實在出現，兩千公尺的深海中，波蘭的喘氣親像佇水面遐爾仔平順，遮到底是水底抑是天堂？

閣跟隨金尾溜進入一大抱青綠綠的海草林，逐欉十外丈，浮浮搖搖，雄雄烟聯手共波蘭托起來，予伊直直騰佇草仔頂，柔柔鬖鬖的頭毛垂落來。傳說中的海崎之歌沓沓仔佇水底湠開，參挨來捒去的水湧交響，遠遠閣有海豬音的歌聲踅來踅去，這敢是海神咧唱歌？

柔軟的海草眠床共波蘭服侍甲誠四序，敢若伊是上高貴的公主，是海神重要的人客。

「波蘭，阿姊！」有一隻魚，一隻人……啊，是一个人泅過來矣，伊哪知影我的名字，閣兼叫我阿姊？

少年家較臨二十出頭歲，看著誠面熟，銅色的皮膚，尻脊有短短彎鉤形的魚翅，手盤也發一點仔。波蘭坐起來，兩个人相相（sio-siòng）。

一觸久仔，波蘭雄雄想著，目睭圓棍棍，大喝一聲：「阿沙！你是阿沙！」

失散十外年的姊弟仔竟然佇兩千公尺深的海底重逢，敢毋是神蹟？細漢時陣，波蘭參小弟上親，雖罔伊足愛共阿姊創治，毋過波蘭足疼伊，親像上重要的寶貝。

「你失蹤十外冬矣，到底是走去佗位？」波蘭掠阿沙金金相，心內久年結規毬的憂鬱做一下敨開，目屎流甲四淋垂。

阿沙的失蹤，是波蘭一直積佇心肝頭的疼。

彼時陣，阿兄礁生初中二年，波蘭國校六年，金沙才四年。一个拜六下晡，活骨愛耍的阿兄無管阿爸阿母的嚴令，偏偏仔招兩个同學兼小弟小妹攏總五个人，坐渡船過汫水河，去十里金沙埔耍水。

「號做金沙，無去過金沙埔會予人笑。」阿兄堅持阿沙愛做伙去，波蘭起頭反對，落尾也去予阿兄半壓半說服去。窮實阿兄對序大人特殊疼細囝，共號做金沙，共家己名做礁生，親像石頭空熁出來的這件代誌不時咒讖佇心內，雖然彼是相命仙的問題。

彼工拜六時仔人誠濟，大人佮囡仔一組一組挖沙、疊沙尪仔、走相逐，也有人搭布蓬鋪麗椅，專門相遐布幼仔一眉眉仔的婧姑娘，相甲無矚目流喙瀾。少年家就較愛落去行踏海湧，戽水相噴，抑是泅出去離沙灘無偌遠的所在。

阿兄礁生展雄神，連鞭就舂頭落水，逐家攏捌佇溪邊泅過，只是海水無仝，一湧來一湧去當咧漲流，湧花沐沐叫，淡薄仔恐怖。

金沙予礁生牽落水行進前直直去，波蘭半途參另外兩个共身軀覆落來，予海水溢來溢去。熱天時仔日頭赤焱焱，浸佇水底足心爽。

「來啦，來啦！水無蓋深，跤攏踏會著。」個佇較臨十公尺外的海水中央喝甲足歡喜，波蘭躊躇一下仔也跟綴去。

阿兄較勢，連鞭就掠篙泅，倒爿正爿一逝來一逝去。金沙干焦會曉拍滂泅爾爾，後面三个攏死囡仔䖙，雙跤踢水噗噗叫。

一觸久仔，逐家攏徛起來。礁生水淹到胸坎，波蘭個三个到肩胛，干焦金沙淹甲頷頸，波蘭心頭有一點仔不安，大聲共喝。

「阿沙，遐傷深緊轉來啦……」

想袂到波蘭拄才喝出聲，雄雄一个痟狗湧摃過來，正正對礁生佮金沙頭殼頂崁落去。水退的時陣，礁生幌一下險反過，金沙人細漢跤浮浮，煞予海湧絞出去，礁生伸手欲摸已經袂赴矣。

欲暗仔起風也起大湧，絞滾一輪閣一輪，金沙一觸久仔就揀足遠去矣，四个囡仔當齊哭起來，邊仔的大人要緊去逐救生員。

較臨十五分鐘，兩个烏閣粗的救生員跳落水泅出去，可是揣半點鐘全然無影跡，閣泅倒轉來。無偌久，汽艇出現矣，三隻船分三个方向去搜查，直直揣甲日頭落山嘛無看著。

這陣佇防風林撩僻的所在，礁生面仔青恂恂，波蘭哭甲目睭紅絳絳，另外兩个戇神戇神，毋知欲按怎。

「逐家聽予好，大人攏交代咱袂使家己來海邊耍水，這馬出代誌矣，若予個知影，會罵死拍死啦！」礁生目睭睨惡惡，一个一个掠咧看。

「咱逐家做伙約束予好，這起事絕對袂使講出去！」

礁生用柴箍佇沙塗頂挖一个窟仔，共金沙的外衫褲埋（tâi）落，塗坎平平。閣共長樹枝扼（ik）五節，當做香拜拜咒誓，講出去的人，會予雷公損死。

就按呢，五个毋捌事的囡仔講通和，共序大人報告：下晡去港邊彼條上鬧熱的街仔迌迌，人濟甲足歹相閃身，金沙行佇上後面，想袂到斡過兩條街仔煞無看著人矣，逐家佇遐揣甲日頭欲落山人漸漸散去，嘛是揣無影跡。

波蘭的阿爸阿母驚一下面仔變色，毋知通做生理要緊走去派出所報案。依照警察判斷，予人頭販仔掠去的可能性較大，個會通報各地方警察單位鬥注意。講鬥注意，窮實就是立案等待。

隔兩工，《天良時報》登一件地方新聞：「前日佇泔水河對岸的十里沙埔，有一个囡仔予痟狗湧割去，出動汽艇搜救揣無影跡。當日暗時起大湧暫停，隔轉工閣加入直昇機空中巡查，也是無揣著。搜救隊判斷，可能流對外海去矣。」

就按呢一工過一工連鞭七年矣，已經超過會使準做死亡的法定年限。阿爸阿母向望的金沙無去，個煞轉向看對大漢囝來。礁生也總算無予個失望，考牢醫學院做醫生。「算命喙糊瘰瘰。」阿爸若咧共人品的時陣就會加這句。

毋過十外年來，波蘭也無接受小弟死亡的講法，伊四常夢著阿沙，魯濱遜漂流記，佇荒僻拋荒的小島度過二十八年，阿沙才十外年爾爾，閣講嘛猶有浩劫重生的故事，一个工程師飛機失事佇南洋無人島蹛足濟年。總是，佇波蘭的心內，一直認定阿沙應該猶閣活佇世間。

「阿姊對不起你。」波蘭講煞共小弟攬牢牢，兩个人大聲哭。

金沙隨後也講出伊予海水絞出去了後的遭遇：我佇大海中浮浮沉沉，有時昏去有時清醒，有一擺攬著一枝水柴，毋過頭殼楞楞（gông-gông），無偌久就放開，死死昏昏去矣！

閣再精神的時陣，竟然是佇一个烏暗的山洞內底。感覺山壁溼溼漉漉（tshî-tshî），閣烘烘有溫度，共抑看覓，Aih-iô-oh，是肉做的！洞外有水聲沐沐叫、咻咻叫，中間閣有音樂聲，懸懸低低節奏誠奇巧好聽。

我睏去閣精神幾若擺，毋知過偌久，雄雄山洞門拍開，誠大誠大空的洞門，口面大港海水溢入來，隨閣大大下吐出去。

我煞綴海水絞起去一片礁石頂頭，邊仔有水草佮硬枝幼葉植物敢若水沅花（海芙蓉）。順樹枝佮石頭的空縫控（khàng）起去，目睭前是一个小島嶼。

誠是足小的島嶼，除了大量的水沅花，林投仔也發規排，有幾粒仔黃色成熟的，先摒來止飢。

隔轉工，有一隻烏白相摻、喙仔笑微微生做誠古錐的海翁泅來礁石邊，伊竟然是咬魚仔來予我食，閣來每一工有無仝款的海翁出現，個毋但帶來魚蝦，有時閣會佇海上唱歌跳舞，這是啥物款的世界？

日子一工一工過，我參遮海翁濫群幾若冬了後，四常綴泅水藏沬，竟然沓沓仔聽知影個的話語，閣較奇巧的，佇仝款的生活環境、食物、行為、言語中間，我煞漸漸演化，頷頸、手盤發出短短的魚翅，而且更加進一步，我的耳空頂出現空隙（khang-khiah），閣生成親像魚鰓（hî-tshi）的器官，自從按呢了後，我就會當參個佇深海中出出入入，足久毋免換氣。我想家己已經參海翁仝族矣！

也因為變成海翁族，得著信任，才有機會綴個去海底城泅踅，正式行入海翁的世界。這个世界是足深足深的藍色的海中天，佇遮，海翁是海底的智者，統治者，海翁族群佇遮是用飛的、用滑的，個的速度勝過地面天頂的鳥隻。講著海翁城，伊的城牆是百萬年來，海翁的目屎組成的。遐的目屎會發出夜光，形成一个光顯顯鬧熱的城市。

海翁的領導者，是金尾溜的抹香鯨，百萬年來代代相傳，無爭論，無戰爭，海翁是海洋世界的神族，無敵手，也會使講無敵人。有真長一段時間，伊上大的敵人是人類。人類用捕鯨船掠海翁，對熱帶逐甲寒帶，對南極逐甲北極，誠夭壽！聽講這幾年來人類已經足少掠海翁矣，原因是予座頭鯨的歌聲感化，毋是用刀劍武器，而是歌聲，這是連上帝也想袂到的代誌。

海翁足勢做夢，海翁醫生會當用夢進入別人的世界，泅踅伊的過去佮未來，知影伊的心事。有時也會進入人類的夢，毋過愛這个人參海翁有特殊牽連。悉阿姊來遮的金尾溜是第三个海王子，伊就是透過夢境知影你的代誌。

閣較頂真講，窮實你稅厝佇遐的海翁嶼，參海翁城有真深的關聯。你今仔日來足久矣，驚體內氧氣無夠袂堪得，後擺才閣沓沓仔講予你聽。

講到遮，金沙身軀輕輕振動，共阿姊摸起來，寬寬送伊浮往水面。

8

波蘭浮上水面已經是兩點鐘後的代誌矣！二十公斤的sáng-sooh通常會當維持五十分鐘爾爾。船長發仔佮阿同煩惱甲擋袂牢，準備欲通知救難隊矣。

是金尾溜的海翁共托上水面的。波蘭尻脊後的sáng-sooh猶閣佇咧，只是欶管無接佇喙，水鏡佮四跤仔鞋嘛攏無去。

「金沙，金沙……我揣足久的寶貝，揣著矣！」波蘭上船頂，若昏迷若眠夢，喙內詬詬唸。

船長發仔聽著「金沙」、「寶貝」目睭突然展大蕊，抑倚來欲聽較詳細。

海翁嶼是罕見島嶼，傳說中的故事層層疊疊，鄉民十喙九貓，足濟人講無仝款，不而過上迷人的是遮有萬年寶藏，彼是古早一个童乩起童（khí-tâng）的時陣講出來的，伊唸的七字仔詩句內底暗示：「深海寶藏藍中藍，腹內顯光膽內膽」，毋過無人知影確實的意思，只是粗臆，寶藏是藍寶石，膽內膽可能是誠有膽量的人才得會著。

波蘭總算共一个失落十外年的夢抾轉來，大大消敨心內的憂鬱。參小弟金沙重逢矣，伊是波蘭隱藏佇性命中的寶貝，而且這予伊對海洋世界的神祕、趣味更加想欲進一步了解，這應該是上蓋精彩、上值得了解的海洋文學題材。

「雨篷，我落深海行一逝矣！」伊共經過拍佇手機仔分享。

「哈（hannh），你敢會咧陷眠（hām-bîn）？」對半籠島的海洋文學，伊研究過足濟文獻，其中並無這部份。

「你研究的是以人類做中心發展出來的紀錄佮文學，我講的是徛佇海洋位置的生活現實。」

「按呢，我連鞭過去揣你。」

「莫，我拍算欲閣落去行幾逝，以後才做一擺講予你聽。」

波蘭按算欲去海底城泅踅，欲深入海底，經歷真正的海洋國家。伊認為，陸上的海洋國家攏是共海洋當做獵場，捕掠食物的好所在。除了航海經商，漁船也愈來愈濟，愈來愈大隻，掠魚器具愈來愈利害險惡，予大尾魚閃無路，細隻魚袂赴通大漢，強欲絕種矣。個窮實毋是海洋國家，而是入侵大海，數想欲消滅海洋國家的土匪。

雨篷頭一擺聽著這款論法，頭殼愣愣想足久。

9

船長發仔佇一攤酒宴中，參一寡船頭家啉甲面轉茄仔色，變甲足愛喋（thih），開始談論寶藏的代誌。

「彼个研究海翁的查某囡仔，前禮拜佇海底看著寶藏。」

「恁敢知影，悉伊軁入海底的是一隻棺柴頭，尾溜金爍爍，佃娘咧，遐大葩的金尾溜，看起來千足的呢！」

「莫腫頷，我看是規隻攏千足的較有影啦！」「船長發仔酒醉矣！」「敢有翕起來？」一人一句，攏無相信伊的話。

不而過，海翁島有寶藏的傳言久年來一直無消失，佇廟前開講、阿公講故事、古早書冊攏講甲有跤有手，有影有跡，甚至電視劇的民間傳奇捌做出來，所致雖罔毋相信，心肝頭也是撓撓（ngiáu-ngiáu）。

船長發仔咒誓，這是親目看著親耳聽著，況且有一个少年家阿同聽好做證。有一部份人開始相信矣。

「掠魚掠一世人，規身軀虛累累趁無食。海王爺串攏保庇觀光業、生理人，想著嘛是厭氣啦，逐家做伙來揣寶，揣著就好額矣！」

有好空的，寧可信其有，毋通信其無，十喙九貓，眾人目睭開始發光，滇滇的向望。

「寶物藏佇佗？」

波蘭聽著船長發仔質問，莫名其妙，捎無寮仔門。伊嘛毋知彼工對海底轉來的時陣，眠眠中間是講啥物話。不而過，知覺家己洩漏海底的機密矣，心內誠是懊惱，伊要緊搬厝，換去租佇龜鱉港的公寓，拍算以後落海欲揣另外一隻平板船。

「問神明較緊啦！」代表祿仔也入來插一跤，伊佇觀鯨台附近做生理賣特產，聽講有寶藏興勃勃（hìng-pu̍t-pu̍t）。

「欲按怎問？無頭無尾，會予童乩掠無摠頭。」

「密碼啊密碼啊，海底的代誌，定著愛問海翁啦。」

「啊，敢講是規身軀寫甲密㴙㴙像畫符仔的和尚鰭？」

「正是，海豬仔，和尚頭啦，掠一隻來剝皮問神明，親像咧逼籤詩。」

足久無看著的陳齴牙（giàng-gê）閣出現矣，伊較早捌去火山島管訓三冬，轉來做過一任議員，原性無改猶閣犯案走路，毋知底當時閣走轉來海翁嶼。

「啊陳議員，這袂使得，海翁嶼掠海翁是犯法的呢，愛判刑幾若冬啦。」

船長發仔想罔想，究竟愛食籠仔飯的代誌毋敢做。

「驚啥潲？海豬仔爾爾也毋是海翁，講規晡無下落，莫閣討論矣，仙人自有妙算。」陳齴牙喙弓開，兩支串牙齴出來，共跟綴佇身邊的海跤扁仔躡目睭。

無偌久，有一隻和尚鰭靠肚佇珊瑚礁石頂，敢若是破病死去矣，海跤扁仔先發現，發慈悲心共發落去埋葬。毋過伊事先共彼領紋路密㴙㴙的海豬仔皮剝起來。

隔轉工早起九點，佇四面神君王宮廟的頭前來一陣人。陳齴牙佮伊的跤力攢一堆鰇魚墨賊拜海王爺，牲禮排佇保庇財運彼面。童乩勇仔予半請半押出來問神，面仔懊嘟嘟，紅記記，誠無情願，一手提半矸酒。

陳齴牙拍算寄付一億，共王宮廟變成規个半臆島上蓋豪華婧氣的廟宇，而且一年三百六十五工，規年迵天有精彩的大戲演出，予神明看甲爽袂退。

下願了閣拜，前拜後拜，陳齴牙規陣人拜甲覆落塗，頭殼叩袂離，叩甲出火金星。閣來，就是童乩勇仔的代誌矣。

頭殼縛紅布仔，童乩勇仔已經栽第二矸米酒頭仔落去矣，第三矸䞋一半。伊跤踏歪斜步顛來顛去，目睭沙微喙含酒，相準神明桌頂彼領海豬仔皮大力霧落，霧甲酒氣發散，衝入規陣人的鼻空。

一觸久仔，勇仔規身軀硬掣硬顫，雙手擲懸烏白颺，閣來規身人覆落塗跤，前翸後翸陸上泅水，連紲搤（iah）幾若分鐘。喙內踅踅唸哩哩囉囉毋知講啥物，好佳哉桌頭聽有，一句一句共翻譯出來：

「豈有此理！豈有此理！神明海底咧泅水，夭壽愚痴掠海豬，閣愛財寶賞賜你，敢講天公無目無瘤。豈有此理！豈有此理！」

譯文拄唸煞，橫樑頂一枝海翁的大箅仔骨無張持落落來，正正射著牲禮，一堆鰇魚墨賊噴起來，射向規群人的面去。當中一隻大thak-khooh（たこ，章魚）的八肢爪對對軟佇陳鬍牙橫霸霸的四枋面，海跤扁佮一个少年仔下力摸，摸甲兩人攏倒摔向。

陳鬍牙惡人無膽，驚一下面仔青恂恂，隨就起跤lōng，一群跤仔綴後面走甲尾仔直。

毋過陳鬍牙並無死心，參代表祿仔、船長發仔、海跤扁仔參詳了，決定換去揣參海翁王爺有過節的鎮海元帥府。元帥府的主神是沙千歲，聽講是鯊魚王的化身。元帥府頭前廟柱的對聯竟然是：「海神宮中取寶物，騎鯨千歲霸五洲。」莫怪參海王爺死對頭。不而過，陳鬍牙看一下心頭大喜，信心滿腹內。尤其閣看著雄介介的沙王爺的烏銑面，誠是足合味，敢若見著親人。

這回真正大出手矣，刣豬屠羊，用做醮的場面來服侍沙王爺，拜三暝三日，閣開三百桌流水席，規个海翁嶼沖沖滾。佇敬拜時陣，凡在共彼領海豬仔皮披佇神桌頂，下願一億閣添兩千萬，真正拚落去啦。

紲落問神的方式換用攑手轎。

經過法師安符施法，鑼鼓聲催駕，神明總算上轎矣，一時陣，掠駕的老歲仔予一个成尺大的手轎仔摸咧走，雙手挽袂牢，另外一个少年的共鬥扞，才勉強挽轉來徛踮神桌頭前。沙千歲敢若大鯊魚水中拍獵，雄介介歹衝衝（pháinn-tshìng-tshìng），佇神椅頂反來反去，誠無簡單才共正爿手按抑落桌面。

桌頂鋪一重白沙，沙千歲椅角激力寫字，每擺一字，寫了大力頓一下，有時兩下。按呢挽來挽去，連寫二十外字，操甲兩个掠轎的強欲軟跤。

沙千歲寫的是佛仔字，字典無地查，桌頭蜚蜍明仔竟然攏看有。

伊共寫佇黃紙的二十外字抾抾排排--eh，展開蜚蜍目巡兩三擺，宣布神明的指示：

「龜鱉港一盆蘭花，龜笑鱉無金魚尾。萬年寶藏棺柴底，鯤鯓世界噴煙火。」

無頭無尾含含糊糊的詩句，毋知按怎組合起來的。蜚蜍明--ê較早做童乩，這馬進級做桌頭，若無二步七仔欲按怎趁食。伊攑水筆共字句寫佇一張黃紙，一筆一筆利劍劍，閣親像割出來的。

對神明指示的內容上有感覺的是船長發仔。伊也敢若發起來，用紅筆共「蘭」、「金魚尾」、「棺柴」、「鯤鯓世界」

箍起來。

「蘭指研究生波蘭，金魚尾表示抹香鯨的金尾溜，棺柴頭是抹香鯨的俗名，鯤鯓世界是覕寶藏的所在。」

經過沙千歲指示，目標已經誠明顯，況且千歲定著會保庇行動順利。陳鬍牙就即時派工課，探聽跟蹤、發落船隻佮捕掠器具，分頭仔進行。

10

波蘭掛念小弟金沙的狀況，也四常想起彼个有金尾溜的海翁。佇伊的心念中，金尾溜海翁是王子，伊是騎鯨少女。佇彼个海底的世界，金沙是貴賓，是人間派駐的大使。

兩個月無出海，波蘭開始擋袂牢矣，遐無聊的寶藏的傳說，本是阿公用來講古予孫仔聽爾爾，想袂到有人會當做真，毋過波蘭毋知影是彼工對深海回轉來講的頭一句話，留予船長發仔遐大的想像佮向望。

這工的透早，海上紅雲金爍爍，愈來愈光，波蘭換租一隻平板船出海，伊刁工往北爿才閣踅倒轉來，開往彼工金尾溜出現的海面。

「遮捌有海翁出現？」這个看起來四十出頭的船長面像椪柑，開喙兩支暴牙誠古錐。

「足大的海翁。」波蘭避開「隻」字，「是抹香鯨。」

「棺柴頭啦，阮攏講棺柴頭，佇海上無人講甲遐斯文。」椪柑船長越頭共糾正。

「講棺柴頭，歹聽兼破格。」波蘭對海翁的名字頂真起來，「抹香鯨雖罔生張粗大長株四枋，規身軀烏趖趖，其實對人溫柔善良。比如我熟似這个，聽知影咱的話，閣會案內人去海底參觀。阮男朋友叫伊抹芳芳，我共號做香帥。毋過若想著布袋戲，我會叫伊史艷文。」

「史艷文？哈哈哈，恁遮大學生出頭有夠濟，若按呢你就是苦海女神龍囉！哈哈……」槌柑船長笑甲兩支暴牙強欲噴出去，歇佇頭前的海雞母[8]煞飛走去。不而過伊袂哺檳榔呸紅汁，無船長發仔遐礙目（gāi-bák）。

一般的賞鯨船，敢有法度遇著海翁，會看著佗一種，攏是並運氣，毋過波蘭敢若參海翁有心電感應，尤其是金尾溜的。小弟金沙敢也是海翁？佇伊恍恍的夢中無蓋明確，不而過，參海翁生活遐久，會同化也無奇怪。

這站連紲夢見海底的世界，波蘭拍算今仔日應該會閣遇著金尾溜的，也就是史艷文，伊的聲音佇自信中帶著哀傷。參伊無仝的座頭鯨，是海洋世界上勢唱歌的，佇波蘭的心目中，敢若賣唱書生走風塵。

當波蘭想甲神神的時陣，槌柑船長雄雄大聲喝咻：「彼是啥物？白色的……冰山？敢若有足濟跤爪，逐肢十外公尺。」「海怪，歹物仔啦，緊來走較著……」伊愈來愈驚惶，講甲怦怦喘閣紡船舵想欲斡頭。

波蘭擛頭看，誠是一垺（pû）若山，白雪雪閣會發光。浮一下仔隨閣沉落，按呢浮浮沉沉幾若擺。

「遮毋是北極，無可能是冰山，也毋是歹物啦。」波蘭

8　海雞母：飛行性的海鳥，閣叫做白腹鰹鳥，因為佮鰹魚仝款漁場而得名。

也攑出召鏡觀察怪物，吐一口氣，「喔，毋免驚啦，看起來是世界上長的動物，深海的大王墨賊。伊是抹香鯨上佮意的大餐，小等一下，連鞭就有一群抹香鯨出現矣。」

椪柑船長半信半疑，船暫且擋恬。一觸久仔爾爾，誠實海面出現一群棺柴頭，烏khàm-khàm包圍佇大王墨賊四箍輾轉，看起來，墨賊也毋是一隻爾爾。這時陣，其中一隻金尾溜的雄雄脫隊泅對平板船來。

「史艷文！」波蘭傱倚船頭，椪柑要緊共船舵挽牢牢，有時棺柴頭若泅傷雄會共船仔摒反過。

「安啦。」波蘭那安慰那穿防寒衣掛水鏡揹sáng-sooh，等金尾溜史艷文來到船邊時陣，一港水氣噴佇椪柑的面，予伊掣一趒。

「共你創治啦。」波蘭笑嘻嘻，半世人佇海上趁食的椪柑予查某囡仔詼，淡薄仔礙虐，煞笑袂出來。

「這逝拍算愛三點鐘。」波蘭倒摔向栽落水，金尾溜也同時軁入海中，伊的尾溜特別拍三下，共椪柑船長相辭。

「三點鐘？」椪柑本底愣愣，雄雄清醒起來，伊揹的sáng-sooh欲擋三點鐘，敢會咧講báng-gà，不而過，拄才看著的，已經是奇幻的情景矣，伊佇海翁嶼駛船二十外冬，頭一擺遇著這款代誌。

11

波蘭跟隨史艷文來到海草森林的時，草仔比較早青翠，而且發出一葩一葩金色的花蕊，參史艷文的尾溜仝款金爍爍，海水溢來溢去，誠溫馴。

金沙已經佇遐聽候一下仔久，伊疊盤坐頭殼向倒爿，頷頸頂的魚翅uȧt愈長矣，今仔日無延遲（tshiân-tî），馬上起身羔阿姊往海底城前進。

沿途一陣一陣深沉陰冷的海水軁入心肝頭，往地府去的感覺，不而過連鞭就有白色的閃光出現，竟然是一座座的小山崙。斟酌看攏是海翁的骨頭佮化石，懸懸低低大大細細，一座兩座三座……經過幾若十座，當中有各種海翁泅過去，座頭鯨的歌聲一直無停，佇海底踅袂離。

規个曠闊渺茫的海洋就是一隻無限大的海翁啦，波蘭雄雄有這種感覺，這陣是泅佇海翁的腹肚內底，受伊的保佑。閣進一步思考，海翁應該就是海洋大神，伊用身軀共規座海洋包起來，開喙合喙吞吞吐吐，海中的眾生佇伊腹內生生死死，進化變化千年萬年。

波蘭神迷佇神祕的深海佮奧妙的歌聲當中，毋知過了偌久，阿沙共拍一个肩胛：「到矣，海底城到矣。」

一大片深海的樹欉親像舞台的布幕雄雄挩（thuah）開，形體燈光色水全部展現佇面頭前。遮的海底樹不止仔粗懸大，看起來有十樓懸度，五人攬抱遐爾大箍。伊的樹葉敢若青綠色的海鰻旋來旋去，嶄然仔猛勇的根脈軁入愈深沉無法度探討的海洋之心。較倚近，閣看著樹身有氣空咧喘氣，樹林中直直歕出水泡仔（tsuí-phȯk-á），五花十色的水泡仔，應該是眾神居住的所在。

閣再入去，看無邊界的宮殿閘佇面前，講闊窮實是無闊，因為伊的城牆是一粒一粒閃閃爍爍深藍色的珠淚鞏（khōng）起來的，就親像佇羊角嶼晚春的「藍眼淚」，發出玄祕美麗的夜光，就是這款的夜光炤照海底城，予伊佇烏暗的深海中，規年迵天光光顯顯。

金沙招波蘭佇一欉柑仔色，樹葉親像熱帶魚的樹跤，一座用螺仔殼疊起來的平台半麗倒，那觀看來來去去的城內外市民那開講。

「你看，遮的住民出出入入，毋免傷管理，逐家攏自動閣規矩。」

「海底城的生活守則是來自抹香鯨的頭殼，伊保留祖先千萬年的教示，用達達達親像絞發條的語言一句一句講出來，一工一工一年一年永遠存在海洋的記持當中，無任何族群敢破壞。」

這時陣，遠遠有十外隻海翁泅過去，有公有母有大有細，也有老母炁囝停落來路邊飼奶。誠古錐的細隻抹香鯨開喙拺（tu）佇阿母的腹肚邊奶頭跤，阿母瞪一下力，一港乳泉噴佇水中，阿囝一喙就欶入去。誠趣味的飼奶方式，佇遮四界攏會使做飼奶間仔。

「海底城的守衛是虎鯨。」金沙指向城門口，「你看，三四个守衛咧值勤，逐家攏笑微微，其實逐家足按規矩，守衛是徛範仔爾爾。」

「虎鯨，烏白郎君，誠適合。毋過若是徛範仔爾爾哪著設？」

「防人無防魚啊。」阿沙手挲一下頷頸，魚翅當咧大，拍算有淡薄仔礙虐，「我已經參個濫群進化中，像你欲入來定著愛有炁路的。」

「佇這个海洋國家內底，座頭鯨、藍鯨這種大型的海翁就做領頭。」阿沙越頭看對宮內入去，「金尾溜的抹香鯨是神族，焉你入來的金尾溜是三太子。」

「啊？三太子！」波蘭驚一趒目睭展大蕊。

「三太子是九个太子內底上聰明活跳的，伊誠愛去觀察人類的世界。伊收聽著咱姊弟仔的感應，自動出來幫忙，你算是參伊有緣。」

「抹香鯨的鼻空生佇頭殼頂，目睭生佇鬢邊闍細細蕊。喙佇下斗細細个仔，伊靠聲音導航。」

阿沙沓沓仔講出海底世界的代誌，波蘭想著一个問題。

「沿路我有看著懸懸低低大大細細的山崙，敢若是海翁骨頭佮化石疊成的？誠奇怪的海底景觀。」

「彼是海翁的墓園。聽講千萬年前開始，海翁族群就有一个傳統，若是身體衰老欲過身進前會去特定的所在聽候，這个墓園的身屍骨頭層層疊疊，由於海沙透濫，千年萬年石化變山崙。遮的海底山對西爿深海向東延向半驚島近海，攏總有三十六座，其中上大的就是海翁嶼，伊串連七座化石小山崙，自古號名一鯤鯓到七鯤鯓。」

「為啥物墓園是向東延，毋是向西？」

「因為個長期生活佇幾若千公尺的深海，除了京城光顯顯，其他的所在全是無明佮冷靜，個雖罔三不五時浮出海面敕氣，由於這百外年來受著人類的侵略迫害，所致愛隨時保持警戒。」

「不而過，佇祖靈的帶領之下，個的墓園猶原堅持向日頭出來的所在移徙，親像心靈對無明走對清明的奮鬥過程。」

「遮爾奇妙的代誌！誠是比人類較有靈性。」

12

佇海中央聽候足久的椪柑船長誠無聊，相連紲欶一包薰，共薰頭仔擲落海，越頭煞影著百外公尺遠的海面出現一隻青藍色的船仔，參一般的漁船佮平板船無仝，用召鏡看覓，一層一層白色的船艙，上頂面有足懸的望台，半釐島無這款船，閣頂真相，船邊親像日頭國的標誌，敢會是捕掠海翁的船隻？

這陣全世界攏禁止掠海翁，干焦日頭國堅持繼續掠，講是科學研究，窮實攏研究對五臟六腑去。這隻捕鯨船走來遮，敢有有關單位的允准？椪柑想欲拍手機通知港務局，毋過信號不良接袂通，只好繼續噗薰等待。

閣過成點鐘，伊開始放小艇，一隻、兩隻……相紲落七隻，夭壽咧，是啥物大場面的捕掠，愛用甲遮濟小艇？何況這時陣的海面，無半隻海翁的影跡。

無偌久，金尾溜總算共波蘭托出海面矣，先看著長株的棺柴頭，閣噴出一港白霧霧的水氣，原在正正射著椪柑的面。伊用手碗拭掉，要緊共波蘭摸上船頂。波蘭猶閣愣愣神神，半麗倒跍船艙頭前，金尾溜佇船邊游遹（ùt）毋甘走，伊的尾溜拍落水，發出一陣芳味。

這時陣，七隻小艇毋知底當時已經駛來倚近平板船，將金尾溜團團圍住矣。金尾溜，也就是海底神族的三太子，波蘭心目中的史艷文，伊開始智覺著危險，共尾溜捽向空中，藏入水底。

「綴予牢，連鞭閣䗃出來！」小艇頂頭一个烏鉎面喙脣一尾龍的大聲喝咻，伊拍算看清楚金尾溜拄才換氣的時間無夠。

七隻小艇做一下逐過去，史艷文快速泅離開，毋過小艇仝款緊，當當伊小可浮頭出來的時陣，所有的船攏已經共魚槍準備好勢。這種比照戰爭武器改良的魚槍，用炮藥爆炸發射，五爪倒鈎的魚鉤利劍劍，連接佇槍的長索也是非常韌，專門用來掠海翁，是誠夭壽骨的魚具，毋知佗一个夭壽人先發明出來的。

史艷文雄雄轉一下彎向兩隻小艇中間衝過去，一隻予黜甲反過，另外一隻也攄一下敧敧入水。毋過其他的小艇已經相紲射出倒鈎爪，一枝、兩枝、三枝，史艷文連紲哀叫幾若聲，深紅的血水對破裂的空喙流瀉出來，規海面若像血色的浴池，伊勉強共尾溜捽上半空，身軀䗃入海底，三隻小艇予拖咧走，魚槍的接索一輾一輾敨開，連鞭走盡磅。用鈎住皮肉的長索拖三隻小艇，彼種激烈的疼痛敢有人有法度想像？

愣愣神神的波蘭予絞絞滾的聲音叫精神矣，看著這種場面大聲吼出來，伊硬共椪柑船長揀走，紡船舵駛向彼三隻小艇，想欲去共阻擋。毋過另外彼兩隻小艇連鞭就衝過來，兩个粗勇的海跤仔跳上船，個用手頭的短銃共兩人押去大隻捕鯨船。

史艷文佇水底拖幾若分鐘，拍算衰弱無力，猶閣浮出來，伊的身軀吣吣顫直直掣，繼續噴血水。

「收索！繼續收索！」烏鉎面的大聲嚷起來。

索仔愈摸愈短，已經倚近船邊，小艇的人規頭規面規身軀噴甲層層血。史艷文的滾躘愈無力矣，也愈掣愈細下，本底噴水氣的鼻空也變成噴血水。伊佇斷氣進前發出親像挨發條，達達達的聲音傳對大海去。

海底神族的三太子予陸上的人類刣死矣。

自頭至尾佇掠鯨船指揮控制的陳鬖牙露出滿意的奸笑。伊為著欲掠金尾溜，早就掌握波蘭的行蹤，兼佇平板船設定追蹤器。掠鯨船是對日頭國調度來的，而且，伊透過關係買收官員，特准用科學研究的名義掠幾隻仔海翁。

13

雨篷規工用手機仔傳話予波蘭，攏無讀無回，直接拍電話也無人接，感覺誠奇怪，透暝趕來龜鱉港波蘭租厝的所在，隔壁間的講伊昨昏透早就出去矣，講欲出海。雨篷驚一趒，要緊去派出所報案。

「女朋友規工無回手機仔？唉喲……其中必有緣故。」當咧講電話的中年警察仔，表情誠煩的款，講話淡薄仔副洗，「一工爾爾，備案就好啦。」

著急的雨蓬知影警察仔無意思欲處理，愛家己想辦法，就較緊走去港邊租一台快艇，伊用GPS搜揣，起先信號無明，好佳哉過一時仔就接起來，順利揣著波蘭的位置。有執照的雨篷雖罔足久無開矣，臨急猶是足熟練，一發動就緊速掖出去。

佮椪柑船長被押佇掠鯨船的甲板頂，波蘭驚惶兼憤怒，一時毋敢抵抗。無偌久，看著金尾溜史艷文的身屍吊上捕鯨船，規个人起痟全款，掠狂喝咻衝過去，顧伊的人攔鬧袂牢，揲揲搦搦中間，竟然共伊揀落海裡。

波蘭的藏水衫猶閣穿牢咧，佇海上浮泅拍翸（phah-phún），漸漸失去氣力。雨篷照GPS定位目標急速駛向平板船，大葩湧花佇海面絞滾，雄雄看著遠遠有人佇海上浮浮沉沉，心頭㴙（tshiak）一下，小可放慢，連鞭閣加速。平板船看著矣，敢若無咧振動。伊想著波蘭四常提起，細漢捌參一堆人目睭金金看一个囡仔予海湧絞去，無能為力解救，誠是一世人的遺憾。

「唉！」雨篷吐一口氣，汽艇khau翻頭，換向落落海的人遐駛去。

波蘭本底就誠虛弱，加上怒火攻心，已經開始食水矣，雨篷汽艇靠倚去，一看竟然是波蘭，驚一趒要緊共揲上船。

「羽帆，史艷文死去矣！」波蘭已經足久無叫伊的正名，閣加上講對布袋戲去，雨蓬想講伊拍算驚著頭殼愣愣烏白唸。

雨篷要緊共船駛向龜鰲港，悉波蘭去派出所報案。

另外一爿，陳鬍牙一篷人共船駛去海翁島北爿的海埔就地處理。個佇沙埔頂進行解剖海翁的「學術研究」，有幾若个穿白袍工作服的「學者」用電鋸直透鋸開伊長株的「棺柴頭」，一堆膏膏的腦油流出來，兩个海跤仔倚去搜。

「內底無物件。」海跤仔越頭看陳鬍牙。

紲落換解剖腹肚，這擺佇內面看著一粒超級大的石頭，拍算幾若百斤重，逐家看毋知啥物，認定有足大粒的萬年寶石包佇內底，就共吊上卡車頂，運去鎮海元帥府處理，船長發仔隨後交代海跤扁仔共金色的尾溜鋸起來拎（lîng）上另外一台車。

大石頭吊落車，拄囥佇有刻「海神宮中取寶物」的柱仔跤。陳齴牙代表共沙千歲敬香報告了後，逐家跔佇石頭邊仔「研究」，看規半點鐘捎無寮仔門，較看嘛是粗pê-pê的大石頭。

陳齴牙攑頭看目睭微微的桌頭。蟳蜍明仔予眼一下精神起來，褫開蟳蜍目，雙手掛手橐仔直直挲石頭。

「這種代誌免閣請示沙千歲矣！」伊抐一下舌，「共石頭剖開就知影啦。」

這時陣，海跤中間有一个掛目鏡的少年家攑手機抑倚來。

「是龍涎香呢！」伊共手機仔扶予陳齴牙看，原來是請示google大神的。

根據google大神的指示佮新聞報導，「龍涎香」古早號做「阿末香」，阿啄仔叫伊「灰琥珀」，非常珍貴的物件，一公斤較臨一百五十萬。

陳齴牙聽一下，徛起來踅石頭一輾，摸摸看看咧，估計這粒拍算超過三百斤，毋過伊共沙千歲下願一億兩千萬，這是欲按怎較好？唉，先莫想遐濟，賣掉才閣拍算。

佇龜鱉港這爿，雨篷載波蘭去派出所報案，仝款彼个警察仔受理。

「人已經轉來矣，毋免遐緊張啦！」伊聽著陳齴牙的名字，敢若無啥欲辦的款勢，一下仔去樓頂，一下仔接電話，紲落猶閣去樓頂。

雨篷佮波蘭已經睏一醒矣，警員樓頂落來看佪猶佇咧，誠毋情願去開電腦，想袂到電腦拍開面窗煞閃閃爍爍，雄雄咻咻叫，大力顫起來。

「地動啦！地動啦！」警員跤手足猛，隨軁對值班台桌跤入去。

雨篷身軀弓佇桌仔邊共波蘭扞牢咧，看著警員的動作直直搖頭。

「這款人民保母，真正輸伊足濟！」

14

大地動中間，陳齴牙拄跔落去詳細檢查龍涎香，對石頭頂面挲甲下面，紲落面抹倚去鼻看覓，伊喙開開，兩枝喙齒齴出來，親像野狼。

這時陣，忽然一陣怪聲sǹg-sǹg叫，咻咻叫，低音⋯⋯懸音，愈來愈大聲，陳齴牙越頭聽看覓，想袂到是地動矣，非常非常激烈的大地動！雄雄大石頭對塗跤趒起來，正正對伊的面大力摒落去。陳齴牙蹁落塗跤，身軀掣咧掣咧，面仔血sai-sai，扁去矣！

地動矣，有史以來上大的地動，規个海翁嶼呼呼呼、嘛嘛嘛，像咧吼閣像咧笑，親像地獄的聲音，海鳥一群閣一群，大難臨頭四散飛。

佇海翁嶼的四箍輾轉，有一千隻以上的棺柴頭，敢若古早攻城的損門槌，仝時間、仝齊摒向海翁嶼，佪攏聽著金尾溜三太子臨死的哀叫來的。抹香鯨的叫聲，佇海底會當傳幾若百公里。

無偌久，海翁嶼竟然脫離幾若千年的基座，連根脈攏對海底挽起來。伊開始向西爿漂浮，闍斟酌看，窮實是一直泅過去。

規海翁嶼的植物樹椏親像起痟狂，攏向腰犁頭佇海面拍大湧，湧花衝規千公尺，共天頂的烏雲白霧滾絞落來。

西海岸眾鯤鯓也一个一个相紲共基座根脈摸斷，綴海翁嶼泅走。遮海翁化石攏起死回生，復活矣！

聲音較恬靜的時陣，個規群做一下軁入海底消失去，神祕的海翁之歌佇海面、佇天頂、佇規个半麗島轉踅，溫柔、哀怨、慈悲，句句親像海神苦勸的言語。

大海是上蓋珍貴的寶藏，追求權勢利益，歹心毒行雄介介的人，必然自取滅亡，千萬年無法度超生。

第九章

【貓公寓】

1

王亞芬徛佇七層樓仔頭前，拄崁過耳珠的頭毛予秋風搜翻起來，伊雙手插佇牛仔褲的橐袋仔（lak-tē-á），用尖利的眼神觀察這棟六十年的老公寓。

ㄇ字形有庭斗的老公寓，起七層三棟相連，四四正正的經濟型，佇早前經濟拄起飛時陣，已經是誠jió-toh（じょうとう，上等）的建築。毋過這馬看起來，誠實是舊漚舊臭。毋但規大片生菇臭殕黃色的二丁掛足鑿目（tshák-bák），生鉎遛蚵的鐵窗仔，予黃昏的日鬚捽過去，敢若有一逝一逝的紅鉎水suê落來。

這个時陣，該轉來的已經轉來，無出去的拍算也袂閣出去矣，王亞芬心內按呢想，所致選這个時間來採訪。伊是《現流仔生活誌》的特約記者，專門報導各地方特殊的、大眾注目的事件。這種代誌往往會牽出一寡想袂到的意外發展，需要深入去探查，所以特約記者毋但愛有好的客情、訪問能力，也愛淡薄仔膽量，雜誌社認定亞芬是上適合的人。

迒過這个寒天就是虎年矣，足濟雜誌攏備好虎仔的文稿佮圖片，毋過《現流仔生活誌》，需要的是貼近生活的故事，經過討論，虎不如貓。雖罔貓佇半鯤島無列入生相，不而過這幾十冬來，飼貓的風氣一年比一年熱，愛貓人士、貓奴滿滿是，貓食比人較好，貓破病緊張甲硞硞傱，惜貓勝過囡仔嬰，是四常看著的代誌。

時常拍電腦、攄手機、巡網路的亞芬，最近注意著一个號做「嘤星（iaunn-tshinn）部落客」的社群網站。佇這个網站看著的愛貓人士，多數是女性，個共貓當做愛人、有孝的對象，甚至敢若服侍神明全款，會綴貓通靈，產生玄奇的感應。阿芬佇這个嘤星部落客，選出欲採訪報導的對象，也就是這陣面頭前這間七層老公寓。

2

伊踏著自信的跤步伐入早就歹去無修理的鐵門，這个絞刀型的電動門本底是倒爿駛過正爿，這馬袂振袂動，致使大門開hannh-hannh，予人感覺是自由出入。想袂到舊落漆的守衛室猶有人咧顧，一个中年的oo-jí-sáng頭毛挐氅氅（jû-tsháng-tsháng），目睭牢佇細細台的電視頂，聽著輕猛的跤步聲探頭出來。

「小姐，欲揣啥人？」

亞芬抹mè-sì說明來意，這个外號蟮蟲仔的守衛閣抓一下頭毛。

「遮是有幾若戶飼貓啦，一寡老處女，哎……」伊雄雄轉話，「攏是查某人呢，一堆貓仔嘤嘤叫，這有啥物通好採訪的？」

「加減問就有通寫呢，阮做這行的就是無所不至，若有淡薄仔趣味的就罔探看覓。我有參一个卓麗小姐約好勢矣，這位大哥，拜託咧。」

「好啦好啦。卓麗，毋是徛咧……這个是高中老師，老處……」伊提簿仔出來翻，「嗯嗯，502，中央彼棟。閣有……

我姓善，善良的善。」

「了解。勞力喔，善大哥。」亞芬向公寓中央行去，想著小可擋恬越身，「莫供體人是老處女啦，足過份呢。」

中央的埕斗鋪一大片的四角紅磚，有的缺角（khih-kak），有的歊歊（hiauh-hiauh），磚仔縫發甲攏牛筋草，也有幾葩仔車前草，素素噴噴仔佇風中揲手。兩爿的花台也是紅磚仔砌的，內底的仙丹雖罔猶閣紅記記，毋過刺查某仔發一堆，白花包圍紅花，閣有蜜蜂佇頂頭踅，家己來的煞比專工種的較奢颺。

正爿的花台邊，四五條柴椅仔掠排收做伙，椅仔頂足清氣，拍算定定有人坐。佇遮納涼賞月？敢袂傷稀微？

閣踅過一欉粗大的老樹，應該是蘋婆（phîn-phông），結果的時節過去矣，誠大敉的焦葉落甲規塗跤無人掃。遮爾仔四正的庭斗干焦種一爿，看著淡薄仔礙虐。

伊佇中排的正爿角仔看著電梯。嶄然仔舊的電梯，竟然猶未揤就開開，而且頭前貼一張退色的公告。

「故障待修。」注意看日期，半冬前矣。只好斡過揣倒爿座，也是仝款。亞芬看甲搖頭，拄才佇兩爿伸手仔有看著樓梯，502，愛對正爿起去較近。

就按呢閣回頭去蹈樓梯，一層一層的洗石仔長期予鞋底攄甲金金，只是邊仔角攏卡沙。蹈五層對興走標的亞芬來講是小可代誌，毋過每一个轉頭斡角遐暗淡稀微黃色的電火球仔，看著足袂慣勢。

502，佇頭到第二間，上五樓隨看著。亞芬揤電鈴無人應，也敢若無鈃（giang），只好拍門。

厝內傳出雜濫的聲音，有向爿山動物咻長聲，有亂鐘仔咧鉼，閣有細漢囡仔的喝聲……奇怪，佇面冊交流中的了解，卓麗應該是獨身，干焦有飼貓爾爾。

咔一聲，門拍開矣，啊，亞芬倒退一步。一陣足重的香味（hiunn-bī）衝出來，隨後行出來的阿婆，半烏白的頭毛長甲尻川斗，深紅的布袍也強欲拖塗。

「你好，我揣卓麗老師。」

「我就是，王小姐乎（--honnh）？請入來。」

誠意外，較臨四、五坪的客廳裡也無細漢囡仔，嘛無亂鐘仔咧鉼。佇膨椅頂覆一隻長毛白貓，會咻長聲，也會落（lāu）亂鐘仔聲。另外佇鋼琴頂正正竮一隻親像E.T的狗仔……抑是貓仔？

「歹勢，你坐這條。」卓麗撨一條有後攏的塑膠椅仔囥膨椅前，「藍虎較孤僻，無愛生份人倚身。」

這一家伙仔誠是怪味怪味，凡勢會當寫出足無仝的報導。坐佇塑膠椅的亞芬閣共膨椅頂的卓麗頭尾相一擺，想袂到六十幾歲人老甲按呢，伊面冊的相片毋知偌久進前的。

「哎喲！」伊雄雄發現靠佇卓麗身軀邊彼隻白雪雪、婧噹噹的長毛貓，兩蕊目睭竟然無仝款，一爿藍一爿黃。

卓麗伸手挲伊的身軀，白毛貓煞小可顫一下。

「伊名做藍虎。」卓麗看亞芬提出手摺簿仔，小可頓一下，「你看外觀，可能會認定足勢司奶，其實伊個性獨來獨往，無愛人摸，也袂共我司奶。」

「誠是看無，伊遐爾溫馴美麗的外表。是講，哪目睭一蕊藍一蕊黃？」

「這叫鴛鴦目啦。」卓麗越頭看藍虎，「藍的像寶石，黃的像琥珀，所以號做藍虎。」

「白貓名做藍虎？」亞芬感覺僥疑。

「若欲論色水就執死訣矣。白就是烏，烏就是白，貓就是虎……」卓麗講甲目睭瞌瞌（kheh-kheh），像仙姑咧講經。

「土耳其的安哥拉。你欲來採訪進前應該愛做功課，唉！」卓麗目睭閣褫開，目眉結做伙。

「啊，歹勢歹勢，我對貓的智識誠是足粗淺，向望卓大姊多牽教。」亞芬較緊徛起向腰會失禮，卓麗嚴厲的面腔閣放冗落來。

「安哥拉是誠高貴優雅的古早種，聽講較早的先知穆罕默德誠寶貝一隻白色的安哥拉，法國的路易十六佇國家會議時陣，允准伊的安哥拉佇桌頂散步……」卓麗的貓仔經一開始就足歹收煞，那講閣那挲貓的身軀，「你看，伊長lóng-sòng的白毛，幼甲像絲仔。」

貓顧伊用喙舐（tsīnn）毛，閣雄雄徛起來，用狗仔的屈勢跳落，從對門邊去，落低音直直嘤。

卓麗開門放伊出去，閣關起來。

「Uah，暗頭仔矣，欲閣去佗撇（phiat）？敢毋驚走無去？」亞芬毋捌看過遮爾婧氣閣鴛鴦目的安哥拉，卓麗卻是一聲就拍開門，煞僥疑起來。

「足濟人看伊名貴，共關踮厝內顧牢牢，驚予人抱去。哎，伊參人仝款，自由自在上好啦，若想欲離開就會想空想縫，仙擋擋袂牢，何必操煩遐濟。」

「藍子星就是按呢啦，有一站仔無分暝日佇面前閃閃熾熾，哪知影一變相，無講無咀走甲無影無跡。」

「啥，藍子星是啥物？」亞芬頭殼雄雄轉袂過來。

「無緣的，我大學時代的男朋友。阮是逐家欣羡的班對呢，講著伊啦，身懸百八，緣投飄撇功課閣好，毋但佇阮文學系，規个泔水大學足濟查某囡仔予伊煞（sannh）著。講著彼當時……」卓麗那講那掰頭毛，徛起來激一个妖嬌的姿勢閣坐落去。窮實六十五爾爾，哪會蔫脯脯，毋過這陣煞彷彿看著伊青春少女時陣，生做挑俍頭毛被肩的美麗形影。

佇鋼琴頂彼个E.T雄雄跳落來，蹽上卓麗的大腿，覆佇布袍頂頭軀來軀去，誠司奶的款勢。亞芬感覺礙目，拄才的古錐白貓袂司奶，這馬這隻歹看相毋成貓，煞顛倒司奶氣帶足重。

「獅公，去邊仔！」卓麗隨共E.T掠去邊仔，伊哽一聲像囡仔咧叫，拍算感覺主人足偏心。

「趙火獅就像按呢啦！」卓麗繼續跳針，不而過紲落開始講一段以早的故事。

3

卓麗高中出業考牢泔水大學，十八姑娘一蕊花。佇文學系內底，查埔的才三分一無到，而且誠濟看起來親像干焦會曉幌頭讀冊的戇鵝仔，干焦有一个較無仝，伊是高長大漢緣投飄撇的藍子星。開學無偌久，伊就成做一寡姑娘的夢中王子矣。佇查某學生中間，身材挑俍皮膚幼白雅氣的卓麗，看起來參藍子星上四配。

頭一學期逐家環境生疏，攏較注心課業。第二學期開始，誠是親像順眾人意，莫名其妙揀做堆，變成班對矣。蹈山、郊遊、看電影攏牽做伙，逐家想講這對應該會有結局。第四年，攏炁去見對方的序大人，一爿做工一爿做穡，平平趁食人，哪會有啥物意見。

卓麗佇工場上班的老爸，看著子星誠歡喜，看起來遮爾仔將才，未來一定有出脫，況且對長輩足好喙，誠有伊的緣。無疑悟，落尾聽著是姓「藍」煞突然變面，予人想攏無。

「少年的佮意就好啦，也毋是你欲結婚。況且天下間仝姓的遐爾濟，參個兜有啥關係？」阿母疼查某囝，直直苦勸阿爸。

「啥貨！世間姓藍的有幾口灶？反正我聽著就刺鑿啦，不准交往！」

卓麗起初毋知影阿爸為啥物對「藍」遐怨慼，干焦知影阿爸是海棠國大溪北爿的人，對軍中退落來的，早前綴部隊對海棠國過來半臘島，才三十外歲仔。四十外歲除役去彪山跤開墾種水梨，在地的阿母嫁伊的時陣才十七歲，外來的榮民仔娶本島姑娘誠幸運，疼某也是足有名。

不過落尾才聽阿母講，彼時陣有一个姓藍的，濫肚平陽的人，原本逐時揣阿爸啉酒，兩个人一粒一，好甲拍尻川無越頭，想袂到是笑面虎，伊聽候阿爸土地攏開墾好勢，偷偷仔去檢舉侵占公有林地，閣假無意欲幫忙揣門路敨官司，拗一寡活動費。彼時代的人上驚犯官符，阿爸只好放棄土地，某囝炁咧逃來泩水河南爿，翁某換去做粗工。好佳哉猶有榮民仔的退休俸，勉強維持一家三人的生活。這起事是一世人的怨感，雖罔彼个姓藍的無好尾，有一工落落山谷底死去，阿爸原在不時提出來餾。

卓麗傷心兼矛盾，藍子星招欲離家出走，伊一直無答應。想袂到歹事相連紲，這馬連藍子星的阿爸也反對，伊無愛予後生參海棠國的人交往，講遐的人一雙跤挾（giáp）兩粒膦脬（lān-pha）來遮占咱的土地。一種人怨另外一種人，奇怪的時代，就有足歹理解的代誌。

傷心無底敨，卓麗落尾離開藍子星也離開厝，出業了後就走來南部的復國高中教冊，一教三十年。起先藍子星猶有電話連絡，娶某生囝了就沓沓仔疏遠去，親像天頂一粒星，好天才佇卓麗頭殼頂爍一觸久仔。

佇復國高中有一个查埔老師趙火獅，逐卓麗逐甲強欲起痟。這个厚喙脣暴牙的趙老師，生張無蓋好看，毋過天生跤手猛掠足勢走，是參加半籠島運動會的選手，伊逐卓麗也不止仔猛，捌一擺生日送九百九十九蕊紅玫瑰，規座公寓的查某人攏喊起來，有結婚的欣羨兼怪翁婿無羅曼蒂克，誠是害死人。不而過，卓麗目睭攏看向天星，閣較羅曼蒂克嘛無路用。趙火獅落尾看破換去別个學校，一站仔閣風聲已經出國去留學。

這攏過去事矣，卓麗一工一工老，這馬無星也無獅，毋過有藍虎佮獅公。較龜怪的是，卓麗愛挲藍虎的毛，藍虎毋插伊，獅公勢司奶，換卓麗毋插伊，誠是奧妙的組合。

「喓……」門口有貓叫佮抓門的聲音，拍算門有閬縫，貓家己軁入來。毋過干焦出現半粒頭，看著一蕊目睭，一道藍色的光利劍劍炤入來，揬向王亞芬。亞芬掣一趒，人掛椅仔做一下倒退攄。

4

「彼个老處女，啊，歹勢……是卓老師。」蟮蟲仔共亞芬揹來的一籃仔水果接過手，囥佇桌頂，開始回答亞芬的問題。

「蹛遮二、三十年矣，足老的住戶，已經誠少出門，嘛無啥物人客。毋過……」伊抓頭毛，吞一喙瀾，想欲講閣頓牢咧，亞芬用期待的目神掠伊金金相。

「我共你講這件，毋好過喙喔。」蟮蟲仔落低音變蠓仔聲，「聽講捌看著，有少年仔入來幫伊掠龍，頂身褪光光，坐佇客廳中央。敢若是牛郎，嘛有可能是學生。」

「閣來，伊內底有時會有一種怪味，參濫殕藍色的薰對門縫霧出來，流過走廊suê落樓梯，住戶通知我去看，拼門煞也無人應，不過一觸久仔就閣消失去，毋知咧變啥物魍。」

「公寓內底飼貓的不止仔濟，詳細數字我嘛毋知，不而過較清楚的是，每個月十五的月光暝，有五个查某人會來佇頭前的埕斗開講，有人抱貓有人空手，你看，花台邊遐椅仔就是個咧坐的。」

「這幾个人我捌查過，包括卓麗的502，閣有301、404、606、709，大部份是老處……獨身的查某人。」

亞芬提手摺簿仔直直記，蟮蟲仔無講便罷，一講袂收煞。毋過伊提供這幾戶，干焦住戶編號並無姓名行業，亞芬一時也歹勢問詳細。

兩禮拜後，亞芬閣出現佇七層樓仔頭前。下暗是十五月光暝的七點外，烏雲予風吹散去，光爍爍的月光正正炤佇埕斗中央，亞芬遠遠就看著三个查某人佇遐開講，其中一个是卓麗。伊長láng-sòng的頭毛分兩束掰來佇大腿，頂頭是獅公佇遐軀來軀去，只是無看著鴛鴦目的藍虎。正爿彼个，四十外歲胖胖、短頭毛梳直直，親像初中生的清湯掛麵線。另外一个，頭鬃siat-tooh甲鉎鉎角角，閣穿一軀（su）旗袍連衫裙。三个鬥做伙，確實有淡薄仔礙虐。

「月娘遮爾光，南風閣微微仔吹，佇遮賞月足享受呢。」亞芬伐過去，先共卓麗拍招呼，拖一條椅仔坐落去。

「歹勢，我嘛足愛這款賞月的氣氛啦，若踮遮坐一下仔，敢會攪擾恁講話？」

卓麗輕輕頷頭，另外兩个目睭掠伊眼一下，攏無出聲。

「藍虎閣出去撇（phiat）乎？」亞芬看向獅公。

「哎，講伊風流無夠風流，攏是出去激飄撇，唌（siânn）一寡貓母爾爾。」

「這啊，用貓薄荷予舐舐（tsīnn-tsīnn）咧就解決啦，你都無愛。」留學生頭的隨就應聲。

「會足麻煩呢，聽講彼親像貓仔食大麻，會拍捙、滾躘、流瀾……加惱（lóo）袂了的，莫添一堆囡仔轉來就好啦！」

「免煩惱，這種代誌有飼魚--ê通好處理。」

個講的亞芬聽無啥有，趁閬縫較緊提名片出來自我介紹。不而過，這兩位對採訪雖罔無反對，卻是無愛落名佇雜誌內底，極加予伊用著公寓號碼。學生頭的佇404，siat-tooh甲鋩鋩角角的佇 606。卓麗聽著嘛綴落去，講伊參個仝款，用 502 就好。按呢啦，這馬開始便採訪就用號碼稱呼較白直。

「兩位小姐拍算飼足濟貓？」窮實 606 看起來應該有六十歲以上。

「我一隻爾爾，伊有五隻。」606 指 404。

誠是有影，404 的跤頭肤揗一隻白色長毛的，看起來是波斯貓，另外一隻三色貓佇跤邊踅玲瑯，花台頂嘛有一隻柑仔色的大肥貓，遠遠彼欉老蘋婆內底閣有兩隻咧跳相逐，嘐嘐叫。亞芬頂回予卓麗責備，這站仔誠認真做功課，對貓的形體種類小可有認識矣，窮實按呢也算表示採訪者慎重的態度，毋是欲清彩問問寫寫 --eh 爾爾。

「我較無余姊的濟。」404 指 606 抱佇手裡彼隻暹羅貓，「伊啊，毋但這个寶貝爾爾，伊的貓咪干焦飼佇布頂的就有幾若百隻啦！」

「布頂？」亞芬頭敧敧。

原來 606 從少年到老攏直直畫貓，是國內外有名的貓仔畫家。不但是畫佇布頂，也有一寡雕塑、翻銅的作品。

亞芬心內開始有拍算，閣來愛向準 606 做採訪。所致伊就膨風講家己自少年時就足興畫圖，志向做畫家，落尾因為家境無好暫且按下，彼个畫家夢嘛閣四常浮上心頭。

蘋婆樹頂雄雄嘐足大聲，原來是藍虎走來逐彼兩隻肥軟肥軟、短毛烏白相摻，應該是透種的花貓。兩隻母的攏若欲走若毋走，尻川斗踐（tsuāinn）咧踐咧。

「夭壽咧，一隻逐兩隻，恁兜的藍虎逐時鵤記記，若無欲用貓薄荷共毒毒咧（thāu-thāu--leh），規氣共閹起來！」404

喙內嘈嘈唸（tsha̍uh-tsha̍uh-liām）。

「你講啥！」卓麗徛起來，目睭俔惡惡，頭毛鬖鬖（sàm-sàm）強欲滒塗，表情不止仔恐怖，尤其佇凄微的七層老公寓頭前，月光拄好斜斜共伊的面削一半。

5

今仔日約定下晡四點，因為五點半是散步時間。606 四常佇這陣，順七層樓仔後壁合歡溪的溪岸道路，看暗頭仔的風雲絞滾，日頭的衰微陷落。伊妝娗（tsng-thānn）一身軀，其他散步休閒的人未免感覺奇怪，相閃身攏會越頭注目，不而過看久也慣勢，而且私底下共供體：後壁溪的老玫瑰。

講著老玫瑰，也誠是有影，規厝間的貓仔圖，背景攏是色水半退，雅氣的玫瑰花。而且有部份的圖畫頭前附一首詩，寫心情寫雨水，敢講是用來沃圖中的玫瑰？

亞芬一踏入 606 的公寓，隨感受著罕有的清氣相，一條長膨椅揀佇倚走廊的壁牆邊，規个客廳變做完整四序的展覽場，閣親像一个無公開的私人畫廊。

平常遇著的畫家，大部份身穿清彩，甚至有袂少荏懶（lám-nuā），閣自稱按呢較有藝術家的氣質。像 606 這種逐時妝甲媠噹噹，穿甲像欲去參加宴會的畫家，嘛算是罕見的怪胎。

袂赴通坐落，亞芬就專精神看圖矣，606 可能對伊的注心感覺歡喜，也陪伊一幅一幅看。

亞芬佇一幅 100 號的油畫頭前停跤，對頂頭巡甲下面，閣退兩步觀賞，誠有興趣的款勢。

圖面是誠大隻的暹羅貓，伊的頭殼頂發一大片的玫瑰，參別張的薄色素雅無仝，這張圖的玫瑰花紅記記，閣有粉紅佮青色的兩隻尾蝶仔飛相隨。玫瑰欉下面的貓頭貓耳，若斟酌看，有夠成發草的墓仔，亞芬煞看甲淡薄仔膽膽。

「目睭，伊的目睭哪遐爾仔深？」確實，伊圓輾輾的目睭參別隻無仝，無佇暗頭仔褫甲金爍爍，卻是像兩个神祕玄奇的磅空。

磅空內無張持嘤一聲，亞芬抑倚去看，竟然是一隻貓傱過去，對倒爿空走向正爿空，消失去。亞芬越頭揣無 606 的暹羅貓，而且連 606 也已經無徛佇後壁。亞芬驚一下面仔青恂恂，退來後面壁邊，規身軀頓落膨椅頂。

「有啥物問題？」606 對便所行出來，暹羅貓綴佇跤邊。

「阿國仔……」伊共貓咪抱起來，「誠是黏䵹䵹 (liâm-thi-thi)，行一步綴一步，連便所也綴入去。」

阿國仔目睭圓棍棍光顯顯，喙邊鬚動一下，掠亞芬金金相，閣親像恥笑的表情。伊貓身牛奶白，貓面卻是烏趖趖，敢是頭殼鑽入去烏煙黗。

「你對這幅一百號的特別有興趣？」606 笑甲誠神祕，「這幅三冬外才完成，我捌畫甲昏去三暝三日，悉阿國仔去地獄行一逝閣轉來，khah 總算共圖完成。」

「坦白講，這幅圖有神祕的力量。貓熊公司的連董--ê 出一千萬我無欲賣。這幅是非賣品。」

亞芬小可鎮靜落來，猶袂赴通抐清楚拄才發生的代誌，606 閣講一大堆，而且阿國的目睭愈來愈圓愈大蕊，下面白色閃光的部份親像倒鉤的月眉，險險利利，予人看著會寒。

今仔日這場採訪誠是佇伊的意料之外。亞芬躊躇一下，心內暗唸……無有恐怖顛倒妄想，心頭掠予定。606按怎看嘛無成尪姨作法，抑是暗鬼會掠交替。這種奇遇，敢毋是《現流仔生活誌》上蓋好的報導？寫出來雜誌大賣，凡勢頭家就共升薪水。亞芬心肝頭捋捋--eh，決定閣繼續落去。

佇倒爿後角有一个彎弓門，看袂出是畫的抑是真的。門前有一群貓仔排甲整整齊齊，個個武裝打扮，是黃色的銅像。斟酌看，攏參阿國仔仝款，規面親像予火炭薰甲烏趖趖。個穿的軍服，敢若捌佇外國電影看過。

亞芬猶是看甲神去，無張持阿國仔嘜一聲，梢梢毋過中氣十足，一時陣貓群齊振動起來，大力蹔跤步，大聲enn喔、enn喔，足成喝一二，紲落大刀捧懸削過來，亞芬掣一趒越頭生狂走，毋過門轉來轉去卡牢咧，想袂到外口有人開入來，一看竟然是606，伊閣再換新衫矣，是黃金色貴氣的旗袍裝，加上絲綢的幔巾，邊仔的阿國仔後跤徛挺挺，前跤共606的腰攬咧。

「你哪佇阮兜？」606面腔無好目睭展大蕊。阿國仔也裂喙（liah-tshuì）齴牙，展軍狼狗的架勢，親像欲抑倚來。

亞芬退一步：「我本底就佇遮啦，你攏袂記得？」

「敢會欲來偷掠貓的？」綴佇後面的一个查某囡仔共606提醒。

「講是雜誌社的記者，是有約欲來採訪，按怎會家己走入來。唉，準拄煞啦，拍算門袂記得關。來來，做伙來看我今仔日透早完成的新作品。」606面腔閣回轉溫馴，講話也有高雅的氣口。

伊引逐家去正爿後角，有一件細細張仔，一號的油畫。頂頭畫的彼隻貓竟然有發翼。

「頂工飛入來的，一直無閣飛走。」606 徛佇邊仔說明。

亞芬倚近看，這隻講是貓，窮實身軀較成貓頭鳥，而且這个面……拗角的目眉，杏仁目，敢毋是我的特徵？一連串的遭遇，亞芬已經跤入茫煙散霧的深淵，逃袂出去矣。

「共你介紹，伊蹛 709，是阮七層樓仔內底，對貓咪上有愛心，上了解貓的人。也聽好按呢講，國內欲比伊較捌貓人足僫揣啦，我共號做貓博士。」

亞芬聽一下精神起來，按呢就若揣著寶矣，對這擺的採訪應該有足大的幫助。伊越頭斟酌看，長頭毛袚肩頭白雪雪的姑娘，無框的目鏡閃爍特殊的光芒。遮予伊想著電影，古城內底智慧的哲學家，國王的導師。

「誠歡喜熟似你！」亞芬想欲握手（ak-tshiú），709 煞雙手揜佇後爿。

「是毋是等咧會使順紲去你遐參觀一下？」亞芬充滿期待。

「莫！」伊講話輕聲閣緊，毋過誠清楚，「阮下暗教會合唱團練唱歌。」

個就閣繼續看彼幅小圖，倒看正看頂看下看，看甲無躡目。709 面強欲貼著圖頂的飛貓，相伊的目睭仁佮翼股，亞芬煞感覺有人的面貼倚來，自然用手去掰，卻是掰無物件。

6

亞芬轉來厝，衫攏無換也無先去洗手面，就屈佇電腦頭前查資料。伊查頂世紀七十年代暹羅的服裝，其中的西瓦萊、波隆幔巾兩種王室禮服，樣式色水竟然參 606 穿的足相仝。閣較怪奇的，遐貓武士的制服武器也出現佇仝時陣的歷史記載內底。又閣進一步查落去，亞芬哀一聲跳起來，椅仔險反過。有一个王后參 606 仝面！

回想這擺的專題採訪，是對面冊揣著卓麗開始。頭起先，卓麗的戀愛故事予伊感動甲會流目屎，也已經寫千外字矣。不而過，換著 606 煞產生大彎斡，進入一个若真若假的情境，到今也捎無寮仔毛。

俗語講，頭剃落去無洗袂使得矣，今仔日閣參 709 約佇暗時九點，誠晏，因為 709 的姑娘是小說家，四常半暝寫甲透早五、六點，欲暗仔才閣起床，攏九點是上適當的時間。

電梯歹去，亞芬這馬改穿球鞋、牛仔褲，閣開車來七層樓仔，遠遠看去，竟然規座樓仔厝罩雺（bông），暗藍佮琥珀色的閃光佇內底微微仔顯出來，閣有誠龜怪的天色，有時星光有時月明，毋過聽候伊車停落門口，怪奇的現象就消失去矣。

守衛室光線不止仔暗淡，蟮蟲仔原在咧看烏白電視，頭毛看起來 tsiánn-tsiánn 霧霧，探出來煞參暗雺摻濫做伙。

「今仔日欲採訪佗一戶？」

「是 709 的小姐啦！」

亞芬這擺換紮一袋牛角麵包、一包牛舌餅做等路。

「哇，誠多謝，毋過……若蠓仔餅閣較好。」

「啥？」亞芬聽無清楚，閣問一擺，蟮蟲仔煞講對別位去。

「彼个709生做幼秀溫馴，足少出門，毋過聽講學問不止仔飽，是博士級的，尤其是對貓仔的研究國內有名，也共貓當做家己的性命。」

「捌聽人講過，下暗按算欲詳細做紀錄。」

因為709講話細聲兼緊，這擺亞芬特別紮錄音機來。

709佇樓尾頂，跖著淡薄仔忝，伊就騙跍樓梯口小可歇喘，煞睬著樓梯厝仔的門閬一縫，茫茫的月光略略仔洩入來。

第五間佇ㄇ字形的中央，揤電鈴無人接，挵門也無人應，敢講猶咧睏？

「709的姑娘，小姐，貓博士！」亞芬那拍門那喝，愈叫愈大聲，毋過恐驚吵著隔壁，一觸久仔就暫停。不而過，公寓隔壁相歹無相借問的誠普遍，挵門遮大聲隔壁間嘛無探頭出來看。

「I-uáinn……」一聲，門拍開矣，709闊閬閬的手椀佮光顯顯的無框目鏡做一伙探出來。

「歹勢，拄咧寫小說，有一句寫袂好勢。」

亞芬對正爿角入門，看著內底攏是冊，干焦門邊就一堆若山，閣來正爿壁牆、地板、二層床的頂鋪也一大坪，圇賰會當行的敢若一條貓道，較整齊的干焦正面彼座冊架仔。

「貓咪咧？」上重要的是貓，亞芬斡來斡去卻是無看著半隻貓，參伊本底的理解差非常濟。貓博士、貓作家，天下間上愛貓的人，竟然厝內攏無貓？

709 知影伊咧想啥物，微微仔笑，提一塊深藍色圓型的坐墊仔請伊坐落來，家己另外坐一塊，面攏向頭前。

「我想欲知影有飼貓無？」

「朗朗乾坤，自由世界，逐跡攏有我的貓，全是烏色的。」

「烏貓，啥物品種？」

「無品種，品種是人號出來的，烏貓就是烏貓。」

亞芬猶是聽甲頭殼愣愣，毋知伊咧講啥貨。越頭看向頭前的冊架仔，彼是雙面相迵的木造冊架，倒爿角留一縫會當出入，頭前地板有一塊烏色的坐墊仔，烏戡戡敢若貓毛，頂頭有細細粒仔的烏毛球。坐墊邊有幾若把草，看起來是大麥草、小麥草、三葉草（苜蓿）等等。不過原在無看著貓，毋但無貓，連一幅貓仔圖、一張貓仔相都無。照講伊參 606 關係密切，應該會掛伊的作品。

所致重點就愛掠向小說矣。

「敢有你寫的貓小說，我想欲讀看覓。」

「我的小說佇房間內，佇曠野中，佇雲頂，也佇坑谷底，一空一隙（tsit-khang-tsit-khiah），一點一滴組成的文字，這馬較臨千萬字。」

「一千萬字！」亞芬啊一聲麗落去，袂記得是坐墊仔，險險吭跤翹（khōng-kha-khiàu）。

「敢會使參觀你的冊架仔？」亞芬徛起來向前，709 小可頷頭。

伊看著規个冊架仔滇滇，毋過第三層的正中彼格卻是櫳櫳（lang-lang），干焦囥一本冊。閣踏較倚去看斟酌，是日頭國夏目先生的小說《我是貓》。

「貓了解人的世界，毋過人無了解伊。」

亞芬直直掰頭毛，想毋知欲按怎參709對話，紮來的錄音機煞嘛無用武之地，只好先收起來。

「來，請對這爿來。」709看伊聽無半句，欲開悟有較困難，就共悉入冊架仔倒爿彼縫，來到一排倚窗（落地窗）頭前。

這排向北的窗仔連規面牆，kha-tián（カーテン，窗簾仔）一挩開，現出一大片深藍色的天頂，星光閃閃爍爍。突然間，星光攏化去，有兩蕊圓輾輾烏趖趖，像萬底深坑的目睭，掠亞芬金金相，親像欲共吸入去。

7

學生頭的404下晡時佇雜誌社兼差，暗時寫稿早起睏晏，只好約中晝時仔。亞芬去買米國式的hamburger、馬鈴薯條來做伙食。

頂回佇前埕開講，普普仔知影404有五隻貓，毋過今仔日才看著一隻波斯貓。亞芬這站逐工咧研究貓，智識增加袂少，伊斟酌看，屈佇桌櫃下面是波斯貓和安哥拉貓透種的銀白色金吉拉。

「另外彼四隻呢？」亞芬頷頸伸長長四界相。

「我是自由派的作家，我的貓咪也自由派。你看……」伊指鐵門下面、鐵窗邊仔角，攏有留一个貓仔門。

「無分暝日，個自由出入毋免點名毋免報告。人有民主社會，貓嘛有民主生活。」

「誠好。」亞芬認同伊的做法。

紲落亞芬看著半堵的桌櫃頂頭有一大群尫仔物（ang-á-mih），柴刻的、瓷仔燒的、布紩（thīnn）的。頭前排全是貓仔，有揹包袱仔的、提菜籃仔的、揞茄芷仔（ka-tsì-á）的，逐隻都活靈靈，耍甲足歡喜的款勢，精差袂講話爾爾。

安吉拉雄雄徛起來，轉身喓一聲，一群尫仔物目賙攏眨眨躡。

「貴夫人！」404喚安吉拉過來，共hamburger剝一角予食，紲落佇桌櫃的屜仔（thuah-á）底提一本相簿出來。

「這本予你看覓，貓咪的日常生活相，攏我翕的。」

亞芬一頁一頁沓沓仔翻，詳細看，每一張相下面攏有寫幾句仔話。

頭張，五隻貓包圍一頂紅色的安全帽。文字：夭壽骨五面包圍，禁止我出去hioh ！

二張，三色貓楔（seh）佇水溝佮餐廳的壁堵中間。文字：下暗阿豬仔哪無轉來食飯？原來是去掠鳥鼠掠甲予魔神仔掠去。

三張，兩个女助理揤一隻柑仔色的小貓咪，一个查埔醫師毋知咧創啥物。文字：柳丁牙槽發炎愛挽喙齒。毋過貓神毋驚疼，喝挽就挽，抽血親像蠓仔叮，一點仔都無礙著。

四張，橘貓四跤躪直直，肚臍骿邊看現現。文字：膨柑看著愛人就擛手兼擛跤，喝投降矣。

五張，橘貓四跤弓兩爿門框，喙咬絚絚（ân-ân），目賙展兇神。文字：虎爺當班，門神無頭路矣。

六張，三色貓踮紅磚仔塗跤倒離離，怦怦喘，貓毛挐鬖鬖（jû-tsháng-tsháng）。文字：鱸鰻（lôo-muâ）出去參人冤家，規身軀虛累累，轉來閣會佯生（tènn-tshenn）。

七張，安吉拉咧盹龜，三色貓倒塗面蹛直直，起跤踢過來。文字：佛山無影貓拳道，武林祕笈失傳的工夫。

八張，烏貓前跤佮頭殼躘過一个查某人的身軀，後跤蹛直直。文字：貓神啊，你參我全一粒心臟，愛連鞭倒轉來。

……翻著第八張，亞芬頓一个，這隻烏貓若像足熟似，伊的目睭一蕊深藍一蕊琥珀色，這敢是真正的相片？合成的？畫的？

越頭看404，清湯掛麵線做一下飛起來，目睭圓輾輾，亞芬驚一下身軀徙向後爿，仝時間，噗噗叫，四隻貓對無仝位的貓仔門做一下躘入來，一隻一隻順序排佇桌櫃下面。斟酌看，拄才遐尪仔物竟然闔出四个縫。

「歹勢，我來翕幾張仔相。」亞芬暫且共相簿按下，擛頭徵求404同意。

「翕相無要緊，莫翕我就好。希望佇報導內底，我只是一个號碼，無名字，無形體。」

「我有一个疑問，你也有佇雜誌寫稿，敢無咧落名？請教彼是佗一个雜誌社？」

「你看，我的貓有古錐無？附記的文字有趣味無？」404無回答伊的問題，講對邊仔去。

亞芬感覺怪怪，不過歹勢閣問落去。伊雄雄想著，進前有翕足濟張七層樓仔的外觀，前三个採訪對象，502、606、

709 佇莫名其妙的氣氛中，煞干焦有筆記，無翕佪的房間，應該愛閣去補翕。

閣看一擺桌櫃，原在闐四个縫，並毋是目賙花花。亞芬猶是頭殼愣愣，擛手攲一下家己的後擴，就無閣問落去。

「你的採訪底當時會結束？」欲離開的時陣 404 問伊。

「無的確咧，愛看寫了有順序無。」

「向望你順利完成。先予你知影，我後禮拜欲去海棠國西爿邊境地帶旅行，按算一個月時間。」

「彼敢若是沙漠地帶呢。」

「嗯。」

「組團？」

「家己行。」

「晗（hannh），按呢敢好？」

「無問題。」

「毋過，你的五隻貓咪欲按怎？啥人欲照顧？」

「709 會幫忙啦！」

從採訪到今，亞芬感覺每一擺攏有莫名其妙、意外的發展，奧妙佮趣味攏有。本底無飼貓，經過這幾擺的採訪，煞開始考慮矣。

經過守衛室的時陣，蟮蟲仔拄來上班，問亞芬今仔日訪問啥人。

「404 ？伊雖罔飼誠濟貓，毋過誠愛迫迌，敢若鳥仔咧，飛來飛去。聽講頂禮拜去海棠國邊界旅遊矣，這時陣敢有佇咧？」

8

猶閣是星光月明的暗暝，亞芬來到七層樓仔的時陣，固定當暗班的蟮蟲仔煞無來，守衛室烏烏暗暗，增添這座老公寓的淒微。

佇埕斗椅仔頂，干焦有一个中年婦人人咧曝月光，雙手攬一隻白色的安哥拉，形體足成 502 卓麗的藍虎。

「我是《現流仔生活誌》的王亞芬。」

「毋免 mè-sì 啦，我知影你已經採訪過 502、606、709、404 矣。」

「301 的小姐？」亞芬露出歡喜的表情，提出翕相機，「你也是我想欲採訪的對象，毋知有方便無？」

301 目頭結結帶憂鬱，不過講話慢慢純純，並無拒絕翕相做紀錄。亞芬拖椅仔坐對面，翕過安哥拉，閣頂真看一擺。

「足成 502 的貓咪呢。」

「伊的就是我的，阮的貓攏換來換去，抱來抱去，無礙啦。」

「聽起來誠特殊。按呢下暗就來你遐參觀好無，你蹛 301，口仔遮近近仔爾。」亞芬徛起來，今仔日毋免蹈足懸較輕鬆。

「王小姐。」301 共藍虎喚走，徛起來的時陣竟然誠躼跤，懸過亞芬一粒頭，殕藍色的長裙崁過跤目。

「你誠認真投入，會呵咾得。莫去 301 房矣，我悉你來一个特別的所在，遐對你的採訪幫助較大。」

301 牽亞芬的手行入中排的正爿角，佇歹足久無用的老電梯邊仔，有一个生銑遛蚼的鐵門，301 共鐵門閂捘開摸出來，內底現出落去地下室的樓梯，古早味洗石仔，毋過看起來金金。樓梯不止仔濟層，愈落去愈暗，半中站 301 提番仔火佇樓梯邊的壁空點蠟條，就按呢過十外尺點一枝，點的所在攏有囥暗藍色矸仔型挖空的蠟燭台。

「地下室無牽電火？」亞芬頭一擺遇著按呢，感覺怪怪小可膽膽。301 無應繼續行，蠟條的光炤佇伊的鬢邊，拖一逝足長的烏影。

落到下跤層，有一排無抹水泥的紅磚仔牆，烏銑烏銑，頭到（kàu）掛一个大月曆，頂頭畫貓仔圖，毋是 606 寫實頂真的畫法，而是筆觸靈活，帶著神祕玄奇的手路。

「頂頭印的是你的畫？」亞芬那翻那問。

「攏我的圖。」301 也暫且停跤。

「今年是兔仔年呢，哪攏是貓。」

「是貓年，貓參人感情遐爾好，竟然無入十二生相，誠無應該。貓年才著，其實有誠濟國家的十二生相有貓，比如海棠國南爿的越頭國，個無兔仔年，有貓仔年。」

閣繼續行，斡入一間三、四坪大的房間，蠟條一枝一枝點光，規厝間滇滇的瓷仔貓沓沓仔現出來，多數是咖啡色、深藍色，少數乳白色。遮瓷仔貓，有貓身貓頭、貓頭人身、人頭貓身，各種形樣，坐的、徛咧、覆咧散佈踮桌櫃、壁邊，延來到入口的門邊，綴蠟條光搖幌，有古早巫師祭壇的氣氛。風對佗位來，亞芬斡來斡去，揣無來源。

房間的正爿後角閣有一个小門，欲入去進前，301 揞一矸酒提兩个茶甌出來。

「閣過彼間是貓世界，貓族的神聖空間，照禮儀規定，愛先乾三杯表示敬意，才會使入去。」

「毋過我袂曉啉酒。」

「按呢就莫入去，行倒轉來。」

彼茶甌看起來袂小，亞芬躊躇一下仔，想講已經入來到遮矣，若斡倒轉去敢袂足無彩？只好殘殘啉落去。301 隨後也啉三杯。

軁入去點蠟條，啊，竟然是三十外坪大的空間。亞芬提翕相機欲翕。

「袂使，遮袂使翕。」

301 共亞芬的相機扲落來，開始點雙爿邊的蠟條，上落尾點對頭前來。彼有一條石枋長桌較臨三丈，頂頭規排攏是瓷仔貓。不過遮的貓全是咖啡色的，而且攏疊盤坐，結手印，頭殼頂托蓮花，蓮花頂的淨香一一點著，無偌久規厝間充滿淨香的芳味。其中有幾若隻大貓，烏趖趖的身軀，兩蕊目睭光顯顯，一蕊像藍寶石，一蕊若琥珀，個毋但頭殼頂點淨香，喙閣有一港煙直直霧出來。

閣較驚人的，佇上後面的壁牆有非常大的壁畫，圖面是曠闊的大海，遠遠浮出半𪗋島的形影，海面有一群海鳥，滿天的飛魚若飛若跳。亞芬雄雄想著彼个月光暝佇埕斗開講，404 叫伊是飼魚 --ê。

貓間仙景，神祕的世界，海湧流泉四界淀，魚鳥空中飛舞，親像真實也敢若幻景。過一觸久仔，亞芬陷入茫霧中矣。

「301，301的小姐，你佇佗？」

「會當參觀貓世界，表示得著貓族的認同矣，你愛閣啉三杯。」拄才的三塊杯仔佇空中飄過來，無看著301的形影。

亞芬驚一下面仔青恂恂，越頭要緊傱出去，無張持挵著壁倒落閣跙起來，一葩一葩的蠟條火佇後面逐過來，海湧聲、鳥仔聲、魚仔落水的聲，規个地下室親像有一千隻的貓仔嘐嘐叫，閣兼有回音佇四箍輾轉趖來趖去。

9

亞芬倒佇眠床發燒三暝三日才精神，彼工按怎離開七層樓仔，按怎開車轉來，攏袂記得矣。雜誌社的社長拍十外通電話無人接，要緊派人來探看覓。

「無代誌矣，拍算搧海風寒著，閣直直眠夢。有食感冒藥，好足濟矣。」亞芬頭殼內攏是七層樓仔的情景。伊採訪的過程閣像電影，一齣一齣佇頭殼內閃過去。尤其地下室的貓世界，是真是假想袂起來。彼段攏無翕著相，誠可惜。伊拍算過兩工仔，元氣回復了後，欲閣去探看覓，順紲補翕一寡相片，增加報導的精彩度。

一禮拜後，亞芬佇欲暗仔閣來到七層樓仔。

拄才佇半路車輪雄雄消風，硞硞叫，要緊拍手機通知thài-ià（タイヤ，輪胎）行來處理，經過延遲，到位已經欲暗矣。

今仔日黃昏的天色紅帕帕，血雲對七層樓仔倒爿直直湠過中央、正爿，規座公寓看起來比前擺較舊較破，逐口窗仔敢若烏lang-lang的目睭空，一股淒涼浮上心頭，亞芬猶是膽膽。

「最後一擺矣。」亞芬胸坎捋捋咧，心頭掠予定，大步伐入去。

守衛室已經拋荒，蟮蟲仔拍算予人辭頭路矣。這款的老公寓，欲收管理費誠困難，守衛仔廢掉是早慢的代誌。

閣行入去，五條椅仔原在蹛佇花台邊，附近彼欉老蘋婆葉仔竟然重再吐青發甲旺嗄嗄，而且猶未開花就結子，鳳眼果落規塗跤，目睭一蕊一蕊輾出來。閣斟酌看對樹椏起去，恍惚爛爛的麻索斷一半，佇風中盪盪幌。

亞芬拍算今仔日愛補翕足濟相，起頭對 301 去，看著門開開，內底無人也無貓，而且四面壁堵齊落白灰，干焦看著一張破眠床。伊換斡去地下室，鐵門頂煞鉤一門大銅鎖。

閣上 404，紲落 503、606，揤電鈴、拍門攏無應聲，樓梯間仔的窗仔也開 hānn-hānn，風吹入來起一陣坱埃（ing-ia）。

落尾來到 709，樓頂尾矣，揤電鈴、拍門嘛是無人應，好佳哉，門閬一縫無鎖，就家己共揀入去。

「709 的小姐！」亞芬大聲叫，無人出現干焦電火光光。冊架仔頂的冊原在排甲好勢好勢，踏倚去斟酌看，彼本夏目先生的《我是貓》無佇咧。

伊閣對冊架仔偏邊的小門斡入去。規片落地的窗簾仔攏捒開，正中央竟然有一隻烏貓，坐佇暗藍色的坐墊頂頭，目睭圓輾輾掠伊金金相，身軀完全無振動，連貓鬚也無顫半下。

這時陣，外面的烏雲寬寬仔散開，佇深藍的天色頂頭一大群星光閃閃爍爍，有黃有藍有琥珀，閣兼會逐來逐去。詳細看，攏是貓的目睭。

亞芬這擺佇驚惶中猶會記得翕相，翕了要緊離開。

落樓梯伊雄雄想著，就揤別間的電鈴看覓，想袂到揤電鈴拍門一間閣一間，一樓閣一樓……全部無人應，亞芬的摒門聲佇規座老公寓轉踅，一寡樓梯燈有時著有時化去。

人攏去佗？予人綁票去矣？這聲誠是捎無貓仔毛（寮仔毛），仙想都想無。

亞芬用逃走的速度駛離開七層樓仔，直透拚對警察局去。

10

藍溪警察局共這案交予北藍派出所處理。經過調查，這座七層樓仔已經有百外年歷史，二十外年前住戶就搬了了完全無人蹛矣。

「你看著鬼囉！」主辦這案的少年警察姓林，瘦抽瘦抽胸前掛箍二，外號瘦林仔。伊筋筋的耳仔攑起來，閣兼會振動。

「恁一定愛相信，我佇遐採訪幾若禮拜矣，若無你看……」亞芬提出翕相機，拍開檔案予瘦林仔看。

「哎呀，哪攏無去，敢會故障翕無起來？」相機揤來揤去攏揣無貓公寓內底的相片，干焦有口面的建築物佮周圍景觀。

瘦林仔掠伊看，開始懷疑這个查某人頭殼有問題。亞芬提出手摺薄仔翻出這段時間的紀錄，一段一段攏有押日，寫甲清清楚楚。瘦林仔詳細讀幾若頁，半信半疑。

「遮的人干焦有號碼無名字，欲按怎查？」

「有有，有一个名做卓麗的，伊是復國高中老師。」

復國高中，一間百年歷史的老學校。瘦林仔表情無奈，拍電話去學校查問。學校無人捌卓麗，毋過誠工夫閣叫工友去倉庫揣舊資料，翻啊翻，總算佇一本反黃蛀一角的舊薄冊內底，揣著創校前幾年，有一个女老師名做卓麗。這个卓麗教國文，這陣若佇咧嘛百外歲矣。

「聽起來是無頭公案，莫浪費時間，阮代誌足濟咧辦袂了咧。」

「絕對毋是無頭公案。」亞芬越頭看著辦公室警員有幾若个咧攄手機仔，「我是雜誌社記者，阮《現流仔生活誌》銷路足闊，參各報記者攏有交情。大人啊，這是重要案件，你少年能力強，辦好勢名聲好兼會記功加分，若是無……」亞芬半鼓勵半嚇（hánn）。

瘦林仔目睭窟仔深深，掠亞芬睨一下閣踦頷頸，徛起來。

「好啦好啦！我參你去看一逝。」

透中晝日頭赤焱焱，警車來到七層樓仔，直透開入去停佇花台邊。

守衛室門開開，風吹來吭吭叫（khōng-khōng-kiò）。瘦林仔先揀入去，亞芬跟綴後面，內底已經牽蜘蛛絲，桌頂亂嘐嘐，一台古魯碩古（kóo-lóo-so̍k-kóo）的老電視卡三層沙。

「你看，牛角麵包的紙袋仔，正記麭（pháng）店的，頂頭有有效期限，兩禮拜前。閣有，這盒牛舌餅，萬香餅店的，嘛有押日……」

瘦林仔共袋仔、盒仔提過來看，面色沉重謹慎起來，開始搜查警衛室。

屜仔（thuah-á）內一堆死蟮蟲仔乾（kuann），已經無臭味，兩个人攏掩鼻。閣搜桌跤，一大堆貓仔屎，換去後爿看，小小的警衛室竟然有另外隔間，門卡牢咧，拚入去，啊……啥物？

一堆白色的骨頭掖散佇塗跤，邊仔有一寡貓毛。多數看起來是貓骨頭，毋過有的歹認定，瘦林仔要緊拍電話要求支援。

過十外分鐘，三台警車onn-onn吼駛入來，十外个全副武裝的警察落車，兩个鑑識人員入來搜集骨頭，按算提轉去化驗，其他的參亞芬行入公寓。

起先來地下室入口。帶隊的是目眉烏閣粗的巡官，伊攑一枝鐵鎚仔兩下手就共彼門生銑的銅鎖損落塗跤，大力揀入去，一陣奇怪的味衝出來，逐家攏掩鼻倒退一步。斟酌看，烏趖趖的地下室樓梯，蜘蛛網滿滿是，牽來到樓梯頭，拍算足久無人行踏過矣。

巡官叫後面的警察提手電仔過來，就保持警戒，炁頭一步一步伐落去，想袂到隨踏落樓跤就予物件拐（kuāinn）一下險跋倒。用手電仔炤看覓，猶閣是參守衛室仝款的白骨，數量相當濟。閣延入去內底的房間，就像亞芬講的，一堆瓷仔貓，不止仔恐怖，不過若心頭放輕鬆寬寬欣賞，應該是高水準的藝術品。

上內底間的瓷仔貓上蓋濟，普遍較大隻，佇後面規片的壁畫，海水已經烏漚去矣，魚仔也無半隻，水面一跡一跡的跤爪痕，閣一直落壁灰。

恐怖的地下室，抑是值得保存的藝術洞窟？有幾个仔警察看甲有趣味毋甘走，亞芬心內也有拍算，這部份誠有發揮的空間，可能文化部門應該專案列入保護才著。無偌久，警察佇地下室入口圍黃色布條仔，封鎖現場禁止進入。

閣換來四樓，404 的門開甲盡磅，內底獨獨一張單人床。四界巡巡 --eh，干焦眠床頂有一本相簿，就是亞芬看過彼本，猶閣新點點，參房間形成對比。巡官的粗目眉 niáu 起來，叫亞芬檢查看覓。伊一頁一頁翻過，干焦貓仔軁過身軀彼張消失去。這也是報案的證物之一。

來到 606，發現唯一的窗仔無去矣，閬一大空，西照日無攔無閘射入來。四界擲的畫布，有的正向有的倒覆，有一寡畫布割裂開的，畫面的貓攏旋走去矣？

巡來巡去，誠無簡單佇壁角巡著彼幅細細張仔的油畫崁佇下面，抽出來看，發翼的貓咪活靈靈，敢若原在窗內窗外飛出飛入。伊貓頭鳥的面模仔，兼有亞芬倒拗角的目眉佮杏仁目。亞芬偷偷仔共挹（iap）落皮袋仔，瘦林仔佇邊仔佯（tènn）做無看著。

502 是今仔日搜查的重點，來到門口，竟然內底有 khiȧk-khiȧk 叫、吱吱吼的怪聲，巡官隨著命令逐家銃子上膛管，全神戒備。

鐵條佮（kap）花的外門有兩个堅固的鎖，用 loo-lài-bà（ドライバー，螺絲起子）撬開矣，鎖頭落落塗跤的回音佇規座公寓轉踅，莫名濫雜恐怖的聲音絞滾起來，內底閣敢若有足濟種貓仔的叫聲。

巡官雙手捧銃拎絚絚（gīm-ân-ân），粗目眉佮做T字，寬寬仔伐入去，幾若个警察押後掩護。

原來是一條搖椅坐一个假人，跤手、頭殼攏是活動的，風吹落去khiȧk-khiȧk叫，閣兼會發出大氣喘的聲音，毋知影誠是會予嚇驚著。

卓麗佗位去？亞芬就是對伊開始連絡的，想著FB，要緊拍開手機仔，竟然猶閣佇咧，毋過停佇彼工參伊相約的時間點，閣來就攏無出現矣。

十外个警察誠頂真搜查房間，連壁堵也攏用鐵管損看覓，閣兼用紫外線、金屬探測器掃過。

佃雄雄感覺倒爿彼片壁怪怪，頂頭花花貓貓。回音嘛無仝，金屬的反應走精走精，閣規面攏試一擺，中央有一跡敢若虛虛無實腹（tsȧt-pak）。

「損予開！」巡官下令，兩个戮（lak）壁的工人早就紮家私頭仔佇口面等矣。

兩枝tsùn-tōng-á（電動戮鑽）接發電機khngh-khngh叫，無偌久就拍出兩个空矣。正片彼空，沓沓仔現出一截藍色的衫仔裾角。

「小停一下，寬寬仔來！」巡官比手勢叫倒爿的工人暫停，正爿的一下一下細膩仔共物件戮出來。

無偌久，一个穿藍色長裾烏色西裝褲的查埔人現身矣。身軀已經蔫脯脯，頭殼拗落來，頷頸拄著天篷，身懸看起來較臨百八。伊倒手中指掛一跤手指，頂頭的寶石足成琥珀色的貓目睭，閣斟酌看，尾指頭仔無去矣。

發現重大命案矣，巡官要緊通報警察局，留五个警察封鎖現場，聽候檢察官接手指揮辦案，其他的人先轉去。

「等咧。」亞芬摸巡官的手，欲共講話，毋過伊無閒插伊。

瘦林仔心內暗爽，這聲發現大案件矣，應該會記功，記者講的無毋著。伊參幾若个警察落樓梯，輕鬆行對蘋婆樹跤過，踏過足久無掃積規大堆的蘋婆葉仔，感覺跤底怪怪，閣擇頭看著半條爛爛的麻索仔佇遐盪盪幌，煞起交懍恂。

「小等咧。」伊共彼幾个刑警隊的叫轉來，十外肢手開始拚樹葉仔。一觸仔久，現出一副全身的人骨頭，皮肉爛甲無半滴矣，深紅色麻紗的布袍猶閣佇咧。伊的正手中指有一跤手指，頂頭的寶石誠成藍色的貓目睭，猶有，伊倒手尾指掛一跤鑽石手指，閣搦一枝掛手指的尾指。

粗眉的巡官聽著報告，隨對六樓摒落來，從甲怦怦喘，也拄好檢察官來到現場。

亞芬提供卓麗的FB，經過調查，ID佇足遠的埃及，而且停用足久矣。伊閣報告猶有一跡無去搜查過，拄才欲共巡官講，伊無閒通聽。

「佗一間？」看起來誠少年的女檢察官，掛一副無框目鏡，講話細聲閣緊，亞芬愛足斟酌聽。

伊悉檢察官起去樓頂尾709，竟然連門也拆掉，內底空lo-lo，一大堆冊攏無去矣，對冊架仔看迵過，落地窗的門簾仔也消失去，黃昏的雲彩金爍爍，日頭射出萬丈光芒，一群鳥隻欲飛轉去歇岫，這敢毋是天堂的情景？

亞芬行來冊架仔頭前，檢察官也綴徛來，看著一本冊，規个厝內就賰這本冊：夏目漱石的《我是貓》，1906年原始的版本，白色冊皮中央坐一隻燙金的貓咪。百外年的冊矣，雖罔有歲月的痕跡，看起來保存甲誠好勢。檢察官好禮仔捧起來，一頁一頁翻過去，目睭雄雄閃出一道光。

第十章

【烏蟻族】

1

蕭木桂原是半線縣卜卦山的人，自考牢公家頭路就落南來德陽鎮服務，對二十出頭到甲六十五歲退休，經歷過「德陽」換名「陽秋」鎮，也看過草猴鎮的亂局，伊攏無換單位、無換課、無升官，較臨四十冬承辦民政課的文化觀光業務。伊的退休感言是：幾十冬來，共破爛的古蹟變成媠氣的新蹟，共傳統文化變做現代政治，功勞苦勞貢獻匪類參濫做伙，有成就感也有歹勢。

不而過，伊想來想去，這全是奉公守法遵守頂司交代所做的，功佮過參伊無啥底代。而且，窮實佇落尾這十冬中間，伊下足濟精神佇藝術創作，朋友四常共供體講，畫圖是正業，公務是副業，想著這，煞有淡薄仔不安。

「公所彼个獨身仔桂，做一世人公務人員，無食薰食酒，也袂交查某，人做親情也無興趣，拍算規組害了了矣。」佇大目街西爿路尾的基督聖堂頭前有一欉榕仔，不時有計程車司機佮幾个老歲仔佇遮食薰、開講、練聽話，批來批去無所不至。

「榮仙，你閣知影伊規組害了了？木桂仔斯文人，專心食頭路佮畫圖，對查某空無興趣啦，哪像你，哎啊，規身軀鵤記記。」駛計程仔的烏鼻蔡隨就共揬（tu̍h）。

「畫啥碗糕？」烏鼻蔡--ê鼻頭的烏痣一支毛翹起來，顫咧顫咧，「聽老磚仔窯社區的厝邊講，伊畫圖用捽、用搌、用潑的，像土符，無人看有。」

「彼是你看無爾，這馬西班牙有畢卡索，蓬來島嘛有朱豆伯仔，你攏無綴時代咧行，看無就恬恬，較袂予人笑。」全計程仔的古意賭仔插喙佝烏鼻蔡--ê。

鎮內的人就像按呢十喙九尻川，逐時用木桂仔做題相諍、講笑詼，毋過伊攏無聽著，因為自退休了後就注心佇藝術矣。伊共規間透天厝的客廳佮二樓攏改做「桂仔仙」畫室，無暝無日畫圖，真少出門，連三頓也四常用手機仔點外送。誠是拍算欲做仙矣。

2

桂仔仙畫室，對客廳改造的一樓，掛作品之外干焦有細細塊的食飯桌佮一台電視，家己畫圖家己看，食飯配電視變成木桂的日常。按呢一工一工過，也較臨兩冬矣，二樓的圖窒窒滇（that-that-tīnn），三樓的睏房厝角鳥仔做岫滿簾簷（nî-tsînn），大雨若來漏tshè-tshè。棉績被（mî-tsioh-phuē）足久無曝矣，臭殕味流淚佇空氣中，闇沓沓仔卡跍身軀，洗袂起來。木桂仔欲做仙矣，有一種聲音佇伊頭殼內轉踅，予伊心頭袂定著，畫的圖也風格變化萬千，家己嘛想無。

春天欲來進前，木桂出來花園巡巡看看咧。這个花園無蓋大，十外坪爾爾，毋過各種植物花草不止仔豐富。所講的各種植物多數是無請家己來的，別人喙中的雜草，伊心目中的野草。因為無分大細目，遮的野草長年佇自由發展的狀態之下，形成小花園的戰爭，這種戰爭無了時，毋過產生的結果是植物的死亡、復活、輪生，並無任何一種消滅斷種。

「大自然的奧妙，超出人的腦智。」木桂仔跍落來，觀察一欉本土的雞屎藤大戰一群外來的翠羅莉。雞屎藤氣味相接，心心相連，瞪力欲共入侵者䌊 (sn̍g) 死。翠羅莉卻是地下湠根，這爿枯焦彼爿暴穎。木桂仔徛懸山看馬仔相踢足久矣，兩種植物攏足勇足韌，予人欽佩，只是門邊一欉紅玫瑰，干焦戰一欉三角葉西番蓮，就變甲烏焦瘦，佇冬尾的風中略略仔起顫。

「無啥潲仔路用！」木桂仔土話唸佇喙內，連家己都聽袂清楚。不而過，兩冬來，對野生植物的觀察，誠自然進入伊的作品圖面，用超現實佮抽象的手路表現出來。

佇這个花園，除了小花草，較顯目的是兩欉旺嗄嗄的樹欉。較倚石坎仔邊的，是一欉四季開花袂結子的桂花樹，對照主人的名姓，自然會想著是刁工種的，不而過，對蹛入來三十冬的木桂仔來講，這純是巧合。另外，有一欉百年老樹，算是怪胎，聽講本底生佇遠遠的路邊，幾十年來竟然用氣根落地的方式，一尺一尺行倚來小花園，靠佇壁邊變成主樹。落尾，倚路邊的部份因為道路開發剉了了，這个榕仔公就變成老樹欉新移民矣。

周圍有一寡刺查某發甲足旺矣，木桂仔共薅掉一部份，留兩三欉。牆仔邊的白花仔菜發甲像喙鬚，對花台披落來，也共挽掉一半，賰的原在予去生湠。煞落坐踮榕樹跤，捲榕仔葉歕鵁仔 (pûn-pi-á)。一群厝角鳥仔遠遠飛過來，先佇樹枝停跤小喘，才做一下飛入簾簷跤歇睏。

黃昏矣，日頭欲歇睏，萬物也綴伊歇，干焦月娘佮天星來換班。不而過，木桂仔也佇榕樹跤看著一群烏色的狗蟻，不止仔大隻，身軀烏金烏金會發光的狗蟻，對樹跤的空縫鑢過去，看起來嶄然仔無閒。日頭落山矣，𪜶猶無欲歇睏，有夠骨力！

木桂仔無閣去插狗蟻的代誌，伊歕過三枚樹仔葉，猶原恬恬仔坐咧空思忘想。人講木桂做仙矣，窮實伊是較成哲學家，頭殼玲瑯踅才會感覺家己猶閣活咧。伊想甲月娘出現，天星也開始一蕊一蕊眨眨矚。木桂仔穿一領jiàn-bà（ジャンパー，運動夾克），淡薄仔忝忝，就順兩欉刺查某仔中央覹落來，無偌久就睏去矣。

伊睏甲會做夢，佇夢中敢若有啥物趖過面佮跤手，也親像有人咧挲捋伊的身軀，共頂頭的垃儳（lâ-sâm）掰掉，共鉒用（lu̍t）掉。準講足久無洗身軀，一寡「仙」也攏洗淨矣，賰落來的，是一種奧妙特殊的氣味。這種氣味誠自然，氣味中間敢若有足特殊的鏡頭佇目睭前從來從去，閃閃爍爍。木桂一世人毋捌做過這種奇怪的夢，閣親像是做足久也毋甘精神。

天頂的月娘雄雄影著一个人佇花園倒直直，睏甲喙角翹翹，也感覺趣味，伊用光顯顯的目光炤過來，煞看著一群狗蟻佇頂頭從起從落足無閒，親像咧做清潔工課，也敢若咧進行啥物儀式。

3

日頭曝尻川矣，木桂沓沓仔精神，坐起身挲目睭皮，煞發覺頷領、額頭、跤盤、手捗一噗（phok）一噗紅閣腫，有的癢（tsiūnn）有的袂，較奇怪的是散發出一種特殊的氣味，分袂出厚薄，恬恬感受，敢若是咧講話，不過毋是人的話語。

木桂上代先智覺著的是對榕樹跤、塗丸仔縫傳出來的訊息。彼是三隻狗蟻箍做伙觸角連觸角咧開會。個講，小皇后的生日連鞭到矣，愛開始計畫慶生活動。其中編號OG-707的參謀意見上濟：「咱『根部』的小蟻后也已經十二歲矣，今年是大生日，當然愛認真鋪排，辦予鬧熱tshí-tshānn，大樹山烏蟻族的各部落攏愛邀請，辦桌攢料理的師傅先選予好，安排表演的也愛好好仔練習。不而過……」OG-707 前跤略略仔徙一下，共觸角擛起來閣园落。

「愛注意，這个慶祝袂使比老母娘頂回辦的較奢颺，若無可能會有殺身之禍，甚至會連累著咱的炁根小蟻后。」

「敢按呢？」編號PP703 的公狗蟻表示異議，「老母娘二十外歲矣，放的卵生湠規个大樹山烏蟻部落，伊的腹腸上蓋闊，應該袂計較這種小代誌啦，況且你雖罔猶少年，將來嘛是有機會接小蟻后的位。」

「這款代誌攏是工仔蟻咧發落，毋過嘛是愛兵仔蟻的認同，我看參詳好勢才來進行。」編號GP5144的母狗蟻紲落講。

個三个算是根部的重要參謀，部內大大細細的事項，足濟是透過個的參詳向小蟻后建言才來進行，老母娘對OG-707誠信任，這是部落中逐家知影的代誌。

這陣有兩隻大頭大面大牙槽的兵仔蟻巡邏過去，行路的跤步聲不止仔大，牙槽開咧合咧，威風凜凜的款勢。OG-707 略略仔顫一下，三枝觸角寬寬仔放開。個這種直接用觸角溝通的方式，佇狗蟻族來講，進行快速而且較少有誤誕（gōo-tān），不而過平常時仔，也是習慣用花露雺[1]來敨放氣味，傳達訊息，一个接一个，一部接一部，嘛連鞭傳遍大樹

1 花露雺：費洛蒙（英語：Pheromone），也稱做外激素，一種化學傳訊素（訊息化合物，semiochemical）。

山各部落。

木桂初初淡薄仔煩惱，是毋是超現實的圖畫傷濟，幻想的情景四常會家己走出來，不而過這陣接收著的畫面聲音佇頭殼內轉踅幾若回，感覺誠有意思，寧可相信是真的。

向腰閣斟酌看榕樹跤的狗蟻空，彼群烏狗蟻敢若愈來愈無閒，走從的速度愈雄愈緊，其中幾若隻特別大頭大面，身軀也比別隻大足濟，伊用手機仔翕幾若張，尻川顊拌拌（puānn-puānn）咧蹈起來。桂花頂已經鳥屎滿滿是，一大陣的厝角鳥仔有的佇榕仔頂揣樹子，有的飛出去矣，拍算去討食無仝款的口味。

木桂蹈上石坎仔入來畫室，昨昏開的電視規暝無關，摸著燒燒好佳哉無siooh-tooh（ショート，短路）去，面頂當咧做一塊米國動畫《蟲蟲危機》，關係狗蟻佮草蜢仔（tsháu-meh-á）戰鬥的故事。伊坐落來看甲煞，對狗蟻直直興趣起來。

半麗島的狗蟻有幾種？榕樹跤是啥物款的狗蟻？狗蟻互相連繫交流用啥物方式？木桂除了佮意奇妙幻想，對植物的認識研究一向誠頂真，也寫過一寡本土植物的報導刊佇報紙雜誌，這擺的奇遇另外閣激出伊對蟲豸的興趣，初步就對狗蟻開始。

經過網路查資料比對，總算了解榕樹跤的烏狗蟻叫做「疣胸琉璃蟻」，規身軀烏趖趖，尻脊的噗瘤，恍恍仔看彷彿是駱駝。伊的硬殼烏甲發光，看做琉璃嘛無腫頷。這種烏狗蟻特別貪甜（tinn），四常侵入果子園予果農頭殼疼，會規族群攏移徙來佇老榕跤，必然有特殊的緣故。

木桂提出畫紙，開始描畫烏狗蟻的形圖，頭殼、身軀、腹肚、跤爪，愈畫愈幼，連觸角佮跤爪仔的幼毛攏畫出來。落尾閣畫出胃腸心臟，誠是研究甲誠工夫。

4

早起十點外里長走來揤電鈴無跰，喝甲足大聲，木桂仔畫筆小囥咧開門共看覓。

「蕭老師，你的花園規个攏雜草，有人咧反應呢。」

里長拍算知影伊這馬專門畫圖，煞開始叫老師，精差無認定是大師。

「我會處理，里長伯仔免煩惱。你看，這逐欉攏有名字，有特殊的婧氣，而且閣會使治足濟病症，毋是雜草啦！」

「好啦好啦，蕭老師……唉，有人反應我生成愛轉達予你知影，拜託囉。」大目里長面烏趖趖兼大嚨喉空，幌頭吐氣，無相辭就離開矣。

木桂閣來榕樹跤巡狗蟻，感覺比進前較大陣，這陣當咧扛一隻蚻蛪（ka-tsua̍h），軁入樹頭邊一个洞空，對畫室的方向前進。伊綴狗蟻的行蹤直直鼻入去，感覺家己鼻味的工夫愈來愈厲害，若鼻空靈敏人就號做虎鼻師，伊這馬應該是狗蟻鼻矣，這種鼻有發兩枝拗角的鬚，有時顫咧顫咧，閣敢若天線。

伊鼻著畫室下底有大堆塗丸仔的味，閣有大群狗蟻的氣息，面靠倚去瞇看覓，閣親像有山洞有壁牆，蹛足大群的狗蟻，是嶄然仔鬧熱的地下城……

彼誠實有足大片的空間，而且一日一日擴大。

樹根是榕仔公的跤，小部份伸佇地面，艛落塗跤底四界旋的卻是不計其數，年久月深變成千跤樹王公的大小腿，抑是供體做鮘魚爪仔。遮爾大堆的爪仔沓沓仔旋慢慢仔鑽，攏旋佇晝室地板下面。

佇鮘魚爪仔的四箍輾轉聚成幾若个狗蟻部落，彼个狗蟻看起來是學名「疣胸琉璃蟻」的烏狗蟻，身軀烏甲會發光，尻脊腫一兩瘤，閣誠是像駱駝。

個分做六个部落，「根部」兩个，「幹部」一个，「葉部」三个，每部一个蟻后，根部的其中之一是母后，蹛佇上內底面的洞空，守備也上蓋嚴密。窮實這个大狗蟻部落原先就是母后建立的，伊是「晟生老母娘」，外號「足無閒」，因為食飽tshu放卵生囝，生湠能力非常驚人，規个大樹各部落百萬隻的烏狗蟻攏是伊的囝孫。

彼工OG-707佮三个參謀相佮研究生日慶祝活動了後，就做伙去朝見根部小蟻后。生日慶祝活動前冬對外族傳過來，逐个小部落攏重視起來，足成人的春節過年，窮實小蟻后也是愛面子，向望愈鬧熱愈好，毋過伊對母后瞻瞻（tám-tám），準講心內不服，因為勢頭無夠毋敢出聲。所致伊指示OG-707傳達落去，簡單就好，毋免閣去葉部調大量的甜路請人客。

烏蟻部落的畜牧業規模不止仔大，多數分佈葉部三个小部落。包飼的對象是較大的龜神[2]佮細細隻仔的白龜神[3]。這兩

2 龜神：蚜蟲，aphid，也叫做膩蟲或是蜜蟲，是一類植食性昆蟲。

3 白龜神：介殼蟲，是一類細小的植食性昆蟲。

種蟲豸專門軟枝葉的汁，造成植物焦蔫，個的剋星不止仔濟，因為大便放蜜，煞變成狗蟻的寶貝，共當做奶牛疼命命。

不而過烏蟻部落經過幾若擺部族會議，早就形成共識：保護佇大樹各部落的龜神、白龜神生湠速度不止仔驚人，為著樹王公的安全，有時陣對伊的剋星會目睭瞌一蕊，予龜神自然消滅，抑是予遷徙去桂花佮別種野生花草彼爿，個算是有智慧的狗蟻。

5

木桂閣咧看電視矣，最近四常有螺絲國進攻隔壁蘭巧國的新聞。世界無平靜，戰爭誠是不管時，足濟民主國家跟綴米國制裁螺絲國，閣提供厲害的武器予蘭巧國，這場大戰拍算一時歹收煞，木桂想著狗蟻應該是四常有戰爭，凡勢會比人類閣較濟。

伊拍開手機仔看Youtube，想欲了解狗蟻、龜神佮花草植物中間的關係。

影片中有幾若隻紅狗蟻行倚柑仔色龜神，隨个仔揣對象，用觸角尾的小損槌敲伊的尻脊骿，隨就有蜜放出來，甜物物(tinn-but-but)芳貢貢，一位食過一位，逐隻狗蟻食甲喙笑目笑。

這時陣，有一隻紅帕帕頓烏點的珠仔龜[4]來矣，雄介介拍算欲共龜神一隻一隻拆食落腹，毋過紅狗蟻眼精跤緊，隨就一大陣覆倚來，齴牙捽鬚，用小損槌仔大力托(mau)落去，

4　珠仔龜：瓢蟲，圓形突起的甲蟲，是體色鮮豔的小昆蟲，常具紅、黑或黃色斑點。

紲落用腹肚邊彼門大砲射出會咬人的蟻酸。珠仔龜本底興tshih-tshih，看毋是勢煞走甲噴肩。

木桂心內想，龜神雖罔素食，卻是嚴重危害人類的農作物。不而過，伊對狗蟻來講是善良有路用的蟲豸，是個的奶牛，食物重要的來源，當該然愛全力保護。所致看待世間事各有角度，朋友敵人往往因為利害關係，惡霸佮溫馴分袂清楚，造成戰爭無了時。

電視看煞繼續畫圖，伊不時畫甲毋知食飯、洗身軀，拄著仔出去外口，頭毛鬖鬖（sàm-sàm），一重巡的目睭皮變做三四重，強欲黏著長長的月眉，毋過較反形的是伊的目眉毛漸漸倒翹，鼻頭烏烏若狗蟻。厝邊隔壁有人開始叫伊翹目眉仔，也有一寡本底稱呼伊蕭老師的人，將伊的桂仔仙想做鬼仔仙矣！

下暗木桂畫甲半暝半感覺喙焦，想欲去灶跤啉一杯茶，雄雄鋪thài-lù（タイル，瓷磚）的塗跤底有奇怪的聲音，斟酌看，閣敢若有啥物件直直托起來。敢是溼氣重咧欲膨管？舊年隔壁的芳瓜張--ê厝內換thài-lù招做伙，無答應實在毋著矣。

不而過，閣再覆落塗跤鼻看覓，用目眉毛感應看覓，好親像足濟訊息對塗底傳過來。

「大樹部落的晟生老母娘發出動員令矣！」木桂雙手�頭殼，百萬隻的烏狗蟻分幾若百隊，佇地下通道行軍，行向口面的老榕，按算欲參幹部、葉部的部隊會合。

「依照報馬仔BB-121進一步詳細調查，按算侵入咱部落的紅狗蟻，是來自公路邊的大牛樟，已經佇遐二十外年矣，毋知啥原因無講無呾就大遷徙。咱集合根部、幹部、葉部戰士的動員令發落去矣，這場是咱的存亡之戰。」OG-707 頭殼犁犁誠尊敬，向老母娘報告。

老母娘揹一个大肚胿，內底有滇滇的狗蟻卵，是烏蟻族萬年生湠的根本，外面的守備一重閣一重，絕對袂使予失覺察去，尤其佇這个內宮彎彎斡斡的每一个小出口，攏有安排特選的大頭狗蟻，個臨急的時陣就愛用頭殼共洞空窒牢咧，是拍死袂使退的大頭兵。

「葉部牧場的糧食愛提早運入來根部的洞空較安全。」老母娘那食蜜糖補充營養那交代，佇講話的中間閣放一堆卵出來，外面的護理工蟻要緊走入來，共卵捧去另外一間等待，這種房間相連紲，有孵岫間、育（io）嬰仔間、晟囝間，攏設備甲足四序，老母娘較臨逐時生，也逐時做月內。

佇大樹的烏蟻部落，重大事件是由老母娘統一發令，其他根部、幹部、葉部的五个小蟻后攏愛聽伊的。這陣，四常牽做伙的OG-707，PP-703，GP-5144 更加是密切相敆做伙，變成老母娘的親信佮內閣。

「你想敢有談判講和的可能？」老母娘頭殼越過來，用跤爪挲OG-707 的面。

「報告老母娘，我看暫時莫講按呢，若是予各部的蟻后知影，恐驚……」OG-707 越頭看四箍圍仔，要緊共這个訊息拊掉。

「有啥物問題？」老母娘換用觸角對OG-707 頭殼心摃落去。

「個會講你驚相戰，會影響領導的威嚴……」OG-707 回話的時陣拄有一个護理工蟻入來，伊隨閣共訊息拊掉。

老母娘掠OG-707金金相，表示憤怒，毋過無閣講啥物。這時陣，危險的警示已經隨著花露雺的氣味傳湠甲規个烏蟻部落矣。

6

木桂仝款接受著危險的警告，煩惱甲一暝無睏，天拍殕仔光就從出來花園四界巡。伊無張持看著桂花樹跤有幾若隻紅狗蟻，明顯是無仝國的。遐的狗蟻觸角伸長長直直搖，探子的款勢。木桂伸指頭仔欲共挼死（juê--sí），指頭仔是人上尾溜的小零件，對狗蟻來講卻是雷公的大槌。

木桂頓一下手閣勼轉來，換提手機仔共翕起來，煞落擎手碗（pih-tshiú-ńg）予狗蟻叮，講叮窮實是注毒射，這種射若用濺的就變蟻酸砲，是狗蟻部隊的化學武器，對其他的小蟲豸殺傷力真強。木桂敢若取著紅狗蟻的花露雺，也覕著個的氣味，讀著個的訊息矣。

入來畫室拍開手機仔查資料，斷定這種紅狗蟻號做熱帶火蟻，參紅火蟻仝款歹性地勢相戰[5]，毋過無紅火蟻遐爾雄遐爾猛。

木桂讀著個的訊息：「咱牛樟部落予魔神仔副去矣，閣兼拗甲一節一節揹走，誠濟狗蟻卵佮幼囝煞連枝掛葉予做一下掠去，僥倖啊。」

5　此種熱帶火蟻與紅火蟻外觀很像但體型較小，頭部身體比例明顯寬大，頭部後緣凹陷，也具攻擊性。紅火蟻小名invicta，意思是「無敵的」，原產南美洲，2003年入侵台灣。台語「好厲害的紅狗蟻」，即指此種入侵紅火蟻。

「這馬一大群睏佇路邊草埔仔頂，無房間閣欠糧食，若無要緊揣所在安頓落來，恐驚會滅族啦。看起來這欉開白花的大樹，邊仔有曠闊的土地佮誠濟野花野草，是誠適合重再建立部落的所在……」

「不而過經過調查，邊仔彼欉老樹公有大群烏狗蟻，拍算蹛非常久矣，分誠濟部落，守備也誠嚴密，欲閃過個的攔閘，拍算無遐簡單。」

這幾隻探子並無連接觸角做較穩當的溝通，內容煞攏傳對這爿來。木桂了解個的情形屬不得已，閣親像歷史記載所講，有一寡草滴族受白浪移民開發的壓迫，無可奈何愈徙愈入內山斗底。這起事若會當協調溝通，也無的確愛戰甲死來昏去。

木桂正手已經有熱帶火蟻的氣味，會當參個溝通，不而過夾佇紅、烏狗蟻中間，煞變成一爿是安全、保護，另一爿是危險佮戒備的氣味，訊息親像相拍電不止仔錯亂。

伊坐落來拍開電視，猶閣是咧報導蘭巧國的戰爭，電視中有一粒飛彈射過來，pōng一聲，電視煞開始衝煙，規个客廳茫煙散霧，木桂驚一趒，要緊共插頭拔起來。

一觸久仔煙霧散去，伊看著塗跤的thài-lù煏（piak）開矣，有一群烏狗蟻相紲軁出來。個是烏蟻族的參謀團OG-707、PP-703、GP-5144佮報馬仔BB-121。

個按算佇六个小部落之外閣再揣備用的出路佮基地，對老母娘的宮室向頂面沓沓仔挖，漸漸見著光，落尾拄著桂仔仙的烏鼻頭佮倒翹的目眉毛。

四隻狗蟻同時鼻著樟仔味，閣有危險的訊息。個做一下用尻川針對木桂的鼻頭揬落去。強烈的蟻酸射，一擺注四枝，烏鼻煞變做燒酒鼻。

木桂要緊共兩枝上長的翹目眉伸出去，參OG-707的觸角搭做伙，誠清楚佮誠懇表示善意：「我是這个所在的主人，是恁的朋友毋是敵人。我也知影樟樹部落的紅狗蟻欲遷徙來遮的代誌，會使加入參謀團。」

木桂為著欲得著信任，就提一包白糖倒佇塗跤，閣敨一包牛奶餅，貢獻烏蟻族的糧食。狗蟻參謀團一輾，觸角相接做妥當的溝通了後，感覺這應該是祖靈顯聖派來幫助咱的，就決定予木桂加入參謀團，而且拍算安排伊晉見晟生老母娘。

7

好天嘛愛粒積歹天糧，對狗蟻來講，落雨佮寒冷攏無法度去搜揣食物，何況戰爭中間。老母娘下令加強葉部龜神落蜜的速度，家己也增加逐工放卵的數量，戰爭中間的損蕩愛先有所按算。所致這擺木桂提供的食物幫贊不止仔大，對個來講，這个頭殼拄天的人，會使看做是狗蟻神仙的化身。

對塗底挖上頂頭的磅空，雖罔彎彎斡斡閣有支線，不而過較倚晝室地板的所在直long-long，而且老母娘的身軀嶄然仔大，為著逃生方便，必須要加大通道。

木桂覆踮塗跤，共翹翹長長的目眉鬚鬚 (nng) 入去，參老母娘直接溝通。

「戰爭無了時，咬來咬去死規坪，而且規个戰場的坑道、房間、倉庫攏拍歹了了，毋管贏抑輸，對大樹的烏蟻部落攏是一場災厄，我看講和較妥當啦。」

「烏蟻族本性並袂愛相戰，毋過嘛袂使放甲軟膏膏予別族看無現。我對參謀得著的消息，其他五个部落有四个強烈主張相戰，而且有拍贏的信心。」

老母娘put一聲放三粒卵，閣繼續講落去：「阮根部的小后蟻甚至唱聲，未曾戰就講和是投降主義。況且阮烏蟻族的蟻后權限並無恁想的遐大，暝日操無停的工蟻自然形成共議制，個的結論我嘛毋敢共否決。窮實個帶念我是祖祖祖祖，而且食甲老mooh-mooh矣猶閣咧生囝報族，所以尊敬三分，予我食好穿好蹛好，重要代誌攏會先來請示。」

木桂予老母娘講甲一時窒咧，想一觸久仔才回應。

「根據我的了解，紅狗蟻的數量並無足濟，欲戰贏恁的可能性無大。不而過個的樟樹部落被徹底毀滅，大群出走的部族已經無別位通去矣，我臆個絕對戰死無退，準講三个配恁一个，恁嘛是死規坪，敢有較好？」

桂仔換一个姿勢閣繼續講：「個數量無足濟，需要的是恁無啥用著的彼欉桂樹，這對恁的安全佮食物的生產並無影響啊，就算做淡薄功德嘛誠好……按呢啦，桂仔仙既然欲做中人，就家己先犧牲，我會使將這片地板割一半予恁，加入根部，我也允准部份的樹根伸入厝內。而且我的白糖、牛奶餅會使繼續供應，按呢敢毋是比戰甲盧累累死規坪較好？」

老母娘用觸角揤頭殼直直挲，想來想去總算應答伊：「就按呢好啦，我共這个想法的好處傳予全部烏蟻族，拍算愛三、五日的時間，予個形成共識，才閣來參你講。」

木桂就傳達意見予紅蟻族的代表，拜託暫且按兵不動。

烏蟻族的效率誠是袂穤，訊息快速傳落去，一个接一个，經過一小組一小組的意見交換，竟然免三工就參詳出一个普略仔，閣回報轉來予老母娘。

經過木桂牽線，烏蟻族派出OG-707，PP-703，GP-5144佇桂花樹跤，參紅蟻族由5AB-6領隊的三个代表談判。

談判進行三輪，中間歇睏兩擺。結論是烏蟻族割桂花跤四箍圍仔的土地，包括規欉桂花予紅狗蟻，毋過紅狗蟻愛表示服從，愛有三成的狗蟻洗盡紅蟻族的氣味，濫入烏蟻族予個差教（tshe-kah），無算奴隸，較成使用人。這个條件傳轉去紅蟻族引起足大的爭論，致使強欲破局。落尾也是桂仔加入調解，伊佇桂花跤加坉足濟塗閣敨一寡瓦片，而且比照烏蟻族，提供白糖佮牛奶餅予紅蟻族，充足的糖食佮安穩的環境，紅蟻族的后蟻聽好加強生產，快速增加部落的數量。另外，烏蟻族也趁機會共桂仔仙爭取糖類餅類以外的肉類食品，閣較稀罕的，毋知去佗探聽著有補骨的維他命，也要求提供。遮的供應對桂仔是小可代誌，毋過伊共戰爭變和平，誠是大功德。這陣烏蟻、紅蟻攏傳說講，桂仔仙是天公伯仔派來解救個的神仙。

8

烏蟻族是烏色琉璃蟻，原性素溫和，佮意四處遷徙，不過自從透濫著外來種，性素變化誠大，毋但部落較固定，暴躁火性的也袂少，比如根部的小后蟻的部落就較硬氣。所以這擺會當參熱帶火蟻講和，形成敢若聯邦的內外部落，誠是無簡單，桂仔仙確實值得呵咾。伊參兩爿的后蟻佮重要成員也漸漸建立感情，四常交流，窮實狗蟻族的物質上的重大需求，對人類來講算是小可代誌。

就按呢畫家、狗蟻佇這个小畫室內外建立一个互愛和平的奇妙世界，春夏秋冬日出日落，榕仔結子桂樹開花攏是心適的好光景。

不過天有不測風雲，狗蟻也仝款有旦夕禍福。

有一工欲暗仔，木桂去市內買畫圖原料轉來，順後壁溪堤防岸斡轉去畫室，佇西照日的光線下底，雄雄影著一大群紅帕帕的狗蟻，斟酌看，是狗蟻界的大鱸鰻，惡確確（ok-khiȧk-khiȧk）的紅火蟻。

這陣狗蟻大軍規條線較臨兩公分闊，對西片的溪埔仔雄介介向畫室方向前進。看起來攏無捧糧食，也無揹狗蟻卵，無成咧徙岫，從遐爾緊到底是欲去佗，想欲創啥貨？

木桂掠進前去看，竟然連接三十外公尺，而且已經進入桂樹跤，佇熱帶火蟻的磅空口，有一大堆斷頭斷跤的狗蟻，也有一寡身軀好好，毋過蠕踮塗跤掣咧掣咧，看起來死傷較濟的是防守的熱帶火蟻。夭壽咧，遮的鱸鰻是咧起痟呢，哪無講無咁攻入來？

「可惡的鱸鰻！」桂仔仙翹翹的目眉鬚開始振動，伊共揹包囥路邊，跍落來想欲參個溝通，毋過接受著的訊息攏是殺殺殺的聲音，戰鼓佇頭殼內pōng-pōng叫，根本無參詳的可能。

窮實熱帶火蟻佮紅火蟻是仝祖先的，個的色緻接近、體型差無偌濟，攏火狂仔性，戰起來應該是五分平土，歹分輸贏。不而過，看來敢若毋是按呢⋯⋯

佇桂花跤看著的，鱸鰻兵蟻誠大隻，熱帶火兵蟻閣較粗，尤其有非常大的牙槽。這陣有兩隻互相用牙槽咬牢咧，閣像相偃（ián）的姿勢，斟酌看雙方的牙槽，鱸鰻蟻的利劍劍，熱帶火蟻的有夠鈍，大冏大好看頭爾爾。而且，熱帶火蟻的動作也加誠慢，免講兵蟻對兵蟻，干焦幾隻小型的工蟻覆倚來，腹肚擛四十五度，用毒射注落去，連鞭就khấn-jióo（かんじょう，玩完了）矣。

雙方愈戰愈激烈，熱帶火蟻雖罔死傷非常濟，卻是有拍死無退的勇氣，隨後閣一大群對空內溢出來，也有一大排對樹仔頂衝落來，毋但兵蟻，誠濟工蟻也出動矣。無偌久，兩爿規簇大亂鬥，戰甲變規毯佇沙塗頂絞滾。

遠遠閣有兩排鱸鰻部隊衝過來矣，看起來毋但是西爿，北爿草埔仔也有仝族的來支援。熱帶火蟻這聲慘矣，個看勢面無好，要緊覕入洞內窒空防守，袂赴入來的，攏予鱸鰻絞頷頸、斷腰、剪跤，身屍散甲規塗跤。

鱸鰻蟻紲落開始挖塗，突破個的巢窟，大軍軁入去矣。

「好厲害的紅狗蟻！」木桂想著這句俗語，事實真正是按呢。伊擛頭看榕樹彼爿的烏狗蟻，卻是按兵不動，敢若徛懸山看馬仔相踢。

一觸久仔，一隻大腹肚的蟻后予鱸鰻兵扛出來，頭殼已經斷裂，卵也落出來，拍算欲扛轉去做點心。

「危險！要緊解救另外兩隻蟻后。」木桂看毋是勢，那唸那衝入去畫室，擛出細枝鐵耙仔，對洞空掘入去。

洞空拍開的時陣，一大群熱帶工蟻傱出來，個個牙槽含著幼囝、蟻卵逃走，看著鱸鰻蟻緊閃開，到底欲逃去佗位，一時嘛想無。

木桂搜揣著兩隻虛累累、軟莎莎（nńg-siô-siô）的蟻后，共捧入去厝內，斡倒出來，北爿閣一群鱸鰻紅火蟻來矣，桂花跤的熱帶紅蟻已經滅國矣，這陣四路軍會齊，目標換相準榕樹彼爿的烏蟻族矣。

根部的部落臨急共通畫室下面的入口窒起來矣，幹部的烏蟻也要緊跙出去參葉部會合，徛懸山看馬仔相踢的琉璃蟻想袂到會換個落難。個無適合近身戰，因為牙槽無鱸鰻紅火蟻利，而且伊無射針，蟻酸是用濺（tsuānn）的，較成砲兵。

不而過，鱸鰻兵真正夭壽猛，予酸砲濺幾落鬥竟然猶會相戰，閣繼續逐落去。一寡烏狗蟻予咬斷後跤，剪斷腰，輾甲規塗跤，另外一寡走無路要緊放予落落來，閣親像咧跳樓。另外有一路紅火蟻已經咬幼石，開始挖通往畫室下面的根部磅空矣。

桂仔仙已經掠狂，鐵耙仔攑咧從對紅火蟻部隊的一个源頭，看著一公尺懸的狗蟻岫大力掘落去，一大群紅狗蟻親像水泉大港噴出來，其中有兩隻歇上伊的身軀，隨就用射針大力注落去，而且相連紲注三下。俺娘喂，木桂大叫一聲，煞聽著紅火蟻的訊息：「這是敵人飼的魔獸，愛先解決掉。」

另外閣有兩隻去歇佇木桂的額頭，隨著一隻一爿，共伊彼兩支翹翹的觸角絞掉矣。桂仔仙瞬間失去參狗蟻通訊的能力，起痟狂共鐵耙仔拑擲揀（hìnn-tàn-sak），從對溪邊去。

仝時間，佇出口封起來的根部開始進行一場奪權鬥爭。根部的小后蟻一直認為老母娘傷軟弱，趁混亂中指揮OG-

707，PP-703，GP-5144 發動政變，鉸斷創生老母娘的觸角、頷頸、腰骨、跤骨，扛出去踅一輾，閣共身屍分予逐家食。

紅火蟻大規模的移徙，數量嶄然仔驚人，蹛佇桂仔仙附近的住民發現著，要緊通報大目里長，閣轉報鎮公所。無偌久，滅蟻大隊帶大支噴霧器佮強烈必殺狗蟻藥來矣，工作人員沿狗蟻岫直直噴來到大榕樹、桂花，閣拍開門窗，共畫室四箍輾轉全部噴甲足工夫。佇畫室塗跤，木桂救轉來彼兩隻熱帶后蟻，本底已經半小死，予噴一下馬上斷氣。閣有，拄才登基做老母娘的根部小蟻后，順磅空拄軁出來，正正予一港必殺狗蟻藥濺落去，一聲死殗殗。

滅蟻的隊員工作結束了小可歇喘，攑頭看著四箍輾轉的壁面，驚一趒做一下啊一聲。規个畫室的壁面踅一輾，有一幅十外公尺長的大壁畫，頂頭畫的是狗蟻族的大戰爭，場景的激烈佮壯觀，誠是會使比並大畫家畢卡索彼幅歷史戰爭圖《格爾尼卡》。

9

這誠是一場驚天動地的戰爭，上落尾因為強烈化學武器暫且平靜落來。不而過幾若族聯盟、對立、交戰種種複雜的過程，干焦狗蟻佮木桂仔知影。這陣木桂仔離開矣，烏蟻族也接近全滅，規間厝佮花園看起來誠凄微。

大目里長有一个查某囝金蟬，是藝術學院學生，聽著厝內有大幅壁畫不止仔好奇，一禮拜後招兩个同學來觀賞。個看著花園野草湠湠湠，榕仔公佮桂花頂閣有大葩的雞屎藤互相交纏，感覺氣氛誠詭奇。

雖然過一禮拜矣，強烈必殺狗蟻藥的氣味猶足重，三个人攏掛喙罨入去。一擛頭就看著十外公尺的大壁畫，狗蟻的大戰爭，佇洞空佇地面佇樹頂，分幾若箋相殺，咬甲斷頭斷跤，戰佮結規毬，拚甲天昏地暗日月無光，誠實予心神產生足大的震動，這種圖佇美術史內底毋捌看過。木桂仙是啥物款的人物，圖畫內容構想是按佗來的，個足想欲了解。

個翕壁畫全景，閣分一截一截翕起來做紀錄，有一寡聽著耳風的人也相紲走來參觀。金蟬拜託阿爸去探聽，知影木桂仙已經轉去卜卦山附近的舊厝，經過報告老師，已經招集一群同學約好時間欲去拜訪矣。

第十一章

【夜婆洞】

1

「卓子連！」孔子婆電虯虯的頭毛雄雄起趒，隨就從倚來。

這節猶是論語，是六十捅歲的孔子婆上注重的課，伊拄教著公冶長篇第十章：「朽木不可雕也，糞土之牆不可杇也，於予與何誅……」佇烏枋寫完兩排字越頭觀察學生的反應，煞予看著卓子連頭殼犁犁藏佇倚直直的課本內底，毋知咧變啥物魍。

老師六十外矣，也毋願退休，誠是對教冊足有熱誠（liàt-sîng），伊拍算四書五經讀真飽，足愛用孔子公的話語來教示學生，所致逐家叫伊孔子婆。

孔子婆三兩步就搟到卓子連面前，用彼本厚突突（kāu-tu̍t-tu̍t）的精裝冊對頭殼心大力撼（hám）落去。

卓子連當注心咧畫虎頭蜂的形圖，予撼一下蜂仔翼煞歪斜去，素描簿仔也趒跳出桌面，仝時間一隻虎頭蜂竄出來。

「俺娘喂！」孔子婆驚一趒面仔青恂恂，雙手烏白掰，虯虯的頭毛也敢若雄雄直去。

一時陣，學生也攏亂起來，從來從去颺颺飛，規間教室hóng-hóng叫。

這種代誌發生足濟斗矣，孔子婆逐時供體伊是爛柴，有的同學就紲落講做糞塗，而且幌頭唸冊歌仔：「朽木不可雕也，蓮子不可教也！」真正足無愛心。窮實卓子連並毋是貧惰讀冊的歹學生，而是感覺學校的課程誠無趣味，伊上佮意的是研究動物蟲豸的生態。伊四常去公園、野外觀察蟲豸鳥隻，頂真做紀錄、畫形圖，閣親像天生的植物學家。毋過這間寶珍高中算是中部升學的名校，當然袂當容允伊發展家己的興趣。

2

誠無簡單閣托（thuh）甲五點外摃下課鐘矣，卓子連共冊包仔縛佇後架，迒上鐵馬。今仔日伊心情特別鬱卒，無想欲隨轉去厝，就先騎對仙丹溪彼爿去。

這條路原底有誠大片的原生樹林，包括鹿仔樹、流血桐、老茄苳、榴槤、山弓蕉等等，其中較特殊的有足大抱的不死草。聽講這種草的葉仔崁踮死人的面頂，聽好予死人復生，活人來食也會長生不老，傳言這就是彼當時秦始皇派徐福出海走揣的不死藥。不而過，這馬已經足少人捌伊矣，定定嘛共當做雜草薅掉。另外，有一種大葉冇，學名是「稜果榕」，發甲規溪埔，一直沿到斷崖的水沖邊。這種大葉冇冬尾規身軀會黏一堆細粒果子，葉仔足大枚，一挽掉白色的奶水汪汪流，俗名豬母奶仔。

十外歲仔就關心植物生態的卓子連，佇這箍圍仔行踏足久矣，毋過這幾年來政府清淘溪溝河川、掠駁坎、鞏紅毛塗，自然景觀產生變化，加上農民擴大開墾，栽菜種水果，剷（thuánn）掉足濟野草，閣兼大量使用農藥，對生態的損害嶄然仔大。

想著佇課室內底不時予孔子婆供體做爛柴，同學恥笑是糞塗，卓子連愈想愈懊氣，一路行過，閣看著幾若隻草猴、田嬰予農藥毒（thāu）死佇樹仔跤，心情愈穲愈齷齪，雖然天色欲暗矣，伊猶無想欲回轉，顛倒愈軁愈遠。這擺伊無順溪埔入去石壁的水沖跤，而是蹔上趨崎，行向斷崖頂頭的路。

伊看著一排紅合歡，一葩葩的紅粉筅仔（âng-hún-tshíng-á）捆過喙顊，擽擽（ngiau-ngiau），想欲笑閣笑袂出來。

遠遠，一群野鳥趕欲飛轉去樹林內歇岫矣，不過有一隻鵜鶚（lāi-hio̍h）猶閣佇斷崖頂巡踅，一輾閣一輾，一時攔斬（nuâ-tsánn）著黃昏鳥隻轉去的路。

雄雄，伊踢著一片吐（thóo）出來的石枋，幌一下險險吭跤翹（khōng-kha-khiàu），致使抑佇塗跤的手捗擦（tshè）一空流血珠仔。

伊尻川顊拌拌咧跖起來跍佇石枋邊，斟酌看，煞發現一个奇怪的景象。石枋下面狹閣長縩的空縫，有水流入去，毋過攏隨就濆倒出來，就按呢出出入入沐沐叫，閣親像有機械咧運轉。擇頭看遠去，規大片的石枋敢若攏有這種現象，而且澹漉漉的石縫，卡不止仔厚的青苔。伊四箍圍仔的野草有可能長期澹溼，也發出特殊的氣味。

卓子連佇仙丹溪佮密枝林一帶行踏遮久，頭一擺遇著這種奇景，要緊提紙筆畫起來。窮實是用手機仔翕相較清楚，不過阿爸不准伊買手機仔，因為恐驚逐時攄手機仔會影響功課。

3

卓子連濔（tshînn）過暗頭仔的月光佮冷風，頭殼神神踏鐵馬轉去。石頭縫沐沐叫的聲音，正艘倒濆的水流一直佇腦海中轉踅，伊想著倚近滅種的兩棲動物山椒魚[1]的報導，這種生張親像杜定的小塗龍，就生活佇石頭縫下面。

「夭壽死囡仔，是去佗烏白拋，走甲將時（tsiàng-sî）才轉來！」鐵馬都猶未擋恬，阿母就對厝內那詈（lé）那出來。

下暗定著會足歹過，毋過卓子連已經慣勢矣。伊頂頭有兩个大姊，阿母懷第三胎，檢查了知影是查埔肚誠歡喜，無疑悟囡仔頷頸纏臍帶，閣兼頭上跤下，嶄然仔危險的姿勢，落尾要緊剖腹抱出來，頭擺的哭聲無蓋響，不過誠特殊。

「身袚素珠，倒踏蓮花，這个囡仔將來準毋是仙佛，嘛應該是出色的大勢人，愛細膩照顧。」廟寺的師父共囡仔對頭到尾巡一擺，誠慎重開示。

卓子連原是卓子蓮，感覺是查某名，閣改子連，同學叫伊連子。自細漢阿爸阿母對伊有足大的向望，所致誠用心，也開足濟錢來栽培。

想袂到伊對序大人看重的醫科、工商科攏一點仔興趣都無，顛倒一日甲暗研究植物動物蟲豸，攏是袂趁錢無出脫的路。

尤其這幾年來，卓家的旺生農藥廠生理足好，愈開愈大間，勢跤的阿母擔任董事長兼總經理，阿爸揹皮包駛車兼做伊的祕書。阿母寄付足濟錢予學校，也拜託老師愛特別照顧牽教這个囡仔，想袂到不時有老師講甲搖頭，尤其是導師孔

1　台灣山椒魚：又名台灣小鯢，雖然叫做魚，並毋是魚類，因為身軀有山椒的味而得名。比恐龍早 1 億年出現，佇地球存活 3 億年，是世上罕有的活化石。

子婆。

下暗阿母唸經唸一暝，閣講伊若無出脫，將來公司產業欲交予大姊。孔子婆罵一睏，阿母閣繼續罵，已經接載袂牢心神散亂矣，伊規暝目睭金金睏袂落眠。

閣轉工，卓子連睏袂天光就揹冊包出門。窮實無去學校，是走去守（tsiú）佇超商啉燒酒，藉酒解愁，一杯閣一杯。

過晝仔伊共冊包仔擲佇超商桌頂，迒上鐵馬顛咧顛咧騎出市區，往仙丹溪彼爿，道路足大條卻是攏無車輛。

遠遠一群老榕，內底若像有大隻鳥仔飛出飛入，卓子連那騎那看，無張持軋（kauh）著樹枝，手扞仔踁（tsuāinn）對路中央去。

這時陣有一隻紅色跑車，時速較臨八、九十遠遠衝過來，雄雄看著騎佇路中間的卓子連，大力死踏跤擋，規台車紡一輾，卓子連也予拚一下飛落田中央，死死昏昏去。

紅色跑車的駕駛走倚來看一下仔，閣回頭四箍輾轉相相咧，趕緊共卓子連攬入車後斗，呼（pu）一聲，駛對仙丹溪埔去。

4

卓子連精神起來矣，目睭擘金，是佇病床頂頭。下面舒（tshu）一領殕色的風衣當做被單，對下面包倒起來。

面頂垂落來的吊射，竟然無吊架，而且射針並無刺入血管，干焦焐佇手盤，血脈煞有流動的感應，這是啥物款的吊射？

四箍輾轉看詳細，應該是一个山洞，閣敢若囡仔古的場景。卓子連頭殼楞楞，想著舊年歇熱去米國揣阿姑，時差一直渡袂過，頭殼嘛像按呢楞楞，不而過這擺閣較楞，而且有天地顛倒反的感覺。

回想予車挵著的瞬間，慘叫一聲，規身人飛起來，想講這聲死矣。拄摔落塗跤的時陣，趁猶有微弱的氣絲仔，伊共阿母阿爸會失禮：「不孝子卓子連身袚素豆、跤踏蓮花來出世，煞毋是啥物勢人，真正辜負恁的向望佮栽培。阿母阿爸誠歹勢，予恁操心暫腹遮爾仔久……」

紲落就攏毋知影人矣。啥物人悉伊來這个所在，規个過程無一點仔印象。

無偌久，有人來矣，無開門的聲音，窮實是無門。這个人應該是巡查病房的醫生，不過生張足怪。伊幔烏色的風衣，手吐（thóo）出一截仔，有狐狸狗的鼻喙，兩枚大耳擽直直兼倒塌，親像雷達。閣有，伊目睭轉輪會當踅 360 度，真正驚死人。

「我是負責治療你的醫生。」狐狸鼻的喙脣皮小可僥僥（hiau-hiau），講話輕聲細說，舌閣伸出來抐咧抐咧。毋知是佗一種語言，卓子連竟然聽有，敢若是直透傳入來腦中，而且佇半途就自動翻譯過。

「你送入來的時陣，肉裂骨折，頭殼破空喙吐血，強欲無脈矣。」醫生那講那共兩手的射針對手盤徙倚手腕。

「肉裂骨折？毋過……」卓子連斟酌看家己的雙手，順手盤看甲肩頭，規肢好勢好勢，只是頂面有一寡淺紅色的水流痕。毋相信用正手對倒爿手股大力捏落去，哎唷喂哀一聲，皮肉必開血流出來。

「莫振動！」醫生共脫（thu̍t）去的射針閣撨倒轉來，煞落覆倚手股，舌伸長長對必裂的空喙舐（tsīnn）過去，一擺閣一擺，喙瀾涵涵津。

誠是神奇，予伊舐過的所在隨就止血，而且必裂的空喙閣沓沓仔合倚來，水流痕也比拄才較濟較明。這是啥物款的醫術？卓子連看甲喙仔開開，毋敢相信家己的目睭。

「遮是夜婆洞，天地顛倒反的世界。阮先進的醫術，已經超前人類幾若百年矣，你誠好運。內傷外傷攏非常嚴重呢……來，電眼治療。」醫生閣共面抶倚卓子連胸坎，目睭連紲轉輪幾若分鐘。子連本底胸坎實實（tsa̍t-tsa̍t），雄雄做一下輕鬆起來。

醫生也吐一口氣，鼻仔niáu一下輕輕呼出㴙仔（pi-á）聲，一个穿白風衣的，捀一盤物件入來，有弓蕉、桃仔、大葉冇的果子，兼有一杯酒。

5

足久矣，卓子連親像佇茫茫大海，毋知啥物款的世界。伊失去時間，雖罔壁頂有一个大時鐘，毋過內底無時間、無標示，只有三个點跳來跳去，色緻佮大細無定著。這敢是時鐘？伊研究甲頭敧敧，仙想想無。

伊的治療由主治醫師負責，有當時會有助理出現。

「阮的病院毋是院，無分科，主治窮實是自治，每一个醫生攏愛會曉獨立看診治病。」過一站仔醫生較捷參伊開講。

「你毋免稱呼醫生，夜婆洞的職業身份無分貴賤。我號做阿（a），另外這位叫做有（ū）。為著方便，此後也叫你單字連。」

卓子連聽了啊一聲，阿醫生頕頭（tàm-thâu）微微仔笑。

「你沓沓仔復原矣，這馬較麻煩的是頭殼。本底必巡流血，頭腦也受損，我用新研究出來的D.S.超光波處理過，已經有較好矣。」阿醫生擛手比目睭，轉一个輪，內底小可閃一下，像爍爁。

卓子連挲頭殼，並無感覺有啥物各樣，對阿醫生感激閣欽佩。伊想著阿母阿爸阿姊，定著揣甲掠狂，毋過這陣無手機仔通連絡，嘛攏是阿爸害的，高三矣，猶閣禁止用手機仔，真正無譜。

伊同時開始思考阿醫師佮有助理的形體。個是人是夜婆是E.T.？抑是親像米國電影內底彼个夜婆俠？不過夜婆俠袂有規群的，嘛袂守佇奇怪的洞空內底。

閣以伊了解的夜婆種類，多數的夜婆攏足細隻，專門捕掠蟲豸止饑，少數食水果的夜婆有可能足大隻。阿醫師佮有助理狐狸狗面，較成果子夜婆，不過看來看去，已經是進化甲像人矣，甚至各方面的功能比人加幾若倍厲害。想著遮，連猶閣是茫煙散霧，規粒頭殼pì-piak叫矣！

閣過無偌久，幔黃色風衣的助理有，家己一个入來，伊講阿醫師交代會使悉連出去病房外面行行咧。

連誠歡喜，對病床跳起來，共兩枝射針徙落床巾頂，雄雄智覺著家己赤身裸體，規身軀光溜溜。

有的目睭無振動，毋知有咧看無，只是雙手牽挽黃色的風幔phiȧk-phiȧk叫。連知影伊的意思，就摸彼領殕色床巾幔佇身軀，拄想欲拍一个結，想袂到伊自動順肩胛、手股束倚來，衫仔裾（sann-á-ki）尾也順跤後肚黏倚牢咧。連的跤手干焦吐出一節仔。

入鄉隨俗，夜婆洞自然有伊的規矩，連真緊就慣勢這種身穿打扮矣，只是伊倒看正看閣參助理有比較看覓，有的風幔黃色，伊的殕色，有身軀誠厚毛，伊光溜溜，干焦下面彼枝盪盪幌，參有的尾溜較仝形。不而過，連小可影一下，感覺有應該是女性。

6

伐出病房口，連規身軀顫一下，敢若是欲對天篷跋落塗跤底，毋過附近有一寡穿各種色水風幔的夜婆人來來去去，攏行甲足好勢。攑頭看，頂面是一片樹林，內底彷彿有沐沐叫的聲音，雄雄有水花對樹尾濺過來，落雨矣！

連驚一下面仔青恂恂，伊懷疑病房外，包括伊佮有，逐家攏是頭下跤上倒反行。

「雨傘。」有聲尾足溫柔，對壁角攑一枝足成小雨傘的姑婆芋葉，挾予踅神踅神的連。

「阮的風幔攏是一體成形貼身的皮衫，逐工攄植物油，鼻看覓，我的是椰子油。」有身軀挾倚來，連煞歹勢退一步。

「你的無防水，是暫用的。」有伸手挲連的風幔。

攑一枝芋葉小雨傘，連佮有行佇石枋道路，彼條〈一枝小雨傘〉的歌佇耳空邊略略仔浮出來，只是連行著誠無四序，跤步袂穩面蚼蚼。

「遐樹仔哪攏對頂頭發倒落來？」

「千年老樹啦，是夜婆洞重要的果子林，生產有稜角的果子，恁叫做大葉冇，正式的名稱是稜果榕，阮叫伊貌（māu）。貌佇遮一年採收兩氣（khuì），是阮的主食。」

「樹林內底若有水聲？」

「樹根釘根非常深呢，佇深塗內底有溪流。」

「頭頂溪，毋是……地下溪流……」連講甲ti-ti-tu̍h-tu̍h，花去矣。

「夜婆洞無地上地下的思考，頂下的觀念是人類設定的。」

連聽甲頭殼相拍電，莫怪伊一直有空間差無法度適應。

「人類自信滿滿，家己號做萬物之靈，窮實足勢執死訣。天地、頂下、前後……是啥貨？夜婆嘛是恁號的，聽講閣有日婆、密婆、蝙蝠……聽甲足煩呢。」

「用一个單音就解決矣，每一个個體嘛仝款。愛查字典，甚至看八字，誠是愚痴。」

有輕柔的聲音一波一波挔過來，攏翻譯做清楚的人話，連愚痴遮深氣的語詞也無問題。連發覺家己的耳仔愈來愈擛愈大敉，對有講的話需要倒反想、正反想閣無想，想甲目睭眨眨躡兼吐舌，有煞也綴咧吐舌，伊的舌是連的三倍長。

閣行較臨一百公尺，連看著樹尾垂足濟長索，逐條都蟯蟯旋盪盪幌。

「遮是飛行基地，需要飛行的時陣，透過自動牽引索摸去樹頂，用倒摔向的姿勢褫開風幔飛出來，就親像恁的花式跳水。阮的洞窟彎彎斡斡非常曠闊，巡一輾愛飛足久足久。」

「偌久？幾公里？」

「遮爾久。」有並無講出時間佮公里數，卻是直接發射聲音佮意念進入連的腦海內，走足遠閣踅倒轉來，連親像回魂喔一聲，已經知影時間佮路途的長短矣，攏無用著數字。

「這是直接感應。毋過我佇病房的壁頂有看著一个時鐘，無數字標示，干焦有三个光點跳來跳去。」

「引力波測量器。」有共雨傘提來倚壁邊，無雨矣。

「恁人類生活的世界是單向引力，夜婆洞有雙向。佇阮的歷史記載，開基祖有特殊的能力，雖然無恁的上帝遐厲害，揑塗尪仔歕一口氣就變做查埔人，閣抽一支算仔骨就化做查某人。阮的開基祖會當發出無了無盡的各種波，波，一字爾爾，至於啥物波攏落尾號的。」

「你應該足僥疑，家己到底是正頭行抑是倒頭行。共你講，你跤踏的所在有強烈引力，佇樹根的深處也有引力，咱的跤底是無時無陣咧挽振動，規千年矣，阮愛合力用天生發波的能力來對抗振動必裂的危險。引力測量器若是大爍急跳，就是危險的警告。」

連總算了解頭殼愣愣的最大原因矣，而且對所聽著的產生足大的興趣，這攏是教科書無的。幾冬來伊堅持欲做生物研究，予阿母足無諒解，這馬若來轉向研究科學，應該會化解長期的衝突矣。想著遮，連暗暗仔歡喜起來。

回頭轉去病房的時陣，連表情歹勢歹勢問有的年紀，伊一直想欲問閣毋敢開喙。

「阮無年齡。」有比伊較大方，「佇夜婆洞的年紀無意義，而且逐家一出世就已經是面皺襞襞（jiâu-phé-phé）的老歲仔，紲落活愈久愈光鮮金滑，到甲紅嬰仔的坎站就倚近性命的終點矣。」

「啊……」連的喙顊搐（tiuh）一下，越頭斟酌看這个身長無五尺，額頭佮毛色金爍爍的有。是青春少女呢，毋過照伊的講法，煞是老阿婆矣。

倒落病床，壁頂的引力波點跳來跳去，一點紅一點綠一點黃，敢若路口的青紅燈。

連漸漸無閣kin-tsiâm時間矣，伊這陣想欲有一本手摺簿仔、一枝筆，將這段時間看著、聽著的攏記起來。

7

白風幔的入來送飯，連對伊的風幔摸咧：「喂，慢且是走，我拜託你一件代誌，有紙筆無？」

白風幔是糧食組的，逐工愛踅診室、病房送食物。伊越頭看連，目睭皮niáu一下目睭轉一輾：「喂是另外一个，我號做呢。」

呢對連的需要搖頭：「夜婆洞無筆也無紙，所有的資料攏用音聲處理。」

「按呢欲按怎寄批？資料欲按怎保存？」

「阮的超音波不斷進化，這馬訊息會當大量累積，成做無限制的資料庫。恁所講的文字檔案，幾十萬字咻一聲就讀完矣。」

「發明文字對阮無意義，顛倒加一層麻煩。佇阮遮，過身了後，一生的經歷、發表過、做過的，毋管重要無重要，攏會做一下消失去。換一句話講，攏消失去也就是過身矣。」

「按呢恁定著無文學。」

「哈哈哈……」罕得看著個喙裂遮開，呢閣講紲落，「文學，聽起來誠詼諧的聲音，我毋知啥叫文學，不過一種帶飛行節奏的超音波，經過想像佮撨摵，接收了會感動。有一寡耍了較出色的，就親像恁講的詩人。夜婆洞上有名的詩人叫做休。你會使叫有介紹熟似，有也是詩家之一。」

想袂到有也是詩人，窮實連也興寫詩，只是注心升學的老師一點仔興趣都無，阿母更加免講。連知影的詩人有真濟是醫生，拍算佇夜婆洞也有這款情形。

無偌久，連就拜託有烝伊去見大詩人休矣，休時常籠佇一个涼亭仔內底啉酒做詩，一寡有仝款趣味的守規陣。

佇往涼亭的路上，連看著跤底一簇一簇的光線親像箭射起來，射向樹林尾，明顯參壁堵的光無仝，雄雄時間感浮出來，伊心內想，假使這是日頭光，伊就會當用上原始的方法來計算時間日子矣。有嗯一聲跳過這个問題，講對夜婆族的飲食習慣去。

「糧食組干焦負責素食，攏果子類。毋過產量無夠，愛出去洞外的樹林採集，採集隊另外有編組。遐去採集的，會趁機會認親。佇口面的世界，夜婆有葉仔鼻的、馬蹄鼻的、鳥鼠鼻的、皺鼻的……攏是細格種的。夜婆洞的族群是千外冬前的突變種，演化到這陣兼有各種夜婆的功能優點，誠是意外的發展。出去認親敢若揣血脈，也會趁機會校正欠點，而且帶轉來祖先的語言，就是恁講的母語。另外，也會偵察吸收人類的訊息，緊速轉譯分析，親像有AI功能的生物，這也是阮比人類較先進的所在。」

「休是狐狸鼻、葉仔鼻、跤蹄鼻、皺鼻四種攏透濫的a-i-noo-khooh，加誠精光、巧骨，伊本是採集組，幾十年來也四常出去吸收人類的腦智佮文化，會成為大詩人毋是無緣故的。」「閣有，伊食菜也食臊，食果子也食蟲豸。」

過一觸久仔，個來到十三角亭，一个有茄仔色風幔的囡仔倚佇石柱頂，風幔包一輾閣親像畏風寒的紅嬰仔。

「伊就是大詩人休。已經老矣，倚近夜婆族性命的終點，就親像恁所講隨心所欲的坎站。」

休的身邊有三个少年的，窮實是老的。休喙咬一枝青綠綠的敕管，較臨半尺長，每敕一喙，涼亭仔天篷罩雺，休的身軀也顫一下。敕十外喙了後，伊呻兩聲共敕管收起來，雺霧也沓沓仔散去。

中央彼塊歪斜（uai-tshuah）的柴桌，面頂有一大甕酒，拍算嶄然仔重。個逐家擇一枝兩尺外長，敢若蘆竹稈的敕管，共酒敕入喙空才閣吐出來杯仔內沓沓仔啉，每啉一喙唸一句詩。

連佮有坐落來有一睏仔，休猶無參個相借問，繼續共彼首詩唸甲煞。伊唸一句鼻空咻一聲，發射的音波佇空中轉踅，周圍的攏接收會著。詩名叫做〈無正常的歌——寫予匪類〉：

來，這條溪流對天頂去

雲佇地下咧轉踅，恁逐家
要緊用雙手挽塗跤，閣雞行
樹仔，就漂浮佇跤邊

來，這陣雨對地面落向天頂
雨幔絚絚箍踮跤胴骨
逐家佇掠袂定的時代內底
愛陸地行船，愛會記得
船底向面頂

來，半暝有荒野大厝宅
是新世界的必然，準講歹星仔
會激溫馴矓目睭來呼喚你
羊咪緊轉來，佮規排尖牙跳舞
用腹內話做伙關懷獻身的在室女

來，臭臊的雲煙已經蔓甲規身軀
用跤指頭仔斟酌聽，全新的開示：
愛，是為著無愛
佮意，是想欲相刣
惡魔附身的人，鬼才

袂使懷疑純真哪會按呢生
莫名其妙，咱干焦會當祈禱
據在罪惡無聲無說，來

來啊，無正常日來矣
極毒湠著寶杖直直揁
土地漸漸擢裂去
地獄來的使者啊，較緊倒掛
大聲唱，無正常的歌

詩唸了矣，休徛起來，身長無甲三尺，經過介紹，連向腰共大詩人致敬，並且坐落來聽伊的文學觀念。休一開喙就親像水道無關，水瀉袂離，伊將寫詩的頭直來尾直去，做一擺講了了，而且siú一聲就輸入連的頭殼內，閣再共手捗貼上天靈蓋，顫幾若下，講按呢會延長記持儲存的時間，姿勢就親像佛教的灌頂。

「我感覺大師唸的詩參阮人類足有關連，敢若是咧講戰爭、著災，人心混亂、天地顛倒反……」

休搖頭了換頓頭，連煞也綴伊搖頭、頓頭，閣繼續講：

「想袂到你對阮人類的代誌了解遐濟。」

休擛頭比一个捋喙鬚的手勢，窮實伊無喙鬚，而且去老還童，嶄然仔金滑光鮮。

「阮了解人類並人類了解阮加倍濟，因為山林開發，都市發展，足濟夜婆不得已徙岫去市內，公園、道路兩爿、集合住宅庭斗……四界蹛。」

「比如不止仔躼跤的葵扇樹（蒲葵），四常會蹛規群夜婆，欲暗仔飛出去，發出超音波，定定嘛偵察著蟲豸覕佇樓仔厝內底，siú一聲連鞭就飛到窗仔前，揣空縫軁入去，閣再

siú一聲，向準美術燈內底的蟲豸飛去，穩觸觸的暗頓就佇遐啦。」

「彼是客廳頂頭的美術燈，你想，厝內的人逐時佇遐開講，看電視，夜婆吸收著大量的訊息，閣經過交換儲存就無限濟矣。所致阮做的詩文，題材內容絕對比恁的較曠闊，有世界觀。」

「敢按呢？」連頭敧敧，無認同伊的看法，「阮人類的詩人，會使去面冊看覓，干焦半籠島就規十萬，若全世界應該有幾若千萬啦。」

「阮無遐濟，恁習慣講詩人阮叫詩婆。規个夜婆洞干焦十个詩婆爾爾，毋過阮做的詩無限量，產生了後siú一聲就灌入逐家頭殼內，有的會相紲做，有的會重編改做，無相比並也無抄襲的問題。」

「聽講恁主張，百姓若是毋讀詩，就愛共詩送到個面頭前。所致足濟車箱、壁堵貼詩，公園石柱、通往山頂的大石頭刻詩，拍算予百姓行到佗攏看著詩。阮主張保持環境清幽，去到佗攏無看著詩，詩攏佇頭殼內轉踅。」

休那講那啉酒，愈啉愈激動，另外三位寬寬仔啉，攏無講話，坐佇邊仔的有也無半聲，佇大詩家的面頭前，伊干焦輸入無輸出，變成啞口（é-káu）。

回轉時陣，連問有，個啉的是啥物酒。

「龍舌蘭酒。」有牽連的手，使目尾共看，「有一寡夜婆會食伊的花蜜，予無仝欉的龍舌蘭完成授粉，敢若是植物中間的相拍種。」

8

連的內外傷窮實攏復原矣，已經元氣十足，毋過伊改變心意，猶想欲留踮夜婆洞一站仔，因為佇遮所聽所看的代誌，逐項攏引起驚奇。伊雖罔討厭學校彼種死ting-ting的課業，不過本性誠好玄閣有研究心。

這一工伊拄起床，聽著phok-phok叫的跤步聲，siú-siú叫的翼股聲，探頭看覓，一大堆夜婆族的，五花十色的風幔，當向仝一个方向前進。

有行過門口，伸手共連摸咧行。

「來去議事殿開會，有重要代誌愛參詳。你會使參加，毋過莫發表意見。」

「夜婆洞內每一个攏愛參加？」

「著，阮是全民合議制，無領袖、無權威、無階級。」

議事殿是一个非常曠闊挑俍（thiau-lāng）的大空間，四箍輾轉足濟光點爍來爍去，天篷兩个親像雷達的圓型大耳，順壁堵頂沿規排發出藍白光，嶄然仔柔和也誠有靈氣。

佇議事殿內底並無主持人，也無椅仔位，逐家隨意坐，有的坐、有的倒、有的覷、有的倒掛佇天篷。

上後面的壁角雄雄發出吱吱叫的長聲，會議開始矣。仝一時陣，逐家攏開始發表意見，百喙千夜婆嗷嗷叫，個講出來的意見透過音波佇空中快速交插，竟然會出火金星。

一觸久仔，逐家較臨全時陣講煞，意見開始自動透濫，整合出上蓋適當的結論，而且馬上回傳在場每一位的頭殼內。

包括決議、執行者、進度等等，這種過程閣親像規陣上先進的AI電腦交合集體智慧。

連無法度清楚個的會議內容佮結論，干焦頭敧敧規面憢疑。有知影伊咧想啥，就招一个柑仔色風幔的來參伊熟似。伊叫做諾（hioh），是決議的執行者之一。

「你拍算足歹理解阮的會議方式，恁講政治是管理眾人的代誌，不過阮既無政嘛無治。毋管大小代誌攏是自然產生結論，自然產生執行者，所致無權力鬥爭、無相殺，一片和諧。」

「啥（hannh），一片和諧，連生活中的衝突冤家都無？」

「無爽快冤家也是有啦，不而過經常是目睭相睨，鼻空發出音波佇空中相黜一觸久仔。準講鬧甲相拍，極加是輕拳軟跤小可仔舞一下仔爾爾，連鞭就用音波交流和解矣。」

「這擺開會討論啥物大代誌？」

「是關係著夜婆族生存的重大危機。因為最近恁寶珍市佮四箍圍仔的鄉鎮爆發一種叫做HAI的病毒，無偌久湠甲規四界。著病的人攏燒袂離、嗽袂停，致使死足濟老歲仔佮本底有病的。這擺著災，是寶珍市百年來上大危機，經過積極追查病毒來源，想袂到目標相對夜婆族來。照個的講法，夜婆是極毒的鬼婆，規身軀毒卻是有避疫的金光罩，個認定夜婆刁工收集病毒，想欲消滅人類。就按呢，人類的危機煞換做夜婆的危機。」

「寶珍市政府成立殺婆大隊，起動化學戰，用毒藥霧、用火燒，消滅樹仔頂、山洞內的，對分散佇市區的，歇低的用柴箍摃，飛懸的用銃彈，一大堆葉仔鼻的、馬蹄鼻的、鳥鼠鼻的、皺鼻的死的死逃的逃，誠淒慘。」

「阮遮收留的難民愈來愈濟，毋但空間有限，糧食是上大的問題。這陣，阮的採果組也毋敢出去。」

連聽一下頭殼愣愣喙仔開開，規个人親像沉落水底。想著阿母阿爸經營的農藥廠，長期危害植物佮動物蟲豸的生態，夜婆也是被迫害的對象之一，這馬直接對個宣戰，是按算欲予斷種矣。

「這聲害啦，是欲按怎較好？恁會議的結果如何？」

「無可能向人類宣戰，阮雖然科技非常進步，卻是從來毋捌發展武器。阮上厲害的是醫學。」

「所以這回開會參詳的結論，是愛用上緊的速度，研究出解除人類HAI病毒的方法，而且愛有一種注入身軀會當防止著毒的藥物，就親像恁講的疫苗。」

「恁的疫苗研究牽連經費、專家、公司利益、政治鬥法，誠複雜，所以進度足慢，根本都袂赴市啦，何妨對病毒的演化攏無能為力。阮這陣已經成立研究小組，成員攏總十三个，我就是其中之一。」

連聽甲耳仔擽擽，閣直直振動。窮實接受夜婆醫生特殊的治療法以後，體質產生大變化，而且佮個生活透濫一段時間，一對一的溝通已經無問題。這陣伊的耳仔變大閣塌甲親像雷達，鼻空也弓開閣僥僥，已經淡薄仔有夜婆族的形樣矣。

「順紲講一个參你有關係的消息。」諾雙手攬胸跤開開，無閬縫相紲講落去，「是對口面逃難來遮的夜婆帶來的新聞。聽講三個月前寶珍市有一个高三學生失蹤，經過調沿路錄影帶，發現伊彼下晡無上課逃去郊外迫迌，半路煞去予一台紅色跑車拼著。想袂到開車的駕駛誠夭壽，共受傷昏迷的學生載去溪埔邊摒掉。經調查這个駕駛是某議員的後生，彼工去參人啉酒啉甲茫茫。」

「上不幸的，這个學生到今行蹤不明，親像人間蒸發，雖然警察會同救災人員佇附近搜揣兩暝三日攏無下落，有人認為是予大猩猩拆食落腹矣。佇新聞煞尾閣附帶討論，步平（pōo-pîng）食樹葉的烏猩猩，因為山林開發過度，欠缺食物飫甲起痟，只好食其他動物，包括人類。」

連失去時間感足久矣，這陣聽著諾轉達新聞報導才知，伊佇夜婆洞已經蹛三個月。阿爸阿母一定煩惱甲欲死啦，雖罔對個的觀念佮教育方式誠反感，伊內心原在是有孝的，嘛定定夢想總有一工，伊做的代誌會予序大人呵咾肯定。

「治療方法佮疫苗研究出來了後，欲按怎接觸寶珍市的人？欲按怎參市政府的人溝通？」連隨想著這个問題。

「以阮的效率，應該是足緊就有結果啦，依照結論，十三个研發小組成員，同時也是負責治療佮送藥、傳教使用方法的成員。」

「恁欲按怎參個溝通？恐驚猶未送到就予個刣死矣。」連閣強調一擺。

「這才閣參詳，這陣猶未想到遐。」

「不如……」連雙手共風幔挽絚，挺出胸坎。

「莫！」有攬伊的腰掩伊的喙，無愛予講落去。

有共諾相辭，參連做伙離開議事殿。有趁機會送一首詩予連，伊行足慢，一字一字沓沓仔唸出來：

咱的音聲佇腦海中相遇
濺出規洞的湧花
咱的風幔踮月光中相伴
飛行規个世界，無分頂下

無前無後，無時間長短的精差
無人類無夜婆無少年老人的分別

夜婆的愛是滿山洞無形的花蕊
無聲無說，跋落咱的心肝底
有佮連，連佮有，反來反去
佇詩句內底攏是仝一个

這時陣，跤底的空縫艛出一勻一勻的月光，這首詩無題目，一句一句親像湧花佇淵馴的月光中跳動，個兩个親像佇舞台頂轉踅。

9

治療HAI的方法佮預防疫苗已經研究出來矣。

十三位研發小組成員閣集做伙開會，個決議直接去揣寶珍市市長溝通，表明善意，並且詳細說明個的研究成果，另外，個共連加入小組內底做翻譯。

這是嶄然仔艱難危險的任務，有煩惱佇心內毋敢講出來。因為寶珍市已經下殺手決意全力消滅全部夜婆，這陣並無夜婆佮人的語言翻譯機，小組十三成員除了透過連之外，根本無其他辦法。

有恐驚連去掃著風颱尾性命危險，就自發得要求欲做伙去。

「遮爾危險的工課，你綴去欲創啥？」

「連做翻譯，毋過伊的能力干焦會當一對一接收聲波，速度誠慢，恐驚中間會發生意外，不如由我來匯集意見，做一下傳予伊較妥當。而且，連的個性我較了解，談判的中間會當安搭伊的情緒，恁想，按呢敢是較四序？」

小組成員經過討論，總算答應予有參加。

個先予有佮連了解治療佮疫苗的內容，一項是祕術，另一項是祕方。

研究中間，個分析各種夜婆的音波功能，無仝款音波的衝擊振動，閣用夜婆洞群族天生的特殊能力共整合起來，總算產生一種超功能音波，毋但會當定位搜揣HAI病毒侵入的準確位置，而且有法度破害伊的結構，不止共消滅掉閣兼將伊的傳湠路徑斷離離。這種工夫比武俠故事內底的內功合力解毒治病閣較離奇。

閣來的疫苗祕方，比頂一項加倍困難。欲按怎免經過大量的臨床實驗就斷定疫苗的效力？這是夜婆族醫學科技比人類高明幾若倍的所在。不而過，這種疫苗是欲用佇人類身上，好佳哉，拄好有連的細胞會當予個分析參考，研究才會當順利完成。

個研究出來的祕方窮實對夜婆族傷害真大，尤其是夜婆洞的特殊族群，因為這種祕方竟然是愛拆一千領的風幔，用來研（gíng）做藥粉製造口服的疫苗，每一領會當研出一千份，這種生產量欲來供應寶珍市佮周圍鄉鎮的百姓應該是誠冗剩（liōng-siōng）。為著做遮的疫苗煞有一千个夜婆換做愛穿工作風幔，變成參連仝款，個為著外口面大群族親的生存，誠是做足大的犧牲。

若閣斟酌看，遮用來研藥的風幔五花十色，所以做出來的疫苗也足濟色緻。因為以夜婆洞的傳統，風幔色緻會當用個的特殊能力隨意變色，不而過一生中干焦會當變三擺。這種變色傳統，也予夜婆洞幾百冬來，毋捌因為身軀色緻引起種族歧視的問題。

10

月光炤入來，暗時矣，這通常是夜婆採果組出洞的時間。個對佗一个洞口出入，是夜婆洞的極機密。

彼个祕密通道比平時日光、月光楔入的空縫加誠大，頂面閣有一塊活動的大石枋坎牢咧，對口面看袂出來。而且由於引力場相剋，通過的動物、蟲豸會佇空間漂浮振動，袂起袂落，終其尾死亡。個特別發明一種干擾器，會當暫時切斷相剋的牽引，予夜婆出入。

個提掉連的風幔，還伊原底破裂裂（phuà-lėh-lėh）的衫褲，閣崁烏色頭罩，通過引力場漂浮區了後，用音波拍開洞門，佇開合的瞬間送伊出洞。

連踏著月光，跤步蹁蹁（phîn-phîn），有倒反行的感覺。四個外月矣，伊誠無簡單習慣夜婆洞的頂下關係，一出洞煞閣反倒轉來，未免產生空間差別的錯覺。

順溪埔佮郊區的道路行，到厝已經半暝矣。連看著客廳的玻璃窗有一个托下斗的形影，直直咧吐氣。行倚去斟酌看，帶苦瓜面的阿母，四個月爾爾，已經老甲強欲袂認得矣。伊開喙大聲叫：「阿母！」

阿母驚一趒探頭看窗仔外，月光跤一个頭毛散掖掖、衫褲破裂裂的少年家，頂真看覓，是阮後生子連啊，敢講是子連的鬼魂轉來相揣？

「阿母我轉來矣，緊開門啦！」連閣喝一聲，阿母對踅神當中精神起來，伊確定是子連無死倒轉來，較緊走去開門，阿爸佮未出嫁的二姊阿嬌也對房間拚出來，四个人攬做伙一直哭。

連講出伊離奇的遭遇，夜婆佇伊賰一口氣絲仔時陣解救轉來的過程，夜婆洞雙面引力倒反行的世界，普略仔描說一擺。逐家聽共目睭展大蕊喙仔開開，真是不可思議。

過轉工一起床，阿母就捀豬跤麵線予連食，而且講愛去廟裡收驚，連要緊共伊的重大任務講出來。

這層代誌聽起來非同小可，卓家開的農藥廠屬於污染事業，平常時有交陪一寡議員，交情上好的是莊議員。尤其最近為著寶珍市病毒爆發，議會有成立一个監督小組，由莊議員擔任小組召集人。

經過安排，連佮阿爸阿母約莊議員佇市議會見面，做伙參加的閣有方議員、葉議員，攏是防疫監督小組的成員。逐家攏有掛喙罨，阿爸也要緊提一个予連掛。

連共夜婆族的計畫詳細報告一擺。包括治病、提供疫苗種種，伊特別用本身做見證，強調夜婆族的醫療水準非常先進，勝過人類幾若十倍。而且，夜婆族是一个溫馴和諧的族群，個欲來幫助人類消滅HAI病毒有十足的誠意，絕對毋免僥疑。

三个議員聽甲搖頭兼相相（sio-siòng）。

「譀古！譀古！聽起來敢若奇幻電影的劇情呢，恁敢有人會相信？」方議員用懷疑的目神看連。

「恁這个囡仔拍算驚著，講話怪怪喔。」葉議員參方議員仝款看法。

阿母聽甲擋袂牢徛起來，阿爸隨後踏進前頓胸坎保證：「阮這个囡仔IQ百五，從細漢就對動物蟲豸非常興趣，也有深入的研究，伊的精神無問題，絕對袂烏白講。況且……」

「況且這馬咱寶珍市的病毒嚴重甲按呢，市政府干焦會曉消滅夜婆爾爾，結果病毒嘛是繼續湠落去。」

「閣講予恁知影，阮子連出世的時陣身袚素珠，倒踏蓮花，註定是欲來救世的。」

翁仔某一人一句相紲講，聽甲莊議員也徛起來擛一个手：「好啦好啦，這起事我看莫閣躊躇，窮實市政府也已經想無步矣，恁看咱寶珍市逐間病院的病床攏排甲門口搭棚仔，棺柴賣甲無份，病死的只好捲草蓆仔（tsháu-tshio̍h-á），可憐代啦！」

「唉，中央政府已經欲下令寶珍市封城矣，毋管按怎，不如選擇相信，予個進行看覓啦。」莊議員講甲手插胳，目睭掠方議員佮葉議員金金相。

紲落去是揣市長討論，這種代誌上重要是愛得著市政府的認同支持，才有可能進行，莊議員隨就炁這群人去市政府。

「烏白來，聽一个十八歲囡仔胡言亂說，市政毋是咧扮公家伙仔。莊議員啊，千萬毋通按呢做，會予百姓罵死啦！」

高長大漢的市長，平時對議員講話誠客氣，聽著這起事煞面仔轉色，目睭晛惡惡。

「報告市長，我毋是囡仔啦，對夜婆洞我非常清楚，講的攏是真拄真的代誌，我聽好佇遮當天咒誓，若有半句白賊，予雷公……」

連猶未講煞，阿母就伸手共擋，閣越頭大聲對市長講：「逐家攏為著寶珍市百姓安全咧設想，市長啊，你是大家長，愛想予好呢，毋通到時予人罵死。」

莊議員紲落出聲：「這案，阮防疫小組攏有同意，就等市長下令部屬執行。頂頭宣佈下禮拜欲封城矣，你好好仔考慮看覓，年底選舉連鞭閣到矣。」

莊議員共市長揳去邊仔嗤舞嗤呲，市長吳三保面仔一陣白一陣青，一觸久仔換做頕頭。伊叫主祕入來，交代隨召集衛生局人員佮各科室主管會議，有重大的代誌欲宣佈。

11

前一暝連離開夜婆洞，暗暗仔佇空中飛行的有，早就覕佇連的眠床跤，逐家攏歇睏的時陣閣出來參連講話，阿母耳空利，半暝共阿爸講，這个囡仔拍算驚著，當咧做眠夢烏白唸。

市長答應了後，有馬上飛轉去連絡醫療小組十三成員，隔轉工的暗頭仔，諾就帶領所有成員綴連來到市政府。食過暗頓佇市府廣場散步的市民，透世人毋捌看著遮爾大隻閣會行路的夜婆，逐家吱嗷叫，愈會愈大聲，愈絞愈大陣，有人直直拍心肝頭：「娘嬭（niû-lé）喂啊，這群夜婆精對佗來的？」

市長室邊仔的小會議室十外个全副武裝的警察排兩排，手攏扞腰邊的手銃，記者也做一下陷倚來，這應該是全國，甚至是全世界的大新聞。

連佮有負責溝通，因為衛生醫療單位對夜婆族的特殊能力足歹理解，疫苗的成份一時也化驗袂出來，交換意見的過程嶄然仔費氣。有時諾說明，有時其他十二个成員補充，經過有轉譯予連傳達出去的過程，雖然非常快速，毋過人類的想法誠複雜，毋捌加上懷疑，直直提問題，所致會議對暗頭仔開甲天欲光才結束。

眾夜婆被安排佇市政府後爿的一間宿舍，內底已經囥一堆包括稜果榕的果子。就按呢，個的醫療工作對隔轉工的暗頭仔開始進行。另外，疫苗就對連佮個兜的人先開始試驗。

這時陣，遐全副武裝的警察也成立應變小組，暝日跟綴這陣夜婆洞的醫療團出出入入，市長共連講，咱愛全力保護個的安全，袂使有任何意外。

佇市立寶珍病院，內底的患者窒窒滇哀哀叫，簡單的病床沿壁邊排雙排，醫生護士攏愛行坦敧身，誠是親像人間地獄。

諾焉一群夜婆醫生入來矣，伊佮阿醫生分組進行治療。

遮著病的患者，有的拄才入來，有的已經佇負壓隔離病房，醫療團就對隔離病房開始，個用風幔佇患者身軀輕輕挲過，來回幾若擺，發燒就沓沓仔退去矣，一寡病人膏肓 (koo-bông) 面仔青恂恂的，也漸漸轉紅牙。紲落，個用特殊的超音波合力射過去，肺部嚴重感染敕無氣，心臟強欲定去的也寬寬仔復原。一觸久仔爾爾，足濟已經接近死亡界線的，一个一个精神起來，親像佇地獄行過一逝。

這種神奇的醫療效果，誠緊就傳甲規間病院的內內外外，一寡猶未治療著的家屬希望插隊先處理，閣有拄入院的要緊央請民意代表施壓，向望先共治療。

「免緊張，阮醫治的速度非常緊，按呢相搶顛倒造成干擾。」諾佮有透過連共院長講，麻煩病院人員去勸導患者家屬。窮實遮的醫生對個的治療攏懷疑兼怨妒，認定是邪術。不而過，佇患者的心目中，治會好上要緊，這種水準誠是勝過人類的醫療科學幾若十倍，準講是符法巫術嘛毋免想遐濟。

隔無偌久，寶珍病院的患者齊醫治好勢，就延去真善病院，公立的處理完紲落處理私立的，規个寶珍市攏喊起來矣，醫治的成果也間接予逐家信任個帶來的疫苗，因為足濟人相爭欲先試用，佇市府廣場，排隊領疫苗的隊伍排一兩公里遠，致使經過的車輛攏愛改道。

兩禮拜爾爾，寶珍市佮周圍鄉鎮的HAI病毒快速消退，市民恢復正常生活，誠是奇蹟。市長吳三保向中央拍報告，講經過伊努力搜揣醫治的方法佮解藥，總算有突破性的成果，向望中央閣撥經費一億，予寶珍市繼續加強研究，造福全國百姓。頂頭隨就準伊一億補助，而且按算提拔伊擔任衛生部長。

不而過，佇這个中間煞發生一件奇怪的代誌。十三个夜婆醫療團的成員佮連絡員有，佇一暝中間攏消失去矣！

「個透暝轉去矣，無法度啦，留都留袂牢。」市長共莊議員佮規陣來關心的人回答，手展開開，誠無奈的表情。

「無可能，無講無咀攏無相辭就離開，我絕對毋相信！」連面仔紅絳絳，講甲足激動。

「毋相信我嘛無法度，夜婆不管偌厲害，總是精牲，個性咱歹了解，哪會使共當做人打扮？」

連聽甲擋袂牢，捏（tēnn）拳頭拇衝過去，莊議員緊抑倚來擋：

「少年人莫遐衝碰，三保市長連鞭欲去做部長矣，逐家愛較尊重咧。」

「唉，咱才來夜婆洞了解看覓。」阿爸吐一口氣，幔連的肩胛頭安搭。

連心內想，失去佮有的連絡，欲揣著夜婆洞的入口會足困難，何妨伊彼陣出洞的時陣是崁烏色的頭罩。規群的夜婆，完成任務就不告而別，這算是ȧt-sá-lih，猶是無人情味，尤其是有，敢真正會按呢？

12

往仙丹溪的路這馬加幾若枝路燈，頂頭有足濟白蝶仔飀飀飛，照講這攏是細隻夜婆捕掠的目標，個用超音波定位，siú一下白蝶隨就入喙，準確無地比。毋過經過寶珍市的化學戰，夜婆齊消失去，連前幾禮拜的醫療團成員也攏無影無蹤矣。連共阿母新買的跤踏車踮佇田岸邊，煞影著較早彼台已經拗做S型閣兼生鉎遛虯，觳佇暗頭仔的風中嶄然仔凄微。

突然間，有一台市公所的環保公務車駛過來，三、四个穿殺婆大隊制服的人落車，行對溪埔彼爿去。因為夜婆族的幫忙，寶珍市的疫情已經化解，殺婆大隊的化學戰早就解散矣，應該是感激夜婆並且積極保護個的時陣，為啥物這陣大隊的人會閣出現？連心內憢疑，就暗暗仔覕踮一欉百年的茄苳樹跤。

這四个人佇月光跤覕覕揣揣，巡石頭縫，用手電仔炤，兼覆落去鼻看覓。是咧變啥魍？連的心頭噤一下，敢講是咧調查夜婆洞的出入口？害矣，拍算無好代誌。

個詳細搜查成點鐘揣無下落，閣上車斡轉去矣。

這擺市政府病毒防治嶄然仔成功，市長共功勞攏掛佇家己身上，當初上蓋反對的人這陣功勞做一下搶了了，誠是袂見笑。不而過莊議員煞恬恬，攏無徛出來講啥物，拍算有其他利頭曖昧的款。

佇市府後爿，夜婆醫療團隊蹛過彼間宿舍，這陣門鎖牢咧，頭前的路燈原在光phiāng-phiāng，對窗仔探入去，空lo-lo無半个人，毋過猶有一寡食無了的水果擲佇塗跤，已經漚爛去矣。連對醫療團成員的行蹤誠懷疑，趁暗時無人走來探看覓，伊撬開鎖頭，用手電仔四箍輾轉巡一擺，看著幾若條椅仔倒佇塗跤，草蓆仔攏僥僥，敢若經過一場戰鬥，個敢會予人掠去矣？

窮實連所懷疑是真的。佇醫療工作攏結束彼工，個轉來款物件的時陣，就予市政府派的武裝警察包圍矣，雙方比手畫刀無法度溝通，實際上嘛毋免溝通，個嘛無按怎抵抗就攏予掠上警車頂矣。紲落市政府成立一个研究中心，全力研究分析這群特種夜婆的血液、頭腦、翼股風幔，有啥物奧妙的所在，個所進行的是殘酷的活體實驗，醫療團隊的十三个成員佮有攏死亡矣，真正足夭壽。

連要緊欲揣出夜婆洞的出入口，試看有法度連絡著無，毋過拍拚幾若暝日，攏揣無痕跡，而且佇溪埔邊來來回回行足濟逝，也無看著採果組的夜婆飛出來。

伊雄雄想起彼一工，有閃過水沖斡上趨崎，蹈上往斷崖彼條路。佇遐伊有踢著一塊石枋險就吭跤翹，佇彼个所在，有一港水軁入去隨閣濆出來，來來去去無停煞，誠奇怪的現象。伊要緊走轉來厝，揣出手指簿仔詳細研究過，隨就閣趕去探查看覓。

佇路中間連攑頭看月娘，規面血色帶哀愁，敢講伊也為夜婆族訴哀悲。聽講這是月全食，兩三冬才會發生一擺，這陣看著，更是加添心內的不安。

足久無落雨，水沖賰一屑仔氣絲仔流落山壁，下面的水窟仔無啥會流，水面也漸漸轉烏綠。連沓沓仔蹈上趨崎，雄雄聽著頂面有人行踏的聲音，閃佇樹仔邊看斟酌，是四个殺婆大隊的人，個竟然也知影通揣對遮來，害矣，這聲夜婆洞真正危險啦。

敢有啥物辦法來嚇驚，予個離開這个所在，是毋是來假鬼假怪看覓，連當咧思考的當中，突然間地動矣！搖足大下閣搖不止仔久，一時陣樹尾hú-hú叫，塗石直直溜落來。遠遠，彼坪有水流軁入漬出的怪石枋，予地動搖一下結規毬矣，石縫攏被封密，遮若真正是夜婆洞的出入口，是毋是夜婆族就予封死佇內底永遠免出來矣，抑是會閣揣著其他會當出入的所在？

彼四个殺婆大隊的，誠猛醒也足敏感，個看著石枋結規毬的現象，智覺著這跡有玄機，隨就規群摵倚去看覓，無疑悟一个一个予莫名的力量吸去死黏佇石頭頂。

「俺娘喂，救人喔！」四个人哀爸叫母，喝甲大細聲，毋過干焦連佮血色的月娘聽著。個身軀佮跤手攏予石頭黏甲絚擋擋（ân-tòng-tòng）峇峇峇（bā-bā-bā），連欲伸手提手機仔都無法度。

連看甲不可思議，敢若強力吸石結規毬的石枋，拍算是引力場遭受地動破壞引起的強烈變化。敢欲幫個討救兵？連躊躇袂決，想甲煞搖頭吐氣，唉，窮實攏是食頭路毋敢抗命的可憐蟲，伊隔轉工就拍電話通知市政府矣。

救難人員誠緊就趕到現場，想袂到個連衫掛皮攏黏牢咧，硬拆開煞連皮都裂（liah）起來，規身人血sai-sai，真正恐怖。

無偌久，市政府佇四籬圍仔遠遠設閘欄閣徛告示牌：「黏人石，危險莫近！」

13

連非常悲傷，夜婆洞拍算永遠封死矣，這世人無法度閣看著遐善良的好朋友，尤其是有。伊想起有寫的詩句：「夜婆的愛是滿山洞無形的花蕊，無聲無說，跋落咱的心肝底……」滿腹的悲哀煞親像海水衝破堤防，做一下瀉出來。

無偌久，連高中畢業，伊考牢天良大學的生物醫學系，離開寶珍市去北部讀冊矣，這回阿爸阿母非常歡喜，這个倒踏蓮花出世的囝兒，總算咧欲有出脫矣。

不而過，佇疫情化解半年後，寶珍市煞發生非常莫名其妙的怪事。遮的市民一个一个，一家一家，竟然開始學閹雞行。干焦一小部份家庭原在正常行踏，其中包括連個一家伙仔。頂頭派專家來調查，一時捎無寮仔門，干焦知影遐閹雞行的人攏有服用過防HAI病毒的疫苗，遮的疫苗是用夜婆翼股風幔研粉製作的。

寶珍市的三保市長，本底已經發佈升衛生部長矣，臨時命令收回，因為伊也閹雞行，而且那行那kè-kè叫，寶珍市煞予人供體做閹雞市。

第十二章

【猩猩山】

1

聽著猩猩山成立特定區的代誌，誠濟人想起七、八年前彼件猩猩搶運鈔車的新聞：

天良市 22 日一下晡就傳出六件保全公司運鈔車搶案，消息予全國齊驚惶。六台攏是首都銀行的運鈔車，逐台有兩名保全人員押車。

根據了解，彼下晡落袂小的雨，運鈔車駛慢慢仔，當當斡入小巷的時陣，雄雄有兩隻烏猩猩從出來，一个擋車，一个擇家私刺破輪。保全馬上開門挆出電氣銃，毋過未曾發射就予猩猩伸長手拍落塗跤。而且另外一隻猩猩發射強烈噴霧，紲落兩个保全攏予重拳揍（bok）甲昏昏死死去。猩猩隨就搜著鎖匙，共大袋的金錢揹走。

這六件搶案攏仝款情形，兩隻猩猩穿殕色雨衣，身懸較臨五尺，跤手非常猛掠，對頭到尾無超過兩分鐘，每一隻揹兩袋走甲無影無蹤。

首都銀行攏總損失一億外，是從設立銀行以來被搶上濟的一擺。天良市警察局已經成立專案小組，清查各動物園的烏猩猩、園主、保育員。刑警也調出每一个路口的監視器詳細巡查歹徒逃走路線，毋過攏一兩个轉彎就斷節，消失去矣。

關係這案，內政部長大大震怒，限警務署佮天良警察局兩禮拜內愛破案，若無署長佮局長馬上撤職處分。

會記著搶案發生彼當時，各縣市長閣一個月就欲改選矣，屬執政黨的市長欲拚連任，選情五分平士不止仔緊張，雄雄發生這个搶案，反對黨趁機會拚命宣傳執政無能，治安敗害，致使選舉對敵的雙方，一爿掠狂，另一爿起痟矣。

警方根據翕著的烏猩猩影像，保全人員的筆錄，每一隻猩猩攏仝面仝面，雖罔有比手勢，並毋知啥物意思。另外，經過各動物園清查圈養的烏猩猩數量，卻是有加無減，因為生產的關係。

其中上大場的五福野生動物園，長期來飼足濟烏猩猩、紅毛猩猩、狗面猴[1]，加加咧百外隻，而且繼續生產中，所致正確數字掠袂清楚，煞變做被嫌疑的對象。

無偌久，出現一塊來路不明、祕密流傳的光碟。內容顯示有十外个穿殕色雨衣對五福野生動物園後門的樹林中軁入去，個的尻脊攏有揹袋仔，袋仔落出幾若張反對黨的宣傳單，而且其中有一个面小可越過來，看出是烏猩猩。按呢的光碟大量流傳甲投票，對佗位來的猶花袂直，結果這回的選舉大受影響，反對黨毋但天良市長輸去，各縣市長、議員也攏輸甲塗塗塗。

選舉了光碟就無閣流傳，猩猩搶銀行的重大刑案查足久原在牢船無進展，變成無頭公案，閣過一年，就漸漸無人提起矣。

1 狗面猴：狒狒，學名Papio，屬猴科，分五種，攏分佈佇非洲地區。

2

佇瀾肚平陽隔一條肚臍溪的東爿，有一座超過 2,000 公尺的烏里山，連接的有三座較低的山嶺，分別是西爿絕峰嶺、北爿烏星山、東爿凍霜山，懸度 1,300 至 1,500 公尺中間，三座山圍起來的塌窩仔號做猩猩湖。講著遮的山名地號名，隨統治者的變換，也歷經一翻的撨摵（tshiâu-tshik）。譬如烏星山，佇幾十冬前因為百姓反映講山名破格，逐時有人跋甲烏青積血，所以改名金星山。閣有猩猩湖，因為自古有一粒大石頭齴踮湖仔底半中欄，看起來足成大隻烏猩猩才牢名，伊也因為無雅氣來改做新生湖。不而過，自二十外年前開始流行文化尋根，兩个名猶閣改回烏星山佮猩猩湖。

猩猩湖窮實無水也無猩猩，烏星山的來源更加想無，有光芒的才叫做星，哪會有烏星。毋過對統治者來講，彼攏無要緊，上重要的是千外公尺起去，規山頂密喌喌、直溜溜的珍貴樹木，包括松梧、厚殼仔、亞杉、鐵杉、松柏等等。

雖罔珍貴的木材會當賣足濟錢，有法度運落山才是真工夫。頭起先剉好的木材是用人工扛、水牛拖、放水流，落尾才進步甲用機關車[2]拖六七台、八九台的搬運列車，順鐵枝路載落山。

因為長期的斬剉，大欉的剉了了，細欉的猶未大，林業開始稀微落去，一寡載木材的機關車換做載人，鐵枝路也順觀光需要延長、增加。無偌久，以中央上懸點的火車站做中

2 機關車：鐵路機車、火車頭、機車頭，早期載運原木的機關車叫做蹦蹦車。

心，猩猩湖漸漸變成鬧熱的觀光區。商店、樓仔厝、旅舍一間一間起起來，毋管假日、上班日逐時鬧熱滾滾，無猩猩也無湖的猩猩湖竟然成做嶄然仔繁華的山城，真是予人想袂到。

有足濟觀光客來猩猩湖一蹛就幾若工，因為若捀一杯咖啡，坐踮車站邊的咖啡座看山景，透早有金光萬丈的日出，倚晝仔有白雲藍天瑞氣千條，到尾暗仔閣滿山罩雺，誠是休閒消敨煩惱鬱悶的好所在。

不而過，佇七、八月仔也會雄雄有不測風雲，樹林hú-hú叫，山雨siú-siú叫，共規个山城攑甲強欲反過。

講著不測風雲，自前冬開始，猩猩湖就相紲發生一寡予逐家捎無摠頭、莫名其妙的代誌。

前冬是猴年，猴佇十二生相內底屬第九，是機智靈巧的象徵。就佇這个猴年的三月，湖仔底的山櫻花開甲滿滿是，觀光客挨挨陣陣，紅霞規天頂，山風微微仔吹的一个欲暗仔，有一个身穿烏袈裟的修道人來到猩猩湖，佇面向烏星山的一條石椅疊盤坐。伊雙手合掌唸經，內文無人聽有，不過唸完了後大大吐一口氣，向四箍圍仔看鬧熱的民眾大聲宣告：

「恁看，金光萬丈，瑞氣千條！恁看，佇烏星山頂有天帝降旨，今年開始，猴年改猩猩年，今年也是烏星山開山大福運，猩猩湖湖底藏萬金的重要年閣，逐家欲發矣，欲發矣！」

在地住民、店家的頭家、觀光客沓沓仔集倚來，這个修道人頷頸掛一條白色珍珠鍊，有時唸經有時講道，下斗一時仔四枋一時仔圓，敢若得道的仙人。伊直直講甲暗雺略略仔罩落來才徛起身，烏袈裟佇瘦抽躼跤的身軀頂飀起來，衫裾角箍白巡，閣敢若有翼股phì-phiȧk叫的聲。仙人的跤步輕猛閣浮浮，行往烏星山方向的崎跤，一觸久仔消失去。

「敢若用飛的。」「我看著伊phì-phiȧk叫飛出去，真的……」一群人佇後面嗤舞嗤呲，愈講愈玄奇。

3

佇烏星山的半山腰，毋知底當時起造一間華麗莊嚴的廟宇，拍算是佇樹林中沓沓仔進行，聽候突出樹尾溜的時陣，日頭的光芒炤落去，大片的琉璃瓦金光閃閃，才予山城的人智覺著。

這間「羽神猩猩宮」，內底的主神是斑甲神君，做伙服侍的是猩猩祖師，閣有威風凜凜的十八烏金剛排雙爿，逐尊格勢攏無仝。

猩猩宮的宮主，窮實就是兩年前佇車站邊疊盤唸經說道彼个玄祕的仙人，伊外號斑甲真人，跟綴侍候的有七个仙姑。

「烏星山，正名烏猩山，是祖師爺允可之地，是猩猩族必然愛回鄉建立部落的所在。」斑甲真人有一工結手印疊盤坐，眼觀鼻鼻觀心一觸久仔，目睭雄雄niáu一下，大聲開示。

伊的聲音敢若雞鵤咧叫天光，閣兼有回音。伊的頭殼頂發光，開示中間敢若有翼股沓沓仔褫開，坐墊小可仔浮起來。

神明猶未顯聖真人先興，信徒看甲目睭無躡頭殼愣愣，煞一个傳一个，剉柴、拍筍、做工、做生理的攏挨挨陣陣來參拜。無偌久，規个猩猩湖做一下絞滾起來，規个島嶼的人也坐火車、遊覽車一陣一陣溢上山頂。幾個月中間，店家佮山產的生理浮漲十倍，逐家喙笑目笑，猩猩湖誠是大發矣。

闍過半冬，有一工早起九點外信徒已經擠甲滇滇，斑甲真人闍開始唸經說道，這擺參進前無仝。

佇拜殿中央，真人疊盤坐結手印，頭毛一支一支徛直起來，七仙女白衫改烏衫，包仔頭攏放落來，個圍一輾，佇摻入猩猩叫聲的音樂中跳猩猩舞。

有幾个仔來做田野調查的宗教學者從來毋捌看過這種場面，誠好奇用手機仔錄影，手頭筆記也寫袂離。

較臨十分鐘，音樂佮舞蹈暫停。斑甲神君欲降旨矣，敢若附佇真人身上，窮實真人就是斑甲神君，有時肉體有時神尊。

「今年是猩猩年，今日申時三刻，湖仔底的猩猩石會復活，回轉來真正的烏猩猩，而且附近的山石、溪石也會綴咧回魂。猩猩年，祖師公共湖底的猩猩攏揣轉來矣。」

雖罔信徒認為真人法力無邊，神明也足靈聖，毋過這擺的宣告實在非常離奇，敢真正會有這款代誌？逐家半信半疑。

宣告申時三刻，眾人佇下晡 3 點 45 分進前就挨挨陣陣從過來矣，不而過佇湖底半中欄逐家攏驚一趒，猩猩石無去矣，看起來幾若噸的大石頭，按怎會無緣無故消失去？一堆人喋舞喋呲越來越去，揹無寮仔門。

佇原猩猩石的北爿，原底一大片旺嗄嗄的八卦草、馬藍、硃砂根崁牢的所在，葉仔佮花雄雄略略咧振動。逐家起先無注意著，落尾有動物的聲音佇內底傳出來，親像咧笑閣敢若咧吼，愈來愈大聲。

半點鐘後，突然一个洞空現出來矣，對烏趖趖的洞內從出來烏趖趖的猩猩，一隻、兩隻……連紲二十外隻，唉喲，袂使講「隻」啦，因為個攏胸坎騰懸懸，用人的姿勢大步伐出來，而且頂身穿吊神仔，下身穿短褲，干焦無穿鞋爾爾。

規个猩猩湖，山頂山跤的住民做一下喊起來矣，個個親像起痟。個頭一層想著的是，遮穿插佮行踏參人一模一樣的烏猩猩，定著會帶來規个島嶼，甚至規世界大量的觀光客，猴年改做猩猩年，猩猩湖欲大發財囉。

4

窮實遮的猩猩毋是二十外个爾爾，個到底按怎孵出來的，對佗位來拍算欲對佗位去，誠是一个謎，猩猩湖的人煞干焦想地方大開發、土地大起價、生理趁大錢，全然無去思考遮的問題。

腦筋動上緊的，是鄉長、里長、地方民意代表，馬上聯合建商、遊樂區開發公司，提出地方發展的超前計畫，並且提案編預算、爭取頂司補助，一堆人日時無閒tshí-tshānn，暗時啉酒繼續討論，官方民間攏熱滾滾。

上起先計畫佇松梧林場的出口清出一大片空地，造作一个「星星知我心」大舞台，按算佇星光月明的暗時，集合彼人形猩猩來表演，跳猩猩舞、飛過樹枝抛上樹尾的絕技，加上空手剝樹皮、三十秒造岫的額外演出，每一項攏是世間罕見的猩猩戲。

不而過，遮的猩猩窮實是攏歸屬羽神猩猩宮。

自從大堆的猩猩人現身，猩猩宮足緊就增加幾若十間的星房。星房的設備仿一般旅館的套房，有睏房、便所、冊桌仔，較特殊的是，遮的星房攏佇二樓三樓，而且每一个露台有一條藤索對簾簷（nî-tsînn）垂落來。這條強韌的鱸鰻藤，並非消防設備，而是猩猩人出入的工具。

每工透早拍殕仔光，猩猩宮的斑甲叫魂鐘親像地動警報，hiu-hiu叫、kiù-kiù吼，規个樹林的禽鳥野獸攏吵精神，羽神來矣，規个世界開始運轉，萬物的精氣神也轉踅起來矣。這時陣，星房的窗仔門隨就拍開，猩猩人摸藤索幌落來，半行半跳來到廟埕集合，前後無超過三十秒。遮的猩猩人有咧洗身軀無咧洗面。

佇廟埕的三十六个猩猩人，多數較臨八歲的少年家，換做咱的歲是十六歲，平均懸度 150 公分，徛頭前的隊長特別粗勇，160 公分以上，目眉骨像簾簷吐一大截出來，大大蕊的目睭捽來捽去，不止仔有形威。

個所拍的烏星十八羅漢拳，拳路足特別，硬中帶軟、猛中帶柔，喝聲半人半獸，拍拳中間逐个的毛跤攏徛直起來。

「歇睏，捋毛時間。」隊長的腔口足重講話低沉，敢若透過機器轉化出來的聲音。

紲落猩猩人一對一坐落來，互相捋毛。這時陣，逐个慈眉善眼，用溫馴的動作捋對方的頭毛、身軀毛，一捋半點鐘，拄才拍拳的殺氣攏無去。

這時陣佇廟內拜殿，有三个仙姑當咧款拜拜的物件，包括弓蕉、水蜜桃、椰子、榕仔子，香爐內用細粒香塔，厚厚的檀木芳四界流湠。斟酌看，正爿的十八金剛欠一尊，彼尊敢若去外口指揮猩猩人拍拳矣。

有一个廟內義工oo-bá-sáng，拄好咧清潔摒掃，探頭看猩猩隊長，閣越頭看彼个空空的台座，煞喙仔開開目睭展大蕊。

無偌久，個攏閣跖起來，開始唱歌，這擺換張仙姑指揮。六十外歲的張仙姑，仙風道骨，毋過面路仔媠氣媠氣，伊帶領的是這首斑甲祖師作詞作曲的〈星星說法〉。

若聽著風說法，予焦啦
咱就共幻想烘烘咧
一條番薯，予焦啦
一塊化石，予焦啦
一肢指頭仔，予焦啦
一絲仔罣念，予焦啦

予焦啦，攏予焦啦

若聽湧說法，了然啦
咱就共所有的攏擲落海
一片真情，了然啦
一世勇健，了然啦
一堆功名，了然啦
一山寶藏，了然啦

了然啦，攏了然啦

終其尾，咱愛聽星星說法
擲開雙手，大力哈唏
共光一喙一喙欶入去
欶入去，欶入去……

張仙姑聲音軟柔字詞清楚，拄著仔擔任獨唱，規群猩猩的聲音低沉腔口怪奇，一懸一低佇山窩中間轉踅，這是佪訓練「羽神吸星大法」的步數之一。

當咧唱歌，彼个摒掃的oo-bá-sáng一擧頭，原底離開的金剛閣轉來徛佇遐比姿勢矣。伊猶閣驚一趒，目睭挼挼咧無啥相信，就倚去摸看覓，真正是銅做的呢。

5

松梧林場的「星星知我心」舞台廣場已經造作好矣，蔡鄉長招姚議員做伙來猩猩宮拜訪真人。

斑甲真人兩手架佇龍頭頂，講話慢慢無表情，參講經說道的款勢大不相同。吳仙姑佇邊仔鬥案內，泡烏里山的春仔茶。

「報告真人，咱猩猩湖的『星星知我心』已經如期完成矣，占地五百坪，攏總一千个座位，相信貴宮的猩猩歌唱、舞蹈佮特技，絕對是全世界上精彩的動物表演，也一定比任何馬戲團較轟動。」

猩猩湖行政區域屬烏林鄉，個性海派講話聳勢（sáng-sè）的蔡鄉長，今仔日煞坐正正捷捷拏手蹄仔，講煞閣摸一下喙胛彼尾烏蜈蚣。

「胡言亂說，是人毋是動物。」真人雄雄變面，一片冷風帶樹影對頭前掃過，換用嚴厲責備的口氣，「世間人愚痴，毋知遮烏猩猩攏是祖師爺的部下將降世，每一个天頂有一粒本命星，個會講人話、奏仙樂、唱仙歌，個的腦智佮工作能力超強，你共當做野獸精牲，敢毋驚祖師公責罰？」

蔡鄉長毋捌予修道人歹過，尻川顆徙一下。伊心內想，烏林鄉逐間寺廟攏歸我管轄，逐个主持、宮主看著我攏嘛扶扶挺挺（phôo-phôo-thánn-thánn），若傷假痟就告伊侵占公有土地閣兼拆違章建築，這个斑甲真人竟然敢對我按呢講話。

「鄉長，你看……」姚議員拄才看真人格勢遐懸，心內也袂爽，就攄手機仔查伊的資料，想袂到看著宗教新聞報導，這陣猩猩湖的斑甲真人同時出現佇天良市的市民大道咧講經說道。

蔡鄉長看一下面仔青恂恂，啊一聲，擧頭看著真人目睭瞌瞌。

「師父啊，較歹勢啦！」圓面福相的姚議員較緊幫鄉長轉話，「阮世俗人較毋捌代誌，向望真人多多開示。」

「祖師公誠靈聖，伊知影世俗人所有的代誌。」真人的面腔放冗，拄才的冷風樹影變做燒烙的南風，「羽神猩猩宮ká欲佇地方徛起，絕對為繁榮進步全力奉獻。」

佇邊仔泡茶一直恬恬無出聲的吳仙姑，這陣也共沖仔罐囥落，紲話講：「鄉長、議員啊，修道人雖然無咧插世俗事，不過也真知影恁做父母官佮民意代表有足濟困難的所在，並且嘛足捌世俗的禮數。」

這个掛目鏡瘦瘦仔的吳仙姑，聽伊講話純純仔，卻是足老練，敢若插過政治的。鄉長佮議員掠伊看一下仔，本底欲講的話閣收起來。

「來來啉茶，啉茶。這泡是今年烏星山的金獎比賽茶，全部才三斤爾爾。」真人雙手捀杯仔，「敬兩位長官。」

蔡鄉長予舞一下頭殼相拍電，茶捀起來勉強激笑笑。姚議員閣攄手機仔看覓，佇天良市市民大道的民眾攏散去矣，講經的真人也失去形影。

「叫囡仔仙來做伙參詳。」真人共吳仙姑揲一下手。

囡仔仙是啥人，欲參詳啥貨？鄉長佮議員越頭相相，表情茫茫。

一觸久仔，囡仔仙來矣。

啊！鄉長佮議員仝時叫一聲，原來囡仔仙是一隻烏猩猩。

「阮叫伊囡仔仙，因為頭殼誠好智慧足懸，本姓吳，會使叫伊吳先生。」真人慎重介紹。這个吳先生身懸較臨140，佇猩猩中間算是細粒子，不過看伊耳仔足大敉，眼神利劍劍，親像會揬破人的心思。

穿淺藍色道袍的囡仔仙佇吳仙姑的邊仔坐落來，兩个互相比手語，紲落參真人也比手語，拍算抐清楚啥物代誌矣，面越向鄉長這爿來，伸手挼頷頸頂一个白色的小開關。

「共鄉長報告，阮佇猩猩宮的邊仔已經開發兩千坪的廣場，是參民眾交流的所在。阮會傳教逐家『星星氣功』、『吸星大法』，這對逐家身體佮心靈的健康有非常大的幫助。」

囡仔仙有足重的猩猩腔，驚人聽無，刁工聊聊仔講。

「按呢，已經造作好的『星星知我心』廣場欲按怎？」鄉長目頭結結。

「真簡單，聽候猩猩湖的住民學會曉猩猩的氣功、舞步、歌樂了後，阮會安排較優秀的學生出場表演，人選由猩猩組委員會推薦，收入予表演者七成。」

囡仔仙的人中特別長，喙脣不止仔薄，鄉長佮議員干焦看伊講話的表情看甲神神，頭殼愣愣直直頕。

「閣叫泰哥來。」真人閣共吳仙姑擛手。

泰哥也是烏猩猩，體格比囡仔仙加誠好，百六公分左右，佇猩猩中間算是高長大漢。伊揹兩跤皮箱入來。

「叫泰哥，毋過足清氣相，哈哈。」真人煞會講笑詼。伊閣進一步介紹，囡仔仙是吳仙姑的客囝，本籍東非洲，自細漢就共領養，教伊比手語佮講話，誠巧的囡仔仙，會曉三種語言。另外，閣介紹穿烏色武術裝的泰哥，本籍南非洲，姓泰，序大人過身無依倚，仙尊共收留牽教。

「請教，佇湖仔底現身遐，是對佗位來？」議員提出疑問。

「關係這件，是祖師公安排的，伊有指示，神機不可洩露。」真人比一下手勢，叫泰哥共彼兩跤皮箱揹過來。

「這嘛是祖師公交代的，淡薄仔小意思。伊知影恁為民服務誠辛苦，開銷也不止仔大。」

6

真人仝時間有分身佇天良市出現，這起事連鞭傳遍規个猩猩湖、烏林鄉，閣湠甲整個半饑島，而且愈傳愈玄奇，對兩跡仝時現身，變甲三跡、四跡、五跡……信徒也愈來愈虔誠。聽講欲來請示真人的人愛先掛號排隊，開示當場會先跪落雙手捧奉獻金，一擺四、五十萬。

佇猩猩宮的廣場，對全國各地來學習猩猩舞、星星說法歌、吸星大法的信眾絞絞滾，嶄然仔鬧熱。見若星光月明的暗暝，猩猩宮宛然不夜城。

無偌久，就有一寡入門的「星星小道士」宣稱已經學成吸星大法，閣兼有真人認證。聽講個的身軀略略仔會發光，若是欲參人捙拚，丹田一瞪力，規身軀敢若有金光罩，予人無法度倚身。遮的「星星小道士」攏是猩猩的門徒。

漸漸，一寡店家無心做生理矣，個專心去猩猩宮修練，有人向望成為星星小道士，閣有人努力進階欲晉升「星星道長」。所致無甲一冬時間，規个猩猩湖的商業區、住宅區攏對車站邊徙來猩猩宮四周圍矣。

為著適應山城發展的重大變化，猩猩宮一帶，規个半山腰的道路變成大條雙線道，雙排攏路燈。

「猴年改做猩猩年，猩猩對山跤一路發起來到山頂，誠是一路發啦！」鄉長、議員喙笑目笑，各種喜宴中間講這攏是個去爭取的經費，而且當場閣進一步宣佈，「登山的森林小火車計畫延長甲猩猩宮廣場邊，而且興建新車站。」

因為猩猩宮各種事業發展誠緊，伊的管理多數由猩猩擔任，關係主管任派、發薪水、勞健保、報稅種種，浮現足濟複雜難解的問題。

這个拜一固定歇睏日，真人、吳仙姑、囡仔仙、畢卡通四个做伙佇會議室參詳。

「今仔日的重點，討論身份問題。」真人的表情慎重嚴肅，顯示伊對這起事非常重視。

「仙仔、畢卡通共烏貓目鏡剝起來。」吳仙姑雖罔瘦瘦講話純純，對兩个猩猩閣不止仔有威hâm，「今仔日直接用講的，莫比手語。」

囡仔仙是伊的養子，這陣二十歲，比照人的四十歲，自出世無偌久就教伊手語，煞落教語言。因為發音器官的問題，真人特別重金委託米國的科技專家發明一種星星語轉化器，而且買斷專利。這種轉化器掛佇猩猩的頷頸，拍開開關，猩猩的話語就予人聽有，毋過會有一種特殊的腔口。這種轉化的技術，是猩猩宮的極機密，也是仙機不可洩露的一部份。

畢卡通是對馬戲團贖身的，伊本底就足勢手語，來遮才訓練講話。伊另外有一个特殊專長，畫圖。伊畫的宇宙星星法輪圖，色彩佮圖形比西藏的唐卡色彩閣較奇麗，構圖也較玄妙，而且經過真人加持過，足濟信徒開大錢奉獻，共法輪圖請轉去。畢卡通算是猩猩宮的金雞母。

「請示師父，阮佇你的指示之下做工課，蹛、食、身穿逐項無缺欠（khueh-khiàm），哪有啥物身份的問題？」囡仔仙共烏貓目鏡剝落來，並且比手勢叫畢卡通也提落來。佇猩猩宮，逐个猩猩攏足愛掛烏貓目鏡，親像天生自然的代誌，真人逐項講會聽，干焦這項無法度，落尾就據在伊。

「戇囡仔毋捌事。」真人用關愛的目神共眼一下，「有身份就會當做足濟代誌。身份關係著權利、福利，比如上單純的健保、勞保、農保，嘛愛有身份才會當辦。身份，恁攏有權爭取身份。」

真人上尾句閣加重音，囡仔仙雖罔誠巧骨，一時嘛聽無，畢卡通更加是捎無寮仔門。

「師父大慈悲，伊煩惱恁的福利佮權利去予世俗人侵占去。」吳仙姑補充講，「恁生張雖罔參一般人無啥仝，毋過講話、思考、做代誌攏無問題，甚至勝過普通人。恁是人，是皮膚色佮生張無啥仝的族群。」

真人頷頭表示認同：「咱這馬愛緊來進行，愛想辦法予宮內眾猩猩申請入籍登記。這牽連著出世、認養、國籍、戶籍等等程序，也是羽神猩猩宮拍出一片江山、建立千秋大業的重要關鍵。」

真人目睭金硞硞一个一个相，落尾掠定吳仙姑：「明仔載馬上去揣上厲害的律師參詳，看欲按怎陳情、爭取，抑是需要訴訟，費用攏雙倍支付。」

吳仙姑越頭看囡仔仙：「阿仙，你徛佇猩猩的立場寫一篇申訴文，包括恁對社會的貢獻、對國家的認同，上重要的愛強調族群平等，消除藐視，這是國家立憲的宗旨。」

畢卡通也略仔知影意思矣，伊自動表示會當描繪眾猩猩的工作、生活狀況，當中的猩猩生張佮動作會盡量參人倚近。

欲突破目前的法規爭取猩猩的人格權，佇人類自高的思想中應該是無法度成功。不而過，憑真人的法力無邊、猩猩的聰明才智，加上猩猩宮的財源充足，嘛毋是完全無可能。

7

會議了後逐家馬上分頭進行，吳仙姑去聘請全國上利骨、口才上好的名律師張三奇。伊有三奇，死的講甲活起來、烏的講甲白雪雪、共全民放棄的代誌翻案成功，會使講是名聲迵京城。吳仙姑參師父參詳了，前金先付一千萬。

張三奇詳細看過囡仔仙的申訴文佮畢卡通畫的圖像，經過深入研究，誠緊就掠出幾若个論辯的方向：1. 依當今學術界的認定，「人科」當中至少有人類、烏猩猩、矮烏猩猩、大猩猩、紅毛猩猩等五種動物。2. 人類佮烏猩猩的DNA百分之九十九仝款。3. 佇西非的原住民部落，認定烏猩猩是另外一種「人」，是「回轉去樹林中的人」。4. 猩猩宮的猩猩會曉語言、有工作能力、思考力敏捷，參普通人無分別。

猩猩爭取人格權，成為民法自然人，這件事轟動全國，國內外的媒體記者隨就集倚來採訪，猩猩湖已經世界有名矣。

對這起事內政部非常緊張，官員接著陳情，喙內罵講豈有此理，心內卻是感覺敢若有理，煞毋知欲按怎處理。落尾部長裁決辦公聽會，由猩猩親身出場為家己的權益論辯。

公聽會預訂北、中、南三場，上起先佇天良市的市民廣場舉辦。

這是拜六的暗時，市民廣場排一萬條塑膠椅仔也無夠坐，足濟人擠佇外圍蹁跤尾看鬧熱。

七點半公聽會才正式開始，猩猩宮的節目佇六點外仔就起鼓矣。上代先是猩猩舞、猩猩歌，煞落閣有猩猩畫圖，而且幫一兩位觀眾現場畫像。附近的攤販也賣誠濟猩猩的手工藝品佮舞蹈、歌唱、吸星大法演練的錄影帶。

這場的觀眾來自國內外，較臨兩萬人，誠是有史以來統大場、上鬧熱刺激的公聽會。內政部佮市政府也派出幾若个法制專家列席，維持秩序的警察也攑警棍排規排。

猩猩宮方面主要由囡仔仙、畢卡通、賴頭門佮律師張三奇負責答覆問題，吳仙姑佇邊仔鬥打扎（tánn-tsah），真人並無出面。毋過聽講伊的分身恍恍佇群眾中出現，誠認真咧觀察公聽會的情況。

「依據民法，人分自然人佮法人，人的權利是對出世開始，佇死亡結束。請問恁遮猩猩，有啥是人生的？」內政部的法制專員提出質問。

「上原始的人並毋是人生出來的。」囡仔仙回答，「金剛經說法，世間有情眾生有胎生、卵生、化生、濕生，有智慧的人無應該有分別心，執迷出世源頭的人是愚痴。」

台跤眾生透世人毋捌聽過猩猩說法，逐家耳仔覆覆，不止仔驚奇。

「偏離正題矣！」查某司長托一下目鏡，「這陣咧討論民法，參佛經無關係啦。」

「萬般皆是法。」賴頭門掰頭毛，目睭niáu一下，重三巡，伊是緣投仔桑，「民法無比佛法較高尚。況且一个流浪，甚至刣人放火的惡徒攏列入自然人，為啥物對社會有貢獻、善良的猩猩袂使得？」

紲落律師張三奇閣補充一點：「拄才法制專員所主張，愛知影是啥生的，窮實足濟出世囡仔根本毋知父母啥物人，閣再講，佇路邊抾轉來的『棄嬰』，依法會使報戶口呢，你敢知伊是啥生的？」

「嘛有可能猩猩生的。」坐佇中央一个猩猩宮的信徒雄雄徛起來喝聲，誠濟觀眾大力拍噗仔、呼噓仔叫讚。

「安靜！安靜！」主持會議的內政部次長擛 mái-kù 大聲制止，「有意見等咧才擛手發言。」

這馬換畢卡通共伊畫的圖像佮部份相片放映佇銀幕，詳細說明遮猩猩的使用工具能力、上班工作效率、幫忙別人佮社會貢獻等等。

司長徛起來，越過來看三位猩猩：「恁語言的腔口誠奇怪，無法度分辨出是佗一跡來的，應該參咱半Ｘ島無關係。」

「這是比原住民閣較早的語言啦！」律師張三奇共一本憲法提佇頭殼頂，「根據憲法規定，人民無分男女、宗教、種族、黨派，佇法律上一律平等。」

「猩猩雖罔生張淡薄仔無仝，佇法律上應該平等。」張三奇口氣堅定，愈講愈大聲。

台跤猶閣一堆人大聲喝咻拍噗仔，也有人拍椅仔助聲勢，窮實佇觀眾中間，猩猩宮發動來的信徒拍算一千人以上。

「猩猩是百姓中間上弱勢的族群啦！抗議！抗議！抗議種族歧視！」

佇群眾中間雄雄有一位猩猩徛起來，伊的聲音非常尖利，喝聲親像咧叫魂，大陣民眾激動起來，開始拎（gīm）拳頭拇綴伊喝抗議，閣直直揀向頭前。

規群警察隨傱倚來，主持人也踅起來走，這場公聽會佇混亂中結束矣。

8

後手兩場公聽會分別佇南部的蘭城市、中部的斑甲市辦理。這兩場比頭一場的人加倍濟，而且有龜怪的異象出現，所致場面更加鬧熱、混亂。

佇蘭城市，有規千隻的鴟黃來歇佇行道樹、電火柱參加公聽會，個目睭圓棍棍，頭殼佮頷頸做伙踅，閣親像監聽大隊。

斑甲市閣較驚人，規萬隻斑甲天頂颺颺飛，嚨喉空開盡磅，叫聲是一萬隻雞鵤的十倍，叫甲會場的桌仔齊震動。

總是，這幾場的公聽會帶動了全國的民心，傾向承認猩猩是國民。也有人開始主張公投，不而過內政部知影這陣辦公投絕對通過，所以先想辦法挨推。

有一寡敏感度較懸的政治人物，尤其是執政的「倚騰騰民主黨」，堅決主張DNA一定愛百分之百參人仝款，才會使算是人。

這个中間猩猩宮主張推選一位猩猩去驗DNA，擔任內政小組召集人的毛連火馬上提頭反對。伊是執政黨佇中部的立委，認為斑甲真人法力無邊，凡勢會做手。

無偌久，猩猩宮推選囡仔仙去驗DNA，佇各媒體記者的見證之下，竟然百分之百仝款，一時陣全民攏喊起來矣。

這个中間，律師張三奇緊共化驗結果佮理由書提去法院訴訟，另外準備要求釋憲。上重要的，伊也沓沓仔展出名律師的真工夫，窮實辯話骨之外，撨摵金錢、利益拍通關才是上大的本事。

絀落去，國內外的人權團體也出聲支援矣，個開始發動連署，才無幾禮拜就已經簽一億人。

這聲內政部揖咧燒矣，經過內部開會、參立委溝通、請示頂司，個決定佇有限的範圍內，核准猩猩宮內底清查有語言能力的猩猩，干焦會曉手語的無算。按呢統計出來，總共有三十六位猩猩法人，個分別由七仙姑以棄嬰的名義認養。

煞落換戶政單位揖咧燒矣，因為入戶口愛先翕相辦身份證，毋過眾猩猩的面相佇戶政事務人員的眼中，逐个看起來攏仝款，根本無法度核對。

「連這也認無？公務人員素質低路，需要再教育啦！」吳仙姑佇辦公廳當場發輦，戶政單位只好閣報頂司處理。

內政部煞主張建立指模卡辨識。聽著按呢，律師隨跳起來，因為前幾年內政部通令全國百姓攏愛建立指模卡，拄欲執行就予人權團體抗議，認為搜集人體特徵是違反人權，這馬既然承認遮猩猩是法人，哪會使分大細漢。

想甲無步，只好安排戶政人員去猩猩湖集訓，練甲會曉辨識遐烏猩猩的面型、眼神、動作、聲音……才隨个仔註記踮戶籍資料內底。

9

「順天理行時運，猴年回復猩猩年，逐家擇頭斟酌看，烏猩山頂紅霞萬丈瑞氣千條啦。」

斑甲真人神氣清爽，佇佈道中間共猩猩的新身份證提懸懸，強調猩猩山的神君佮祖師爺誠是有靈聖，予猩猩族順利取得人的身份。

為著慶祝，真人指示佇猩猩宮廣場辦三暝三日的法會，朝山的信眾幾若萬个，順打馬膠路面三跪一拜，盛大的場面轟動全國。

閣過無偌久，鄉長議員選舉到矣。烏林鄉的蔡鄉長佮姚議員攏宣佈競選連任。個的政績宣傳，主要包括猩猩湖大開發、促進觀光發展佮地方繁榮、提高百姓收入、增加社會福利等等，紲落連猩猩提著身份證也講是個的功勞。

佇烏林鄉的地方有志，看起來無人是個的對手矣，所致個也有聯合競選的屈勢，而且逐工走場參加宴會的致詞，攏是講甲後任欲做的計畫，敢若現此時已經連任矣。

想袂到佇選舉前的三、四個月，地方雄雄傳出一个消息，猩猩宮這擺決定推派人出來選鄉長佮議員。

「敢有可能？」蔡鄉長揣姚議員參詳，「真人佮仙姑攏出家人，哪會親身落來擔任政治職務？」

「毋是真人，也毋是仙姑，我已經透過有咧參加修練的人了解過，是內部的猩猩欲參選，個有公民權。」

「啥貨？猩猩參選，豈有此理！也無想講連接猩猩廣場的登山道路佮水銀燈攏咱幫忙的，而且宗教文化的宣傳、辦活動也全是公所協助的，這陣煞欲來搶咱的位，真正是飼烏鼠咬布袋啦。」短頷頸bì-lù肚的蔡鄉長風火風著，講甲氣怫怫，大氣喘袂離。

「唉，這陣講這傷慢矣。」姚議員挲一下光溜溜的頭殼，「我看較緊針對個的違建佮侵占公有土地的部份提出告訴，紲落透過媒體全面宣傳。先下手為強，要緊共揲（tiåp）落去！」

就按呢，一場寺廟佮官方的大鬥法開始矣。鄉公所建設課會同縣政府工務局隨就去檢查猩猩宮的違法擴建，經過調查，當初的建照登記是處理木材的工具器材室，十坪大爾爾，這陣增建甲幾若百坪，閣兼有編門牌。另外，猩猩廣場直直侵過國有林場的土地，侵占的部份較臨三千坪。

林務局佮縣府、公所真緊就發出最速件公文，猩猩宮開始緊張起來矣。

「神君佮祖師爺有指示，鄉長佮議員予妖魔鬼怪附身，已經邪念灌頂矣，各位星星善男子善女人啊，愛團結起來守護咱的猩猩宮。」佇一个透早的講經說法中間，仙人講甲目睭瞌瞌，喙吐真言，伊的肩胛有翼股略略仔展開、發光，下面的信徒個個合掌恭聽師父開示。

對信眾的開示之外，吳仙姑佮律師要緊對有關單位打點楔空，一層一層工夫做甲足幼。土地部份由三代相紲蹛欲成百年的住戶取得優先權，購買了後才閣寄付予猩猩宮使用。

閣來建物部份，透過縣府民政、文化部門組立的委員會，認定是具有文化藝術佮教育等重要價值，特准保留。

無偌久，候選人登記開始矣。

鄉長蔡滿銀佮議員姚必勝攏看好日子分別去公所佮縣政府登記，閣過就目睭ku-ku-niàu，咧等猩猩宮派啥人出來選。

一直到登記日下晡欲截止，猶無看著猩猩宮的人出現，蔡滿銀佮姚必勝心內暗爽，想講可能予個修理甲毋敢選矣。

想袂到佇十五分前，猩猩宮的賴頭門佮吳阿仙仝時出現佇公所佮縣府的登記處。猩猩欲出來競選？一時陣所有的媒體記者攏覆倚來，這是有史以來頭一層的世界新聞啦！

真正推揀猩猩出來選，誠是食好膽藥仔。蔡滿銀佮姚必勝兩人聯合競選，全力質疑猩猩扞政佮為民服務能力，而且不斷提醒選民，猩猩雖罔有領著身份證，毋過精牲的野性無張無持會發作，逐家愛細膩啊。

猩猩宮的賴頭門佮吳阿仙也是聯合競選，由七仙姑成立助選團，吳仙姑擔任競選總幹事，猩猩山宗教文化協會胡理事長擔任後援會會長，團隊陣容不止仔堅強。

烏林鄉的百姓雖罔對猩猩宮信仰虔誠，也誠濟人厝內服侍猩猩祖師，毋過正經欲選擇猩猩做鄉長、議員，心內不止仔躊躇。

不而過，選舉無師傅，地下工夫定著愛有。除了地上的宣傳摸票，兩組候選人暗中攏開足濟錢。講著開錢，猩猩宮的寄付贊助金非常濟，雙方疊來疊去，上落尾蔡滿銀佮姚必勝一組明顯無力去矣。

這場選舉會使講是非常特殊兼精彩，佇半爿島的選舉史內底，應該是空前絕後矣。所致選舉中間，也有一寡國際的觀察員專工來考察做報告。

無偌久，投票日到矣，雙方攏發動助選員佇投票所附近拍招呼，而且派出監選員。風聲講真人的分身出現佇每一个投票所附近，閣共來投票的選民微微仔笑。

開票結果，吳阿仙佇烏林鄉佮附近仝選區鄉鎮攏得著高票，相對姚必勝的票數被強力抑低，輸甲足歹看。

不而過，鄉長的部份較無仝，佇烏林鄉倚市區的票箱，蔡滿銀佮賴頭門票數一直磕跤磕跤，摸來摸去，結果蔡滿銀贏五百外票。

佇猩猩湖山區的票箱分散幾若个部落開票較慢，結果賴頭門贏七百外票。終其尾，賴頭門贏現任的蔡滿銀兩百外票。

看起來，百姓對猩猩做議員心內較無罣礙，講著欲做父母官，總是考慮較濟。

10

賴頭門佮吳阿仙慶祝當選完全無放炮，而是佇猩猩廣場帶動逐家跳猩猩舞，唱〈星星說法〉，選舉支持者、信徒、星星小道士攏唱甲戇神戇神：

終其尾，咱愛聽星星說法
擲開雙手，大力哈唏
共光一喙一喙軟入去
軟入去，軟入去……

終其尾，星光會轉踅甲規身軀
終其尾，真氣順烏猩山衝上天
終其尾，萬法攏總攑一宗
終其尾，萬教齊齊歸一統

星星說法，軟落去，軟落去……

就按呢，一擺閣一擺，一个一个進入神迷的狀態。

紲落，佇逐家精神起來坐定定的時陣，開始放一塊錄影帶：南非「狒狒鐵道員」的故事。

狒狒，南非特有屬猴科，是狗面的大隻猴。故事內底講，1877 年有一个斷跤殘障的南非鐵路局員工，買一隻大狒狒（chacma baboon，學名豚尾狒狒）來幫伊揀輪椅佮搬物件，一段時間了後竟然發現這隻狗面大猴學會曉協助火車加火炭、操作轉轍器佮號誌桿，閣有法度調度火車前進退後，真正厲害。

鐵路局發現職員請助理代工，隨就共撤職。紲落這隻狗面猴「傑克」經過相關操作測驗，竟然提著滿分，比人較優秀，鐵路局就決定聘用伊做正式員工，發仝款的薪水。伊佇鐵路局上班九冬，1890 年因為肺癆過身。

這个故事提供足好的啟示，就是比烏猩猩智能較低的狗面猴都有法度操作鐵路的工課，烏猩猩更加無問題。

為著欲增加逐家的印象，猩猩宮閣專工收養三隻狗面猴，老母名做費費，大囝叫費氣，二囝叫費觸，誠聰明閣趣味的一家伙仔，不時參烏猩猩的大人囡仔耍做伙。

三個月後鄉長就職典禮到矣，賴頭門穿白西裝結 tsiű-tsiú（ちょうちょ，指蝴蝶結），掛紳士目鏡，看起來不止仔有範頭。

伊看毋知影就職「誓詞」寫啥，就由主任祕書吳仙姑唸一句，伊綴一句，完成就職程序。

猩猩做鄉長透世人毋捌聽過，報紙媒體報了閣報，不過上重要的，逐家攏目睭 ku-ku-niàu，欲看猩猩按怎扞鄉政。

吳仙姑擔任主任祕書確實對賴頭門幫助非常大，伊一上班就誠上手，毋但公文處理、員工管理佮行政程序攏足內行，而且是鄉長對外接接、溝通四序的橋樑。為啥物一開始就上手？有人感覺僥疑，不而過毋知伊的來歷，也不便問傷濟。

伊同時也是鄉長批公文的桌頭軍師。通常是共重要公文的要點解釋予鄉長清楚了，才建議按怎批。鄉長的手捗足大个，毋過指頭姆細細肢仔，一隻特大號的烏水筆拎絚絚，欲准的就畫一條弓蕉，特別表示勉勵的畫較大條，勉強同意的較細條，無准的就拍叉仔。一下久公所員工攏知影伊的意思。

另外，主任祕書閣有一个重要任務，就是隨時注意鄉長的儀態動作。比如食物件毋好唝唝叫（tsȧp-tsȧp-kiò），笑聲袂使kuáinn-kuáinn叫，行路愛徛挺挺，毋通無張無持對鄉長室爬出來。

11

春天來矣，猩猩湖植物青翠百花開，朱紅的山櫻花對火車頭舊站開甲新站，大菁[3]順山路開甲滿滿是，玉珊瑚也已經結滿柑仔色的果子。規个烏猩山、絕峰嶺、凍霜山參天林木，樹尾一直甲樹跤攏充滿喜氣。尤其透早日頭拄吐鬚，林中的白耳花眉仔就開始啾啾叫，番薯仔鳥（藪鳥）tsi-tsiú-tsi-tsiú的聲音更加迷人，仝時陣，天頂的白毛跤鷹（大冠鷲）也全面巡視。

新人新氣象，猩猩鄉長佮議員的表現當然參人無仝。烏林鄉的施政要點，佇真人、仙姑、賴頭門、吳阿仙一再討論撨摵，誠慎重訂定好勢矣。個對外聲稱，欲共烏林鄉，尤其

3 大菁：佇遮指馬藍，葉仔含藍靛染料，佇合成染料發明以前用來染布。

是猩猩湖地區建設甲變成金光閃閃的大璇石，所致鄉公所全力發展各種公共造產事業。

公所規畫的公共事業內容包括：

1. 成立烏里山高山咖啡公司：栽培的特種咖啡豆，醇甘閣有Tequila（龍舌蘭酒）的特殊氣味，保證品質勝過衣索比亞的阿拉卡比。
2. 成立烏黕藍（oo-tòo-nâ）染布合作社：採收猩猩湖三面山的大菁製造染料，運用猩猩的藝術創作，生產特有的高級衫褲、布巾、日用品。
3. 奇木奇石藝術公司：利用天然的樹根樹頭佮奇岩怪石，製作有靈氣的藝術品，每一件攏有猩猩的手工，而且經過真人加持。
4. 猩猩湖特色商店加盟：大量生產猩猩湖特色產品，發展加盟公司，銷售全國，擴展國內外市場。
5. 烏猩森林鐵道公司：這項上重要也是上艱難，目標是鐵路佮小火車的工作人員全部由猩猩擔任，包括車站站長、站務員、鐵道維修、火車調度、火車司機、車長等等。這件若完成，會成做世界奇蹟，猩猩湖也會成為全世界有名的觀光勝地。

這五个計畫一公告出來，就親像布袋戲咧講的，轟動武林驚動萬教，其他的鄉鎮公所攏看甲吐舌，縣政府也警告講這種規畫傷譀古，根本無可能執行，尤其是第五項。

不而過，這个由猩猩主政的政府機關，協調佮執行力確實非常驚人。個的計畫經過議員吳阿仙佮三个仙姑助理暝日走從協調，得著大多數議員的支持，包括經費補助佮土地撥用等等攏順利通過。足濟人認為猩猩宮的真人法力無邊，也有人認定是斑甲公佮猩猩祖師非常靈聖。

佇執行中間，烏猩森林鐵道公司這件舞上久，足足欲三年。因為彼本底是國家鐵路局管理，欲移轉鄉公所愛經過立法院通過，相關貸款的數字也嶄然仔大，較臨二十億。所致欲拍通關節，疏通有關官員佮立委，誠是明的暗的攏愛有夠力，就像人咧講的，神通廣大、法力無邊。

三年後的春天，山櫻花開甲滿山遍野，較臨以前的三倍濟。烏猩森林鐵道總算順利開始營運矣。

火車頭規排有烏猩猩標誌，火車箱亦畫足大幅的、穿甲誠飄撇的烏猩猩。這个開幕典禮，總統也親臨參加，中央、省佮縣市各級政治人物也來足濟，逐家呵咾甲會觸舌，拍噗仔拍甲手心紅記記。

總統致詞講：「世界十大奇蹟愛加一个矣，咱半臟島的烏猩森林鐵道是第十一个。」

這擺真人親身參加，向腰共總統行禮，多謝伊對這案的支持。毋過伊的跤浮浮，身軀淡薄仔霧霧，有信徒暗暗仔會：「這敢若是師父的分身。」

開幕典禮也有誠濟信徒、民眾徛遠遠觀禮，發覺有三隻狗面猴佇遐從出從入，無閒tshih-tshānn，感覺誠趣味，也予個想著較早猩猩廣場逐時咧放映，彼塊狗面猴擔任鐵路員工的紀錄片。

另外，佇火車頭正爿的一塊大看板，頂頭有誠大的紅字：「星光萬里，猩猩的世紀來矣！」

12

猩猩的世紀來矣，斑甲真人的強烈使命感，毋是小小的烏林鄉佮猩猩湖地區就會夠氣，伊心內數想的是全國性的權位，這款的野心必須愛野性轉化心性的猩猩來相助，協力達成。

星星說法，敕落去，敕落去
終其尾，萬法攏總攴一宗
終其尾，萬教齊齊歸一統
猩猩的天年來矣，新興的世紀到矣……

〈星星說法〉的歌詞已經發展甲第二、第三葩矣。這一工佇說法中間，真人煞無張持講對「黨」去。

「廟宇頂頭有斑甲，內底有猩猩，『黑』金剛降駕，國家大前進。」真人針對「黨」字拆字，轉達神君佮祖師的神示，閣詳細補充重要的玄機。比如講「頂頭有斑甲，內底有猩猩」，飛天的斑甲佮猛勇的猩猩，已經誠清楚表示「突飛猛進」，也就是「奉天承命」，猩猩宮必然愛參與「政黨政治」，擴大參政的層次。

真人開示，佇霧霧的香煙中，目睭瞌瞌頭頂發光，翼股褫開phì-phiak叫，信眾猶是聽甲耳仔覆覆踅神踅神。

佇猩猩湖一直甲烏林鄉、九芎縣，這陣的猩猩宮已經是宗教佮政治權力的中心，有淡薄仔古早神權國家的意味。

比如佇猩猩湖地區的公共事業，董事長攏由猩猩擔任，總經理攏指派仙姑，事業佮營收的情形全部愛報告真人，並且接受指示。其他各種財產、土地，包括題緣金、點光明燈、安太歲，佮大筆信徒寄付的財物，也是由仙姑擔任總幹事管理，毋過主任委員由猩猩掛名。

這種猩猩做首長，仙姑扞手頭，真人總攏（láng）的模式，致使整個財務狀況親像猩猩仝款，烏趖趖無透明。毋過信徒攏信甲頭殼愣愣，無人會異議，而且凡是有人小可起僥疑，就可能被攻擊是妖魔鬼怪附身，若是無即時悔解，會有五雷蓋頂的災禍。

閣過一站仔，拍算時機已經到，真人猶閣開示：

「神君有指示，咱愛成立政黨，才會當予星星說法傳湠全國。」

「政黨名稱號做：新十二生相救世黨。」

對黨名，逐家感覺怪怪，連仙姑也無蓋清楚，真人略略仔開目捽一輾，閣再進一步開示：

「數十年來，貧道踏遍全國島內外，吸收各地天地雲煙精華，了悟這个島嶼元氣虛微，必需對深層的文化底蒂改造起。」

「咱幾若百冬前對海棠國接受十二生相，閣用生相配地支，計算相沖相刑，四常破壞情侶好良緣，誠是荒譀。閣較腫頷的是十二生相選擇的對象，咱想看覓，共人人討厭的烏鼠仔排頭一名，真正是不答不七（put-tap-put-tshit），閣來共蛇囥佇中站，吐舌必叉誠是驚死人，落尾煞掠一隻豬，舞甲規身軀臭moo-moo，這款的十二生相，安佇每一个島民的身上綴一世人，莫怪幾百年來規个島嶼凄微弱勢，一直予別个國家看無現。」

真人啄焦啉一啄茶，捋一下喙鬚閣繼續：「經過我觀星望斗，考察地方的民間故事，閣吸收日月光華土地精氣，列出半殲島新十二生相，個也是咱黨的元神。」

這十二生相包括：斑甲、草猴、龜鱉、水鹿、鴟黃、大象、鮻鯉、海翁、貓咪、烏狗蟻、夜婆、烏猩猩等，涵蓋天頂飛的、地上行的、水底泅的，其中有世間上大型的，也有上細隻的，按呢無偏私，也攏有深遠的故事涵意，是合理閣正義的新十二生相。

根據這十二生相，真人也透過仙機妙算以及現代學術性的田野調查，列出故事源頭的代表人：七星市盧有應、陽秋鎮陳崑榮、龜鱉港郭延壽陳綿綿、仙角市穆水睶、蘭城市曾正鳳、祇樹鄉王國泰、大目庄蘇志斌、汫水鎮白波蘭、藍溪鎮王亞芬、卜卦山蕭木桂、寶珍市卓子連、烏林鄉吳青芳等等，其中龜鱉是鴛鴦相，列一對翁某。

至於新十二生相的排名，以拍破舊十二生相的形體性靈思考為要。舊十二生相依照順序是鼠、牛、虎、兔、龍、蛇、馬、羊、猴、雞、狗、豬，因為「斑甲」上代先起義帶動改變，便先用伊來代替「雞」，而且新生相就對遮開始一个一个換。紲落「狗」換「狗蟻」，「豬」換「夜婆」，「鼠」換「貓」，

「牛」換「象」，「虎」換「海翁」，「兔」換「鴟黃」，「龍」換「鮻鯉」，「蛇」換「龜鱉」，「馬」換「鹿」，「羊」換著「草猴」，「猴」換「猩猩」。

這是經過真人觀星望斗、論天文算地理的結果。斑甲起飛踅全島，落尾佇猩猩湖鎮殿帶領天下，完全是天意。其他十生相的調換也盡量考量屬性、名稱的牽連，其中鳥鼠換貓，誠是上得民心的代誌。

真人並且指示猩猩宮所屬文化事業公司，要緊編輯新十二生相故事冊，以善冊名義傳送全國。閣來進一步拍做鄉土連續劇，透過電視擴展影響力。

這十二生相，斟酌看誠是有深沉的涵意。對斑甲展翼起飛，奉天承運，煞尾猩猩說法，萬教歸宗，誠是有君王的氣勢。

「用新十二生相的精神帶動國家富強，世界祥和！這是黨章頭一條。」真人目睭展大蕊，目眉聳起來，用罕見的懸音大聲喝咻。

台跤眾弟子聽甲親像食著暢藥仔，規群唱〈星星說法〉，閣手搖跤跳，身軀幌來幌去，也有人激動甲大聲哭出來。

無偌久，新十二生相救世黨正式向內政部登記，成為半𪁎島第 108 个政黨。

黨主席表面有推選，其實嘛毋免選，當然是「奉天承運」的真人擔任。副主席胡仙姑、趙仙姑、囡仔仙，祕書長吳仙姑，創黨黨員包括仙姑、猩猩、信眾代表、地方有志，攏總三百六十个。

這場內部選舉進前先發參考名單，是計畫性選舉，提名就預定當選矣，其中猩猩所占名額不止仔少。

另外，各地區的主委，攏授權主席直接指派逐生相的代表人，若是人已經無佇咧抑是無意願，才閣另外拍算。

就按呢，新十二生相救世黨誠奢颺成立矣，總部設佇猩猩湖，北中南攏有支部。

13

猩猩宮成立政黨，而且一起頭就人力旺盛、資金誠粗，有大政黨的格勢。這免不了引起各種政治團體的注目，尤其是執政黨佮其他幾个大黨。而且本底參個互動密切積極協助的立委議員，這陣也開始僥疑顧慮，煩惱政治利益去予搶去，不過猶是有一寡死忠的信徒堅心不移。

佇猩猩宮佮政黨的組織內部，也略略咧動搖矣。猩猩本底攏戇戇仔做，首長、董事長印仔提起來直直頓，大筆攑起來弓蕉直直畫，攏袂推辭，毋過報酬卻是不成比例。

猩猩的要求竅實無偌濟，有通蹔有通食，出門有oo-tóo-bái通騎就足jió-toh矣，若講有駛車就是做火車司機，個並袂去了解真人的轎仔是Rolls-Royce（勞斯萊斯），吳仙姑的是Benz（賓士）。

七仙姑內底上少歲是范仙姑，佇事業佮黨務攏排無生相，插袂著重要事務。拍算看伊扁鼻矮頓（é-tǹg）反應穤無好用，也認為這款人悾神袂想啥物。想袂到，伊煞變成猩猩的地下參謀，一寡看無的數目（siàu-bák）佮疑訝（gî-ngái）的事務攏走來請教伊。

猩猩雖罔會結群成黨，也有時想欲做老大爽一下，不而過無金錢觀念，而且真有分伻（pun-phenn）。個習慣用物件相換，予伊十萬箍猶不如一頂金爍爍的帽仔、一副風神的烏貓目鏡。

經過范仙姑的戳（thok）破，一寡火車司機、站務員煞開始智覺著，個的薪水領足少，多數予人烏去矣。

「咱規身軀烏趖趖，想袂到有人比咱較烏。」有一擺幾个仔司機頭做伙咧會，煞落去揣站長問清楚，想袂到站長穿衫過熨斗，烏貓目鏡拭甲金爍爍，做甲暢甲爽甲，直直講無代誌，莫想遐濟啦。其中一个袂曉講話的司機，ìnn-ìnn-ònn-ònn比手語，花袂清楚，強欲揤倚去拍站長。

紲落個走去揣鄉長賴頭門問清楚，鄉長煞叫上大聲彼个坐落來，一對一共伊捋頭毛，捋欲規點鐘，氣攏消去矣。終其尾揣著議員囡仔仙，閣較無效，一聲就勸逐家莫花矣，閣花落猩猩會予人笑無水準看無現。

代誌敢若按呢準煞去，毋過逐家內心的不滿沓沓仔累積，愈來愈袂爽矣。

14

有錢閣有人，以新十二生相為中心的黨務經過大力推揀，誠緊就湠甲規島嶼，一時陣誠濟民眾頭殼花去，毋知影家己相啥物，一寡命相仙、風水師煞也混亂甲毋知欲按怎合八字。

「農民曆重印，風水冊重寫。」有一工真人誠慎重開示，

「為著欲加強百姓全面換生相的決心，愛共新十二生相大大身雕刻踮彪山斷崖，親像摩崖石刻，也比照米國拉什莫爾山總統雕像的規模。」

猩猩宮的出頭逐時足轟動，已經變做記者注目的中心。欲共新十二生相雕刻踮彪山斷崖的新聞隨著傳遍全國，足濟政治人物擋袂牢矣，會使去遐雕刻個的政治圖像，到底是啥准的？誠是神通廣大。執政黨的王立委上代先佇立法院開砲：

「根據本席了解，烏猩森林鐵道公司的發包嚴重違反採購法，工程營造佮車體進口的經費浮濫，交通部應該積極調查。」

無偌久，中央佮縣府主管機關佮立委組立專案小組進行調查，並且開記者會。記者會佇縣政府大廳召開，記者佮關心的民眾擠甲窒窒滇，猩猩宮的信眾也袂少人參加，其中也有猩猩。

「經過現場勘查，問題嶄然仔大。車箱設備規格無合，鐵枝維修無及格，人事費用佮各種開銷霧煞煞，有貪污的嫌疑，應該移送檢察機關……」

官員佮民意代表輪流發言中間，台跤的叫魂、金投手等七、八个烏猩猩掛烏貓目鏡，托三片布條仔，咻咻叫大細聲抗議。布條頂頭有烏色大字：「政治迫害」、「宗教迫害」、「種族迫害」，三種攏是非常嚴重的訴求，國際人權組織也派員了解。

佇混亂中警察走來共布條仔收起來，而且苦勸眾猩猩莫閣鬧場，若無就欲請個離開。這時陣，彼个王立委再次發言，伊目睭相對這篷猩猩來：

「恁看，恁看覓，訓練一寡動物來擾亂社會，猩猩宮是邪教啦，逐家講著無？」

王立委用選舉講演的格勢大聲喝咻，當伊喙開足大的時陣，無張持一粒雞卵擲過來，正正入喙空。王立委喔一聲，面仔青恂恂憂結結，原來是臭雞卵。猩猩手尾力足大，尤其擊雞卵這个佇這篷猩猩內底擲物件上準，就共號名金投手。

叫魂佮金投手雖然隨予警察揀出去，不准閣入會場。不而過轉去了後，吳仙姑馬上叫人送一卡車的弓蕉來賞賜，個也足有分伻心，分予內底百外个猩猩，逐个攏有份。

這起事發展足緊，親像火著草埔仔。佇一個月中間，烏林鄉公所的其他公共事業也一个一个熁空矣。財務暗漠漠（àm-bȯk-bȯk），會計出納爛糊糊，敢若逐家鬥空二一添作五，有好空的做伙來。所致中部地區檢調單位也動員起來，開始積極調查。

各仙姑聽著風聲，要緊稟報真人，並且互相串連，交代部屬馬上共有關資料燒掉、絞掉，袂使留落證據。

一寡猩猩干焦知影通抗議，窮實毋知頭直來尾直去。佇猩猩的思考中，根本無「貪污」這種代誌。

「有人看猩猩宮信徒愈來愈濟，事業足成功，〈星星說法〉也傳遍天下，就開始目空赤，遮的人有政治奸雄，也有末世邪教，個參妖魔鬼怪濫群，用謀做計欲來陷害忠良，祖師爺有指示，上天責罰的時間連鞭到矣，七八月仔風雨雷電連鞭來矣，遮奸雄連鞭五雷蓋頂矣。」真人說法的時陣喝甲足大聲，目睭展大蕊目睭仁牽紅絲，經常恍恍褫開的翼股也軟弱無力。

仝時間，新聞拄播出彪山斷崖的新聞，真人一身佇遮說法，竟然另外一身佇遐主持雕像的開工典禮，有一寡信眾攄手機仔，互相傳看。

15

這工透早五點外拍殕仔光，108 个檢調人員，六人一組分十八路，仝時發動搜查。包括猩猩宮管委會辦公室、斑甲真人的禪房、各仙姑各事業機構負責人的辦公室佮住所，其中烏林鄉公所涵蓋鄉長、主祕、課長、包商。

九點外，電視台佮網路媒體就相紲報出這件大新聞，驚動全國各界，對中央到基層攏喊起來。

猩猩宮的信徒議論紛紛，有人開始起憢疑，不過也有部份堅定死佝的，發起「保仙運動」，千外人分別開車、包遊覽車、坐火車上山，挨挨陣陣做一下湓對猩猩湖去。

經過檢調單位搜查，帶回幾若十箱資料，並且列出十外个重大嫌犯，帶轉來檢察處分開審問。問案時間對早起問甲中晝，小歇繼續問甲半暝，煞尾一寡猩猩佮仙姑分別諭令兩百萬、一百萬、十萬等各種金額交保候傳。猩猩宮財力豐沛，足緊就款好交保金。

毋過足奇怪，個竟然干焦支付仙姑的交保金，猩猩部份只保出囡仔仙，其他的猩猩攏放予法院收押。

這時陣佇法院hông問規暝的鄉長賴頭門、火車站站長蔡厚根、專門負責送錢的秦泰哥佮一寡董事長，規群越頭越耳看來看去，捎無寮仔門。窮實個掛名負責人，主要是負責頓印仔、畫弓蕉、拍叉仔爾爾，下面咧變啥物魍全然毋知，不而過檢察官煞認定個狡怪無愛講出實情，共列為重大嫌疑犯。

個目睭ku-ku-niáu，欸，仙姑一个一个行出去，囡仔仙也出去矣，啊阮咧？

「無交保證金的攏收押起來。」彼个看起來二十外歲仔的少年檢察官下令落去，法警共拘留所的鐵門拍開，準備一个一个掠入去關櫳仔內。

佇本島出世的少年猩猩毋知啥是櫳仔內，毋過早前佇非洲移民過來的攏有印象，個知影予人關佇櫳仔內，比關動物園較無尊嚴。

猩猩內底算是大格種的鄉長賴頭門，早就規腹火矣，伊共西裝佮siat-tsuh褪掉、tsiű-tsiú剝掉、目鏡揤掉，規身軀毛聳起來。

佇兩个法警分爿走來挽伊的雙手的時陣，賴頭門雄雄翻身哇哇叫，一手掠一个一聲共擲出去十外公尺遠，紲落吱吱叫四肢落塗傱出法院大門，盤過三台轎車頂，閣跳上孔子廟厝蓋，捽對中央公園彼爿去。

佇後壁，猩猩站長蔡厚根佮送錢手秦泰哥也仝款拚命lōng，離賴頭門較臨二十外公尺。閣較後壁，三个法警擛警棍逐甲怦怦喘，紲落拔銃出來，看車輛佮過路人足濟，閣再收起來，看個攏盤過厝頂矣，只好斡倒轉去。

一觸久仔，警察局專門咧掠兇犯的霹靂小組二十外个已經衝來中央公園搜查，閣過一下仔，幾若个動保局的人員也紮麻醉銃來矣。

中央公園是百外年的老公園，範圍不止仔大，內底干焦百年老樹就兩百外欉，閣有一窟大埤，幾若條溪溝。

霹靂小組佮動保局大隊人馬相準大樹一欉一欉揣，行過半个公園無看影跡，拄停跤歇睏的時陣，雄雄親像做風颱，看著猩猩對一群老茄苳內底蹤出來，佇十外公尺懸的樹椏頂戡（sìm）落蹤起來，閣抛對彼爿去，紲落用跤指頭仔擛樹尾，大力幌過去，長手閣另外擛著遠遠的樹枝，重再幌一擺……按呢對老茄苳、老榕樹、金龜樹、雨豆樹，一欉一欉直直抛直直蹤……

欲掠猩猩的人煞變做咧看高空特技表演，逐家看甲喙開開。窮實個嘛分袂清楚佗一个是佗一个，干焦聽著siú-siú叫、hù-hù叫、吱吱叫，幾若个烏色的形影佇樹尾飛來飛去。

過無三分鐘，三个猩猩逃犯已經走甲無影跡，一群人凡在喙開開戇神戇神毋知通好離開，敢若看無夠氣的款。

16

三个猩猩脫逃的事件猶閣造成大轟動，連國際新聞也攏報出來。

個佇中央公園的樹林中消失去了後，中部地區的警察佮動保人員、動物園保育員、林管處的獵人，一大堆單位攏加入搜查的陣容。

有一工透早運動的阿伯通報，講佇路邊的樹仔頂有看著，大隊人馬趕到，已經無看著影跡。閣有一工報講看著佇菜園仔偷挽高麗菜，追捕人員走來看，果然有挖走七八粒菜，對留落的跤蹄號判斷，三个猩猩猶閣牽做伙。

日子一工一工過，佪已經逃走欲規個月，七月雨期也來矣，有時落規工，溪水汪汪流，樹跤雨水涵涵滴，搜查工課非常困難，只好暫且停止。

到甲八月初，氣象報告「烏魯木風颱」欲來矣。一工中晝，大雨落甲茫茫霧霧，有人看著佪三个佇高速公路附近的草埔仔出現，毋過連鞭無去。不而過，佇彼下晡就有人去派出所報案，講伊的車佇高速公路跤予三隻猩猩搶去。

這聲捕掠大隊閣開始動員矣，佪順高速公路揣，而且通知各收費站注意，交流道附近也有各地的警察就近埋伏。毋過揣一暝一日，一堆人沃甲澹糊糊，卻是完全無影跡。

「夭壽咧，猩猩穿衫變人，衫褲一褪掉，煞比鬼較歹掠。」逐家講甲厭氣，足無想欲揣矣。

窮實，佇高速公路邊搶車，是聲東擊西故意佈迷陣攪亂警方的判斷，佪的目標是欲轉去猩猩湖。

隔兩工，縣議員囡仔仙出現佇電視頂，呼籲三个猩猩同仁面對現實，伊保證猩猩宮會請蓋有名的律師為佪辯護，小罪甚至無罪的可能性足大，總比這馬做逃犯有路無厝沐沐泅較好。囡仔仙佇電視頂講甲目睭眨眨躡，目屎強欲輾出來，毋過三个猩猩凡在無出現。

八月十二，風颱已經入來矣，毋過風無足大，只是雨落袂煞。囡仔仙對烏林鄉市內開車上山，到甲欲倚猩猩宮一公里外的半路，無張無持有一隻車橫佇路中央。

「車歹去--nih？」囡仔仙開車門出來，一手托雨傘，一手挽水藍色的道袍。

當伊行到車邊，雄雄有人開車門共搝入去。原來車內坐三个通緝中的猩猩。

「為啥物欲出賣阮，真人佮仙姑做伙陷害阮！」賴頭門規身軀毛聳起來，目睭睨惡惡，另外兩位也面腔足穤，喙齒齊齴出來。

「莫按呢啦，我嘛是受害人呢。」囡仔仙激苦瓜面，「真人神機妙算知過去未來，伊講欲化解猩猩宮這回的劫數，定著愛有特殊做法。恁先淡薄仔犧牲，以後絕對會彌補……」

囡仔仙話講袂煞，賴頭門出手搙伊的頷頸：「講啥物痟話，猩猩內底你上奸。」

吳阿仙外號囡仔仙，是專門做真人的參謀，算是心腹，伊生做瘦瘦細粒子，而且長年迵天一領道袍穿牢牢，看起來仙風道骨，毋過行路足直。

「莫閣解釋啦！假君子，假修道人，穿啥物道袍？」賴頭門愈想愈受氣，對囡仔仙的道袍揔咧，用力裂（liah）開褪掉。

「欸！」三个猩猩驚一趒。想袂到囡仔仙的面罩佮道袍做一下摸開，煞發現伊是一个查某人，毋是猩猩。

窮實伊才是七仙姑上尾个，彼个矮頓扁鼻仙姑是安插來鬥額數的。

賴頭門驚一下手放開，囡仔仙就趁機會挽開車門逃走，三个猩猩也隨開門逐出去。

仝一時間，有一台警車來矣，個已經跟蹤囡仔仙幾若工，內底四个警察衝出來，拔出手銃。

賴頭門眼精手快，隨用手曲束囡仔仙的頷頸拖咧倒退行，叫警察袂使倚來。按呢走十外公尺才放開，身軀蹤一下跳落一欉大樟樹，一下仔就閣抛過幾若欉，連鞭無看著影跡。

另外兩个猩猩本底綴咧走，毋過攏予警察開銃彈著跤，掠轉去關櫳仔內。

警察隨就起動大隊人馬搜山，毋過風雨愈來愈大，無法度只好暫時撤退，按算明仔載才閣來。

17

氣象局警告，烏魯木風颱帶動的大雨已經連落一禮拜矣，中部各地的溪溝攏滇滿滿，水庫也開始洩洪，山坪嘛可能有塗石崩落來，呼籲民眾愛注意安全。有一寡特殊危險的部落，鄉公所已經派人去疏導住戶要緊離開。

羽神猩猩宮起佇烏星山的半山腰，星星廣場的雨水汪汪流，規港拚落猩猩湖商業地區坎坎坷坷、懸懸低低的巷道。上山的兩排路燈佇風雨中閃爍袂定，強強欲化去。

佇猩猩宮大殿內底，真人帶領七仙姑不斷唸經祈禱，祈求上天較緊停雨，佪懇請神君佮祖師保庇猩猩宮廟宇、人員平安無事。

毋過大雨毋但無欲變小的範勢，更加是愈來愈急愈大。這時陣，雄雄雷公連霆五、六聲，爍爁像利劍劍的大刀對天庭硬削硬剖，剖出一大个空縫，規窟親像海水做一下摒落來，閣踮猩猩宮的廟蓋起絞螺仔旋（ká-lê-á-tsn̄g），致使規个大殿攏振動起來。

唸經的仙姑已經坐袂牢，一个一个走去雙爿攬大柱，連彼十八烏金剛也敢若徛袂啥在（tsāi），開始蟯蟯旋（ngiàuh-ngiàuh-suan）矣。

斑甲真人雖是原在疊盤坐，毋過目睭眨眨䀹，親像開始驚惶不安。伊一觸久仔就看一擺頂頭的楹仔（ênn-á），遐攏是松梧的大杉，卻是顫咧顫咧。

雄雄伊眼著一个烏影出現佇楹仔頂，要緊跍起來走。不過已經袂赴矣，彼个烏猩猩對面頂跳落來，一手對真人攬咧，非常緊猛拚出宮門，跖上大樹，閣一欉抛過一欉，向西拵對絕峰嶺彼爿去。

眾仙姑驚甲吆吆掣，電話已經斷線，手機仔也無信號，一時毋知欲按怎。

忽然間，宮外山壁的塗水開始摻濫做伙流矣，規座烏星山hù-hù叫，大欉細欉樹做伙喝咻，大石幼石硞來硞去，親像山崩地裂的前兆，也敢若鬼魂咧吼。

「末世到矣，末世到矣！」吳仙姑攬佇柱跤，喙內踅踅唸，逐句攏無佇經冊內底。

閣過半點鐘，雄雄hông……一聲，規座烏星山走山，規个崩落來矣，正正共猩猩宮崁佇塗底。厝尾頂遐用琉璃貼的神仙像佮龍鬚鳳尾，也攏做一下消失去。

佇絕峰嶺彼頭，賴頭門正手挾斑甲真人，用倒手佮雙跤盤過、幌過一群百年老樟樹，走向一欉二十外公尺懸的千年肖楠，伊用喙齒囓（gè）一大片樹皮插入真人尻脊的白色道袍內底，閣共掠上樹尾溜，用道袍的腰帶共縛佇樹枝頂盪盪幌。

真人早就昏昏死死去，天沓沓光，雨也較小矣。突然有一隻翼股非常長、頷頸揹白色珍珠袚鍊的鳥仔飛過來，叫聲親像雞鵤咧啼。伊佇真人的身屍四箍圍仔踅七輾，就毋知飛對佗位去。

18

今仔早起出大日，規个半曨島攏變好天矣。十外个救難隊，十外台直昇機做一下集對猩猩湖來。

烏魯木風颱帶來的雨水誠是驚死人，連落七日，閣佇尾兩工降落 2,700 毫米的水量，造成烏星山崩山，塗石流順猩猩宮摒落星星廣場，閣流向火車站。

一大片災區崁佇二十公尺深湳糊的塗石內底，目睭金金人傷重，根本無法度共人救出來，重點只好囥佇物資運送、災民協助、搶修道路橋樑等等。

佇千年肖楠木頂頭掛一具屍體，也被發現矣，警察佮搜救人員擛頭看樹尾溜，感覺不可思議，有人搖頭講：「這干焦烏猩猩有才調跖起去。」

預定佇彪山島雕刻新十二生相大石像的工程，拄破土開工就停工矣，有死忠的信徒去過幾若擺，講有看著斑甲真人的分身佇遐行來行去，而且擛頭相石壁手拈喙鬚吐大氣。

經過半年後，猩猩湖的森林火車閣開始營運矣，全國各地的民眾挨挨陣陣來看崁佇塗底挖出一眉仔的羽神猩猩宮。新十二生相的雕像雖罔無完成，改換生相的思考已經深入一寡人的內心，救世黨各地區負責人也開始浮頭關心地方事務，而且互相連絡參詳未來的發展目標。

總是佇遮發生的代誌，毋管看著的抑是聽著的，終其尾一件一件攏愛寫入半曨島的記事內底。

【尾語】

新十二生相演義

十二生相的來源，佇蓬萊島有囥仔古，有神話故事，包含種種無仝款的傳說。毋過，半魘島的新十二生相，是經過激烈的鬥爭演化產生的，這毋但是傳奇，也是演義。

遮的演義有權力爭鬥、金錢搶奪、奇異愛情、玄幻事件，件件攏有活靈靈攪動人心的故事。

對斑甲公開始，靈奇現象就相紲暴穎生湠，接落去的草猴仙尊參伊成立的草猴救世黨，毋但進一步加深了人佮神的關係，也將魔幻事件帶入現代的政黨政治內底。

龜鱉港的故事牽連著前世今生，佪的愛情予人頓心肝。水鹿城佮鯪鯉堀攏是抵抗外來殖民政權的歷史故事。鴟黃庄牽連著老墓園、古早記持佮現代化建設的衝突。象家莊是身份認同的嚴肅議題。海翁嶼的故事有愛情有親情，並且衍生出人類對海洋無站節的捕掠、酷刑的刣殺，正是海洋國家特別需要深深思考的所在。貓公寓有詭異的犯罪情節。烏蟻族親像是人類社會猜疑爭戰的翻版。夜婆洞是一个所有的攏顛倒反的理想國。最後的猩猩山，主體是參人類基因上蓋接近的烏猩猩，故事中的烏猩猩有身份證有公民權，假如予個來統治，這个島嶼國家毋知會變啥款。

半麗島的演義發生佇常民生活中，帶有理想佮幻想，也佮生活現實攬抱交纏難分難解，誠值得咱來思考反省。

演義中上代先出頭的斑甲公，毋管終其尾是滅亡抑是幻術脫逃，十二生相救世黨總是釘根矣，新十二生相也佇島嶼生湠落來。

對表面來看，小小的民間風俗爾爾，卻是一種重大的改變佮革命，也是對無條件接受的民俗傳統的反抗。不而過，生相種類總換，順序特殊的比照攕摵，一時免不了造成算命、看日、號名、婚喪喜慶的困難。人若無照天理，天就無照甲子，半麗島想欲建立新生相，是毋是符合天理？甲子欲按怎對應？天公伯仔頭殼愛捐咧燒。

1 斑 2 蟻 3 夜 4 貓 5 象 6 翁 7 鴟 8 鯉 9 龜 10 鹿 11 草 12 猩，半麗島的新十二生相，逐家照順序唸看覓，可能起頭 kėh-kô-kėh-kô，久就慣勢矣。不而過，因為伊佮姊妹國蓬萊島的政治、法律、宗教、文化、經濟活動、文字語言，種種攏誠接近，若共這種革新傳倒轉去，毋知會發生啥物代誌？假使有一工風雲四起，逐家聽好來做戲中人。

半臟島
新十二生相傳奇

國家圖書館出版品預行編目 (CIP) 資料

半臟島：新十二生相傳奇 / 王羅蜜多作 . -- 初版 . -- 臺北市：前衛出版社，2025.08
416 面；15×21 公分
台語版
ISBN 978-626-7727-23-2（平裝）

863.57　　114009467

作　　者　王羅蜜多
責任編輯　鄭清鴻
封面設計　江孟達工作室
美術編輯　李偉涵
台文校對　顏之群

出 版 者　前衛出版社
地址：104056 台北市中山區農安街 153 號 4 樓之 3
電話：02-25865708 ｜傳眞：02-25863758
郵撥帳號：05625551
購書‧業務信箱：a4791@ms15.hinet.net
投稿‧代理信箱：avanguardbook@gmail.com
官方網站：http://www.avanguard.com.tw
出版總監　林文欽
法律顧問　陽光百合律師事務所
總 經 銷　紅螞蟻圖書有限公司
地址：114066 台北市內湖區舊宗路二段 121 巷 19 號
電話：02-27953656 ｜傳眞：02-27954100

出版補助　國｜藝｜會 NCAF

出版日期　2025 年 8 月初版一刷
定　　價　新台幣 560 元
I S B N　978-626-7727-23-2（平裝）
E-ISBN　978-626-7727-25-6（PDF）
978-626-7727-24-9（EPUB）

＊請上「前衛出版社」臉書專頁按讚，追蹤 IG，獲得更多書籍、活動資訊
https://www.facebook.com/AVANGUARDTaiwan